HEYNE
BÜCHER

D1932807

Das Buch

Gisbert Haefs, der mit seinen großen historischen Romanen *Hannibal* und *Alexander* bekannt geworden ist, aber sich auch als Autor spannender Krimis und Science-Fiction-Romane einen Namen gemacht hat, entführt seine Leser diesmal zum Planeten Shilgat in eine vergessene Ecke des Universums. Dante Barakuda ist der Sicherheitsbeauftragte des Galaktischen Commonwealth und wacht über Krieg und Frieden auf dem Planeten, wo extreme Gesellschaftssysteme herrschen: die Mördermütter von Pasdan, die Anarchovegetarier von Gashiri und die Mathematischen Mönche von Banyadir. Barakudas Aufgabe ist es, unter den fünf Stämmen auf Shilgat für Ruhe und Ordnung zu sorgen. Eines Tages überschlagen sich die schlechten Nachrichten: Barakuda entdeckt Drogenschiebereien und Waffenschmuggel, im Norden werden Karawanen von kriegerischen Banden überfallen. Die Spur führt zu den mörderischen Müttern von Pasdan – sie kämpfen für ein Matriarchat auf dem ganzen Kontinent. Ihr Ziel ist die gewaltsame Abschaffung der Männer.

Der Autor

Gisbert Haefs (sprich: Haafs), geboren am 9. 1. 1950 in Wachtendonk am Niederrhein; studierte Anglistik und Romanistik, war während des Studiums Komponist, Chansonnier und Kneipier; lebt als Autor, Übersetzer und Herausgeber in Bad Godesberg.

Vom Autor sind im Wilhelm Heyne Verlag erschienen: *Das Doppelgrab in der Provence* (05/25), *Mörder und Marder* (05/45), *Und oben sitzt ein Rabe* (05/51), *Haffmans Krimi-Jahrband 1994* (05/65), *Hannibal* (01/8628), *Alexander* (01/8881).

Im Haffmans Verlag erschien neben den obengenannten Büchern noch: *Kipling-Companion* (zur Kipling-Neuedition, 1987), außerdem regelmäßige Beiträge im Magazin für jede Art von Literatur *Der Rabe.*

GISBERT HAEFS

PASDAN

Roman

WILHELM HEYNE VERLAG
MÜNCHEN

HEYNE ALLGEMEINE REIHE
Nr. 01/9146

Das Buch erschien bereits unter
dem Titel »Barakuda I: Pasdan«
im Haffmans Verlag, Zürich

Alle Rechte vorbehalten
Copyright © 1992 by Haffmans Verlag AG Zürich
Einzig berechtigte Taschenbuchausgabe
Wilhelm Heyne Verlag GmbH & Co. KG, München
Printed in Germany 1994
Umschlagillustration: Berthold Rodd, Düsseldorf
Umschlaggestaltung: Atelier Ingrid Schütz, München
Gesamtherstellung: Ebner Ulm

ISBN 3-453-07926-4

Aus: Randwelten und Protektorate
Pym Bazhoglu (Atenoa, 442)

»... Die Landmassen des Nord- und Südkontinents sind am Äquator durch einen schmalen Isthmus verbunden. Auf beiden Kontinenten (sowie kleineren, eher unbedeutenden Inseln der Ozeane) leben die humanoiden Shil (= ›Menschen‹) als Nomaden bzw. in bizarren Stadtstaaten, die etwa dem irdischen Mittelalter entsprechen. Es ist ungeklärt, ob sie tatsächlich vor Jahrtausenden freiwillig eine technische Zivilisation aufgegeben haben ...

Bald nach der Entdeckung durch eine kartographische Expedition AD 2238 ging infolge des Zusammenbruchs der Erde der Kontakt verloren. Während der Wirren Jahrhunderte siedelten sich fünf Gruppen von Flüchtlingen auf Shilgat an. Zwei taten dies friedlich und bereicherten Fauna und Flora durch mitgebrachte Arten (Weide, Kudu, Axolotl, Kamel, Sauerampfer, Kaffee, Pferd etc.); sie vermischten sich mit den Shil und sind weitestgehend in der Urbevölkerung auf- bzw. untergegangen. Die drei übrigen Gruppen brachten Waffen und hermetische Weltanschauungen mit; sie siedelten und expandierten mittels Landnahme und Völkermord.

Nach der offiziellen Wiederentdeckung handelten die Shil mit dem Commonwealth der Menschheit das Shilgat-Abkommen aus (AD 2683/CT 198), durch das der Planet insgesamt zum Protektorat wurde. Aufgabe des in Cadhras, Isthmus, eingerichteten Gouvernements ist es, die Sektierer von Pasdan (Matriarchat, ›Heilige Mütter‹), Gashiri (Landkommunen, ›Anarchovegetarier‹) und Banyadir (Theokratie, ›Mathematische Mönche‹) an weiterer Ausbreitung zu hindern und die Shil vor jeder äußeren Beeinflussung (z. B. Technologietransfer, Missionierung) zu schützen ...

Das Autonome Territorium des Isthmus verfügt über eigene Legislative, Exekutive und Jurisdiktion, unabhängig von den Einrichtungen des Gouvernements. Die antike Shil-Gründung Cadhras liegt dort, wo die alte Handelsroute vom Nordkontinent mit den beiden aus Südosten (Langlava, Sa'orq, Kelgarla) und Südwesten

(Losabu-Delta, Zheziri, Golgit) zusammentrifft. Zwei kleine Flüsse aus dem Zentrum des Isthmus, Sogga (Shil-Name Suqa) und Ylagas, münden hier wenige hundert Meter voneinander entfernt ins Binnenmeer; im Schwemmland östlich der von ihnen durchbrochenen Küstenhügel liegen die Marktgärten von Cadhras. Nördlich des Ylagas, auf den Hügeln, befindet sich das Palais der Gouverneure. Im Stadtkern zwischen den Flüssen liegen Konservenfabriken, die Gebäude der Territorialen Administration und Wohn- bzw. Geschäftsviertel; südlich des Sogga weitere Wohn- und Werkgebiete, die zum Fischerviertel um den alten Hafen abfallen. Südlich der langen, nach Westen vorspringenden Bucht mit Hotels und Sandstränden liegt der einzige Raumhafen des Planeten; Landungen andernorts sind illegal (Satellitenkontrolle). Im Raumhafenkomplex sind die meisten Sekretariate des Gouvernements untergebracht; die kleine Garnison von Cadhras (Gebäude südlich des Raumhafens; dort auch der Fusionsmeiler, der den Isthmus mit Strom versorgt) besitzt nur wenige Gleiter. Mit Ausnahme der wichtigsten Gouvernements-Einrichtungen gilt die Techniksperre auch für den Isthmus . . .«

I

Kurz vor sechs weckte ihn ein Vogelschrei; irgendwie wußte Dante Barakuda, daß es ein lausiger Tag würde. Er rollte sich aus dem Bett; durch dicke Luft watete er zum offenen Fenster. Das Thermometer zeigte 41° – kühler Morgen vor einem weiteren schwülen Tag. Die gestrige Kleidung, am Fenster über eine Stuhllehne gehängt, war voll von Möwenkot.

Der Vogel – oder ein anderer – hockte neben einem verwitterten Dämonenkopf aus Eisenholz auf dem First der Fischbörse, einem steilen Kupferdach auf vier Holzsäulen am Kai. Die Möwe starrte zu Barakuda hinüber; etwas in der Körperhaltung schien Triumph und Schadenfreude auszudrücken. Barakuda grunzte und zeigte dem Vogel die Zunge.

Der Himmel war graugelb; Dunst brütete über der Stadt und dem Binnenmeer. Der Hafen belebte sich. Ein Teil der Küstenfischerei endete im Herbst, wenn bestimmte Fischsorten ins offene Meer zogen; da die Mittagsglut alles lähmte, nutzten die Fischer den relativ erträglichen Morgen für erste Reparaturen. Das rechteckige Becken war voller Boote; die Frauen und Männer der Schiffe nagelten, sägten, flickten, schleppten Netze hin und her. Quietschende Winden wurden getestet. Es stank nach Salz, See, faulem Tang, altem Fisch, Abfällen, nassen Tüchern und nassem Metall; dazu kamen Schweiß und der Ruch von heißem Pech aus einer Reparaturwerft am Südende des Beckens. Das Feuer unter den Blechtonnen mehrte den Dunst durch Rauch und die Gerüche durch den Duft brennender Nadelhölzer.

Nach dem Duschen hockte Barakuda sich mit einem Becher Kaffee und der Frühstückszigarette auf die Fensterbank.

In einem Versuch, inwendig wach zu werden, zählte er die Masten im Hafen, aber dann stellten seine Augen sich auf den Hintergrund ein: die graugrüne Fläche der See, glatt wie ein Öltuch, und den Dunst, in dem reglos einige Yachten und kleinere Segler zu schweben schienen. Er verlor sich in der Magie des Meeres, bis ihn ein zappelnder Farbfleck irritierte. Auf der Quadermauer zwischen Hafenbecken und See turnte einer der grellrosa gekleideten Akrobaten, die tagsüber auf der Esplanade die Touristen aus den Luxushotels unterhielten. Jetzt lief er auf den Händen; vermutlich eine Art Morgengymnastik.

Das Haus am Hafen gehörte einem alten Shil, Segelmacher, der im Parterre seine Werkstatt betrieb und dahinter mit seiner Frau wohnte; in der letzten Zeit hielt er sich allerdings mehr im Garten auf, der zum Stadtzentrum hin anstieg. Die vier Apartments der Etage hatte die Rote Yolande gemietet, Herrin und Herrscherin im *Meeresleuchten* nebenan. Die Miete für drei der Wohnungen behielt sie vom Lohn der jungen Frauen ein, die in ihrer Taverne arbeiteten: Pa'aira, Rugazh und Begheli. Für sein Apartment zahlte Barakuda drei Drachmen pro Tag. Er hätte Anspruch auf einen der luxuriösen Bungalows gehabt, in dem Gouvernement und Territorium ihre leitenden Leute unterbrachten; dem Blick auf Stadt, Raumhafen und Meer von den Hügeln südlich von Cadhras zog er jedoch das Leben am Hafen vor.

Er schnippte die Zigarette über das Arkadendach auf den Kai, trank den Kaffee aus und zog sich an. Zu früh, um an die Arbeit zu gehen, aber er hoffte, einigen Papierkrieg erledigen zu können, ehe der Tag über ihm zusammenschlug.

Als er seine Wohnungstür ins Schloß zog und die Schlüssel einsteckte, öffnete sich die Tür eines der hinteren Apartments. Pa'aira, sehr verschlafen, ließ einen buntgewandeten Touristen hinaus. Der Mann nickte zum Abschied, murmelte etwas, sah Barakuda, senkte den Kopf und eilte treppab.

Dante grinste matt. »Umsatz oder Freizeit?«

Pa'aira zuckte mit den Schultern. »Ich hab gedacht, es wär auch Vergnügen, aber dann war's doch bloß Umsatz.« Sie gähnte, blinzelte und schloß die Tür.

Auf dem Marsch durch die langsam erwachende Südstadt bedachte Barakuda seine Tagesordnung, die er für eine Unordnung hielt. Die Probleme ließen sich nicht verdrängen, da er ihnen dauernd unmittelbar begegnete; sie ließen sich, obwohl es einfache Möglichkeiten gäbe, auch nicht lösen, da das Shilgat-Abkommen und die Statuten des Protektorats bestimmte Dinge ausschlossen. Dante Barakuda haßte Probleme, die er mit gebundenen Händen anzugehen hatte. Er war 39 Standardjahre alt*, Major der Commonwealth-Abwehr und seit fast fünf Jahren im Sonderdienst als Sekretär für die Sicherheit des Protektorats. Während er, schon wieder verschwitzt, durch den klebrigen Morgen ging, vorbei an halboffenen Läden und leblosen Wohnhäusern, geschlossenen Lokalen und rumorenden Stallungen, dachte er an andere lausige Tage. Tage der Kindheit im Waisenhaus von Corvina auf Kolchis, dem vierten Planeten der roten Sonne Myrna; Tage im Internat von Tyrgonai, Kolchis (vor allem die Tage vor den Ferien, wenn die anderen Jungen und Mädchen mit ihrem reichen Taschengeld klimperten und auf die Heimfahrten zu ihren Familien warteten); die harten Tage der Grundausbildung bei der Flotte; die Tage beim Risikokommando der Abwehr; die Tage auf Tartagal,

* Jahr: Die Umlaufzeit der Commonwealth-Hauptwelt Gaia um ihre Sonne – 324 Tage (12 Monate zu 27 Tagen zu 25 Normstunden zu 100 Minuten zu 100 Sekunden). Der 1. Januar 2501 AD fiel auf Gaia mit dem Mittsommertag der Region um die Metropole Atenoa/NeuAthen zusammen und wurde zum 1. Januar des Jahres 1 CT (Commonwealth-Zeit) erklärt. Die bedeutungslose Heimatwelt Erde behielt ihre alte Rechnung bei.

Das Shilgat-Jahr (388 Tage zu 23 Normstunden; 4 Jahreszeiten) entspricht der halben Umlaufzeit um die Sonne Shalga. Die planetare Achse steht fast senkrecht zur Ekliptik; gemäß der elliptischen Umlaufbahn sind Sommer und Winter die sonnennächsten bzw. sonnenfernsten Bahnphasen.

wo er beim Einsatz gegen eine brutale Diktatur, im Kampf von Haus zu Haus, verwundet wurde und fast gestorben wäre; Orden, Beförderung zum *kapitán* und Versetzung zum Raumhafendienst nach Atenoa; den dunkelsten aller Tage, als die eine Frau, mit der er leben wollte, von einem defekten Lastengleiter zerquetscht wurde und er sich in die Einöde versetzen ließ, nach Shilgat, an den Rand des Commonwealth, an die Grenze zum galaktischen Niemandsland. Und zum x-ten Mal überlegte er, ob er sich wieder ins Zentrum versetzen lassen sollte, zurück in die Zivilisation.

Kurz vor sieben erreichte er die runde Plaza Atenoa vor dem Raumhafenkomplex. Die ersten Leute der Morgenschicht trafen ein – zu Fuß, zu Pferd, einige mit Rädern, zwei mit Rikschas. Barakuda wechselte ein paar Worte mit den Leuten der Nachtschicht; keine besonderen Vorkommnisse. Aus der Halle warf er einen Blick durchs Panzerglas auf das Landefeld: sieben Frachter, die sechs Beiboote der drei Luxusliner, die im Orbit warteten, ein knappes Dutzend Privatyachten, am Südrand des Geländes die kleine Korvette, einziges raumtüchtiges Vehikel der Garnison. Eine Zollinspektorin nickte ihm müde zu. Im Eingang zur Zentrale des Großrechners, Herz und Hirn aller Technik auf Shilgat, flirtete eine junge Operatorin mit einem barfüßigen, muskulösen Lastträger, der an der Vorderseite seines Lederschurzes zupfte, wie um etwas zu demonstrieren. An seiner rechten Hand glitzerte ein Ring mit grünem Stein.

In der Kantine belud Barakuda ein Tablett mit Sampasaft, Kaffee und belegten Broten; dann ging er zum abgesperrten Militärteil des Tower. Er setzte das Tablett ab, steckte den kantigen Impulsstift ins Schloß des Schotts, preßte die Rechte auf das Tastfeld und schaute in den Spion. Der Rechner identifizierte Impulse, Hautstruktur und Retina und ließ das Schott zurückgleiten.

Hinter den Kontrollen lag Hauptmann Mirza Cebrian in

seinem Sessel, die Beine auf dem Ablagetisch, einen Becher Kaffee auf der Brust. Als Barakuda das Tablett auf seinem überladenen Schreibtisch deponiert hatte und in den Kontrollraum zurückkehrte, waren Cebrians Augen immer noch geschlossen.

»Na, *kapitán*, alles Mist, wie üblich?«

»Aber gequirlt! Und bei Ihnen, Barakuda?« Mit geschlossenen Augen trank Cebrian einen Schluck Kaffee, ohne seine Lage zu verändern.

»Alles ganz entzückend. Aber mir ist was gegen die Touristen eingefallen.«

Cebrian öffnete ein Auge. »Diese Hektik so früh am Tag, Chef. Und?«

»Eine Rettungsübung. Dann habt ihr mal was zu tun.«

Die Stadt quoll über von Touristen, die zu den im Orbit wartenden Luxuslinern wollten. Deren Kapitäne wegen der Verspätung zeterten. Aber noch fehlten fast zweitausend Urlauber, die irgendwo zwischen der Ferieninsel Huasiringa und Cadhras an Bord von Segelschiffen in der Flaute dümpelten. Die einzigen motorisierten Vehikel auf Shilgat waren ein paar kleine Schnellboote und die Gleiter der Garnison, die nicht touristisch verwendet werden durften.

Cebrians dünner schwarzer Schnurrbart hob sich; die weißen Zähne blitzten. »Ah, Chef, wie nett. Die Garnison wird dankbar sein, ewiglich, fürwahr.« Der linke Arm des *kapitán* machte eine matte Bewegung; der Zeigefinger deutete auf den Schreibtisch des abwesenden Garnisonskommandeurs.

Barakuda ignorierte die Geste. »Ihre Exzellenz müßte natürlich zustimmen. Aber die Gouverneurin steht früh auf.« Er blickte zur Uhr über dem Eingang – 7:21. »Geben Sie ihr noch neunundzwanzig Minuten. Ab halb acht kann man da anrufen.«

Cebrian schloß das Auge wieder; der Arm wies immer noch auf Maqaris Tisch.

Barakuda ging hin und sah den Zettel, der auf einem Stapel anderer Papiere lag. *6:85 Anruf Palais, evtl. Rettungsübung wg. Touristen?* Er kicherte.

»Sie steht *sehr* früh auf.« Cebrian gähnte, stellte den Becher ab und setzte sich aufrecht. Jetzt waren beide Augen offen. »Wenn zwei sich was denken, freut sich der dritte.«

Barakuda verschränkte die Arme. Plötzlich fröstelte ihn in seinem dünnen kurzärmeligen Khakihemd. Die Klimaanlage kühlte den Kontrollraum auf fast 20° herunter. »Wann kommt der Major?«

Cebrian hob die Schultern. »Auch *tribún* Maqari steht wahnsinnig früh auf. Müßte gleich hier sein. Dabei hat er so eine nette Frau.«

»Wird wohl die Gewöhnung sein. Bis nachher.«

Barakuda schloß die Tür seines Büros und öffnete das Fenster. Mit zwiespältiger Befriedigung sah er den Temperaturanzeiger auf 43° steigen, schloß das Fenster wieder und stellte die Anlage auf 28° ein.

Die nächste Stunde verbrachte er am Tisch und an seinem Terminal. In den letzten Tagen war vieles liegengeblieben. Seine Assistentin Lyle Nogura, Zivilbeamte der Abwehr, litt an Herbstfieber und hütete das Bett; er selbst hatte sich nur stundenweise im Tower aufhalten können und viel Zeit im Serai* und im Hinterland verbringen müssen, auf der Suche nach Informationen. Nun aktivierte er die Spezialgeräte, identifizierte sich erneut mittels Impulsgeber, Haut- und Retinacheck, beseitigte durch Eingabe des komplizierten Tagescodes eine weitere Sperre und ließ die aufgelaufenen Daten ausdrucken: Funkmeldungen von einigen der zweihundert Agenten überall auf Shilgat, Anweisungen und Mittei-

* Das Karawan-Serai am Sogga-Ufer oberhalb von Cadhras, wo sich die alten Handelsrouten zwischen Nord- und Südkontinent gabeln. Durch einen Zufall klingt der Shilgu-Begriff *qurba n'sharay*, »Ware-Fernweg-Rast«, fast mit dem galakteinischen *karvan serai* zusammen.

lungen aus Atenoa, für die Abwehr interessantes statistisches Material aus dem »freien« Datenwust der Administration.

Während sich der Korb unter dem Drucker mit Papier füllte, schlürfte Barakuda seinen Kaffee, aß die Brote und ließ sich die letzten Satellitenbilder, Wetterdaten, Schiffspositionen und andere örtliche Dinge auf den Schirm überspielen. Einen der Segler mit Touristen von Huasiringa hatte die Flaute etwa auf halber Strecke zwischen Cadhras und der Schulinsel Corilia überrascht; vor zwei Tagen war eines der Schnellboote ausgelaufen, um das Schiff abzuschleppen. Der Verband würde am Nachmittag Cadhras erreichen.

Er seufzte, als er den viel zu dicken Stapel aus dem Korb des Druckers nahm. Dann seufzte er noch einmal: Das oberste Blatt kündigte für den Abend die Landung des Kurierboots vom Hauptquartier des Raumsektors an, mit dem Inspektor der Randwelten und Protektorate.

»Viel zu früh«, murmelte Barakuda. »Ausgerechnet jetzt.«

Er überflog die Meldungen der Agenten. Sie alle mußten ausgewertet und archiviert werden; nur eine war dringend: Ein Agent aus Gashiri hatte knapp »Syndrom« gemeldet, gefolgt von einer Zifferngruppe. Barakuda entschlüsselte sie und blickte auf den Kalender. Der Agent würde in drei Tagen einen der für solche Fälle festgelegten Abholpunkte im südöstlichen Bergland von Gashiri erreichen. Nach zwei oder drei Jahren im hermetischen Reich der Anarchovegetarier zerbrach bei fast allen Agenten etwas unter dem Druck des distanzierten Beobachtens bei gleichzeitiger perfekter Anpassung. Individuell verschieden waren lediglich Zeitpunkt und Art des Kollapses unter der Bruchbelastung. Ein Agent mochte Gier nach Fleisch verspüren und beim heimlichen Verzehr feststellen, daß der Körper die Annahme der Nahrung verweigerte; ein anderer empfand möglicherweise bis zur Schlaflosigkeit intensive Schuldgefühle aufgrund »antikommuner Absenz«, wenn seine Kundschaftertätigkeit ihn zu Alleingängen zwang. Barakuda ließ Bild und Name des Agenten ausdrucken und schrieb Ort und Zeit des Abholens an den Rand.

Kurz nach acht begann der Tagesbetrieb mit Visifonanrufen, Anfragen, Meldungen. Trotzdem gelang es Barakuda, bis zur ersten Konferenz die wichtigsten Papierstapel zu sichten und neu zu sortieren. Zuletzt zeichnete er den vom Großrechner durchgeführten Routinecheck ab – keine der in den letzten Tagen auf Shilgat gelandeten Personen wurde im Commonwealth gesucht – und ließ die neuesten Daten der Raum- und Seeschiffsbewegungen sowie der Karawanen ausdrucken. Diese Liste und das Blatt mit den Daten des Agenten in Gashiri verschloß er in seinem Schreibtisch. Als er das Büro verließ, war seine Stimmung nicht schlecht.

Die Laune hielt bis nach dem Treffen mit Major Maqari – die Rettungsübung war eingeleitet; sie verflüchtigte sich während der Arbeitssitzung, die der feiste Raumhafenchef Ildo Aguilar einberufen hatte. Es ging um verbesserte Sicherheitskontrollen, schnellere Frachtabfertigung, die Ausstattung der Warteräume mit Unterhaltungsgeräten und Schlafsitzen – lauter Themen, die für die Sicherheitsabteilung nur bedingt interessant waren, bei deren Beratung aber teilgenommen werden mußte. Wie immer, wenn Dante nervös oder gereizt war, strich er mit den Fingerkuppen die Narbe entlang, die vom linken Augen- zum linken Mundwinkel lief. Sein Gesicht und diese Geste mußten ihn wohl verraten haben; der Raumhafenchef machte irgendwann eine anzügliche Bemerkung über »trotz allem wichtige Belange«, und die Erste Operatorin des Großrechners, Leontia Vilgram, wie Dante und Aguilar Ex-officio-Mitglied des Krisenrats*,

* Notstandsausschuß unter Leitung des jeweiligen Gouverneurs. Ihm gehören Vertreter von Gouvernement (Erster Operator, Sekretär für Sicherheit, Leiter des Raumhafens, Garnisonskommandeur) und Territorium (Oberster Richter, Obmann des Parlaments, Präfekt der Gendarmerie) an.

blinzelte ihn spöttisch an. Punkt 11:50, Mittag, endete die Besprechung damit, daß Aguilar in die Hände klatschte.

»So. Und nun zu den angenehmen Dingen des Lebens.«

Barakuda ächzte lautlos. Wie sein Stellvertreter Felix Irgul war Aguilar den Ersprießlichkeiten übermäßig zugetan. Vor allem gutem Essen und Trinken. Hin und wieder wurde gesagt, Aguilar habe seinen Bungalow unterkellern lassen und halte sich dort, je nach Jahreszeit und Windrichtung, exotische Lustknaben, Sklavinnen oder entführte Meisterköche.

»Natürlich sind Sie alle meine lieben Gäste.« Aguilars Gesicht glomm vor Wonne und Mildherzigkeit; dann zwinkerte er. »Das Budget des Raumhafens gibt sich die Ehre.«

Barakuda aß ein paar Anstandshappen. Um 11:80 verließ er den Raum; auf der Plaza Atenoa fand er einen stämmigen Mischling, der eine Rikscha mit Hilfsbatterie betrieb. Dante ließ sich zum zwei Kilometer entfernten Bungalowhügel bringen und bestellte den Mann für 13 Uhr zum Serai.

Während er darauf wartete, daß Lyle Nogura die Tür ihres Bungalows öffnete, blickte er über die gelben Blüten des süßlich duftenden Cinnamongo-Strauchs nach Westen. Eben landete ein kleiner Kugelraumer. Auf der Reede löste sich das Schnellboot vom geschleppten Luxussegler; Barkassen wurden ausgeschwungen, und vom Hafen näherten sich die ersten Leichter. Ein dreimastiger Schnellsegler, wie das Matriarchat von Pasdan sie baute, glitt ohne Tuch in den alten Hafen. Irgendwo zwischen den Bungalows erklang der melancholische Gesang eines Zito-Männchens, und auf dem höchsten Punkt von Kap Qadhira wehte an einer Stange etwas, das Barakuda für eine ausgefranste Unterhose hielt.

Endlich ging die Tür auf. Lyle Nogura trug einen blassen Hausmantel; sie sah elend aus.

»Chef! Was machen Sie denn hier? Krankenbesuch?«

»Das auch. Außerdem gibt es Probleme.«

Nogura deutete auf den Wohnraum, schloß die Tür und

folgte ihm zur Sitzgruppe. »Wie heißt die spezielle Katastrophe? Wollen Sie was trinken?«

»Nein, danke. Das Kurierboot kommt heute abend. Ich bin ein paar Tage weg.«

Sie nickte ohne eine Miene zu verziehen. »Ist gut. Zwei, drei Stunden am Tag werd ich schon schaffen. Irgendwas Besonderes?«

»Eigentlich nicht. Eine Stunde pro Tag wird reichen, bis Sie wieder in Ordnung sind. Für den Rest leiht uns Maqari einen seiner Leutnants.«

Die Nachhut der großen Nordkarawane vom Vortag war endlich eingetroffen. Viele Pferde, ein paar Kamele und zahllose P'aodhus grasten auf den Koppeln am Sogga-Hang. Barakuda war ausnahmsweise dankbar für die Windstille; neben Wolle, Leder und Milch lieferten die Pack- und Zugtiere* auch einen sehr intensiven Geruch. Der alte Händler, mit dem Barakuda sprechen wollte, saß auf der Arkadenterrasse über dem Sogga-Ufer und trank heißen Gewürztee. Im Schatten war es beinahe kühl; das für Cadhrassi angebrachte Thermometer zeigte 44°.

Das Gespräch war angenehm, aber eine Enttäuschung. Wie die anderen Händlerinnen und Händler im Serai konnte auch der ehrenwerte Hariyal nichts zur Lösung des wichtigsten Problems beitragen.

»Wir wissen nicht, wo die Pelze bleiben, Wächter von Cadhras.« Das gefurchte Gesicht des Shil drückte einen selt-

* Zoologen aus dem Commonwealth halten das »Multifunktions-Rind« für eine uralte Züchtung. Vor Einführung und Ausbreitung von Pferd und Kamel scheint es auch schlankere Renn-P'aodhus gegeben zu haben; in den Steppen des Nordkontinents sollen noch einige verwilderte Herden existieren. Die auf besonders widerwärtige Leute angewandte Rede, »er/sie benimmt sich wie ein Renn-P'aodhu«, deutet auf gewisse, nicht näher bekannte Probleme beim Umgang mit diesen Tieren hin, deren weitere Züchtung und Nutzung vielleicht auch deswegen gern aufgegeben wurde.

sam listigen Kummer aus. Die feinen, kräftigen Hände lagen verschränkt im Schoß, auf den Falten des weißen Umhangs. »Unser Weg beginnt in der Steppe nördlich der Sintul-Berge. Bei den Dorfbewohnern und den wandernden Stämmen tauschen wir Dinge ein. Von dort ziehen wir ostwärts zum großen Banyuli, dann hierher nach Süden. Am Ufer des Banyuli hält sich der weitgereiste Saravyi auf. Er weiß nichts hierüber.« Hariyal grinste plötzlich; die Furchen bildeten ein neues Muster. »Er sagt: ›Wo die Felle der Eistiere wachsen, gefriert eines alten Mannes Gesäß. Was soll ich da?‹ Und vorher, am Fluß der Bärenberge, habe ich mit dem Vater der Stämme gesprochen. Fürst Gortahork weiß nicht mehr, als die Gerüchte sagen – die du kennst.«

Barakuda hob die Schale mit Eis und verdünntem Sampawein. Über den Rand des Gefäßes blickte er Hariyal an, mit schmalen Augen. »Die Gerüchte? Daß gesetzlose Shil aus allen Ländern, zusammen mit Mischlingen und finsteren Cadhrassi, eine Bande von Wegelagerern und Räubern im Norden bilden? Unter Führung eines Cadhrassi, den man Schwarzbart nennt, oder Würger des Nordens?«

Hariyal nickte. »Oder Großer-Töter. Ja. Mehr weiß ich nicht. Von da, wo unser Zug beginnt, bis dorthin, wo die Eistiere leben und die Räuber, ist es weiter als von Biyang bis hierher. Warum bestimmte Waren kommen und andere nicht?« Er breitete die Arme aus.

»Also – auch Gortahork weiß nicht mehr?«

Hariyal sah ihm ruhig in die Augen. »Nicht mehr als das. Aber er sendet Grüße. Und die unvergleichliche Mutter der Stämme, Tremughati, die Fürstin des Nordens, sendet ihrem Bruder in Cadhras ein Lächeln. Das zu überbringen mein altes Gesicht unzulänglich ist.« Er zog eine Grimasse.

Um 13:50 begann die nächste Konferenz in einem der Beratungsräume des Tower. Auf der Rückfahrt vom Serai schlug sich Barakuda mit drei Fragen herum, zwischen denen er eine Verbindung ahnte oder befürchtete. Der Handel mit Exotika machte in guten Jahren über vierzig Prozent des Exports aus; das Gouvernement finanzierte sich ausschließlich durch einen zehnprozentigen Ex-/Importzoll. Das Fehlen von Pelzen, Edelsteinen, Schnitzereien, Teppichen und anderen Objekten aus dem hohen Norden traf also nicht nur die Frachtagenten und Handelshäuser.

Dann dachte er an die Morgenbegegnung mit Pa'aira. Und an Begheli, die das andere Apartment an der Hafenseite bewohnte und mit der ihn, wenn nicht gerade beide anderweitig engagiert waren, eine Ab-und-An-Liebschaft verband, die sie spöttisch »nächtliche Solidarität« nannte. Pa'aira und Begheli arbeiteten im *Meeresleuchten*, seit sie von der »Vergnügungsflotte« zurückgekommen waren, einem treibenden Komplex aus Kasinos, Hotels und Bordellen auf dem Binnenmeer. Ein dunkelbärtiger Hüne aus dem Commonwealth hatte dieses und andere Geschäfte betrieben – Drogen, Mädchenhandel, Raub, Erpressung, Falschmünzerei. Die Behörden in Cadhras wußten Bescheid, kannten die wichtigsten Mitarbeiter von Eftalmi Nobrega, aber niemand konnte etwas unternehmen. Es gab keine Beweise; Nobrega balancierte am Rand des rechtsfreien Raums – die hohe See lag außerhalb von Protektorat und Shil-Ländern. Die von Gendarmerie und Sicherheit gebildete Nobrega-Kommission griff immer wieder ins Leere. Bis die Agentin Pa'aira sich freiwillig für die Vergnügungsflotte »anwerben« ließ. Sie brachte Begheli mit zurück, und alle notwendigen Informationen; dann quittierte sie den Dienst.

Die dritte Frage galt dem alten Mann, von dem Hariyal gesprochen hatte. Saravyi war eine wandernde Legende, Odysseus von Shilgat; die eher zynischen als pathetischen Shil verehrten ihn. Barakuda war ihm nie begegnet. Von den hochrangigen Cadhrassi kannte nur der Präfekt der Gendarmerie den alten Shil, aber viel Erhellendes konnte Vito Ataratz nicht sagen.

Ataratz eröffnete die Konferenz informell; man hatte längst mit allgemeinem Gerede begonnen, als Barakuda im Tower eintraf. Der Präfekt nickte ihm zu und räusperte sich.

»Na, haben Sie im Serai noch was rausgekriegt?«

Barakuda klopfte zur Begrüßung auf den Tisch, setzte sich und goß sich Kaffee ein. »Kaum. Nur die Bestätigung der Dinge, die wir längst wissen.«

»Mit wem haben Sie gesprochen?«

»Hariyal. Dem alten Händler aus Biyang.«

Ataratz strich über sein eisgraues Haar. »Wenn *der* nichts weiß ...«

Barakuda grinste ihn an, dann die beiden Vertreter der Wirtschaft, einen Frachtagenten und den Direktor einer Handelsniederlassung. »Da das so ist, können wir uns wohl vertagen, oder?«

Der Frachtagent hob eine Braue. »Sie belieben zu scherzen, wie?«

Die Sekretärin der Finanzen zwinkerte Barakuda zu, sagte aber nichts; ebenso die junge Shil, die von den Heilern und Häuptern der Isthmus-Stämme entsandt worden war. Neben ihr hüstelte der Assistent der Obersten Richterin affektiert auf die Fingerspitzen, die er nicht ganz in Mundhöhe hielt.

»Fürwahr. Als einer der beiden Vertreter des Autonomen Territoriums in dieser Runde« – er warf Ataratz einen Blick zu – »muß ich darauf bestehen, daß ...«

Barakuda unterbrach ihn. »Geschenkt, edler Herr. Trifft uns alle, und alle wissen es.«

Der junge Mann spitzte den Mund. »Ich muß darauf bestehen, relevante Erwägungen vortragen zu können.«

Dante seufzte. »Wiederkäuen, meinen Sie.«

»Und zwar geht es darum, daß die Finanzlage nicht nur unserer Wirtschaftsunternehmen, sondern auch der beiden

Gebietskörperschaften Anlaß zu Besorgnis bietet, zumal dem Ausbleiben jener Objekte, die zum Entstehen besteuerbarer Einkünfte ebenso wichtig sind wie zur Erzeugung einer abgabeerheblichen Zollmasse, seitens der befaßten Behörden und privatwirtschaftlichen Organisationen beziehungsweise Individuen« – er holte Luft und zog mit der rechten Hand am linken Mittelfinger; es knackte – »nur sehr begrenzte Einwirkungsmöglichkeiten gegenüberstehen, soweit diese in der augenblicklichen Situation und hinsichtlich des mutmaßlichen geographischen Ursprungs der Probleme überhaupt durch Commonwealth-Recht und Protektoratsstatut sowie Shilgat-Abkommen sanktioniert, besser gesagt: sanktionierbar sind. Ich möchte insbesondere ...«

Ataratz begann leise zu lachen; der Assistent unterbrach sich und musterte den Präfekten. Sein Gesicht zeigte eine Mischung aus Entrüstung und Zweifel.

Barakuda beugte sich vor und warf einen Blick auf das Blatt mit den Einzelheiten der Tagesordnung, um den Namen des Mannes herauszufinden.

»Hören Sie, Gyrster – pardon: *dom* Gyrster. Das haben Sie ganz prima auswendig gelernt. Es hilft uns aber nicht weiter. In diesem Kreis ist keiner, der nicht all das wüßte, was Sie gesagt haben. Die Händler leben vom Handel; das Territorium erhebt zehn Prozent Steuer auf Einkünfte; das Gouvernement kassiert zehn Prozent Zoll. Und wir können nichts dagegen tun. Weder gegen die Abgaben noch gegen die Pelzverknappung. Ich schlage daher vor, daß wir uns wieder zusammensetzen, wenn einer von uns was Neues weiß.«

Shura Thoron, Barakudas ranggleiche Kollegin aus dem Sekretariat für Finanzen, hob die Hand. »Dafür. Ich weiß sowieso nicht, warum wir uns heute treffen mußten.«

Gyrster widersprach und verwickelte Thoron, den Frachtagenten Tolliver und den Geschäftsführer Bernot in ein bürokratesisch-legalistisches Gespräch, dessen roter Faden vermutlich in einem sinnlosen Knäuel enden würde. Ataratz hatte die Arme verschränkt und die Augen geschlossen; sein Gesicht zeigte unendliche Geduld und unendliche Langeweile. Barakuda betrachtete die junge Shil, die ihm gegenüber saß. Sie trug einen helloliven Leinenkaftan, Ton in Ton passend zu ihrer Haut. Ihr Gesicht war ausdruckslos; die dunklen Augen blickten auf einen Punkt irgendwo über Dantes Kopf. Hatten die Häupter und Heiler eine sehr junge Frau geschickt, um so ihre souveräne Geringschätzung des Problems auszudrücken, oder war sie wirklich gut?

Er nahm einen Stift und schrieb mit Banyashil-Kalligraphie auf ein Blatt: *Wer ist Saravyi?* Dann schob er das Blatt über den Tisch.

Die Frau – Nqarati, den Sitzungspapieren zufolge – blickte ihn einen Moment ausdruckslos an. Sie griff zum Stift, schrieb etwas und gab ihm das Papier zurück.

Wissen – Wachsamkeit – Spott. Barakuda runzelte die Stirn.

»Sie sollten sich lieber zum Thema äußern statt Briefchen zu schreiben.« Gyrster schob die Unterlippe vor. Da begriff Barakuda, daß der junge Mann Angst vor seiner Verantwortung in dieser hochrangigen Runde hatte.

»Es hatte durchaus mit dem Thema zu tun, Gyrster.« Barakuda bemühte sich um einen freundlichen Ton. »Aber ich kann nur wiederholen, was alle wissen und was oft genug gesagt worden ist. Es mag sein, daß im Norden böse Dinge passieren. Aber wir können da nichts tun. Ich habe einige der Agenten im Norden darauf angesetzt, etwas herauszukriegen. Die Fürsten der Banyashil versuchen es auch. Händler wie der alte Hariyal würden es lieber gestern als morgen wissen, weil sie genausoviel Geld verlieren wie wir. Aber wir können nicht hinfliegen und nachsehen und die Garnison einsetzen. Das ist Shil-Gebiet, und wir haben da nichts zu suchen, außer, die Heiler und Häupter bitten um Intervention.«

Ataratz legte einen Finger an die Nase. »Haben Sie eigentlich irgendwas über die Banditen rausgekriegt? Und ob die was damit zu tun haben könnten?«

»Nichts, was uns weiterhelfen würde. Aber ...«

Eine Assistentin der Raumhafenleitung trat ein. »Bitte um Vergebung – Sekretär Barakuda wird dringend gebraucht.«

Barakuda nickte und stand auf. »Entschuldigen Sie mich.« Er kritzelte *Nobrega?* auf den Zettel und schob ihn Ataratz zu. »Ich melde mich – heute abend oder morgen früh.«

Auf dem Gang vor dem Konferenzraum wartete eine Shil, Sprecherin der Stauergilde; Barakuda kannte sie vom Hafen.

»Dringlichkeit welcher Sorte bringt dich von einem Hafen zum anderen, Schwester?« sagte Dante auf Banyashilgu.

Die Shil lächelte sehr knapp. »Tut mir leid, Sie rausholen zu müssen.« Dann wechselte sie vom Galakteinischen ebenfalls ins Shilgu. »Pasdan, o Wächter. Die Mütter gebären Widerliches. Komm bitte mit.«

Der dreimastige Rahsegler lag mitten im Hafenbecken. Von einer Verlängerung der Besangaffel hing die lila Flagge des Matriarchats mit dem goldenen Emblem, dem um ein oberes Kreuz ergänzten Zeichen für weiblich. Beide Kreuze waren zu Dolchen stilisiert.

Auf dem Kai lag ein Mann in einer Blutlache. Der muskulöse Rücken war von Peitschennarben gestriemt; zwischen den Schulterblättern steckte ein Pfeil. Der Lederschurz war zerknittert und abgewetzt: ein Rudersklave – *Manntier* aus Pasdan. Das Geschoß einer Wehrhaften Jungfrau hatte seinen Fluchtversuch beendet. Als der Hafenmeister daraufhin die Ausfahrt mit der schweren Kette sperren ließ, hatte die Kriegerin sich einen Dolch in die Brust gestoßen.

»Und die anderen haben geklatscht; richtig stolz.« Die Sergeantin der Gendarmerie starrte zum Schiff hinüber, Gesicht und Stimme mühsam beherrscht. Neben den beiden schußbereiten Steuerbordkatapulten standen Wehrhafte Jungfrauen, Bogen in den Händen. Die Tote lag noch immer über der Bordwand. Ein Rinnsal verfärbte unter ihr die Hölzer.

Auf dem Kai drängten sich Augenzeugen und Schaulustige. Frauen und Männer der Gendarmerie hielten sie von der Hafenkante zurück. Vor dem *Meeresleuchten* stand die Rote Yolande, die aussah, als ob sie sich übergeben müßte. Hinter ihr, mit einem langen Messer, Lopes der Koch; Begheli war da, ebenso Rugazh und Koryna Delaware. Die junge Frau arbeitete seit einem halben Jahr im *Meeresleuchten*; sie war schnell, geschickt und sehr verschlossen. Neben ihr lehnte unter den Arkaden ein Mann mit seltsam fahlbrauner Haut.

Barakuda fing Beghelis Blick auf, das halbe Lächeln; er bahnte sich den Weg durchs Gedränge dorthin, wo der Hafenmeister mit einer Unterpräfektin der Gendarmerie stand.

»Wie ist es passiert?«

Der Hafenmeister fuhr herum. »Ah, Barakuda. Danke, daß Sie ... Aber es ist vorbei, fürchte ich.«

»Sie haben alles unter Kontrolle?«

Die Gendarmin hob die Schultern. »Zuerst wollten ein paar Leute sich auf die Frauen stürzen. Aber das Schiff ist weit genug vom Kai. Und die Jungfrauen können mit ihren Waffen umgehen.«

Der Segler aus Pasdan hatte wie alle anderen Schiffe in der Flaute gelegen; vier Beiboote mit Rudersklaven und Aufseherinnen hatten ihn zur Küste und in den Hafen geschleppt. Die Ladung – Edelhölzer, Naturarzneien, Kosmetika, Ziergegenstände aus Holz und Metallen – stimmte mit den vor Wochen von einem anderen Schiff übergebenen Listen überein. Während Stauerinnen der Zünfte das Löschen übernahmen*, holte ein Assistent des Hafenmeisters die vorbe-

* Fremde »Manntiere« durften den heiligen Boden des Matriarchats nicht betreten; dazu gehörten auch die Schiffe. Die Jungfrauen und Mütter betraten ungern profanen Boden. Die eigenen Sklaven hätten im Gedränge fliehen können.

reiteten Tauschwaren aus dem Depot: Werkzeuge aus verdichtetem Stahl, feuerfestes Glas, speziell angefertigte Gefäße aus dem fast unzerstörbaren Pharlit-Porzellan. Als der Ladevorgang beendet war und die Gangway eingezogen wurde, nutzte der Rudersklave das Durcheinander, um aus der Barkasse zu springen und zum Kai zu schwimmen. Staue-rinnen zogen ihn aus dem Wasser, konnten ihn aber nicht schnell genug abschirmen. Die Wehrhaften Jungfrauen waren diszipliniert und trafen sicher.

»Die Gendarmerie ist ja nur für das Territorium zuständig. Das da« – der Hafenmeister deutete mit dem Kinn auf den Segler und zog die Mundwinkel herab – »ist ein diplomatischer Zwischenfall. Anderes Wort für widerliche Sauerei.«

Barakuda zündete sich eine Zigarette an, gegen den üblen Geschmack, der in ihm aufstieg. Er spielte einen Moment mit dem Feuerzeug, ehe er es in die Brusttasche des durchgeschwitzten Khakihemds steckte.

»Ich brauche die Anforderungsliste – für die Sachen, die nach Pasdan gehen. Von den gelöschten Waren bitte Proben ans Zoll-Labor.«

Der Hafenmeister nickte. Barakuda wandte sich an die Gendarmin.

»Um es offiziell zu machen – können Sie mich von zwei Ihrer Leute zum Schiff rudern lassen? Ah, machen wir eine Demonstration draus. Eine Frau und ein Mann, bitte.«

Als sie längsseits gingen, schnippte Barakuda den Rest seiner Zigarette ins Wasser und stand auf. Kaum zwei Meter entfernt lag eine der Barkassen, besetzt mit stumpf blickenden Rudersklaven. Im Heck standen zwei Wehrhafte Jungfrauen, Peitsche und Degen griffbereit.

Er setzte den Fuß auf die unterste Sprosse der Leiter und begann zu steigen. Über seinem Kopf klirrte etwas metallisch, eine harte Stimme gab Befehle. Nun erst registrierte er die Spannung, die bleierne Stille im Hafen.

Die Kommandantin hatte die Daumen in den Waffengurt gehakt. Über der weißen knielangen Tunika trug sie ein mit Metallscheiben besetztes Lederwams, darüber einen rosa Schulterumhang, der sie als Zweitmutter auswies. Sie hatte sich zweimal dem »Ekel der Frucht« unterzogen, durfte ein Schiff oder, an Land, eine halbe Tausendschaft befehligen und eine Abteilung in Verwaltung oder Forschung leiten.

Bis auf nicht endgültig verstaute Warenkisten war das Deck musterhaft, festes und laufendes Gerät in bestem Zustand. Vier Wehrhafte Jungfrauen richteten die gespannten Bogen auf Barakuda; die übrigen blieben auf ihren Positionen an den Bordwänden. Die beiden Steuerbordkatapulte konnten jederzeit den Kai mit ihren Ladungen aus Glastrümmern und Metallsplittern bestreichen.

»Sie sind Barakuda.« Es war keine Frage, sondern eine Feststellung. Der Sekretär für Sicherheit flog in unregelmäßigen Abständen nach Pasdan; meistens, wenn es Probleme gab. Barakuda haßte diese Inspektionsflüge, da die Atmosphäre von Unterdrückung und hermetischer Weltanschauung ihn an seine Internatszeit erinnerte und Brechreiz auslöste.

Er antwortete nicht, deutete statt dessen auf die Katapulte. »Sie haben freies Geleit. Niemand wird Sie angreifen. Demontieren Sie das, bevor zufällig ein Unheil geschieht.«

Die Zweitmutter legte eine Hand an den Degengriff. »Sie schänden heiligen Boden. Sie beflecken uns mit penetrierenden Reden. Gehen Sie.«

Barakuda lächelte; es war eher ein Zähnefletschen. Er blickte auf den Leichnam der Gardistin. »Wenn diese Mörderin sich nicht getötet hätte, würde ich Ihr Schiff beschlagnahmen, Mutter. Sie hätten sie ja kaum ausgeliefert, nicht wahr? Dieses Schiff wird nie wieder einen Hafen des Protektorats anlaufen. Weder einen des Isthmus noch Shil-Häfen am Binnenmeer. Dafür sorge ich. Sie können auslaufen.«

»Gehen Sie – Tier.«

»Ich gehe von Bord, sobald die Katapulte uns nicht mehr bedrohen. Sie haben drei Stunden Zeit, um die Küstengewässer zu verlassen. Andernfalls lasse ich Ihr Schiff von Gleitern aufbringen.«

Die Drohung war inhaltlos, da alle Gleiter der Garnison seit dem Vormittag mit der »Rettungsübung« zur Bergung überfälliger Touristen beschäftigt waren. Aber das konnte die Kommandantin nicht wissen.

»Was wollen Sie?« sagte die Zweitmutter eisig. »Sie schlachten doch in Cadhras auch Tiere.«

»Die Katapulte, bitte.«

»Und wenn wir uns weigern?«

»Lasse ich Sie versenken.«

Die Terrasse des noblen *Vistamari* war überfüllt von Touristen; sie stanken nach Schweiß, Sonnenöl, teuren Parfums und Alkohol. In den anderen Hotels an der langen Bucht war es ähnlich, bis auf die Preisklasse der Parfums. Gäste und Personal waren gereizt; als hätte der stickige, windstille Herbst alles mit statischer Elektrizität aufgeladen. Kinder zankten zwischen den Sportbooten am Strand. Im öligen, lauen Wasser der Bucht lagen reglos einige kleine Segler. Auf der Esplanade vor dem Hotel stritten ein Rikschafahrer und ein Tourist um den Preis; der olivhäutige Shil hatte die Arme verschränkt und grinste, während der Fahrgast die Ballonreifen mit Fäusten bearbeitete. Aus dem orangen Rostfarn des Parks hoben sich zwei Köpfe. Im Astwerk einer Gruppe Laokoonfeigen saß ein Junge, als ob er dort gesprossen sei; mit seiner Schleuder schoß er eine der pflaumengroßen, überreifen Früchte auf den Touristen ab. Als der Mann fluchend herumfuhr, verschwanden die beiden Köpfe wieder im Farn.

Barakuda trank seinen Importbrandy aus, legte zwei Drachmen neben die leere Kaffeetasse und stand auf. Langsam wanderte er durch den Park, dann über das freie Gelände zum Raumhafen, wo er die weggesperrten Papiere aus seinem Schreibtisch holte, und weiter zur Garnison. Unter einer Shilgat-Platane, zwischen Offiziersbungalows und den Quartieren der B-*centuria* stand einer der schweren Gleiter. Die sinkende Sonne überzog alles mit einem Anflug von Rost. Doc Ameche, der hagere Garnisonsarzt, desaktivierte die schwebenden Medikrobots; mit einem Seufzen von verdrängter Luft sackten sie auf den Transportwagen. Aram Elorza, einer der »Banditen« des alten Sergeanten Bondak, schob das Gefährt zum Depot. Er zwinkerte Barakuda zu.

Bondak lehnte an der Platane und kaute auf einem Grashalm. Er und seine Leute – zwei *manipel*, je vier *suldaus* und ein *kapral* – waren schon lange zusammen, zuerst bei der legendären 114. Brigade der Marineinfanterie, nun seit sechs Jahren auf Shilgat. Ihre Zechtouren gehörten ebenso zur Folklore von Cadhras wie die sieben Einsätze, die sie teils allein, teils mit anderen unter Barakudas Kommando absolviert hatten: die Erstürmung von Nobregas bewaffneter Vergnügungsflotte; drei blutige Scharmützel mit Wehrhaften Jungfrauen bei Übergriffen auf Shil-Gebiete; eine Auseinandersetzung mit Gardetruppen der Mönche von Banyadir, die nördlich des Banyuli zwei Karawanen überfallen hatten; eine Aktion gegen die Piraten des Lysangrischen Ozeans, die gelegentlich Feriensiedlungen an der Ostküste des Isthmus plünderten und Gäste entführten; ein bitteres Gefecht an der Südostgrenze von Gashiri, wo die Anarchovegetarier ein fruchtbares Hochplateau annektiert hatten.

»Schon fertig, *sirján*?« Barakuda deutete auf den Gleiter; Emlyn Skudder und Korporal Vanzuid hievten eine Verbandskiste aus dem Staudeck. René Nardini und Narciso Ping halfen einem Techniker, der am Antigravaggregat herumfummelte, indem sie schäbige Kommentare abgaben.

»Den Rest macht die Korvette, Chef. Die andern sollen auch mal was tun. Außerdem stottert da irgendwas.« Bondak schob den Grashalm in den anderen Mundwinkel. »Und Sie hatten ein bißchen Zerstreuung am Hafen? Hab ich gehört.«

»Unsere besten Freundinnen, ja.« Barakuda nahm die zusammengerollten Papiere aus der Brusttasche. »Der hier ist für Sie; der Rest wie üblich ins Arsenal.«

Bondak nahm den Zettel mit den Daten des Agenten aus Gashiri entgegen, las und grunzte leise. »Ist klar; mach ich. Mitternacht, wie üblich?«

Barakuda nickte, tippte mit der Rolle der anderen Papiere an seine Schläfe und ging zum Waffendepot. Die *suldá* von einer der beiden Ausbildungskompanien salutierte und präsentierte grinsend den Gasdruck-Karabiner.

In der Waffenkammer II, die er mit seinem Impulsstift öffnete, verstaute Barakuda die Liste mit den Schiffs- und Karawanenbewegungen in der Stahlkiste. Sie enthielt private Papiere, dienstliche Urkunden, ein paar Fotos und Bildbänder, die immer noch schmerzten; außerdem die Schiffs- und Karawanenlisten der letzten fünf Jahre und andere Aufzeichnungen. Er wußte nicht genau, weshalb er dieses Privatarchiv, von dessen Inhalt keiner etwas ahnte, überhaupt unterhielt; Mißtrauen gegenüber der ausschließlichen Abhängigkeit von der Rechnerdatei mochte ein Grund sein, ein anderer der Wunsch, Fakten zu sammeln für die Memoiren, die er als alter Mann doch nie schreiben würde.

Major Maqari trug einen flauschigen Bademantel; seine graue Tonsur war noch feucht von der Dusche.

»Ich bin einmal mitgeflogen; das reicht. Die beiden letzten Flüge mit der Korvette macht *kapitá* Marivel. Die hat sowieso mehr Spaß dran als ich.« Er beugte sich vor, goß zweimal Kaffee und Schnaps ein und hob sein Glas. »Essen Sie mit uns?«

Barakuda klopfte auf seinen Bauch und lächelte die Frau des Majors an. »Sie kochen zu gut, Zayla. Außerdem muß ich gleich wieder zum Tower. Das Kurierboot kommt, und der Inspektor legt Wert auf angemessenen Empfang.«

Zayla Maqari stand auf. »Schade; ich hätte Sie gern mal wieder länger genossen, Dante. Aber kochen muß ich auf jeden Fall.«

Maqari schob einen Aschenbecher in die Mitte der Tischplatte. »Na, wie war der Tag? Konferenzen und ein Zwischenfall im Hafen, was?«

Barakuda rührte in seinem Kaffee. »Sie wissen ja doch schon alles, Ponce. Ein Scheißtag, zusammengefaßt.«

Der Kommandeur der Garnison kniff die Augen zusammen. »Sie klingen nicht besonders, Junge.«

»Keine Sorge, *tribún*; ich werd mich nicht bei Ihnen auskotzen. Bloß – macht alles keinen Spaß. Im Moment.«

»Wie lange sind Sie jetzt hier? Fünf Jahre?«

»Sie kennen mein Dossier doch. Fünf Jahre, ja. Reicht, oder?«

Maqari schloß die Augen. »Wie man's nimmt. Manche kriegen nie genug und wollen hierbleiben, auch wenn sie woanders besser Karriere machen könnten. Andere wollen weg. Das ist nun mal so.« Er öffnete die Augen. »Vielleicht sind Sie einfach nicht ausgelastet.«

Barakuda knurrte. »Kann ich nicht finden. Eher – na ja, ohnmächtig. Genug zu tun, aber nichts, was man wirklich ändern kann.« Er spielte mit seinem Feuerzeug und starrte auf die Flasche mit gaianischem Importschnaps.

Maqari grinste. »Frust, was? Finden Sie sich damit ab, Junge. Sie wollten in die Wüste geschickt werden, jetzt müssen Sie das Beste daraus machen.«

Barakuda nickte müde. »Und zu allem Überfluß der Inspektor. Statt mir etwas wegen der Karawanen auszudenken oder die Papierberge im Tower abzutragen, muß ich Mtusi über den halben Planeten fliegen.«

Maqari kicherte. »Steigen Sie aus, Mann. Heiraten Sie.

Machen Sie sich nützlich, indem Sie Kinder zeugen. Hören Sie auf mit der Grübelei. Es führt zu nichts. Wissen Sie doch längst, was?«

Barakuda leerte Tasse und Glas und stand auf. »Ei fürwahr, ja. – Welchen Gleiter kann ich morgen haben?«

Maqari blieb sitzen. »Egal. Ich glaube, bis auf den großen sind alle in Ordnung. Wen wollen Sie als Begleitung?«

»McVitie. Sie kennt sich mit den Shil aus und kann mir dolmetschen helfen.«

»Geht klar, Junge. Neun Uhr, was?«

Irgendwie ging der Tag doch vorüber. Barakuda eskortierte einen mürrischen Inspektor zum Hotel *Triton*, wanderte dann durch die Nacht, über Kopfsteingassen, zur steilen Treppe, die zwischen einigen alten Häusern direkt auf den Kai hinabführte, stolperte auf einem Absatz über einen Betrunkenen, der sich umdrehte und weiterschnarchte, ging in sein Apartment, duschte und zog frische Sachen an. Die ein paar Minuten später wieder feucht waren.

Noch immer kein Wind; die Nacht war stickig. Aus dem *Meeresleuchten* schwappte ein Sud aus Gelächter, lauten Unterhaltungen, klirrenden Gläsern und dem Scheppern des von Emlyn Skudder mißhandelten Klaviers. Drei oder vier andere Leute der Garnison brachen hin und wieder in Gesänge aus, wenn Skudder Fetzen bekannter Melodien in seine Improvisationen flocht.

Barakuda ging hinein, aß im Stehen ein Fladenbrot und kalten Braten. Die Rote Yolande alias Mutter Schwabbel war nicht zu sehen, wahrscheinlich sehr früh abgestürzt. Begheli hatte die Bar übernommen; Pa'aira, Rugazh und Koryna schleppten Tabletts mit Tellern und Bechern hin und her. An einer Säule lehnte der Mann mit der fahlbraunen Haut; er trank Bier und schien die Musik zu genießen.

Die ersten Liner-Beiboote mit heimgeholten Touristen

hatten im Lauf des Tages den Raumhafen verlassen, aber noch immer war alles überfüllt. Als jemand vom Zwischenfall mit dem Segler aus Pasdan anfing, ging Barakuda hinaus.

Die Fläche zwischen Hafenbecken und Arkaden war kaum weniger belebt als Mutter Schwabbels Lokal. Solange das Getriebe nicht nachließ, brauchte Dante an Schlaf nicht einmal zu denken. Er nahm einen Schluck aus dem Becher mit herbem Sampawein und stellte den Fuß auf den Poller. Am westlichen Horizont, über dem Luxusclipper vor der Hafeneinfahrt, waberte die ovale Konstellation, die die Shil Himmelslatrine nannten, einmal in der Minute überspült vom Blitzen des Leuchtturms.

Auf dem nächsten Poller saß ein bärtiger Tourist. Er trank Amaranthbier, schwitzte prächtig und kicherte ausdauernd.

»Doc, erzählen Sie weiter«, sagte er. »Schöne Geschichten. Wenn ich bedenke, was mir alles erspart geblieben ist!«

Die dicke Ärztin gluckste. »Also, das war alles aus den letzten Tagen. Was wollen Sie denn noch? Die feinsten Amputationen der Hospitalsgeschichte?«

Dr. Eileen Zavimbi hielt ihr leeres Glas hoch und blickte zu den Arkaden. Durch das Gewühl kam Koryna mit einem vollen Tablett. Dante leerte seinen Becher, stellte ihn ab, nahm sich einen neuen. Die Ärztin trank Importgin mit Sampasaft; sie deutete mit dem Kinn auf Barakuda.

»Sie sind dran, Chef.«

Dante holte ein paar Münzen aus der Tasche und legte sie aufs Tablett. Koryna nickte und ging weiter.

»Waren Sie schon mal auf Huasiringa?« sagte der Bärtige.

Zavimbi schüttelte den Kopf, Barakuda nickte.

»Traumhaft.« Der Tourist trank mit geschlossenen Augen. »Wetter, Küche, alles bestens. Und – haben Sie gejagt? Shihuetis? Unvergleichlich. Ich hab zwar keinen erwischt, aber« – er öffnete die Augen und grinste – »dafür lebe ich auch noch.«

»Wieviel Tote hat's bei Ihrer Gruppe gegeben?«

Der Mann blinzelte. »Drei, und sieben Verletzte. Gegen zwei erlegte Shihuetis.«

Barakuda blickte wieder aufs Meer hinaus. Die Himmelslatrine war nur noch halb zu sehen; weit im Westen bewölkte sich die Nacht. »Das macht die Sache ja so reizvoll«, sagte er halblaut. »Fauna und Flora von Huasiringa liegen nach Punkten klar vorn.«

»Tolle Katzen, die Shihuetis. Und den Geruch werd ich nie vergessen. Hat sich gelohnt.«

Der Nervenkitzel kostete mit An- und Abreise zum Beispiel ab Gaia mehr als 15 000 Drachmen; keine Lebensversicherung des Commonwealth übernahm das Risiko von Shihuetijagden. Barakuda verdiente 23 Drachmen pro Tag* und fand die Safaris dekadent. Der Mann redete weiter von wilden Tieren und nicht minder wilden Pflanzen, von der Verpflegung und anderen Annehmlichkeiten Huasiringas. Aus dem *Meeresleuchten* tauchte Felix Irgul auf, der Stellvertretende Raumhafenleiter; er torkelte und hielt sich einen Moment an Koryna fest. Sie zuckte zusammen, hätte beinahe ihr Tablett fallen lassen; dann lächelte sie mühsam. Irgul flüsterte ihr etwas ins Ohr, rülpste und wankte davon.

»Bloß Wein – wahnsinnig teuer, abgesehen von diesem vergorenen Sampazeug.« Der Tourist schielte in sein Bier. »Import; klar. Sagen Sie, warum wird eigentlich hier kein Wein angebaut?«

Dr. Zavimbi blickte Barakuda an. »Wissen Sie 's?«

»Nicht viel. Es gibt keine einheimischen Reben. In der Nähe von Barameq, im nördlichen Isthmus, stellen ein paar Bauern Versuche an. Der Boden soll geeignet sein, aber ich

* »Ministerstufe« im Protektorat; Einkommen in der Privatwirtschaft gehorchen wie überall anderen Gesetzen. – Die Besoldung im Commonwealth-Dienst richtet sich nach den örtlichen Durchschnittskosten; bei Versetzung auf eine teurere Welt gibt es Aufwertungs- und Anpassungszuschüsse.

hab nie was davon gesehen. Die Shil machen alles aus Sampa – Saft, Fruchtwein, Likör, Schnaps. Geht, ist aber nicht zu vergleichen.«

»Billige Löhne«, murmelte der Bärtige. »Land. Hm. Vielleicht sollte man investieren. Aber es fehlt zuviel – Service, so was.«

»Waren Sie und die anderen Jagdgäste mit der ärztlichen Versorgung zufrieden?« Dr. Zavimbi lächelte verhalten.

»Ah, die paar Ärzte und Medikrobots ... Überhaupt, Sie und Ihr verdammtes Protektoratsstatut ... Kein Strom, keine modernen Waffen, nur Pfeil und Bogen und Speere. Man könnte es sich auch ein bißchen einfacher machen.«

Barakuda nickte. »Würden Sie dann soviel dafür zahlen?«

»Nee.« Der Tourist grinste.

Die Himmelslatrine war verschwunden. Eine Vorahnung von Wind strich über das Hafenbecken und wühlte die Gerüche auf. Aus dem *Meeresleuchten* kam Begheli mit einem Tablett.

»Letzte oder vorletzte Runde.« Sie blieb neben Dante stehen. »Irgendwelche Wünsche?«

Der Tourist stand auf und leerte sein Bier. »Ich wanke jetzt wohl besser zum Hotel.«

Barakuda stellte seinen Becher auf Beghelis Tablett. »Danke. Nein, ich nichts mehr.«

Die Ärztin schwieg, hob ihr Glas und blickte zwischen dem narbigen Mann und der aparten Mischlingsfrau hin und her.

»Sehen wir uns noch?« sagte Begheli halblaut.

Barakuda beugte sich vor und küßte ihre Wange. »Zu müde.«

Aus: Eine seltsame Randwelt *von Alma Cyngond* MA
(in: XENOGRAM *3/466, Schrift des Instituts für Fremdvölker, Große Akademie Atenoa, Gaia)*

». . . In einschlägigen Lexika finden sich gelegentlich Vergleiche zwischen dem Denken der Shil und dem der Noastoa. Sie sind reizvoll, führen aber in die Irre. Die Offizialphilosophie des Commonwealth mit ihren diversen Unterdisziplinen, von der Analytischen Meditation bis zum Präventiven Exaltismus, wird viel studiert und selten angewandt – das Denken der Shil ist mit der Sprache Shilgu verbunden, wendet sich von selbst an und bedarf keines Studiums. Noastoa ist der skeptische Verzicht auf universale (metaphysische) Ordnung; die Shil umarmen das Chaos. Anders als die meisten früheren oder konkurrierenden Systeme hält die Noastoa den Menschen für nicht perfektionierbar, den Staat für eine Notlösung: Ihr Ziel ist nicht die beste aller Welten für den vollkommenen Menschen, sondern sozial kanalisierter Eigennutz,* Schadensbegrenzung, *der Versuch, alle Defekte im Zusammenwirken ›bewohnbar‹ zu machen. Verglichen mit früheren historischen Zuständen dürfen wir wahrlich dankbar sein, in einem Commonwealth zu leben, das aufgeklärt und rational ist, das statt utopischer oder religiöser Zwangsvorstellungen die altirdischen Axiome von Parkinson (›Die von einem Kollektiv geleistete Arbeit ist umgekehrt proportional zur Anzahl der mit ihrer Erledigung befaßten Personen‹), Peters (›In einer Hierarchie werden Individuen bis zur Ebene ihrer maximalen Inkompetenz befördert‹) und Murphy (›Was schiefge-*

* »Neue Stoa«: Ursprünglich wohl aus einer Art »Heimweh nach gegliederter Unordnung« von oft bizarren Denkern unabhängig voneinander gegen Ende der Wirren Jahrhunderte (nach dem Kollaps der Erde und des Verbunds ihrer Kolonien) auf verschiedenen Welten entwickelt; zunächst als »konfuzianisches Freistildenken«, »gräkoromanische Chinoiserie« oder »Windbeutel-Stoa« bezeichnet. Später auf Gaia formalisiert und verbindlich gemacht durch Dorji Dyogen Bahadur (67–181 CT) und Ashme Zuvarov Chou (112–201), die ersten Modulatoren des der Großen Akademie von Atenoa angeschlossenen *Peripatio.* Für Karrieren in Staatsdienst, Diplomatie etc. ist ein mit Diplom/Examen beendetes Studium der Noastoa obligatorisch.

hen kann, wird auch schiefgehen‹) zu Vermeidungsprinzipien der Staatsphilosophie erhoben hat! Aber es ist eine Staatsphilosophie – *das Shilgu kennt keinen Begriff für* Staat . . .

In den Shil-Sprachen gibt es drei Zustandsformen: Real, Potential, Irreal. Materiell faßbare Dinge, oder solche der allgemein akzeptierten Erfahrung und Wahrnehmung, werden im Realis erörtert – Philosophisches oder Religiöses im Irrealis. Es gibt für die Shil kein Universum, *das eine einheitliche Ordnung ja voraussetzt; wo wir vom Universum reden, sagen die Shil* shigal, *Großes Chaos.* Universum *ließe sich nur als* nu'shigal-to *übersetzen, etwa Irreales Nicht-Chaos. Eine spezifische Irrealität, wie sie unsere metaphysischen oder staatspolitischen Systeme darbieten, ist für die Shil nur als Vision oder absurdes Spiel akzeptabel, etwa nach dem Genuß des Halluzinogens* Taumeltang.

. . . die Bedeutung der Sprache für das Denken kann hier nicht genug betont werden. Wer allein materiell faßbare Dinge als real begreift und im Realis ausdrückt, nimmt die Welt, wie sie ist, *und stellt keine Hypothesen darüber auf, wie sie (oder der Mensch, die Gesellschaft etc.)* sein sollte. *Weltanschauung (›Opium für Intellektuelle‹) findet nicht statt, da die Welt der Anschauung nicht bedarf; Shil zimmern kein Weltbild, um sich geborgen fühlen zu können, sondern sie erfreuen sich des Chaos. Zur Erbauung oder Zerstreuung erfinden sie abstruse Systeme, an die keiner glaubt, die aber zeitweilig befolgt werden, wie Regeln eines Kartenspiels . . .*

Jenseits erwiesener Gesetzmäßigkeiten (z. B. Newtons berühmter Apfelfall o. ä.) gibt es keine ›kosmischen‹ Gesetze. Im Großen Chaos sind unendlich viele Dinge/Aspekte; sie alle sind verschieden, aber an sich gleichwertig. Ein Gott gilt nicht mehr als z. B. ein Kaktus, außer man beschlösse vorübergehend, ihm einen bestimmten Wert beizumessen. Formeln wie ›Der Mensch ist das Maß aller Dinge‹ oder ›Jenseits von Gut und Böse‹ sind, wegen ihrer immateriellen Bezüge, sprachlich nur im Irrealis auszudrücken und werden damit von vornherein in den Bereich der spekulativen Spielerei ohne Wahrheitsgehalt verwiesen . . .

›Gut‹ ist keine ethische, sondern eine pragmatische Behauptung; das entsprechende Wort bedeutet ungefähr ›was möglichst vielen als möglichst nützlich oder angenehm erscheint und möglichst wenigen schadet‹. Da alle Aspekte des Chaos gleichwertig sind, kann keiner besonders hervorgehoben und zur Grundlage einer Ordnung gemacht werden (z. B. ›Proletariat‹, ›Rechtgläubige‹ o. ä.).

. . . auf der Insel Zho verehrt man 34 nichtexistente Dämonen, deren gräßliche Taten von begabten Chronisten unaufhörlich erfunden werden. Bei den Bundashil des Südkontinents betete man lange Zeit einen Steingott an, dessen Wonne nach allgemeiner Übereinkunft die Verehrungslosigkeit war. Neuerdings pflegt man dort einen weltlichen Kult; eine Autorengilde ergänzt laufend eine Liste möglicher und unmöglicher Gruppierungen (z. B. ›Fliegende Fischesser‹, ›Befürworter des Vulkanismus‹, ›Gemüsebauern‹, ›Ungeborene Hummerkorbflechter‹ o. ä.), aus denen zu Beginn eines jeden Jahres eine durch Los ermittelte Gruppe Verantwortung für die Bürde der öffentlichen Geschäfte zu übernehmen hat. Meistens trifft es nichtexistente Gruppen . . .

In der Blutgrafschaft Vagaván wählt man den Blutgrafen/die Blutgräfin; Amtsträger werden gelegentlich zur Ader gelassen, damit sie nicht mit aktiver Politik die Bevölkerung belästigen . . .

In der alten Stadt Sa'orq wird in einem komplizierten Verfahren einer der Schwachsinnigen des Orts zum Erbgott bestimmt, dessen Weisungen von einer Theologenkaste im Sinne des Gemeinwohls ausgelegt und nicht angewandt werden . . . In Arameq führt man alles auf den Fisch zurück, von dem die Hafenstadt lebt. Der gewählte Obmann des Rats gilt als Vertreter des Großen Fisches und heißt immer Ubba-bul; die Mitglieder des Rats heißen ›Kiemen‹ und tagen in der ›Reuse‹; Kinder sind ›Laich‹ . . .

. . . Die Königin von Kelgarla wird von den Erwachsenen des Landes gewählt. Sie kann Verträge schließen, garantiert die Einhaltung der Gesetze und befehligt im Fall von Konflikten die Streitkräfte. Die Verfassung von Kelgarla gilt auf Shilgat als außerordentlich bizarr . . .«

II

Über Nacht war ein wenig Wind aufgekommen – nur ein Hauch, aber immerhin. Gegen 6 Uhr schien der Hafen von Aktivität zu bersten. Barakuda versuchte, beim Frühstück Musik zu hören, aber die Hämmer und die kreischenden Sägen fanden kein Auskommen mit Händels *Wassermusik*. Knurrend nahm Dante den Musikwürfel aus dem Gerät.

Als er auf den Kai hinaustrat, lehnte die Rote Yolande an einem Pfeiler der Arkaden. Sie kratzte sich die Achseln und blickte mit Mordlust auf das Treiben.

»Morgen, Yolande. Gut geschlafen? Ist doch fein, so früh geweckt zu werden, wie?«

Mutter Schwabbel grunzte, kniff die kleinen, blutroten Augen zu, bückte sich und warf eine Holzlatsche nach ihm.

Barakuda grinste und setzte sich nach Norden ab. Am Ende des Hafens führte die Kopfsteinstraße zwischen großen Häusern zur Sogga-Brücke. Läden und Kneipen waren noch geschlossen; Dante warf einen Blick auf seine Uhr – kurz nach sieben, zu früh. Er lehnte am Geländer, starrte in den schnellen Fluß und rauchte eine Morgenzigarette. Jenseits der beiden Konservenfabriken stieg die Straße an; auf dem Hügel lagen an einem von Shilgat-Platanen umgebenen Platz die Gebäude der Territorialen Administration. In einem Lokal gegenüber trank Barakuda Kaffee und wartete. Punkt halb acht tauchte der Präfekt der Gendarmerie auf; Dante fing ihn vor dem Portal ab.

»Ah, Barakuda. Ziemlich früh. Kommen Sie rein. Drinnen redet sich's besser.« Der grauhaarige, drahtige Mann deutete mit dem Daumen über seine Schulter.

Aus dem Büro des Präfekten, in der Nordwestecke des Gebäudes, überblickte man das Meer, die grüne Ebene mit der Mündung des Ylagas und die Küstenhügel. Auf der Anhöhe nördlich des Flusses leuchtete das Palais der Gouverneure im Morgenlicht.

Barakuda ließ sich in den weichen Sessel sinken. Ataratz lehnte am Schreibtisch.

»Was war das mit dem Zettel gestern – Nobrega?«

Barakudas Zigarettenpäckchen war leer; er warf es in den Papierkorb und wühlte in der Reisetasche nach einem neuen. Der Präfekt reichte ihm einen Aschenbecher, ein wunderschönes muschelförmiges Stück aus dem halbtransparenten, hauchdünnen Pharlit-Porzellan.

»Nobrega, ja. Und noch was.«

»Eins nach dem anderen.«

Barakuda grinste müde. »Na schön. Also – ich kann nichts beweisen, aber ich bin beinahe sicher, daß unser alter Freund Eftalmi Nobrega an der Warenverknappung und dem Banditenunwesen in der Nordsteppe beteiligt ist.«

Ataratz pfiff leise. »Oho. Das wäre was ... Gut. Ich setz meine Leute drauf an. Wir gehen seine alten Kontakte durch, nehmen ein paar spezielle Freunde ein bißchen in die Mangel. Mal sehen ... Was ist der andere Punkt?«

»Inspektor Mtusi. Er war ein wenig mürrisch, gestern abend. Mit dem Abkommen kann es eigentlich nichts zu tun haben. Selbst wenn die Shil Klagen haben – das erfährt er erst in den nächsten Tagen. Schätzungsweise geht es mal wieder um das Territorium und das reaktionäre Gouvernement, das allen Fortschritt blockiert.«

Der Präfekt setzte sich hinter den Schreibtisch, in seinen Drehsessel. »Wenn ich Sie richtig verstehe, Dante, wollen Sie ein Dossier. Eine Zusammenstellung der Reden und Vorschläge unserer besonderen Freunde in der *asambli* und der Administration, wie?«

Das Autonome Territorium des Isthmus wollte, wenn man seinem Parlament glaubte, mehr Technik, Automatisierung der Landwirtschaft, Motorisierung des Verkehrs; das Gouvernement mußte das Abkommen einhalten und das bestehende Gleichgewicht bewahren. Ataratz vertrat als einer der wenigen führenden Leute des Territoriums oft die Position des Gouvernements; es war ihm bisher etwa gelungen, eine Bewaffnung seiner Gendarmerie zu verhindern. Zusammen mit der Obersten Richterin hatten er und Barakuda die Amtsenthebung des früheren Gouverneurs betrieben, der unter Umgehung des Abkommens Dieselaggregate, Traktoren und batteriebetriebene Schnellboote eingeführt hatte. Seine Nachfolgerin bemühte sich seit zwei Jahren, die Dinge wieder ins Lot zu bringen. Barakuda und Ataratz arbeiteten gut und auch gern zusammen; nicht zuletzt verbanden sie einige erstklassige gemeinsame Feinde in der *asambli.*

Barakuda blies Rauch zur Decke, die mit schwarzgebeizten Hölzern getäfelt war. »Möglichst umfassend, ja. Wie lange brauchen Sie dazu?«

»Wieviel Zeit kann ich bekommen?«

»Vier Tage.«

»Das reicht. Fliegen Sie heute?«

»Ja. Man muß die letzten schönen Tage nutzen.«

»Die übliche Route?«

Barakuda zählte auf. »Die Taggashil am Losabu, dann Kelgarla, Sa'orq und Golgit, von da in den Norden, nach Arameq und Golazin, dann Vagaván und zum Schluß zu den Fürsten der Steppe.«

»Alles in vier Tagen?«

»Das Kurierboot kann nicht länger bleiben.«

»Na, dann genießen Sie mal die schöne Aussicht.«

Über die zweite Sogga-Brücke ging Barakuda ins Zentrum, das ein wenig höher lag als die Hafengegend. Inzwischen hatte das Leben begonnen. Mehrmals mußte er Karren ausweichen, die auf dem Weg in die Gemüsefelder des Schwemmlands zwischen den Flüssen waren. Die zottigen P'aodhus waren ebenso stark wie langsam; außerdem sonderten sie Übelriechendes ab. Ein Radfahrer geriet in einen Fladen und glitt in die weichen Ballonreifen einer entgegenkommenden Rikscha.

Im Handwerkerviertel blockierte ein Karren den Verkehr. Dunkelrotes Holz der Blutweide türmte sich vor dem Hof eines Schreiners und Küfers. Der Fahrer eines Milchwagens hatte versucht, an dem Holzkarren vorbeizukommen; die Vehikel waren ineinander verkeilt. Die Fahrer tauschten Flüche und Hiebe aus. Der P'aodhu des Milchwagens stierte Barakuda an, schob die Unterlippe vor und rülpste. Aus der Traube der Zuschauer löste sich eine ältere Shil; ihre Augen funkelten. Sie drängte sich vorbei an den streitenden Männern, kletterte auf den Bock des Milchwagens, hob eine kleine Kanne von der Ladefläche und goß den Inhalt über die Fahrer. Unter dem Beifall der trockenen Zeugen turnte sie weiter nach hinten und verschwand.

Der Inspektor saß an einem Tisch in Fensternähe, frühstückte heftig und schaute auf die Plaza hinaus. Der Speiseraum des *Triton* war dezent dunkel tapeziert; zwei livrierte Kellner hielten sich in Sichtweite des einzigen Gastes auf.

»Ah, hm, Kaffee?« Mtusi deutete auf die silberne Kanne und kaute weiter.

Barakuda ließ sich am Tisch nieder. Einer der Kellner brachte ein zweites Gedeck und zog sich lautlos zurück.

»Ich hoffe, Sie haben sich erholt. Damit Sie den Strapazen gewachsen sind.«

Der Inspektor zwinkerte. »Es ist ein bißchen knapp, aber wir werden's schon schaffen.«

Falbergo Mtusi unterstand dem Sekretär für Dominien

und Protektorate in Atenoa; er war zuständig für ein halbes Dutzend Randwelten und zum drittenmal in Cadhras.

Barakuda goß sich Kaffee ein. Mtusi kaute immer noch und lud Nachschub von der Platte auf seinen Teller: kalten Braten, frisches Weißbrot und Butter. »Wann geht's los?«

»Von mir aus sofort.«

»Hm. Ich müßte noch etwas erledigen; außerdem wollte ich einen Morgenbesuch im Palais machen.«

»Ihre Exzellenz steht früh auf und arbeitet. Sie werden Sie sicher nicht wecken. Aber wir haben nicht viel Zeit.«

Mtusi seufzte. »Ja, ich weiß. Das Kurierboot. Es dauert auch nicht lange. Ein Schreiben des Sekretärs, das einige Begleitworte erfordert. Wie spät ist es?«

»Gleich neun.«

»Sagen wir, Sie holen mich um elf am Palais ab?«

Dante zögerte. Innerhalb von vier Tagen mußten sie 35 000 Kilometer zurücklegen und dabei acht diplomatische Besuche machen. »Ja, gut, wie Sie meinen.«

»Eh, noch etwas.« Der Inspektor schlug die weiße Tischdecke beiseite und hob ein Bein.

Barakuda betrachtete es irritiert. »Ein körpereigenes Fortbewegungsmittel.«

»Unsinn. Die Stiefel.«

Die Füße des dicken Mannes steckten in abgenutzten, ehemals dunkelbraunen Halbstiefeln aus weichem P'aodhu-Leder. Die elliptische Maserung war unverkennbar.

»Maßgefertigt bei meinem letzten Besuch hier. Und mit nichts zu vergleichen, was ich je getragen habe. Ich habe aber vergessen, wo der Schuhmacher wohnt.«

Dante lächelte. »Das ist einer der Vorzüge einer Randwelt. Bei den Entfernungen werden die Transportkosten so hoch, daß keiner hier sich industrielle Massenware leisten kann. Halten Sie sich rechts, wenn Sie das Hotel verlassen. Die Hauptstraße durchs Handwerkerviertel; Sie müssen ohnehin da entlang, um zum Palais zu kommen. Fragen Sie den ersten Schuhmacher, wer die Stiefel gemacht hat. Die haben alle ihre eigene Handschrift.«

Mtusi nickte, betrachtete die Reste seines kalten Bratens und schob den Teller fort. »Kommen wir zu den unerfreulichen Dingen.« Er öffnete den Aktenkoffer, der neben ihm auf einem Stuhl lag, und reichte Barakuda zwei Blätter.

Es handelte sich um Kopien von Zeitungsartikeln. Einer trug den Titel »Eine seltsame Randwelt«, war verfaßt von Alma Cyngond und erschienen in einer akademischen Monatsschrift. Der andere, »Das erzwungene Mittelalter«, von Bogdan Pantaleo, stammte aus einer der großen Tageszeitungen von Atenoa, TEMPO.

»Sie haben gestern was von Ärger gesagt. Geht es darum?«

»Ehja. Das eine Dings von dieser Dame namens Cyngond, das ist ganz nett. Kennen Sie sie?«

Barakuda räusperte sich. »Eine reizende alte Dame, ein wenig gehbehindert. Ich habe ihr ein paar Auskünfte erteilt.« Die Dame war bestens zu Fuß gewesen, dreißig Jahre alt, hatte sich für alle möglichen Aspekte und Perspektiven Shilgats interessiert und besonderen Gefallen an jenen gefunden, die Barakudas Apartment bot.

»Ein paar Formulierungen könnten glatt aus einem Ihrer Berichte stammen.«

»Ich wußte gar nicht, daß jemand die liest.«

»Ungern, aber ich werde dafür bezahlt. Hier, dieses zum Beispiel.« Er nahm das Blatt, hielt es hoch und intonierte feierlich, wenn auch nasal einen Absatz, der sich mit den Modi (Realis, Potentialis, Irrealis) der Shil-Sprachen beschäftigte und eine halluzinogene Substanz namens Taumeltang erwähnte. »Klingt wie ein echter Barakuda, oder?«

Dante runzelte die Stirn. »Einiges, ja. Aber von Taumeltang hab ich ihr nichts erzählt.«

»Was ist das eigentlich?«

»Ein besonderer Tang, wächst auf bestimmten Meeresböden im Pangotischen Ozean. Die Shil holen das Zeug mit Tauchern hoch; es wird getrocknet und pulverisiert. Die genauen Verarbeitungsweisen kenn ich nicht. Es gibt wohl drei Varianten – ein mildes Halluzinogen, ein Betäubungsmittel und ein starkes Rauschgift. Ich bin nicht besonders glücklich über den Artikel. Wir haben genug Probleme; die interstellare Narko-Mafia muß nicht auch noch dazukommen.«

»Probleme? Mit dem Abkommen, oder was?«

»Das werden Sie von den Shil hören, die wir besuchen. Nein, da liegt nichts vor. Aber sonst? Der neue Obmann der *asambli* will den Isthmus modernisieren – Technik für alle Lebensbereiche. Ubang Thang heißt er; von dem werden Sie noch hören. Dann die ewigen Probleme mit den Wahnsinnigen – Pasdan, Gashiri, Banyadir. Und neuerdings blockieren Banditen im Norden die Karawanenrouten; wichtige Handelsgüter bleiben aus, und Sie wissen ja, was das für Wirtschaft, Steuer und Zoll in Cadhras bedeutet.«

Mtusi klopfte auf das andere Blatt, das vor ihm lag. »Hier steht was zu Wirtschaft und Technik. Lesen Sie mal.«

Barakuda überflog den Artikel. Er erinnerte sich dunkel an den Autor, der vor etwa einem halben Jahr in Cadhras gewesen war und sehr viel Zeit mit Abgeordneten der Territorialversammlung verbracht hatte. Der Artikel behauptete, eigentlich wollten die Shil längst nicht mehr vor dem Fortschritt geschützt werden; beiderseitig interessante Handelsmöglichkeiten würden vom Gouvernement abgewürgt, etwa der Export des medizinisch sehr nützlichen Taumeltangs, der als harmloses und schnellwirkendes Narkotikum viele Operationen erleichtern könnte; ferner litten etliche Planeten des Sektors an Nahrungsmittelknappheit, und der auf Shilgat produzierte Getreideüberschuß von jährlich 10 Millionen Tonnen ließe sich durch Einsatz moderner Mittel mühelos verdreifachen.

»Das hat in Atenoa Ärger gegeben. Der Brief des Sekretärs für Dominien und Protektorate an die Gouverneurin befaßt sich damit.«

Barakuda ließ das Blatt sinken. »Alles Quatsch. Die Shil haben zu einer Zeit, als auf der Erde noch Neandertaler herumturnten, auf eine technische Zivilisation verzichtet und wollen bis heute nichts davon wissen. Der Mann hier hat zuviel Zeit mit den Leuten der *asambli* verbracht. Ich lasse Ihnen ein Dossier über den ganzen Fragenkomplex zusammenstellen, das Sie in Atenoa vorlegen können.«

* * * * *

Aus kupfernen Monstermäulern in der Täfelung quoll Heißluft; sie stieg an Tongefäßen empor, deren Wasser mit Duftessenzen von den Inseln des Pangotischen Ozeans versetzt war. Schwere, dunkelrote Teppiche bedeckten die Bohlen. Die Hitze im Raum war kaum auszuhalten; dennoch fröstelte die Frau auf dem Diwan. Die rechte Hand der Blutgräfin erschien zwischen den Pelzen der arktischen Eiskatze; blasses Oliv in Sahneweiß. Transparente Finger machten eine matte Bewegung, die gemurmelte Sätze begleitete. Die Audienz war beendet.

»Haben Sie was rausgekriegt?« sagte Mtusi auf dem Gang.

»Sie weiß auch nicht mehr als wir, obwohl die Karawanen hier zusammengestellt werden.« Barakuda seufzte. »Sie wollte was unternehmen, Nachforschungen anstellen . . .«

»Die Gräfin sieht schlecht aus«, sagte der Inspektor, als sie vor dem Portal der Blutburg standen. »Der Aderlaß kann noch nicht lange her sein.«

Barakuda nickte und schlug den Kragen seiner wattierten Jacke hoch. Der eisige Seewind war erfrischend, aber vor allem kalt. Die untergehende Sonne stand wie eine Bronzescheibe auf dem westlichen Horizont – ein Farbgong, dessen Dröhnen zunächst zu Karmesin anschwoll und dann, mit der

Entfernung vom Ursprung, in undefinierbaren Schattierungen verebbte; in der Bucht von Vagaván war das Meer graugrün. Bruchsteinmolen ragten ins Wasser. An den hölzernen Landebrücken lagen zwei Frachtsegler und zahllose Fischerboote. Der Blick war fast die Reise wert. Unterhalb der Zitadelle sanken die Reihen heller Häuser in Terrassen zum Stadtkern am Strand.

»Sie ist ihren Leuten zu aktiv gewesen, fürchte ich. Haben Sie die Adern gesehen? Die Haut ist beinahe durchsichtig.«

Der Inspektor rammte die Hände in seine Manteltaschen. »Komischer Planet. Irgendwie kann ich mich nicht dran gewöhnen, daß eine Regierung nur für Notfälle da ist und zur Ader gelassen wird, wenn sie das Volk belästigt.«

In der Stadt herrschte der übliche Abendbetrieb. Noch waren die Läden und Verkaufsstände belebter als die Tavernen. Es roch betäubend nach Fisch.

Der Abendwind pfiff über den erhöhten Damm, der einmal ein Kai gewesen war. Mtusi zog den kurzen Hals noch tiefer zwischen die Schultern. »Kalt. Aber eigentlich müßte es hier oben doch um diese Zeit noch kälter sein.«

»Eine warme Strömung vom Äquator. Vagaván ist ganzjährig eisfrei. Die Bucht jedenfalls. An Land wird es schon mal ungemütlich.« Barakuda deutete auf die scharfen Umrisse des Vorgebirges, das die Bucht im Norden begrenzte. »Das Vorland geht fast zweihundert Kilometer in den Pangotik. Es staut die warme Strömung und leitet sie weit ins Meer hinaus. Jenseits des Vorgebirges, ungefähr fünfzig Kilometer nördlich, fängt bald die Eiszeit an.«

Der Resident des Gouvernements bewohnte einen kleinen Palazzo am Nordende des Stranddamms. Das Alter der Hafenanlagen aus riesigen Quadern war unbekannt; seit Beginn der Beobachtungen durch das Gouvernement hatte sich der Westen des Nordkontinents jährlich um zwei Millimeter gehoben, und um die Hafenanlagen wieder benutzbar zu machen, hätte der Wasserspiegel acht Meter steigen müssen. Vermutlich war Vagaván vor 4000 Jahren eine alte Stadt gewesen. Der Palazzo des Residenten dagegen war jung; nach Auskünften einheimischer Baumeister handelte es sich um eine Arbeit des Steinherren Yanuba, der vor etwa 1200 Shilgat-Jahren (ca. 1320 Standardjahren) gelebt hatte. Yanuba galt als irre, wiewohl interessant; er hatte auf einem Hügel südlich von Vagaván kurz vor seinem Tod einen Monolithen und eine hauchdünne, quadratische Platte angefertigt, um sein Werk zu vollenden, wie er sagte. Erst danach stellte man fest, daß dieses Werk ausnahmslos aus Bauwerken bestand, in denen jeweils eine Primzahl verarbeitet war. Monolith und Fläche entsprachen 1 und 2 und vollendeten das Werk nach unten; niemand wußte, wie weit nach oben Yanuba in der Reihe der Primzahlen gekommen war, denn in seinen besten Jahren war er weit gereist. In der Residenz gab es 23 Räume; alle Treppen hatten 23 Stufen, die spitzen Bögen der Arkaden im Innenhof bestanden aus 23 abwechselnd golden und grün bemalten Steinen; die Grundfläche des Gebäudes, aller Räume und – angedeutet – sogar der Gänge war ein Dreiundzwanzigeck. In einem der vielwinkligen Räume brach ein umständlicher Alkoven zahlreiche Wände, und im letzten und untersten der 23 Kellerräume gab es eine 23eckige Steintür mit 23 Schlössern.

Das Abendessen war reichhaltig: Fischsuppe, gedünstete Fischfilets in einer aromatischen Tunke, gebratene Seevögel und eingelegte Früchte, die an winzige Kürbisse erinnerten. Barakuda hielt sich ein wenig zurück; der Inspektor fraß. Die Residentin, eine hagere Frau mit grauem Haar und stechend graublauen Augen, langte ebenfalls kräftig zu; offenbar gehörte sie zu jener Sorte von Hageren, deren Gestalt nicht durch Nahrung zu beeinflussen ist. Die Pilotin, Leutnant Sarela McVitie, nippte nur. Das fröhliche Gesicht mit der Stupsnase war nicht so frisch wie sonst, und ihre graugrünen Augen schauten müde.

Mit Kaffee, Gebäck und (importiertem) Brandy setzten sie sich an den Tisch vor dem Polygon des Kamins. Der Butler hatte 23 Scheite zu einer Pyramide geschichtet und angezündet. Als er gegangen war, zog die Residentin ein Blatt aus der Jackentasche und schob es Barakuda hin.

»Ihre Liste, Sekretär.«

Dante überflog die Aufstellung der hier ansässigen fremden Händler und der Reisenden der letzten Monate. Die beiden in Vagaván lebenden Händler aus Cadhras würde er später sehen; mit ihnen war er in einer der Strandtavernen verabredet. Zwei Eintragungen interessierten ihn jedoch.

»Diese beiden Männer. Und was will ein Segler aus Pasdan hier?«

Seit das Commonwealth Gouvernement und Garnison in Cadhras unterhielt, hatten die Heiligen Mütter zwar die direkte Aggression gegen ihre Nachbarn eingestellt, betrieben sogar ein wenig Handel, aber die Feindseligkeit blieb.

»Die sind draußen in der Wetterküche am Kap in einen Sturm geraten«, sagte die Residentin. »Hier haben sie auf der Reede geankert und die Schäden repariert. Und die beiden Männer? Schräge Typen. Beide Cadhrassi, ich weiß aber nicht woher, Isthmus oder Commonwealth. Sie haben sich ein paar Tage in Vagaván herumgetrieben, fast wie Kundschafter, und sind wieder verschwunden. Für meinen Geschmack hatten sie zu gute Pferde und zu viele Waffen.«

Barakuda kniff die Augen zusammen. »Was für Waffen?«

»Nichts Verbotenes, sonst hätte ich etwas unternommen. Aber wozu reiten zwei Männer mit Reitersäbeln, Krummdolchen, Wurfpfeilen, Bogen, Armbrüsten und zusammensetzbaren Blasrohren durch eine friedliche Gegend?«

Dante pfiff leise. »Nettes Arsenal.«

»Banditen«, sagte McVitie.

Die Residentin schwieg; der Inspektor schlürfte mit geschlossenen Augen Brandy und schien weit weg zu sein.

»Dann würde es interessant«, sagte Barakuda. »Bisher haben wir uns um die Wegelagerer nicht gekümmert; das sind Shil-Angelegenheiten, und die großen Karawanen haben sich ganz gut selbst verteidigt. Wenn bei den Banditen aber auch Cadhrassi sind, dann ...« Er schnippte den Rest seiner Zigarette in den Kamin und rümpfte die Nase.

Später beschäftigten Mtusi und die Residentin sich mit den Büchern; Barakuda brach zu seiner Verabredung in der Taverne auf. Trotz aller Müdigkeit wollte McVitie mitkommen. Schweigend gingen sie über den von Laternen – in Vagaván wurden Gase aus tierischen Abfällen genutzt – matt erleuchteten Kai.

Die beiden Cadhrassi-Händler waren höflich und zurückhaltend; wesentliche Informationen hatten sie nicht. Mit Rücksicht auf die anderen Gäste wurde die Unterhaltung auf Banyashilgu geführt; nach und nach beteiligten sich nahesitzende Shil, steuerten Anekdoten bei oder suchten Gerüchte durch anderslautende Mutmaßungen zu entkräften. Schließlich, als McVitie immer ausdauernder zu gähnen begann, erkundigte sich Barakuda nach möglichen Attraktionen des Nordens, die man auf dem Rückflug nach Cadhras unbedingt besichtigen sollte. »Einer von uns wird nämlich nicht so bald wiederkommen, deshalb sollte man es ausnutzen.«

Es wurden verschiedene Vorschläge gemacht – das langgestreckte Vorgebirge, der Nadelhafen (eine Bucht im Süden von Vagaván, die von Tausenden dünner Felsnadeln gesäumt war, Kunstwerken der Erosion), der Farnwald von Paqrash. Ein jüngerer Fischer sagte bedächtig: »Die Ruinen von Thaggo. Aber das ist wohl ein Umweg, wie? Sie müssen besonders für Cadhrassi aufregend sein, bei Sonnenaufgang. Die beiden Cadhrassi, die vor einigen Zehntagen hier waren, haben es jedenfalls erzählt.«

Nach dem letzten Schluck des schwarzen Bitterbiers gingen Dante und Sarela zurück zur Residenz. Dort fanden sie

Mtusi und die Residentin über eine Kiste mit seltsamen Gegenständen gebeugt: Metallzylinder von jeweils zehn Zentimeter Länge, besetzt mit unterschiedlich langen und verschieden angeordneten Stiften.

Die Residentin füllte die Brandygläser zu einem Nachttrunk. »Sechzehn Schlüssel. Seit zweihundertfünfzig Jahren suchen alle Residenten die Schlüssel für die schreckliche Tür im Keller. Dreiundzwanzig müssen es sein.«

»Und dann?« sagte der Inspektor.

»Dann wird die Tür geöffnet, und die Neugier zahlreicher Generationen von Diplomaten ist befriedigt.«

»Sie rechnen hoffentlich nicht mit einer Schatzkammer«, sagte Barakuda. »Wie ich unsere Freunde kenne, hat dieser Shil-Baumeister entweder Skelette da versteckt oder einfach einen Zettel, auf dem ›Ätsch‹ oder ›Willkommen‹ steht. Sarela, Inspektor: Wir haben eine kleine Programmänderung. Ich möchte gern im Morgengrauen die Ruinen von Thaggo besichtigen.«

»Ich dachte, wir wollten ausschlafen und dann in die Zentralsteppe zu Fürst Gortahork fliegen«, sagte der Inspektor. »Was ist das nun wieder für ein Unsinn?«

»Hat ihm ein Shil empfohlen.« McVitie gähnte. »Soll sehr reizvoll sein.« Es klang nach Mißbilligung und Schlafdefizit.

Barakuda grinste. »So ist es. Da ist nur etwas, was Sie nicht wissen, *legata*: Der Junge ist einer von unseren Leuten.«

550 Kilometer nordöstlich von Vagaván hatte einst die blühende Stadt gelegen, Thaggo-Die-Großartige. Südlich der Ruinen gab es ein riesiges, unpassierbares Sumpfgelände; es reichte bis zu den Bergen, die die unendliche Hochsteppe des Nordkontinents vom Küstenland trennten. Die Sümpfe waren einmal heiß gewesen: brodelnder Schlamm, kochende Quellen, Geysire. Auch der Fluß, an dessen breitem Mündungsschlauch Thaggo lag, entsprang hier. In der Öde

des Nordens mußten die ober- und unterirdisch kanalisierten, warmen Wasserläufe ein Paradies geschaffen haben – eine grüne, fruchtbare Insel nördlich des Polarkreises. Vermutlich hatte der Fluß ausgereicht, Teile des Eismeers aufzuheizen und den Bewohnern neben subtropischer Flora eine reichhaltige Fischkarte zu bescheren. Aber eines Tages war der Nachschub aus dem Inneren des Planeten versiegt; die Kälte kam, die Menschen zogen fort und ließen die Stadt zurück. Die ausgeklügelten Kanalsysteme verfielen, und der Sumpf breitete sich über Tausende Quadratkilometer aus.

Der östliche Himmel wurde fahl; Barakuda lenkte den Gleiter in einem weiten Kreis etwa 1000 Meter über Thaggo. McVitie hatte die automatischen Kameras eingeschaltet und beobachtete die Schirme. Der Fluß war leer – zwischen den Ruinen und dem Eismeer keine Schiffe.

»Wärmeorter?«

Sarela nickte. »Kleine Ausschläge – Tiere, vielleicht Robben oder ein Gorgur. Sieht nicht nach Menschen aus.«

»Was ist ein Gorgur?« sagte Mtusi.

»Eine Art Schakal. Ist aber ein Katzentier; die Familie Hund gibt es auf Shilgat nicht.«

»Dann kläfft wenigstens nicht dauernd was.«

Sie überflogen eine Kette kahler Hügel; im bleichen Frühlicht dehnte sich unter ihnen das Sumpfland aus: graubraungrüne Wellen mit helleren Felsblöcken und Gesträuch.

Als die erste Röte sich abzeichnete, erreichten sie den Rand des Ruinenkomplexes. Barakuda ließ den Gleiter sinken und steuerte ihn durch die Ruinen. Unter ihnen, von Trümmerstücken bedeckt und von Pflanzen überwuchert, erstreckte sich eine Straße. Die ehemals massiven Gebäude des Stadtrands waren nur noch klägliche Haufen, aber weiter im Zentrum gab es mehr Mauerwerk. Einige Häuser hatten der Zeit und dem Klima getrotzt; die Strahlen der aufgehenden Sonne färbten die Oberkanten der Mauern rosa, dann rotbraun; eben erst aus dem Dunkel der Nacht aufgetauchte Bodenflächen verschwanden unter frühen Schatten.

Der Inspektor verrenkte sich den Hals. »Müssen fröhliche Zeitgenossen gewesen sein.« Sie passierten Quaderbauten, die von langen, nicht mehr vollständigen Säulenreihen umgeben waren. Fürchterliche Ungeheuer reckten sich auf düsteren Sockeln; es folgte eine Gruppe verwitterter Frauen und Männer in schwierigen Kopulationsstellungen. Dann wieder Monster, unregelmäßig abgewechselt von streng aus augenlosen Höhlen blickenden Gestalten, abstrakt und verwittert.

»Sieht nach Rats- und Tempelbezirk aus«, sagte Mtusi.

Sie überquerten einen kleinen Platz; unter dem vorspringenden Giebel eines soliden Gebäudes prangte ein Relief, das Menschen und Monster in allen möglichen Varianten sexueller Betätigung zeigte.

Plötzlich blieben die Trümmer zurück; der Gleiter flog über abgesackte Kaimauern und ein steiniges Ufer. In der Mitte war der Fluß noch offen; am Rand hatten sich dünne Eisschichten gebildet. Jenseits des Flusses zog sich ein dichter Nadelwald Berghänge hinauf; alles war von Rauhreif bedeckt.

»Entschuldigung, aber ich muß prosaisch werden.« Barakuda bremste den Gleiter jäh ab und ließ ihn schweben.

Sie befanden sich über einer aus Schutt und Kies gefertigten Mole, die weit genug in den Fluß ragte, um risikofreudigen Schiffern als Anlegeplatz zu dienen. Dort, wo sie begann, war die Ufermauer repariert worden. Einige Häuser hinter der Mole wiesen intakte Dächer auf.

»Das sieht so aus, als ob hier doch noch was los wäre.« McVitie justierte die Feinortung. »Hm. Aber da ist keiner.« Die Schirme zeigten nichts; auch in den intakten Häusern war keine Körperwärme anzumessen.

Mtusi blieb im Gleiter; er setzte sich an die Kontrollen, beobachtete die Umgebung und ließ die Aggregate für einen

Notstart laufen. Barakuda und McVitie untersuchten die Gebäude. Vier von ihnen waren leer; im fünften fanden sich Hinweise auf regelmäßige Benutzung: Regale, Öfen, ein Herd, Vorräte, Pritschen, Gebrauchsgegenstände.

»Hier ist lange nicht geheizt worden.« McVitie schüttelte sich und betrachtete ihre Atemwölkchen.

Die Räume waren völlig ausgekühlt; Barakudas wattierte Jacke reichte nicht aus, die Kälte vom Körper abzuhalten. Die Finger wurden steif und konnten die Schnellfeuerpistole kaum noch halten. Er steckte sie in den Gürtel und die Hände in die Tasche.

»Aber was soll das alles hier?« Sarela öffnete eine schmale Tür an der Längsseite des Raums, in dem sie sich befanden. Dann stieß sie einen Pfiff aus. »Chef!«

Barakuda trat zu ihr. Der Nebenraum war eine Lagerhalle, etwa zur Hälfte gefüllt mit Ballen: Pelze und Felle, zusammengehalten von Stricken.

»Das dürfte die Ausbeute eines halben Jahres sein.« Dante holte tief Luft. »Kein Wunder, daß nichts in Cadhras ankommt – alles liegt hier.«

Eine flüchtige Untersuchung ergab, daß an die 2000 Stück Polarfelle hier gelagert waren – Wert in Cadhras etwas 3 Millionen Drachmen.

»Das wird mir allmählich unheimlich«, sagte Barakuda leise. »Wer läßt das Zeug unbewacht rumliegen?« Langsam zog er die Pistole wieder aus dem Gürtel.

Neben den fest eingebauten Waffen der kleinen Korvette gab es auf Shilgat genau 414 Karabiner und 414 Handwaffen; bis auf die, die Barakuda nun in der Faust hielt, befanden sich alle in der Garnison in Cadhras. Das Magazin enthielt 250 winzige Explosivgeschosse; wenn die geringe Ladung beim Auftreffen detonierte, entsprach die Wirkung der einer herkömmlichen Metallkugel mittleren Kalibers. Komprimiertes Gas in einer Stahlpatrone sorgte für kalten Schub.

»In alten Märchen werden solche Schätze immer von Drachen bewacht.« McVities Lippen wurden blau.

An der Rückwand der Halle entdeckten sie eine weitere Tür. Sie war versperrt. Mit einem Tritt sprengte Barakuda das rostige Schloß; die Tür schwang nach innen.

Unter der Decke des kleinen Raums gab es Lichtschlitze; der Raum war leer, bis auf fünf Leichen. Die Kälte hatte sie konserviert.

Während McVitie zum Gleiter zurückkehrte, um eine Kamera zu holen, untersuchte Barakuda die Körper. Alle fünf waren Männer, von hinten durch Messerstiche getötet.

Barakuda lehnte sich gegen den Türrahmen und schloß die Augen. Sarela McVitie kam mit der Kamera.

»Zwei Shil, zwei Mulis* und ein Cadhrassi«, sagte er. »Einer der Mulis ist aus Banyadir. Einer der Shil stammt vom Südkontinent, aus den Bergen nördlich von Sa'orq.«

Sarela blinzelte.

»In Banyadir schnitzt man Sklaven V-förmige Kerben in beide Ohrmuscheln«, sagte Barakuda halblaut. »Und in den Bergen von Sa'orq schneidet man ausgestoßenen Verbrechern die ersten Glieder der beiden kleinen Finger ab.«

Mtusi hatte sich an den Versorgungsapparaten zu schaffen gemacht; die warme Luft unter der transparenten Kuppel war von Kaffeeduft erfüllt.

»Kein Zweifel, das sind Banditen. Gewesen.« Barakuda wärmte sich die Hände am Becher und starrte auf das friedliche Flußpanorama. Die Sonne hatte die Hälfte des Himmels

* Wie empirisch erwiesen, können *homo sapiens* und *homo sapiens shil* miteinander Nachkommen zeugen; Mischlinge (»Mulis«) sind jedoch beiden Ursprungsrassen gegenüber steril und nur untereinander fortpflanzungsfähig. Erst nach mehreren Generationen, wenn ein Erbteil dominant geworden ist, endet diese selektive Sterilität. Mischlinge der ersten Generation sind meist rosaoliv; später setzt sich eine der Rassen auch farblich durch. Bei Elternschaft weniger gemischter, sondern z. B. rein sinoider Cadhrassi ergeben sich andere Nuancen.

erklommen. »Ich frage mich nur, wie das alles zusammenhängt. Stellen wir eine Hypothese auf. Banditen aus der Steppe greifen nach dem Pelzhandel – ob sie die Pelzjäger umbringen oder zwingen, für sie zu arbeiten, bleibt dahingestellt. Sie horten Felle; früher oder später versuchen sie sicher, die Beute über Mittelsmänner in Cadhras abzusetzen. Aber wer hat die fünf Männer hier ermordet? Und wozu? Wenn es um die Pelze gegangen wäre, lägen die Ballen wohl nicht mehr hier.«

Mtusi verzog das Gesicht. »Sie vergessen noch etwas, Barakuda: Wer waren die beiden schwerbewaffneten Männer, die, wie Sie sagen, in Vagaván vom Sonnenaufgang über Thaggo berichtet haben?«

In niedriger Höhe überflogen sie abermals die Stadt. Diesmal entdeckten sie, dank des Tageslichts, einen von Schutt geräumten, passierbaren Weg durch die Trümmer, der nach Süden verlief und offenbar ins Sumpfland führte. Außerhalb der Stadt fanden sie von der gefrorenen Erde bewahrte Huf- und Karrenspuren sowie Exkremente von Pferden und P'aodhus, sonst nichts.

Sie überflogen den »eigentlichen« Nordkontinent – Millionen Quadratkilometer Hochsteppe, zwischen 1000 und 1500 Meter über dem Meeresspiegel, mit Wüsten, Flußläufen und kleineren Höhenzügen. Weit im Osten trennten die Berge von Banyadir – Neuntausender – die Steppe von den Küstenländern am Lysangrischen Ozean; die Gebirgsketten im Süden, Westen und Norden waren niedriger, aber auch sie riegelten Steppe und Flachländer voneinander ab. Es gab nur wenige gute Pässe und einige Flußdurchbrüche.

Ihre Flugroute führte von Thaggo nach Südosten; die Große Nordbarriere – kahle Felsmassive, die bis in 4500 Meter Höhe ragten – lag hinter ihnen, unter ihnen die Steppe, das unermeßliche Grasland der Banyashil-Nomaden. Braune und grüne Hügel, zwischen ihnen bisweilen Seen von tiefem Blau; erster Schnee auf einer Kette kleiner Berge; breite Flußbetten mit kläglichen Rinnsalen; Krüppelwälder und ausgedehntes Buschwerk; die dunkle Linie einer Karawanenstraße; eine nach Zehntausenden zählende P'aodhu-Herde, umkreist von Reitern auf schnellen Pferden, in der Nähe eines Zeltlagers; rechts vom Gleiter, vor der Sonne des späten Mittags, ein Tahork auf nackter Felskuppe, eines der riesigen bärenähnlichen Raubtiere des Nordens, das einer *mésalliance* zwischen Katze und Echse zu entstammen schien; träge schwebende Raubvögel, Toktaks, mit silbrig glitzerndem Gefieder über einer Schlucht; wie eine Schnur bunter Perlen eine Karawane, Kamele mit Packlasten; wieder Zelte und Herden; äsendes Wild bei einem kleinen Gewässer – Huadiris, von den Cadhrassi auch Shilgat-Antilopen genannt; an einem steilen, bewachsenen Hang Springschafe mit überentwickelten Hinterbeinen, Zhumzhums; schneller Übergang von Gras zu Flechten zu Steinen zu Wüste, Sand- und Kiesebenen mit Felsformationen in allen Formen und Farben, aber auch hier der Strich des Karawanenwegs und einzelne Zelte, in der Nähe von Brunnen.

Kurz vor Sonnenuntergang erreichten sie das Lager der Fürsten, am Fuß der Bärenberge: letzte Station auf der diplomatischen Rundreise des Inspektors. Sarela schaltete den Autopiloten ab und landete in der Steppe, außerhalb des Rings der Zelte und auf der den Herden abgewandten Seite.

»Du wirst grau und fett, Freund«, sagte Gortahork. Lächelnd umarmte er Barakuda. »Wann jagen wir wieder?«

»In zehn Tagen, Fürst. Jagen und viel reden.«

Tremughati war nicht anwesend; Barakuda verehrte die Fürstin sehr und tröstete sich damit, daß er sie bald sehen würde. Beim Nachtmahl im Fürstenzelt erfuhr Mtusi, daß auch die Banyashil keine Klagen gegen Cadhras hatten. Gortahork lehnte sich zurück, wischte einen Flecken von seiner

Lederkleidung und stützte den Ellenbogen auf die Pelze seines Lagers. »Solange von den Sternen Personen wie die augenblickliche Gouverneurin geschickt werden«, sagte er in einwandfreiem Galaktein, »wird es keine Probleme geben.«

»Dafür gibt es andere Dinge«, knurrte Barakuda.

Der Fürst sah ihn aufmerksam an. »Sprich, Bärenjäger.«

»Die Wegelagerer der Steppe greifen nach dem hohen Norden. Und es sind Cadhrassi dabei.« Er berichtete von den Dingen, die sie in Thaggo gefunden hatten.

Gortahork rieb sich nachdenklich die Hakennase. »Das ist schlecht. In diesem Sommer war es auch im Grasland manchmal schlecht. Mindestens eine halbgroße Karawane ist untergegangen, und einige Stämme hatten Gefechte mit Räubern. Cadhrassi, sagst du?«

»Leider. Und Mulis, und Shil aus dem Süden.« Barakuda blies über den heißen Tee. »Wenn die Probleme größer werden – wenn noch mehr Cadhrassi dabei sind, muß ich dich bald bitten, Krieger aus Cadhras im Grasland zu dulden.«

Gortahork bewegte die rechte Hand; es war eine wegwerfende Geste. »Ein kleines Problem. Unter dem alten Gouverneur hätte ich befürchtet, das Gouvernement könnte Land erobern wollen. Solange *diese* Gouverneurin in Cadhras ist und du alles bewachst, habe ich keine Besorgnis. Schick deine Krieger; unsere Jägerinnen und Jäger werden ihnen helfen.«

Barakuda nickte. »Noch etwas. Was geschieht mit den Fellen in Thaggo?«

Gortahork grinste. »Laß sie abholen.« Er klopfte auf die Pelze, auf denen er lag. »Ich brauche sie nicht, keiner bei uns muß frieren. Es würde zu lange dauern, wenn wir sie holten. Außerdem ...« Er runzelte die Stirn und dachte nach. »Ich kenne einen Weg durch den Sumpf. Aber es ist zu weit.«

Sarela nickte, als habe sie nichts anderes erwartet.

»Vierhundert Tagesreisen jenseits von Wüsten und Bergen!« sagte der Inspektor.

Gortahork hob eine Braue. »Der Vater aller Banyashil hat alles zu wissen. Auch die Menschen in Vagaván sind Banyashil; auch die Ruinen von Thaggo gehören zum Land der Nordmenschen. – Laß sie abholen mit euren Gleitern. Sie sollen auf dem üblichen Weg verkauft werden. Vom Erlös zieht ein Drittel ab, für den Transport. Zwei Drittel für die Banyashil.«

»Ein Drittel ist zuviel.« Barakuda schüttelte den Kopf.

»Ein Viertel dann.«

»Nein, Fürst. Wir werden die Felle holen und die Transportkosten berechnen. Das ziehen wir ab. Was geschieht mit dem Rest? Euer Guthaben?«

Die Fürsten, aber auch die einzelnen Stämme, unterhielten für eventuelle Notfälle – Hunger, Seuchen etc. – Konten in Cadhras und bei Banken und bankähnlichen Institutionen in größeren Shil-Städten.

»Ja. Ich werde überlegen, was damit zu tun ist.«

»O Freund, willst du nicht lieber die Fürstin fragen? Sie ist klüger als du.«

Gortahork kicherte. »Allzu große Klugheit im Umgang mit Werten führt zu ihrer baldigen Verminderung. Würde Saravyi sagen. Aber ich werde mit der Fürstin reden.«

Der Inspektor lächelte. »Wer ist Saravyi?«

»Ein weiser alter Mann. Ich wache über die Banyashil, die Fürstin wacht über mich, und Saravyi wacht über die Fürstin.«

»Und wer wacht über Saravyi?«

Gortahork schloß die Augen. »Nur noch das Große Chaos.«

III

Nach dem Abflug des Kurierboots blieb die lästige Routine: Abfassung von Berichten, Sortieren von Meldungen, die Abwicklung der Saison vor Beginn der Toten Zeit. Barakuda brütete einige Stunden über dem Laborbefund; die aus Pasdan gelieferten Waren und Substanzen waren einwandfrei, ließen aber Rückschlüsse darauf zu, daß Chemie und Biochemie im Matriarchat erheblich weiter fortgeschritten waren als angenommen. Die Spezialgefäße aus Pharlit, die Pasdan geordert hatte, konnten für alles mögliche verwendet werden.

Ergebnisse der Auswertung des Thaggo-Materials ließen auf sich warten. Dafür kam anderes Material: Ein Frachter aus dem Niemandsland brachte seltene Mineralien, extrem reinen Schwingquarz, Druckbehälter mit Tritium aus den Meeren eines absurden Hochdruckplaneten. Die Besatzung bestand aus allerlei Humanoiden, aber auch Mischwesen und Fremdformen: Der Navigator war ein flaumiger Ball mit verkümmerten Flügeln, die in siebenfingrigen Händen endeten; den Lademeister bezeichnete Barakuda insgeheim als Minotaurus; das größte Aufsehen in den Lokalen von Cadhras erregten drei gigantische Echsen, Renegaten oder Ausgestoßene aus der Ilithanischen Union. Der letzte Konflikt zwischen diesem Reich und dem Commonwealth lag acht Jahre zurück, aber der Friede war bestenfalls armiertes Mißtrauen, und auch in Cadhras kannte man die Geschichten. Ilithaner pflegten Gefangene zu zerreißen: lebendiger Proviant.

Mit dem Beginn des Winters fiel die ohnehin kurze Dämmerung am Äquator fast ganz aus; die Nächte wurden zunächst kühl, dann kalt. An einem dieser Abende fand Barakuda einen Teil von Bondaks Banditen im billigsten der Hotels an der Bucht. Kakoiannis, wie immer überaus adrett, spielte in einer Ecke 3-D-Schach mit einem der letzten Touristen. Die Band mit Emlyn Skudder am Klavier und Musikern aus Cadhras an Schlagzeug, Baß, Waschbrett, Banjo und Trompete machte höllischen Lärm. Zwischendurch begleiteten sie *suldau* Nardini, der heftig schlingerte und schielte, aber noch artikulieren konnte, bei Balladen von melancholischer Obszönität. Renés Heldentenor, normalerweise ohne jeden Rhythmus, klammerte sich förmlich um den Schlagzeuger. Karuka Katz, Lissa Escalante und Margo Vandamme, Profis der A-Kompanie, saßen mit der Korporalin Levon von der Ausbildungs*centuria* C ganz weit vorn und fuchtelten mit einem zum Knebel gedrehten Geschirrtuch; ihre Zwischenrufe gingen in der Musik unter.

Später trat eine Tänzerin auf. Barakuda versuchte an der Bar, sich mit einem Shil aus dem Hinterland zu unterhalten; vergeblich. Die Musik wurde immer wilder. Dante wußte nicht, ob der Tanz einen Namen hatte; die langbeinige Frau war unglaublich. Das hellblaue Haar flog, bildete Fächer, fing das Licht verschiedenfarbiger Lampen auf. Frauen und Männer johlten, klatschten und trampelten im Takt; der Boden bebte. Auf der Bar wanderten Gläser und Aschenbecher; an einem Tisch, wo scharf gespielt worden war, kippte lautlos ein Münzstapel um. Die Karten ruhten; sogar die fanatischen Würfler – zwei Shil-Fischer und drei Frauen aus der Garnison – starrten zur Tanzfläche. Es roch nach Körpern, Alkohol, Kaffee und Tabak; die schweißtriefenden Musiker beschleunigten noch einmal. Die Füße der Tänzerin waren nicht mehr zu sehen, das Kleid ein Flirren aus Silber. Sie tanzte neben dem Podest der Band, schien durch die hölzerne Wand schweben zu wollen.

Aus den Augenwinkeln sah Barakuda den baumlangen Soldaten Terence Learoyd, der sich mit einem Barhocker durch die Menge drängte und vielleicht zehn Meter von der Tänzerin entfernt aufbaute. Es klirrte; jemand reichte ihm Küchenmesser. Learoyd saß schwankend auf dem Schemel, wog eines der Messer in der Hand. Es bohrte sich links neben der Tänzerin in die Wand. Entweder hatte die Frau nichts gesehen oder sehr gute Nerven; sie tanzte weiter. Das zweite Messer. Rechts. Das dritte, wieder links. Stampfen und Johlen ließen nach. Das vierte Messer nagelte einen der weiten Ärmel der Bluse an die Holzwand. Mit einem Ruck befreite sich die Frau, tanzte. Der Ärmel, an der Schulter ausgerissen, baumelte an der Wand. Das fünfte Messer, der andere Ärmel. Mit einer eleganten Bewegung schüttelte die Frau den Rest der Bluse ab. Das sechste Messer heftete den hellen Rock an die Wand. In schneller Folge umgab Learoyd die Frau mit Messern, während sie sich aus dem Rock herausdrehte. Er blieb neben dem Podest hängen. Sie trug nur noch hochhakkige Schuhe und einen hauchdünnen Slip aus schwarzen Spitzen. Sie warf den Kopf zurück, blickte zu den Musikern, hob die Hand, ließ sie sinken. Jähe Stille. Die Tänzerin streifte lächelnd die Spitzen ab, tänzelte vorwärts, knüllte den Stoff zusammen und warf ihn Learoyd zu. Er fing das Geschenk auf, küßte es, schwankte, rülpste und stürzte mitsamt dem Hocker um. Zwei Kameraden – der lange dürre Vlad Oubou und der schwarze Korporal Timoara – hoben ihn auf und trugen ihn hinaus.

Als die Tänzerin begriff, daß der Messerkünstler von Anfang an sinnlos betrunken gewesen war, taumelte sie rückwärts zur Wand, stand bleich zwischen Messern und Kleiderfetzen und schlug die Hände vors Gesicht. Barakuda bedauerte es, denn zuvor hatten ihre und seine Blicke sich mehrfach gekreuzt. Einer der Musiker warf ihr eine Decke zu; ein Fischer brachte ihr einen Becher. Sie nahm ihn in beide Hände und leerte ihn auf einen Zug.

»Tolle Show.« Eine Stauerin links neben Dante an der Bar

grinste und schüttelte den Kopf. »Aber so abgefüllt hab ich den Langen noch nie gesehen. Der kann doch sonst nen Ozean leermachen.«

Barakuda nickte. »Er ist noch von vorgestern übrig.«

Die Stauerin kicherte. »Also, daß ein Höschen ausreicht, um Terence umzuwerfen ...«

Zu den Legenden der Garnison würde nun eine weitere kommen. Und wie kaum anders möglich betraf auch sie einen der Banditen.

»Wenn Terence morgen früh mit Kopfschmerzen aufwacht, werden ihn die schwarzen Spitzen sicher trösten«, sagte Barakuda.

Einer der Musiker riß ein Fenster auf. Über dem Binnenmeer lag Nebel, der kalt und feucht ins Lokal kroch.

»Wer ist eigentlich die Frau?«

Die Stauerin hob die Schultern. »Ich glaub, die hat zu dieser Revuetruppe gehört und den Abflug verpaßt.«

Dante seufzte. »Es lebe die Tote Zeit. Immer das gleiche.«

Zu Beginn des planetaren Winters endete der Tourismus von den Sternen; nur manchmal überwinterte ein Fremder auf Shilgat, wenn er sich vom Universum distanzieren wollte. Die meisten Ernten waren eingebracht, alle frischen Produkte exportiert. Konserven, Handwerkserzeugnisse und spätes Getreide konnten gelagert werden. Wenn nicht irgendein Trampfrachter sich nach Shilgat verirrte, blieb Hyperfunk für etwa 50 Tage die einzige Verbindung zwischen dem Planeten und der Milchstraße. Keine Liner, keine Yachten, keine Frachter; das regelmäßige Kurierboot von der Hauptwelt des Sektors überschlug einen Monat, und die Korvette der Garnison flog zum Sektor-HQ, ins Dock, zur Überholung. An Bord waren die beiden Ausbildungskompanien, die ausgetauscht wurden, sowie eventuelle Freiwillige aus dem Territorium, die zur Flotte wollten. Nur die Profis blieben zurück, die Frauen der A-Kompanie und die Männner der B-*centuria.*

Und Treibgut der Sterne. Wahrscheinlich waren es nicht mehr Desperados, Abenteurer, entlaufene Matrosen, Gestrandete als sonst, aber sie traten unverdünnt auf. Cadhras wurde damit fertig, soweit es noch in Betrieb war. An der langen Bucht lagen fünf Hotels. Vier von ihnen hatten den Namen verdient, und von diesen blieb nur das *Vistamari* im Winter geöffnet. Das fünfte, namens *Strandhotel,* war ein zweigeschossiger Holzbau kurz vor dem Kap. Es gab Zimmer mit Pritsche für eine Drachme die Nacht, einen Schlafsaal für 30 Leute, die jeweils 20 Obols bezahlten, wenn sie ihre eigenen Decken benutzten, sonst 30; das Essen war billig und einfach, und es gab reichlich Unterhaltung; wie heute. Musik, Tanz, bisweilen auch die eine oder andere Schlägerei mit Messerstichen. Und viele Geschichten. Barakuda kam gern hierher. Er saß an der Bar, trank Kaffee mit Importschnaps und fragte sich, worauf er wartete.

Das Lokal hatte sich bereits geleert, als eine warme Altstimme ihn aus seinen Grübeleien riß. »Hast du eine Zigarette für mich, Matrose?«

Es war die Tänzerin; sie schwankte leicht, lehnte sich an seine Schulter und sah ihn mit großen schweren Augen an. Dante schob ihr Feuerzeug und Päckchen hin.

»Deine Augen«, sagte sie. »Du bist auch einer von denen, die zu viele Sterne gesehen und sich die Wimpern versengt haben.«

Die Frau hatte die Reste ihrer Kleidung von der Wand gelöst und angezogen; die Decke des Musikers lag wie eine Mantilla um ihre Schultern. Es war eine rote Decke, darauf das hellblaue Haar wie ein Nest von Giftschlangen.

»Ich werde dich Sternmatrose nennen, Sternmatrose. Ich hab Durst, Sternmatrose.«

Das Gesicht mit den breiten Backenknochen war freundlich und ein wenig verlebt. Dante gab dem Barmann ein Zeichen und versuchte, den Akzent auszumachen. Ihre Aussprache war nachlässig – Alkohol und Erschöpfung; zunächst hatte sie ihn auf Galaktein *marinyer astral* genannt, zuletzt *estarseyler.* Vermutlich kam sie von einer der ursprünglich anglisch besiedelten Welten.

Der Barmann brachte ein Bierglas mit einer trüben Flüssigkeit: *kasampa*, ein übler Obstbrand. Die kopfgroße Sampa lieferte wohlschmeckendes, bräunliches Fruchtfleisch und herben Saft, der auch unvergoren trinkbar war und zu allerlei alkoholischen Getränken weiterverarbeitet wurde. Bis hin zu *kasampa*, einer teuflischen Sache mit 54 %. Dante schüttelte sich, als die Frau das Glas auf einen Zug leerte.

»Und wo ankert dein Schiff, Sternmatrose?«

»Es ist an einer toten Sonne zerschellt. Wer bist du, Tänzerin zwischen den Messern?«

»Ich bin über Bord gegangen«, sagte sie. »Niemand hat mich vermißt. Eine Waise des Ozeans. Nenn mich Fimfinella Fandango.« Die vollen, spröden Lippen lächelten kaum merklich.

Barakuda verschluckte sich an seinem kalten Kaffee und hustete. ›Eine dieser absurden Nächte mit absurden Dialogen‹, dachte er.

Sie waren die letzten Gäste; der Barmann hatte seine Verschanzung verlassen und räumte die Tische ab.

»Wo verbringst du deine Nächte, Sternmatrose?«

»In einer schwankenden Koje, Ozeanwaise.«

Sie hob die linke Hand; am Ringfinger blitzte ein rötlicher Stein. »Ich werde ihn versetzen müssen. Drei Tage essen und schlafen in diesem Schuppen hier, das war mein letztes Geld. Gibt es ein Pfandhaus in dem Nest?«

»Ja, aber es ist nachts geschlossen.«

»Schlingert deine Koje sehr?«

»Wenn man sie zum Schlingern bringt.«

Sie gingen nicht über die Esplanade, sondern den Strand entlang. Undeutlich glommen links von ihnen Positionslampen ankernder Boote im Nebel; sie bewegten sich auf der trägen Dünung wie in einem gravitätischen Tanz.

»Die Nacht ist voll von Sternen, Matrose.« Fimfinella deutete auf die Lampen. »Schlappe Schnuppen.« Sie legte den Arm um Dantes Hüfte; die Hand kroch unter die Jacke, und durch das Hemd spürte er die scharfen Nägel.

Landeinwärts verdünnte sich der Nebel; die wenigen Lichter der Bungalows auf dem Hügel waren gut zu sehen.

»Fixsterne.« Mit der freien Hand wies die Tänzerin nach Osten. »Es ist eine unbekannte Konstellation, Sternmatrose. Nennen wir sie Grimmer Mops.«

An der Südmole, wo der Strand endete, stiegen sie die Steintreppe hinauf; bis hierhin hatten sie eine beeindrukkende Reihe neuer Konstellationen gefunden. Die meisten Häuser am rechteckigen Hafenbecken waren dunkel; auf dem Kopfsteinpflaster des Kais und unter den Arkaden hallten die Schritte durch die Nacht. Nur im *Meeresleuchten* war noch Licht; Barakuda zögerte einen Moment.

»Meine Koje steht neben dieser Kneipe. Die linke Tür oder die rechte?«

Fimfinella räusperte sich. »Deine.«

Barakuda erwachte von Musik und Kaffeeduft. Er blinzelte ins Licht; der Vorhang zwischen Schlafkammer und Wohnraum war zurückgeschoben. Die Tänzerin hatte sowohl den Kaffee als auch die Hygienekabine gefunden. Sie trug nur ein Handtuch, in kunstvollen Windungen um den Kopf gelegt, unter denen die hellblauen Haare verschwanden. Vom Abtrocknen schien sie nicht viel zu halten, aber der flauschige Teppich wurde damit fertig. Sie stand vor dem Regal, hatte einen der kleinen Musikwürfel ins Abspielgerät geschoben und betrachtete Buchrücken. Barakuda drehte sich leise herum; er lag auf dem Bauch, den Kopf zum Fußende des Betts, stützte das Kinn in eine Hand und betrachtete die Frau beim Betrachten. »Gutes Morgenpanorama«, sagte er.

Sie fuhr herum und sah ihm in die Augen; sie schien verwirrt. »*Musikubos* und echte Bücher, alte irdische Klassiker – was für eine Sorte Matrose bist du eigentlich?«

Ein Schlüssel drehte sich im Schloß, die Tür des Apartments öffnete sich halb; es erschien eine Hand, die ein Tablett balancierte. Begheli trat ein; sie sah die Frau mit Handtuch, pfiff und stellte das Tablett auf den Tisch.

»Oha«, sagte Fimfinella. »Grase ich auf einer fremden Weide?« Mit elegantem *sidestep* suchte sie die Deckung einer hohen Sessellehne auf.

Begheli legte den Kopf schief und warf Barakuda einen Blick zu. »Kaum. Hier oben gibt es keine abgesteckten Grundstücke. Aber sehr bald Frühstücksbesuch.«

Dante grinste. »Eh, Begheli, hast du vielleicht einen Lendenschurz für unsere Freundin? Ich glaube, ihre Garderobe ist auch über Bord gegangen.«

»Wieso auch?« Begheli blieb in der Tür stehen und schaute über die Schulter zurück. Dann machte sie große Augen; sie schienen grüne Funken zu sprühen, aber ihr Kupferhaar fing kein Feuer. »Ach so. Die Geschichte macht schon die Runde. Dann hat Terence das Höschen, wie?«

»Das scheint mir eine schnellwuchernde Legende zu werden«, murmelte Barakuda.

»Kleine Orte sind geschwätzig.« Begheli unterzog die Tänzerin einer kritischen Musterung. »Geht in Ordnung, Schwester. Aber um die Hüften wird's ein bißchen eng.« Sie schnalzte mit der Zunge und schloß die Tür hinter sich.

»Geht das hier immer so zu, Sternmatrose?« Fimfinella schlüpfte in Dantes weiten Bademantel und musterte ihn aufmerksam. Im Tageslicht sah Dante, daß ihre Augen ebenso hellblau waren wie ihr Haar, und auch sie bemerkte Dinge, die sie nachts nicht gesehen hatte.

»Noch einmal: Was für eine Matrosensorte bist du? Und wo kommen all die Narben her?« Sie deutete auf seine rechte Hüfte, dann auf die lange Narbe zwischen Auge und Mundwinkel.

Beghelis Eintreffen mit einem Arm voller Kleider enthob Dante der Notwendigkeit, die Fragen zu beantworten. Er warf einen Blick auf den Tisch, auf das Tablett mit Brot, kaltem Braten, Butter und Sahne, und verschwand unter der Dusche, wo er länger blieb als nötig.

Als er erfrischt und rasiert wieder die Szene betrat, trug er bequeme schwarze Slipper aus P'aodhu-Leder, eine schwarze Hose aus Baumwollstoff und ein schwarzes Flanellhemd. Die Tänzerin, angetan mit braunem Rock und beigem Pullover, beides knapp, lehnte am Fenster und schaute über den Hafen hinaus. Sie wandte den Kopf, warf einen Blick in Dantes Gesicht und sah dann wieder aus dem Fenster. Über dem Meer lag noch immer Dunst, und der graue Himmel war undurchdringlich.

»In Ermangelung der Sonne bringst du Farbe«, sagte Barakuda; er schaute Begheli zu, die mit Tellern und Tassen hantierte. Sie steckte in einer leuchtendblauen Mischung aus Hosenanzug und Overall mit tiefroter Hüftschärpe; die olivrosa Stirn war gerunzelt. Begheli deutete einen Tellerwurf in seine Richtung an. Leise summend ging Barakuda zum Fenster und drehte am Rad des Heizkörpers, gebückt.

»Du bist also so was wie ein Minister«, sagte Fimfinella über ihm. »Und ein *barracuda* ist ein irdischer Raubfisch, glaube ich.«

Dante richtete sich auf und bleckte die Zähne; sie waren weiß und kräftig.

»Na gut; ich werde dich Fischminister nennen, Sternmatrose.« Sie fühlte sich offensichtlich unwohl.

»Was ist das nun mit dem geheimnisvollen Frühstücksbesuch?« Barakuda sah, daß Begheli für fünf gedeckt hatte.

»Wart's ab; eine Überraschung.«

Pa'aira erschien mit einer Pfanne: Rührei und Schinken. Anders als bei Begheli, die der ersten Mischlingsgeneration angehörte, hatte sich bei Pa'aira das Shil-Erbe bereits durchgesetzt: schwarze Haare, schwarze Augen, Olivhaut. Passend zum Inhalt der Pfanne trug sie Gelb, eine Art Kimono.

»Reger Durchgangsverkehr. Guten Morgen, o ihr Blumen des Hafens.« Dante nahm die volle Kanne aus der Kaffeemaschine und schenkte ein.

»Gestern abend«, sagte Begheli, »ist ein Besucher gekommen. Er wollte zu dir.«

»Und du warst nicht da, und Begheli war beschäftigt, deshalb hab ich ihn bei mir untergebracht.« Pa'aira setzte sich, goß Sahne in ihre Tasse, rührte, trank einen Schluck und begann mit der gerechten Verteilung des Pfanneninhalts.

»Wer ist es denn, bei allen Göttern von Sa'orq?«

»Ich.« Buschige Brauen und eine Hakennase erschienen in der Tür; der dazugehörige Mann war noch länger als Barakuda, hager und von Wind und Wetter gegerbt.

»Ha!« schrie Dante. »Du altes Skelett!« Er packte die Hand des Neuankömmlings und schüttelte sie, als wolle er sie abreißen. Dann deutete er auf die Tänzerin, die immer noch am Fenster stand. »Darf ich bekannt machen? Zwei Pseudonyme, fürchte ich: Cuthbert Pinto, Klabautermann, und Fimfinella Fandango, Primaballerina.«

Vor fünf Jahren, zu Beginn der Toten Zeit, war Pinto im *Meeresleuchten* aufgetaucht. Auch er hatte diesen Blick – zu viele Sterne, zu viele Lichtjahre. Einige Tage später war eine Suchmeldung gekommen. Eine reisende Magieshow hatte auf dem Planeten Panormos Probleme mit der dortigen Unterwelt bekommen, nämlich die Zahlung hoher »Schutzgebühren« verweigert; es gab mehrere Tote und Verletzte. Der Chef der Truppe hatte zwei Unterweltler erwürgt und war geflohen, verfolgt von Hetzhunden der »Sippe«. Er wurde gesucht; man hätte ihn vermutlich vor Gericht gestellt und freigesprochen, da die übrigen Mitglieder seiner Truppe von den Gangstern umgebracht worden waren und er eindeutig in Notwehr gehandelt hatte. Aber die Behörden brauchten seine Aussage, um endlich einige Köpfe der »Sippe« fassen zu können. Barakuda hatte damals, in zwei langen Nächten, Pinto zu einer schriftlichen Aussage bewegt (die zur späteren Verurteilung mehrerer Gangster führte), diese nach Gaia weitergeleitet und vermerkt, der Gesuchte sei aus der Haft entflohen und habe sich mit einem Trampfrachter ins galaktische Niemandsland abgesetzt. Seitdem segelte Pinto auf dem Binnenmeer herum, zauberte hin und wieder in den Hafenkneipen, übernahm Frachten und bisweilen auch zahlungskräftige Touristen.

Fimfinella starrte Pinto an. Cuthbert ging langsam zu ihr, streckte die Rechte aus, holte hinter dem Ohr der Tänzerin eine lila Blume hervor, aus dem Ausschnitt des Pullovers ein wabbelndes Gummikrokodil, eine Zigarette hinter dem anderen Ohr. Dann schnippte er mit den Fingern. Es knallte, Rauch stieg auf, und Fimfinella stieß einen Schrei aus.

»Der Große Magadonga!« Mit spitzen Fingern entfernte sie die Schlange von ihrem Hals, ein geflecktes Kunststoffband, das aus dem Nichts aufgetaucht war.

»Der ist tot, im Niemandsland verschollen«, sagte Pinto. »Und was ist mit einer gewissen Fiona geschehen, die einmal Antigravakrobatin und Hochseiltänzerin war?«

»Sie ist über Bord gefallen«, sagte Barakuda. Er setzte sich zu Pa'aira und Begheli. »Die Eier werden kalt.«

Aber die beiden am Fenster hörten nicht auf ihn.

»Zehn Jahre?«

»Elf«, murmelte Fimfinella; sie sah den hageren Mann an, blickte dann auf ihre Hände, die sich an den Heizkörper klammerten. »Seit dem Orbitkasino.«

Pinto seufzte und legte eine Hand auf ihre Schulter. »Die

Große Tour; das beste Publikum der Milchstraße, die besten Gagen, und jenseits der Bullaugen die Meere und Kontinente von Gaia.«

»Das ist vorbei. Wach auf, Magier; man bietet uns ein Frühstück an.«

Er nickte. »Erinnerungen sättigen nicht.« Er warf Barakuda einen Blick zu. »Ich hab was vergessen. Das Wichtigste. Moment.« Er verließ den Raum.

Fimfinella setzte sich, starrte in die Kaffeetasse. Dann hob sie die Augen und sah Dante an.

Barakuda nickte langsam.

Die Tänzerin lächelte schwach und stocherte auf ihrem Teller herum, begann dann aber doch zu essen. Pa'aira und Begheli sagten gleichzeitig: »Schönes Wetter heute.«

Pinto kehrte zurück; er hielt einen Umschlag in der Hand, legte ihn auf den Tisch und setzte sich neben Fimfinella.

Barakuda schob schließlich seinen leeren Teller fort, zündete sich eine Zigarette an und klopfte auf den Tisch. »Bei unverhofften Wiedersehensfreuden stören Zeugen nur. Ich werde deshalb gleich an meinen Schreibtisch eilen. Ihr könnt machen, was ihr wollt.«

Die Tänzerin hob eine Braue und sah Pinto an. »Haben wir uns was zu erzählen?«

Pinto grinste plötzlich; sein hageres Gesicht legte sich in Falten, die wie konzentrische Ringe Mund und Nase umgaben. »Ich habe ein Boot auf der Reede liegen. Mit Kajüte und Kochnische. Vielleicht magst du es besichtigen?« Dann hob er den Umschlag und reichte ihn Dante quer über den Tisch. »Und ich hab Cargo an Bord, der *dich* interessieren könnte.«

Barakuda nahm den Umschlag entgegen, öffnete ihn aber nicht. »Was denn?«

Cuthbert lehnte sich zurück. »Ich war in Golazin. Im Landhafen.«

Dante nickte. Die alte Stadt am Nordrand des Binnenmeers bestand aus zwei Teilen, einem sehr alten mit Zitadelle auf einer Felseninsel vor der Küste und einem neueren an Land, auf dem Ostufer des größten Mündungsarms eines Stroms. »Ja. Und weiter?«

»Ein paar Männer, Mulis, sind abends zu mir gekommen, in einer Taverne. Sie müssen mich schon länger beobachtet haben; sie haben mir genaue Auskünfte über das Fassungsvermögen meines Schiffs gegeben. Einer von ihnen hatte Kerben in beiden Ohren.«

Barakuda beugte sich vor. »Das ist eine feine Geschichte, Cuthbert. Ich glaube, ich will sie ganz hören.«

»Hab ich's mir doch gedacht. Sie haben mir fünfhundert Foldar* für eine Ladung nach Cadhras angeboten. Ich sollte aber nachts mit dem Boot ein paar Kilometer flußauf segeln und den Kram am Westufer des Golzain übernehmen.«

»Das klingt«, sagte Begheli, »als ob jemand Wert darauf legt, nur ja klarzumachen, daß er was Verbotenes tut.«

Dante runzelte die Stirn. »Könnte stimmen. Und?«

Pinto breitete die Arme aus. »Was und? Ich hab sie auf siebenhundert hochgehandelt und nachts die Ladung übernommen. Im Umschlag ist eine Liste.«

Dante nahm die Papiere heraus und überflog sie. »Fein.« Er verzog keine Miene.

Pa'aira kicherte. »Sagenhaft geheimnisvoll. Dürfen wir erfahren, was es ist?«

»Zum Beispiel Eiskatzenpelze«, sagte Pinto.

Im Büro fand Barakuda einen weiteren Umschlag vor. Er kam von der Gendarmerie und enthielt Abzüge der Bilder, die Sarela McVitie in Thaggo gemacht hatte; ferner Kopien von Schriftstücken und einen handschriftlichen Kommentar

* Standard-Münzwährung der Shil; 1 Foldar = 2 Drachmen.

des Präfekten: »Sieht nach einem feinen Wespennest aus. Arbeiten wir zusammen? V. A.«

Die Unterlagen – Vernehmungsprotokolle und ein Urteil in Abwesenheit – betrafen ebenso wie die Fotos vor allem den toten Cadhrassi aus Thaggo. Er war identifiziert, und das Ergebnis machte Barakuda keine Freude. Er legte die Papiere weg und starrte aus dem Fenster über das leere Landefeld auf die Küstenhügel südlich der Bucht. Dann nahm er die Unterlagen und ging in den militärischen Teil des Raumhafens hinüber, den »Bunker«.

Major Maqari hockte an einem Tisch neben dem von einer Leutnantin gehüteten Schaltpult und brütete über Bildern.

»Ah, Barakuda. Trifft sich gut. Ich wollte Sie sowieso anrufen. Die Gleiter aus Thaggo sind mit den Pelzen zurück, und es gibt ein neues Problemchen.«

Barakuda klopfte dem untersetzten Mann auf die Schulter und nickte der *legata* zu. »Wir haben offenbar beide was auf dem Herzen. Bei mir ist es ein Zwei-Pfeifen-Problem.«

Maqari grinste; aus der Tasche seiner Uniformjacke, die über der Lehne hing, holte er eine alte anrüchige Bruyèrepfeife hervor, dazu einen fleckigen Beutel.

»Dann lassen Sie mich anfangen, Dante – meins geht wahrscheinlich schneller. Sehen Sie sich das an.«

Barakuda starrte auf die Satellitenbilder. »Seit wann interessieren Sie sich für das Wetter?«

Maqari blähte die Wangen auf. »Quatsch. Hier, westliches Binnenmeer. Finden Sie nicht, daß da ein bißchen viel Verkehr herrscht?«

Barakuda schätzte die Punkte auf einem vergrößerten Ausschnitt und nickte nachdenklich.

»Dreihundertdreiundzwanzig. Selbst gezählt.« Maqari zündete seine Pfeife an; der Raum füllte sich mit Qualm.

»Wir wissen seit einiger Zeit, daß die Mütter von Pasdan

ein Schiffbauprogramm betreiben«, sagte Dante. »Bloß wozu? Sind das alles Segler aus dem Matriarchat?«

Maqari fischte eine abermals vergrößerte Aufnahme aus dem Stapel und schob sie Barakuda hin. Die meisten Shil bauten eher behäbige breite Schiffe; nur weit im Süden, in Sa'orq, gab es schlankere Schnellsegler. Und in Pasdan.

Maqari trommelte mit dem Mundstück der Pfeife gegen seine Schneidezähne. »Wenn's nicht albern wäre, würde ich sagen: ein Flottenmanöver.«

»Ich glaube, da hilft im Moment nur abwarten und beobachten. Ich hab was anderes für Sie.«

Dante informierte den Major über die Identität des toten Cadhrassi aus Thaggo. »Er gehörte zu Nobregas Organisation.«

»Ein Schatten aus der Vergangenheit, was?« sagte Maqari. »Früher oder später mußte der ja wieder auftauchen.«

»Heute scheinen verdammt viele Schatten aus der Vergangenheit aufzutauchen. Es gibt da noch was.« Dante berichtete von den seltsamen Auftraggebern, die Pinto in Golazin angesprochen hatten, und von der Ladung. »Nichts Illegales, das macht die Geheimniskrämerei ja so merkwürdig. Pinto hat drei Sorten Waren an Bord. Erstens kleine Kistchen, sehr schöne Handwerkserzeugnisse mit Einlegearbeiten. Zweitens Teppiche. Drittens Pelze.«

Maqari kniff die Augen zusammen. »Pelze, was? Und einer von den Männern war ein Sklave aus Banyadir?«

Barakuda nickte und schwenkte den Drehsessel herum. Maqari folgte seinen Blicken auf die große Wandkarte:

»Wir haben ein Pelzlager mit Leichen gefunden, in Thaggo. Und Gortahork sagt, es gibt einen Weg durch den Sumpf.« Er stand auf und ging zur Karte. »Also von Thaggo nach Süden, durch den Sumpf. Bis zu den Bergen. Die Große Nordbarriere. Und dann?«

Maqari trat neben ihn und deutete unbestimmt auf den Pangotischen Ozean. »Wieso nicht über See?«

»Nein. Von Thaggo durchs Eismeer nach Westen, um das Vorland von Vagaván herum, durch diese üble Wetterküche, dann Tausende Kilometer nach Süden, durch die Meerenge von Pasdan – viel zu schwierig und weit. Außerdem: Wenn schon, wieso dann wieder nach Norden, nach Golazin, und nicht gleich nach Cadhras oder zu einer Insel, wenn's um unauffälliges Umladen geht? Vergessen Sie's. Nein, das Zeug ist über Land transportiert worden. Wahrscheinlich ...« Er betrachtete die Karte. »Wahrscheinlich über einen der Pässe in die Steppe, dann mit Tragtieren oder Karren ziemlich genau nach Süden, bis zum Oberlauf des Golzain. Der ist für kleinere Kähne auch im Norden passierbar. Bis zu den Bergen. Da den Kram ausgeladen, mit Tieren durch die Pässe und unterhalb der Wasserfälle wieder auf Kähne.«

Maqari kaute auf der Pfeife herum und qualmte wie ein aktiver Vulkan. »Fragt sich nur: Wer bringt da oben wen um, warum, wieso die Heimlichtuerei in Golazin. – Was soll Pinto mit dem Kram machen?«

»Warten, bis ein bestimmter Trampfrachter hier landet, und dann alles übergeben.«

Maqari grunzte leise. »Alles nicht illegal. Bis auf die Leichen, eheh. Ob Pintos Pelze aus der gleichen Quelle kommen wie die, die wir für Gortahork beschlagnahmt haben? Teppiche und Kistchen sind auch nicht illegal. Bah.« Er legte den Kopf schief und zwinkerte. »Aber wenn die so genau wissen, wieviel Pinto laden kann und daß er nach Cadhras fährt und daß hier bald ein bestimmter Seelenverkäufer landet, dann müssen die jemand in Cadhras haben.«

Barakuda nickte.

»Dann wissen die auch, daß Pinto mit Ihnen befreundet ist. Und der Kontaktmann, wer auch immer das ist, wird inzwischen wissen, daß Pinto mit Ihnen gefrühstückt hat.«

Barakuda nickte wieder.

Maqari seufzte. »Alles wirr. Bin ich vielleicht Kriminalist?

Nein, ich bin nur ein dummer alter Soldat. Ich schätze, Sie wollen, daß ich einen Satelliten über den Norden setze, was?«

»Ja. Sobald Cebrian mit der Korvette und den Neuen zurück ist, könnte er einen aussetzen. Ich verspreche mir nicht viel davon, aber man sollte es versuchen.«

»Na gut. Weiter.«

»Was weiter?«

»Sie haben von einem Zwei-Pfeifen-Problem gesprochen. Ich bin noch bei der ersten.«

Barakuda lachte. »Habe ich was davon gesagt, daß Sie beide hintereinander wegrauchen müssen?«

Maqari zupfte an seinem Ohrläppchen. »Sie Optimist. Nobrega als Drahtzieher der Banditen in der Steppe, undurchsichtige Manöver mit Pelzen, und Sie meinen, mit einer weiteren Pfeife ist das getan?«

Dante hob die Brauen. »Rauchen Sie weniger. Wie geht's eigentlich Terence?«

»Ah, waren Sie dabei?« Maqari strahlte. Muß ja zugeschlagen haben wie ein Wilder. Jetzt liegt er auf der Pritsche in der Arrestzelle und hat Kopfschmerzen.«

Barakuda stand auf. »Na dann. Ich werde ihn nachher mal besuchen. Wir sehen uns.«

Die großen Füße ragten über den unteren Pritschenrand. Zwei Meter davon lag der Kopf des Soldaten. Er hatte sein Gesicht gegen die Zumutung des Tageslichts bedeckt, mit einem schwarzen Spitzenhöschen, und schnarchte.

Wie zufällig standen andere von »Bondaks Banditen« auf dem Hof: Korporal Vanzuid und die *suldaus* Nardini und Kakoiannis. Barakuda winkte. *»Kapral!«*

Vanzuid reagierte sofort, brachte es aber dabei fertig, überrascht auszusehen. »Wie immer, Chef?«

Dante nickte und verbiß sich ein Grinsen. Der *kapral* ging

leise in die Zelle. Barakuda zuckte zusammen, als drinnen ein tierisches Gebrüll ertönte; fast gleichzeitig hörte er ein Jaulen. Dann die Stimme des Korporals, etwas milder: »Komm, Junge, aufstehen!«

»Nicht so laut, Mann!«

»Doch, raus mit dir. Papi Barakuda hat nen Job für dich. Und das Höschen nimm gefälligst mit!«

Learoyd war der einzige gebürtige Terraner in Cadhras. Irgendwann hatte er sich einem reisenden Zirkus angeschlossen, später war er zur Flotte gekommen. Dort hatte man wenig Bedarf für Messerwerfer, aber in fast 25 Jahren hatte er gelegentlich privat weitergeübt.

Mit vorsichtigen Schritten ging er neben Barakuda her. Das rostrote Haar glänzte noch ein wenig; der Rest einiger Gallonen kalten Wassers. Außerhalb der Garnison schlug Barakuda ein schärferes Tempo an. Learoyd biß die Zähne zusammen; seine Wangenmuskeln arbeiteten.

»Oder lieber Bau?« sagte Barakuda.

Learoyd verdrehte die Augen; sie waren noch immer rot. »Nein, aber.«

»Los, weiter. Frische Luft und Bewegung.«

Eine Dreiviertelstunde später erreichten sie die Küste südlich von Bucht und Raumhafen; an einem kleinen Steg lagen Ruderboote der Garnison.

»Uhuhuh«, machte Learoyd, als sie in ein schwankendes Boot stiegen.

Barakuda löste die Leine und stieß ab. Terence betrachtete ihn mißtrauisch, dann ergriff er seufzend die Riemen.

»Sie werden sehen, es tut Ihnen gut.« Dante grinste, zündete eine Zigarette an, blies Learoyd den Rauch ins Gesicht.

Auf dem Meer lag eine Schicht feinen wintrigen Dunstes; die Sichtweite betrug kaum mehr als 20 Meter. Der Ausguck im Topp eines größeren Schiffs mochte wie auf Watte hinabschauen können, durch die geisterhaft Masten anderer

Schiffe Furchen zogen, aber die Insassen eines kleinen Bootes waren geblendet. Und unsichtbar.

»Steuerbord«, sagte Dante.

Learoyd machte ein paar schnelle Züge. »Wohin geht's eigentlich, Skipper?«

»Einen alten Freund besuchen und mit ihm Kaffee trinken.«

»Haben Sie keine Rikscha gekriegt?«

Die *Zhumzhum* war ein breiter Zweimaster der üblichen Shil-Bauweise. Sie ritt auf der sanften Dünung, eine Insel im Dunst; andere Schiffe oder die Küste waren nicht zu sehen.

Als sie an Bord stiegen, tauchten Pinto und Fimfinella aus der Heckkabine auf. Learoyd klappte den Mund einige Male auf und zu, brachte aber nur ein »Aha, ojojoj« heraus.

Fimfinella zuckte mit den Schultern. »Ich hab's überlebt.« Sie lächelte. »Und es war ein Erlebnis. Außerdem gibt's hier Kaffee.«

»Das ist fein.« Learoyd steckte die Hand in die Tasche, zog sie wieder hervor und reichte Fimfinella mit einer angedeuteten Verbeugung das schwarze Höschen. »Ich hab Ihnen was mitgebracht.«

»Sie dürfen es aber auch behalten, wenn Sie wollen.«

Learoyd grinste. »Und ob.« Er steckte es wieder ein.

Pinto seufzte. »Zelebriert euer Wiedersehen doch einfach in der Kajüte. Inzwischen können wir beide uns die Ladung ansehen.«

Der Laderaum war angefüllt mit Ballen, Rollen und Kisten. Barakuda sah sich gründlich um; Pinto stand mit einer Blendlaterne neben ihm.

Die Ballen enthielten dichte weiße Eiskatzenfelle, graue Pelze des Polarschakals, silbrige Robbenhäute – alles, soweit es im Halbdunkel unter Deck zu beurteilen war, beste Qualität. Die Rollen waren Teppiche in mehreren Größen, schwer, dunkelrot, mit leuchtendgrünen Ornamenten und grüner Unterseite; einige Banyashilstämme verfertigten solche Kostbarkeiten aus P'aodhuwolle, Kamelhaar und seltenen Steppenpflanzen.

Die Kisten schließlich enthielten Kistchen – kleine, wunderschöne Behältnisse aus Fischbein, mit passenden Deckeln und Einlegearbeiten aus glänzenden Quarzkristallen.

»Feine Ladung«, sagte Dante, als sie in der geräumigen Kajüte am Tisch saßen und Kaffee tranken. Er gestikulierte mit seinem Feuerzeug. »Und nichts davon ist illegal. Stellt sich bloß die Frage, woher die Pelze stammen. Aber solange wir das nicht genau wissen, können wir nicht einmal behaupten, sie seien gestohlen.«

Fimfinella hob die Hand. »Nach allem, was ich gehört habe, sieht es aber doch so aus.«

»Ja, aber Aussehen reicht nicht für Maßnahmen.«

Pinto grinste. »Meinst du das politisch oder sexuell?«

»Ich wüßte was«, sagte Learoyd. Frische Luft und Kaffee hatten ihm sichtlich gutgetan. »Ist aber riskant.«

Barakuda musterte den erfahrenen Soldaten. »Und zwar?«

»Wenn man wissen will, wer dahintersteckt, muß man den Kram bloß behalten oder auf eigene Rechnung verscheuern. Dann wird sich sicher jemand melden.«

»Junge, Junge«, murmelte Pinto, »Sie haben Einfälle. Ich weiß nicht, ob die Sache so viel wert ist, daß ich unbedingt meinen Kopf riskiere.« Er streckte die rechte Hand aus, schnipste mit den Fingern und pflückte eine gräßliche, von winzigen Schwären besetzte Unke aus Learoyds rostrotem Schopf. »Und was soll man von Einfällen halten, die aus einem Kopf kommen, auf dem Sumpfunken hausen?« Er hielt das Tier auf der Handfläche hoch, blies darüber und ballte die Faust. Als er sie wieder öffnete, lag eine glänzende Goldmünze darauf, ein Fünf-Foldar-Stück. »Da, Learoyd. Mehr ist Ihr Einfall nicht wert. Aber das steht Ihnen zu.«

Er schloß die Hand, drehte sie um und öffnete sie über Learoyds ausgestreckter Pranke. Sand rieselte hinab.

»Soviel hierzu«, sagte Barakuda. »Findest du nicht, daß du dein Talent vergeudest? Du könntest doch in der Saison jeden Abend in einem der Luxushotels auftreten.«

Pinto kniff ein Auge zu. »Ich segle nun mal gern. Aber wir haben heute nachmittag schon überlegt, ob wir nicht zusammen eine Show machen sollen.«

Fimfinella räusperte sich. »Lassen wir das beiseite. Was wird mit den Pelzen? Fischminister, ich glaube, die Entscheidung liegt bei dir.«

Barakuda legte beide Hände um den Kaffeebecher. »Wir tun gar nichts. Ich kann das nicht beschlagnahmen, ohne handfeste Beweise. Und dein Kopf ist längst nicht so wertvoll wie deine Ladung, Pinto. Es wäre den Pelzen gegenüber ungerecht, ihn zu riskieren.«

»Sehr freundlich.« Pinto deutete mit der rechten Hand auf Dante; eine zischende Schlange fuhr auf das Gesicht los, verwandelte sich in ein Seidentuch und dann in Rauch.

Barakuda zuckte mit keiner Wimper. »Übrigens wird in den nächsten Tagen ein junger Shil bei dir anheuern, falls du doch noch weiter Cargo fährst.«

»Du meinst, die könnten mir noch mal so was Feines auftragen?«

»Ja. Möglich wär's. Und dann ist mir wohler, wenn einer meiner Leute dabei ist.

IV

Die meisten nahmen ihren Urlaub in der Toten Zeit, wenn ohnehin kaum etwas zu tun war. Barakuda hatte sich zu den Banyashil-Fürsten in die Steppe begeben wollen; nun beschloß er, das Eintreffen des Trampraumers abzuwarten, der Pintos Ladung übernehmen sollte. Am ersten Tag stürzte er sich auf die aufgelaufenen Papiere, die seinen Schreibtisch bedeckten. Abends hockte er im *Meeresleuchten*, aß Fisch, trank Sampawein und unterhielt sich lange mit Begheli. Gegen Mittag des zweiten Tages hatte er den Papierkrieg siegreich zu Ende gefochten und räumte auf. Dann wanderte er in die Stadt. Im kleinen Buchladen an der Plaza Tokman gab es neben den Lesewürfeln, die billiger herzustellen und zu transportieren waren, auch manchmal richtige Bücher – Luxusartikel wegen des Frachtraums über die Lichtjahrtausende vom Zentrum des Commonwealth zum Rand. In einer Ecke entdeckte er etwas Besonderes: einige Werke auf Taggashilgu, die die letzte Karawane aus dem Südkontinent mitgebracht haben mußte. Es waren kleine Kostbarkeiten, mit beweglichen Eisenholzlettern auf Büttenpapier gedruckt und in orangefarbenes Wildbockleder eingebunden. Es gab nicht viele Interessenten für richtige Bücher, noch weniger für Shil-Literatur, aber die Buchhändlerin kannte Barakudas Abneigung gegen die *mikrolibros* und wußte, daß er Shilgu las.

Er überflog die Titel. Ein Versepos über die Wundertaten eines atheistischen Götzen; eine Analyse unwirksamer Gifte; eine Übersetzung von Spinozas *Ethik* (Untertitel: »Eine abstruse Halluzination«); drei Bände mit Grotesken aus dem Repertoire der Wanderbühnen von Golgit. Er entschloß sich, 20 Drachmen für einen abenteuerlichen Schelmenroman eines Autors aus Sa'orq auszugeben; der Titel lautete verheißungsvoll *Wie der Vagabund Pajbany lieber in vielen Betten häufig als im Kampf einmal starb**.

Er ging früh zu Bett und las. Am dritten Tag wurde er unruhig und trieb sich im Raumhafen herum. Im Tower traf er den Hafenchef, der seinen Schreibtisch aufräumte.

»Das sieht nach Aufbruch aus.«

Ildo Aguilar nickte so heftig, daß sein Dreifachkinn Wülste warf und nachbebte. »Ja. Weg. Raus hier.« Der feiste Mann schlug auf den Tisch. »Ich kann's nicht mehr sehen.«

Einer der beiden Stellvertreter, Felix Irgul, befand sich längst im Urlaub. Er tauchte vor der Nordküste der Schulinsel Corilia. Yfon Batavy, Nummer Drei im Tower, sah Aguilar beim Räumen zu. Sie hockte auf einem Schemel, die hageren Knie stachen durch ihre dunkle Hose. »Haben Sie ihn schon gefragt, was er tun will?«

Barakuda glaubte, ein verhohlenes Grinsen zu sehen. »Nein. Na, was machen Sie, Ildo?«

Aguilar schloß die Augen und spitzte genießerisch den Mund. »Im Serai gibt es einen neuen Koch. Er ist aus Golgit, angeblich, und da unten gibt es feine Sachen.« Er öffnete die Augen wieder und blickte mit einem verklärten Lächeln zwischen Batavy und Dante hin und her. »Da werde ich meinen Urlaub verbringen.«

Barakuda schnalzte mit der Zunge. »Sehr fein. Haben Sie schon jemand gefunden, der Sie abends den Hügel zu Ihrem Bungalow raufrollt?

»Bah. Ich werde mich ganz im Serai einquartieren. Wozu immer rauf und runter wandern? Ein Zimmer mit Blick zum Fluß, gutes Essen, reichlich Getränke und viel Schlaf – was braucht man mehr?«

* Das Sa'orqi-Verb *lukhaai* bedeutet sowohl »Leben aushauchen« (=sterben) als auch »lustvoll erschöpft ausschnaufen«.

Dante klopfte auf die Verschalung des Rechnerterminals. »Recht so. Ich wünsche Ihnen eine besonders vergnügliche Verstopfung, mein Lieber.«

Nachmittags übergab Dante das Büro seiner Vertreterin Nogura, verabschiedete sich von Sarela McVitie, die im militärischen Tower einen billigen Roman las, packte die Tasche mit dem Notgepäck und flog mit dem kleinen Gleiter nach Pinding.

Die Insel südlich von Corilia war nicht dauernd bewohnt. Gendarmerie und Garnison unterhielten ein Camp für Überlebenstraining und Nahkampfübungen; dort bildete man auch die künftigen Agenten von Cadhras aus.

Zur Zeit wurden sechs Kandidaten vorbereitet und mit den Eigentümlichkeiten ihrer späteren Einsatzgebiete vertraut gemacht: Sprache, Gewohnheiten, Gefahren. Eine Frau sollte nach Pasdan gehen, eine andere war für den Einsatz in Gashiri vorgesehen.

Drei Tage trainierte Barakuda mit ihnen und den Ausbildern. Danach hatte er einige Pfunde verloren und erneut die Erkenntnis gewonnen, daß er in Dingen wie Bogenschießen und Fechten niemals Meisterehren erringen würde. Zwei der jungen Leute waren »fertig«.

Nach dem Abendessen ging er mit den beiden Kandidaten ans Meer. Der junge Mann, ein Shil namens Tugrik, sollte ihn nach Cadhras begleiten und zunächst auf Pintos Frachter anheuern.

»Mit dir habe ich etwas anderes vor«, sagte Dante. Die zwanzigjährige Cadhrassi hockte zwischen ihm und Tugrik auf dem Bootssteg.

»Großes Geheimnis, Chef?« Sie strahlte ihn an, und Dante kam sich wie ein Großvater vor. Die Art, wie Toyami ihn anstrahlte, machte das Gefühl noch intensiver.

»Jetzt nicht mehr. Kannst du sofort aufbrechen, oder willst du dich noch von jemandem verabschieden?«

Toyami wurde ernst. »Nein, Chef. Du weißt, daß in Cadhras keiner auf mich wartet.« Sie sah ihn fragend an.

»Gashiri.«

Sie nickte. »Dafür bin ich ausgebildet worden. Das wußte ich schon. Aber als was? Als Kontaktperson? Als Aufsicht in der Verwaltung in Cadhras? Als Einsatzreserve?«

»Nein. Als Vollagentin. In der Hauptstadt.«

Toyami atmete tief durch und starrte ins Wasser. Schließlich sagte sie. »Danke für das Vertrauen. Ich traue es mir zu.«

»Wir haben das theoretisch abgehandelt«, sagte Dante eindringlich. »Du wirst es jetzt praktisch erleben. Es ist eine Art Schizophrenie. Du darfst nicht auffallen, mußt alles glauben und sagen und tun, was man in Gashiri tut. Wenn man dich aus dem Schlaf reißt und dir Fleischbrühe anbietet, mußt du dich übergeben. Wenn du aber bemerkst, daß dir wirklich übel wird, wenn du an Fleisch denkst, dann ist es Zeit, dich ablösen zu lassen. Du mußt dauernd sowohl neben dir stehen als auch dich mit deiner Rolle identifizieren. Zwei Jahre, höchstens drei, länger ist es nicht möglich.«

Toyami nickte. »Theoretisch weiß ich das. Wann beginnt die Praxis?«

Barakuda warf seine Zigarette ins Wasser und stand auf. Er zog Toyami und Tugrik hoch. »Heute nacht.«

Auf dem Flug von Pinding nach Gashiri erfuhr Barakuda aus Cadhras, der erwartete Frachter sei im System aufgetaucht und habe um Landeerlaubnis gebeten. Wenig später zog er als leuchtender Punkt auf seiner Landekurve über sie hinweg.

Kurz vor Morgengrauen setzte Dante Toyami in einer einsamen Bucht ab. Die Ausrüstung der Agentin bestand aus ihren Kenntnissen, einem Kleiderbündel, ein paar Münzen und dem Funkgerät.

Am frühen Vormittag erreichten Barakuda und Tugrik den Raumhafen. Auf der Landefläche stand ein zerbeulter Metallzylinder, der nicht so aussah, als ob er jemals wieder fliegen könnte.

»Vier Passagiere waren an Bord«, sagte der müde Zollinspektor, den man in der Frühe aus dem Bett geholt hatte. »Zwei Frauen und zwei Männer. Einen der Männer hab ich festgehalten; gegen die anderen lag nichts vor.«

»Wo sind die anderen?«

»Irgendwo in der Stadt. Sie werden nicht gesucht und hatten nichts Auffälliges im Gepäck. Sie haben sich nach Hotels erkundigt, ich hab ihnen ein paar genannt.«

Der festgehaltene Passagier war Mitglied eines fundamentalistischen neokatholischen Ordens und bestand darauf, mit einem Verantwortlichen zu sprechen. Barakuda ging in den abgesperrten Raum. Der Prediger überschüttete ihn mit einem empörten Wortschwall, dem Barakuda müde lauschte. Nach und nach erfuhr er, daß man dem Mann eine billige Passage angeboten habe. »Ich bin hergekommen, um diese Welt dem Teufel zu entreißen«, sagte er stolz.

Barakuda gähnte und kratzte sich den Stoppelbart. »Diese transzendentale Person ist hier nicht heimisch. Wir haben an die dreitausend religionsähnliche Systeme, die der Erbauung und Zerstreuung dienen; außerdem drei, die bis zum Massenmord an Andersdenkenden ernstgenommen werden. Eine vierte Sache dieser Art ist völlig überflüssig.«

Der Prediger stierte ihn an. »Das ist keine Sache, sondern Gottes Wort, Mann! Außerdem herrscht im Commonwealth immer noch Freizügigkeit. Und Redefreiheit. Weshalb halten Sie mich hier fest?«

»Weil Shilgat nicht zum Commonwealth direkt gehört, sondern ein Protektorat mit Sonderstatus ist. Dazu gehört ein vollständiges Verbot der technischen und kulturellen Beeinflussung der Urbevölkerung. Deshalb fliegen Sie mit dem Frachter wieder ab. Sie können ja einen eingeschriebenen Brief an die Lordkanzlerin schicken und sich beschweren.«

Ein Gespräch mit dem schmuddeligen Kapitän des Frachters brachte keine Aufschlüsse. Er war nicht begeistert darüber, den Prediger wieder mitnehmen zu müssen. Jemand, dessen Namen er nicht kenne, habe ihn gebeten, den Mann zu befördern. Die drei anderen Passagiere hätten sehr gut gezahlt. Er wisse aber nichts über sie. Eine Frachtagentur auf Loreen V habe ihm Cargo für Shilgat mitgegeben und ihn gebeten, in Cadhras eine Ladung Pelze, Teppiche und Kistchen an Bord zu nehmen.

»Welche Agentur war das?«

Der Kapitän breitete die Arme aus, kratzte sich unter einer Achsel und grinste. »Das hab ich doch tatsächlich vergessen. Ist das denn wichtig? Hauptsache, ich hab Ihren Zoll hier bezahlt, oder? Der Rest kann Ihnen doch egal sein.«

Mit leicht erhöhtem Blutdruck und pulsierender Narbe inspizierte Barakuda die Ladung, die der Raumer ausgeladen hatte: demontierte Transportkäfige für große Raubtiere. Die einzelnen Teile bestanden aus jeweils zwei Meter hohen Gittern. Eine Durchleuchtung ergab, daß die Stäbe hohl und in der Mitte verschweißt waren. Der Empfänger war eine Gesellschaft für Shihueti-Fang, Tashila, Huasiringa, Shilgat.

Der Zollinspektor, der Barakuda begleitete, zuckte mit den Schultern. »Shihuetis fangen ist nicht verboten. Ich würde es nicht versuchen, aber verboten ist es nicht. Auch der Export nicht. Das Problem hat sich nur noch nie gestellt.«

»Sehr seltsam. Aber natürlich haben Sie recht.«

»Zusammengesetzt gibt das hübsche Käfige. Ich ziehe allerdings die kleinen Kistchen vor, die die Leute da mitnehmen. Die haben mich immer schon gereizt, aber ich hab nie eines kriegen können.«

»Ja, sie sind ganz niedlich.« Pinto hatte beim Ausladen eines der Kistchen »vergessen« und Dante geschenkt.

Dann stutzte er und riß sich aus seiner verärgerten Müdigkeit. »Was haben Sie gesagt? Sie kennen die Dinger?«

Der Zollinspektor sah ihn groß an. »Klar doch, Chef. Das ist mindestens die dritte Ladung, die nach draußen geht. Haben Sie die denn nie gesehen?«

»Nein, verdammt.«

In seinem Büro hockte sich Barakuda vor den Terminal und forderte vom Rechner genaue Daten über bisherige Exporte von Zierkisten an. Dann ging er in den Militärtower, schaltete über den Relaissatelliten eine Blitzverbindung zur Zentrale der Abwehr auf Gaia und bat um Auskünfte über Frachtagenturen auf Loreen V, Anlaufhäfen des Trampfrachters *Traumgold* in den letzten Jahren, Dossiers über den Kapitän, den Prediger und die drei anderen Passagiere.

In seinem Büro erwartete ihn eine unangenehme Überraschung. Auf dem Bildschirm des Terminals flimmerte die Mitteilung »Keine Daten«. Barakuda pfiff leise und wählte den Visifonanschluß der Rechnerzentrale. Er hatte mit den Leuten selten zu tun, kannte sie jedoch alle flüchtig, wie die meisten wichtigen Mitarbeiter des Gouvernements.

Der stellvertretende Leiter meldete sich. Er wirkte müde und nicht erfreut über die Unterredung.

»Hören Sie zu, Ram. Ich hab da ein Problem.« Dante beschrieb die Kistchen. »Der Zollinspektor behauptet, das ist mindestens die dritte Ladung. Ich hab Daten angefordert, aber der Rechner weiß nichts. Können Sie das überprüfen?«

Ram setzte eine skeptische Miene auf. »Natürlich. Aber wenn nichts gespeichert ist, hat sich der Zollinspektor wohl geirrt. Jeder Passagier, jedes Schiff, jede Ladung wird eingegeben, und der Rechner vergißt nichts.«

»Trotzdem. Checken Sie das durch. Ich melde mich wieder. Wie lange brauchen Sie?«

»Zehn Minuten, höchstens. Vielleicht muß die Frage anders formuliert werden; vielleicht reicht ›Zierkisten‹ nicht aus. Ich versuch's mal.«

Dante nutzte die Wartezeit, um sich zu duschen und zu

rasieren. Zum Glück waren die einzelnen Raumhafen-Abteilungen gut eingerichtet.

Dann rief er Ram wieder an.

»Nichts, Dante. Der Zoll muß sich irren.«

»Irrtum Ihrerseits ausgeschlossen?«

»Vollkommen unmöglich.«

»Wie steht es mit Manipulation? Könnte jemand das gelöscht haben?«

Der Operator hielt die Luft an. »Wie meinen Sie das?«

»Genau so.«

»Hm. Tja. Möglich wäre das schon, wenn man sich gut auskennt. Aber wozu?«

Barakuda nickte verdrossen. »Eben. Wo steckt Leontia?«

»Sie macht Urlaub. Warum? Trauen Sie mir nicht?«

»Gesetzt, es wäre gelöscht worden – wem sollte ich dann trauen?«

Ram kicherte. »Ihnen selbst zum Beispiel auch nicht. Sie können das von Ihrem Terminal aus auch.«

»Ich war's aber nicht. Noch mal: Wo ist die Operatorin?«

Ram wandte sich irgendwem zu und stellte eine leise Frage, die Dante nicht verstand. »Wahrscheinlich auf Afuera«, sagte er. »Genau weiß ich's nicht.«

Dante seufzte. »Ausgerechnet. Na ja, kann man nichts machen. Einstweilen danke.«

In der Kantine trank er einen Kaffee, rauchte eine Zigarette und grübelte. Er hätte lieber geschlafen.

Der Zollinspektor blieb bei seiner Behauptung, als Barakuda ihn noch einmal nach den Kistchen fragte. Die Zeit, zu der die Ladungen nach draußen gegangen waren, konnte er nur ungefähr angeben: »Irgendwann im Laufe der letzten anderthalb Jahre.« Auf Dantes Frage, welche Frachter, oder zumindest welche Art Frachter, zuckte er mit den Schultern. »Können Liner oder Tramps gewesen sein.«

Von Gaia gab es noch keine Antwort, also wanderte Barakuda zurück in sein Büro und schlug die Nummer eines Visifonanschlusses nach.

An der Küste des Lysangrischen Ozeans, im Osten des Isthmus, hatten sich vor Jahrhunderten die sogenannten »Fischer« angesiedelt. Anders als in Pasdan, Banyadir und Gashiri war dies ohne Blutvergießen geschehen. Man hatte sich mit den dortigen Shil freundlich geeinigt; inzwischen gab es kaum noch einen reinblütigen Abkömmling der Flüchtlinge von Dingo III.

Nördlich des Fischergebiets mündete der aus den Bergen des Isthmus kommende Yozan ins Meer. Vor Jahrtausenden hatte er ein Delta gebildet; die Gegenden, durch die er floß, waren längst ausgewaschen, und Mangel an Lehmnachschub sowie Meeresströmungen hatten das Delta zerstört. Lediglich einige mit tropischen Harzbäumen bewachsene Inseln waren übriggeblieben. Die größte, Afuera, verfügte über einen Naturhafen. Es gab dort einen Fischerort und ein halbstaatliches Hotel mit Pfahl-Bungalows am Strand.

Die Rezeption des Hotels meldete sich; Barakuda bat um Auskunft, ob Leontia Vilgram aus Cadhras sich auf Afuera aufhalte.

Die freundliche Shil warf einen Blick auf eine Liste außerhalb des Erfassungsbereichs des Geräts. »Sie ist in Bungalow neunzehn.«

»Ich würde gern in einer Stunde noch einmal anrufen. Meinen Sie, Sie können sie bis dahin auftreiben und in die Nähe des Geräts schaffen?«

Die junge Frau lächelte. »Aber nicht mit Gewalt.«

Noch immer keine Antwort von der Abwehr. Da er nur warten konnte, entschloß sich Barakuda zu einem Spaziergang. Er nahm einen kleinen Stapel Papier aus der Schublade seines Schreibtischs – die Schiffe, Raumer und Karawanen der letzten Tage; handschriftlich trug er den Frachter *Traumgold* ein, rollte die Blätter zu einer Wurst zusammen und ging zur Garnison. In der Messe fand er Sergeant Bondak. Ihn bat er, einen Gleiter für den kommenden Morgen startklar zu machen, und schlug drei Leute für den Flug vor.

Von seinem Büro rief er erneut Afuera an.

Auf dem Bildschirm erschien eine hübsche, üppige Frau, die nichts als einen halbtransparenten Badeüberwurf trug.

»Das muß Ihr Ferien-Ich sein, Leontia.«

Sie lächelte kurz und strich nasses, dunkles Haar aus der Stirn. »Was gibt's denn? Es muß ja wohl eine mittlere Katastrophe sein, wenn Sie mich mit einem Kescher aus dem Meer holen lassen.«

Barakuda setzte ihr das Problem auseinander, nachdem er sie gebeten hatte, die Tür des Hotelbüros zu schließen.

Leontia kaute auf der Unterlippe. »Unangenehm. Wenn der Zollinspektor sich nicht irrt, heißt das, jemand hat Daten gelöscht.«

»Wer kann solche Daten löschen?«

»Eine ganze Menge Leute. Jeder, der Zugang zu einem Primärterminal hat.«

»Das schließt immerhin schon mal die Sekundärterminals aus, also Banken, Frachtagenturen und so weiter.«

»Richtig. Deren Zugang ist, was Einspeisen und Löschen angeht, auf ihre eigenen Bereiche begrenzt. Aber das hilft uns nur wenig. Zugang zu den Primär-Terminals haben alle, die daran arbeiten, und ihre Stellvertreter.«

»Braucht man zur Löschung einen besonderen Code?«

Sie schüttelte den Kopf. »Sie denken an Alpha-Eingaben? Die Löschung einiger Details fällt nicht unter Alpha. Tut mir leid, aber ich sehe keine Möglichkeit, den Kreis der Verdächtigen einzuengen.«

»Na fein. Ich werde eine Liste machen und mir den Kopf zerbrechen.«

»Halten Sie mich auf dem laufenden, Dante. Notfalls komme ich früher zurück.«

Die Liste brachte ihn nicht weiter. Primärterminals, die Zugang zum gesamten Datenschatz hatten, gab es im Ziviltower, Militärtower, Sicherheitsbüro, Zolldepot, ferner bei der Passagierkontrolle, der Personalabteilung des Gouvernements, dem Finanzsekretariat, im Gouverneurspalais und natürlich im Rechner selbst; außerdem im Zentraldepot des Seehafens, in den Abteilungen für Justiz, Gendarmerie, Finanzen und Personal des Territoriums sowie im Parlament und in der Kanzlei des Obmanns. In allen Fällen gab es mindestens zwei, in einigen bis zu fünf Eingabeberechtigte; Barakuda konnte auch nicht ausschließen, daß ein Unbefugter sich Zugang und Codekenntnisse verschafft hatte.

Müde und mürrisch ging er wieder in den Militärtower. Endlich waren die Auskünfte von der Zentrale in Atenoa gekommen. Die Diensthabende, *kapitá* Marivel, hatte die Sendung bereits entzerrt und entschlüsselt.

Über den Prediger war nur bekannt, was der Mann selbst gesagt hatte. Gegen den Kapitän der *Traumgold* hatte es mehrere Verfahren wegen Verdachts auf Schmuggel gegeben, immer eingestellt mangels Beweisen. Sehr interessant lasen sich dagegen die Informationen über die drei anderen Passagiere und eine Frachtagentur auf Loreen V. Zwei Frauen und ein Mann – Namen und Beschreibungen stimmten – hatten auf Ilian II einige Zeit in einem noblen Hotel verbracht; vorheriger Aufenthalt unbekannt. Schon das war mehr als ungewöhnlich. Von Ilian II waren sie über mehrere Zwischenstationen mit Linienraumern nach Loreen V gereist und dort an Bord der *Traumgold* gegangen. Unter den Frachtagenturen auf Loreen V gab es nur eine, die nicht dort ansässigen Eignern oder Gesellschaftern gehörte.

Barakuda schloß einen Moment die Augen, verfluchte die Verfasser der beiden Artikel, die Mtusi ihm gezeigt hatte, und rief den Präfekten der Gendarmerie an.

»Hören Sie zu, Vito. Es sind drei Leute angekommen, gegen die nichts direkt vorliegt. Es ist aber sehr wahrscheinlich, daß sie der Großen Familie angehören und etwas mit Rauschgift zu tun haben.«

Ataratz verzog den Mund und tastete nach Knöpfen. »Spielen Sie's rüber, ich kopiere.«

Barakuda hielt das Blatt vor die Aufnahmelinse. »Suchen und ausweisen. Das Protektoratsstatut macht es möglich, bei begründetem Verdacht.«

»Wie begründen Sie?«

»Eine Agentur auf Loreen V. Sie gehört einer interstellaren Spedition. Die Spedition wiederum gehört zu gleichen Teilen drei Firmen – Bau und Vercharterung von Frachtern und so weiter. Alle drei sind Tochtergesellschaften eines Konzerns, der so ziemlich alles macht – Hotels, Banken, Schwerindustrie, Dienstleistungen, was Sie wollen. Letztlich gehört der Konzern einer Gruppe von sechs Leuten. Fünf von denen sitzen auf Panormos, und Panormos gehört bekanntlich größtenteils der Großen Familie. Die drei Leute, die wir suchen, sind erst auf Ilian II aktenkundig aufgetaucht, vorher hat es sie nicht gegeben, soweit feststellbar. Ilian II ist aber der wichtigste Knotenpunkt für Fracht- und Passagierlinien im Ta'unga-Sektor.«

Ataratz nickte; seine Mundwinkel gingen nach unten. »Alles klar. Und Panormos liegt in dem Sektor, und von da nach Ilian kommt man schnell und ungesehen mit einem kleinen Privatboot. Also suchen und abschieben.«

»Ja. Ich bin ab morgen weg, aber die Formalitäten kann Lyle Nogura erledigen.«

Ataratz zögerte. »Ihren Urlaub gönne ich Ihnen, Dante. Aber müßte man nicht was gegen den Frachter unternehmen? Wenn er mit dieser Agentur zusammenarbeitet?«

»Keine Handhabe. Der Kapitän ist Eigner und kann zusammenarbeiten, mit wem er will. Weder die Ladung, die er gebracht hat, noch die, die er mitnimmt, ist illegal.«

Am späten Nachmittag startete die *Traumgold.* Der rostige Zylinder stieg langsam mit Hilfe der Antigravprojektoren. In einer Höhe von 200 Metern wurde die Leistung eines Teils der Projektoren gedrosselt; der Frachter kippte nach Westen ab. Teilschub und geringer Teilfall ergaben eine flache Steigung. Zehn Kilometer jenseits der Küstenlinie hatte die *Traumgold* eine Höhe von 250 Metern erreicht. Der Tower erteilte Zünderlaubnis. Die Impulstriebwerke sprangen an und jagten den Zylinder in die vorgeschriebene, flache Start-Lande-Kurve über dem Meer. Es gab keine Lärmbelästigung über bewohnten Gebieten.

Barakuda beobachtete mißmutig den Schirm, bis der Frachter unter den Ortungshorizont des Towers sank. Als der Punkt am unteren Rand des Bildes verschwand, murmelte Dante leise, aber deutlich: »Mögen dich die Piraten im Niemandsland zu ganz kleinen Hackfleischbällchen machen.«

Sarela McVitie, die inzwischen den Dienst im Militärtower übernommen hatte, musterte ihn kritisch. »Sie sehen aus, als ob Sie jemand umbringen wollen, Chef.« Dann rümpfte sie die Stupsnase und lächelte. »Wenn's Ihnen hilft, melde ich mich freiwillig.«

Dante winkte ab. »Sie sind für so was zu schade. Außerdem sind meine Mordgelüste eher platonisch.«

»Ich wußte nicht, daß es das auf dem Gebiet auch gibt. Aber man lernt ja nie aus.«

Bevor er sich am frühen Abend erschöpft ins Bett fallen ließ, nahm Dante noch einmal das Kistchen in die Hand, das Pinto ihm geschenkt hatte. »Ich hab dich durchleuchten lassen. Alles fein und erstklassig gearbeitet, aber du bist doch nur Fischbein und ein paar Quarzkristalle. Warum macht sich jemand die Mühe, dich aus dem Rechner zu löschen?«

Aus: Sektologie II *von Shiva Muhammad Dschugaschwili (Atenoa, 452)*

». . . Soweit die Unterlagen es erlauben, kann man ihn sowohl als clever wie auch als geisteskrank bezeichnen. Er verfaßte eine Reihe fantastischer Romane; schließlich verfiel er auf den Gedanken, daß mit einer Religion mehr Geld zu verdienen sei. Kurz vor dem endgültigen Zusammenbruch der Erde und ihres Systems von Kolonialwelten ließ er sich auf einem der Vega-Planeten nieder, gab sich als Inkarnation irgendeines Urgeistes aus und begründete die Gemeinschaft der Einzig Wahrhaften Verehrer Allen Gottes. Wie jede erfolgreiche Hirnwäscherei gab auch diese ihren Gläubigen das, was sie haben wollten: Halt in einer hermetischen Gemeinschaft, eine Art spiritueller Nestwärme; gegenseitige Kontrolle der Mitglieder zur Festigung des inneren Zusammenhalts; eine Mystik von so vollkommener Abstrusität, daß sie (vgl. ›Ich glaube, weil es absurd ist‹, Augustinus) den Gläubigen als unumstößliche, offenbarte Wahrheit erscheinen mußte, weil ein (gesunder) Mensch sich dergleichen nicht ausdenken kann; Zeremonien zur Stärkung des Herdengefühls. Hinzu kamen eine für Außenstehende unverständliche bzw. lächerliche pseudowissenschaftliche Terminologie, die die Mitglieder auch sprachlich von der Welt abschottete; der übliche Aufwand an Euphemismen zur Verschleierung unerfreulicher Dinge (so hieß der ordensinterne Scharfrichter ›Vergöttlicher‹, da er die Seele ja befreite, und die mit Kontrolle und Lenkung betrauten Inquisitoren wurden als ›Auditoren‹ bezeichnet); schließlich noch magische Maschinen, z. B. ein primitiver Lügendetektor, der jedoch angeblich nicht Körperenergie, sondern Göttliches Pulsieren maß, dabei wie jeder Lügendetektor die in Körperströmen manifesten Widerstände des vom ›Auditor‹ einer Inquisition Unterzogenen verzeichnete und somit jegliche Manipulation erlaubte – kurz: Das ganze gespenstische Arsenal aller Seelenverzehrer . . .

. . . Im Pantheon, den er ersann, thronten 57 Göttinnen und 57 Götter verschiedenster Herkunft, darunter z. B. Qadhafi, Euklid,

Odin, Vishnu, Tezcatlipoca, Myriam, Isis, Kali, Marilyn, Galadriel, Brynhild, Lincoln . . . In den ›Wirren Jahrhunderten‹, als auf Vega IX die Rationale Despotie herrschte, flohen die einheitlich mûnaks *genannten Nonnen und Mönche der 114 Gottheiten mit mehreren Schiffen in die Galaxis und ließen sich auf dem Nordkontinent von Shilgat nieder. Zunächst suchten sie die einheimischen Shil zu bekehren; da diese jedoch den Kosmos als Chaos begreifen, in dem jede Ordnung oder Weltanschauung ein erbauliches Spiel, keinesfalls jedoch wahr oder relevant sein kann, scheiterte der Versuch. Wie jede Gruppe, die sich im Besitz der absoluten Wahrheit wähnt, definierten die* mûnaks *alle Ungläubigen erst als Feinde, dann als Unmenschen. Mit Hilfe der mitgebrachten, überlegenen Waffen und Kenntnisse begannen sie mit der Ausrottung der Urbevölkerung, hielten einige Überlebende als Sklaven, die auch zur experimentellen Fortpflanzung verwendet wurden . . . Der systematische Völkermord in den Bergen des Nordkontinents endete erst, als Shilgat zum Commonwealth-Protektorat gemacht und in Cadhras eine Garnison der Marineinfanterie eingerichtet wurde. Angesichts inzwischen verrotteter Waffen in Banyadir stellt das Bataillon in Cadhras ein unwiderlegbares Argument für die Wahrung des Friedens dar . . .*

Die Zahl der Gottheiten bestimmt das ganze Leben. Zunächst gab es ein Kloster (Namenloser-Allgott) mit 114 Abteilungen; später wuchs die Theokratie auf 114 Klöster . . . Mit Erreichen der Heiligen Zahl 12996 (114^2) erwarteten die mûnaks *den Weltuntergang, der jedoch ausblieb. Inzwischen beträgt ihre Zahl etwa 200 000; in einigen Jahren wird nach der Mystomatik von Banyadir die nächste Heilige Zahl erreicht sein, 207936 ($114^2 \times 4^2$) . . .*

Es gibt 114 Farbnuancen; 114 Knoten zur Befestigung der Heiligen Schärpe; 114 Allem-Gott gefällige Beischlafpositionen; 114 Methoden der Folter; 114 Heilige Fragen des Generalauditors; 114 Rezepte zur Zubereitung des Visionen bewirkenden Kräutersuds; 114 erlaubte Speisefische . . .«

V

Im milchigen Morgen hob der Gleiter ab; in den Fenstern der Territorialen Administration blitzten erste Sonnenstrahlen. Der schwarze Korporal Sten Timoara saß an den Kontrollen; unten blieben die fruchtbaren Küstenländer des Isthmus zurück, die Berge und die Geröllwüsten des Inneren. Jenseits der Grenze folgten dichte Bergwälder, dann Dschungel, Sümpfe, das weite Flachland, durch das sich die Wassermassen des Banyuli nach Osten wälzten; schließlich die stetig ansteigenden Savannen, die am Fuß der bis zu 9000 Meter aufragenden Berge von Banyadir endeten.

Als sie ihre Flughöhe erreicht hatten, verließ Timoara das Pult und setzte sich zu Barakuda und Kakoiannis. Nardini frühstückte nicht mit; er saß im Heck, einen Schreibblock auf den Knien, kritzelte und summte. Bald übertönte er Motor und Fluggeräusche. Timoara steckte den kleinen Finger ins Ohr; Kakoiannis wischte sich sorgfältig den Mund und warf die zerknüllte Papierserviette nach Nardini.

»Barde des Bataillons – laß den Lärm. Sonst vergeß ich meine gute Erziehung und schlag dir die Zähne ein. *Sapristi!*«

Nardini grinste und hob den Block. Das linke Auge richtete er aufs Papier, mit dem rechten starrte er Kakoiannis an. »Das Pflänzlein Lebenslust erblüht mir nie, es welket unterm Huf der Kameraden; ich schmachte nach Sarelas holdem Knie und seh nur Yasus dichtbehaarte Waden.«

Yasuhiro Kakoiannis lachte. »Armes Kerlchen. Aber wegen dir rasier ich mir nicht die Beine.«

Nardini verdrehte die Augen, ließ den Block wieder sinken und kaute auf dem Stift. Barakuda betrachtete das feine

Profil des Don Juan der Garnison. Kakoiannis hatte den Helm in den Nacken geschoben; die schwarzen Locken züngelten unter dem Rand hervor.

»Sie haben da eben ein antikes Fluchwort benutzt, Yasu. Aus einer irdischen Regionalsprache.«

Timoara kniff ein Auge zu; Kakoiannis machte ein unbeteiligtes Gesicht. »Ja, Chef. Französisch. Wieso?«

»Wie alle anderen bewegt mich immer noch das Rätsel Ihrer Vergangenheit. Für den einfachen Mann, der Sie gern scheinen wollen, ist Ihr Galaktein manchmal zu gewählt. Ich weiß, daß Sie Banyashilgu sehr schnell gelernt haben. Sprechen Sie noch mehr Sprachen?«

Kakoiannis blinzelte und zog einen Flunsch. »*Je m'en fous de vos questions, Monsieur. Me jodo, comprende? Bloody insolence.*«

»Sprachen, 3-D-Schach, Manieren, seltsame Zitate.« Barakuda fuhr sich mit der Fingerkuppe über die Narbe. »In einer bestimmten Gegend der alten Erde nannte man so was wie Sie früher einen *gentleman ranker.* Der feine Herr vom Fußvolk. Leute mit bestem Hintergrund, die aus irgendwelchen Gründen nicht Bankier oder General oder Minister, sondern unter falschem Namen einfacher Soldat werden. Sind Sie vielleicht mit der Lordkanzlerin verwandt?«

Kakoiannis lächelte mild. »Ah, Chef, irgendwie langweilt mich das Thema, wenn Sie den Einwand gestatten. Und wenn Sie alles erführen, würden Sie sich auch langweilen. Ungelöste Rätsel sind interessanter als banale Antworten.«

Timoara giggelte leise. »Geben Sie's auf, Chef. Was meinen Sie, was wir schon alles mit ihm angestellt haben. Nicht mal der *sirján* hat was rausgekriegt.«

Kakoiannis zupfte ein Stäubchen von seinem Uniformhemd. »Haben Sie einen besonderen Grund für den Besuch in Banyadir? Abgesehen von der Routineinspektion?«

»Ein kleines Scharmützel zwischen Shil und Mönchsgardisten im Norden. Leider nicht groß genug – sonst hättet ihr was zu tun gehabt. Im übrigen aber nur Routine.«

»Wissen Sie, manchmal frage ich mich, ob ...« Kakoiannis schüttelte den Kopf. »Ich glaube, die Erfinder der Noastoa haben etwas vergessen.«

Nardini blickte auf und tippte mit dem Stift an seine Schläfe. Timoara runzelte die Stirn.

»Was denn, Yasu?« Barakuda verkniff sich ein Lächeln.

»Dieser aufgeklärte Skeptizismus ... Es gibt ja schöne Sätze von Bahadur und Chou, die wunderbar auf Pasdan und Banyadir passen. Gashiri auch. ›Totalitäre Ideologien sind monoman besessen von einem einzigen, meist fiktiven Aspekt des Kosmos, der für sie alle übrigen ausschließt.‹ Und so weiter; Sie kennen das ja sicher.«

Barakuda nickte. »Bahadurs Abhandlung über die Unmöglichkeit der friedlichen Koexistenz zwischen einer offenen und einer hermetischen Gesellschaft. Und?«

»Festzustellen, daß die hermetische Gesellschaft die bloße Existenz einer Lebensform, die von den total gesetzten Prinzipien abweicht, als Widerlegung des eigenen Existierens auffaßt und bekämpfen muß, das ist eine Sache. Ich frage mich nur, ob nicht bei all den feinen Mechanismen des Denkens und Meditierens, die im *Peripatio* entwickelt worden sind, etwas Wichtiges fehlt. Eine Art Anti-Gehirnwäsche, mit der man zum Beispiel Pasdan, Gashiri und Banyadir komplett behandeln und heilen könnte.« Er lächelte und schob den Helm noch weiter in den Nacken. »Aber erstens ist das alles nicht neu; was Bahadur über totalitäre Ideologie sagt, steht wahrscheinlich schon bei Aristoteles, gegen Platon. Und zweitens würde es ohnehin nicht wirken, fürchte ich.«

Barakuda leerte seinen Kaffeebecher und hielt ihn hoch. »Einen leeren Schädel kann man füllen, einen vollen leeren. Aber eine Füllung läßt sich schwer in eine andere umwandeln. Tee wird nicht zu Kaffee, indem man Noastoa-Maximen darüber spricht. Außerdem wäre es ein Widerspruch. Noastoa ist ja gerade der Verzicht auf Indoktrination.«

Timoara hüstelte. »Du vergißt noch was, Yasu.«

»Was denn?«

Der Korporal tippte ihm mit dem Finger gegen die Brust. »Wenn die Idioten in den drei Gebieten plötzlich normal würden, könnten wir die Garnison auflösen.«

Kakoiannis seufzte. »Ach ja, das wär ein Jammer. Mir gefällt's hier nämlich ganz gut.«

Timoara setzte den Gleiter sanft auf dem verschneiten Zentralplateau auf, vor dem Hauptportal des ältesten Klosters, Namenloser-Allgott, in dem alle anderen Klöster Gesandtschaften unterhielten. Das Gebäude war nur aus der Luft überschaubar und erstreckte sich über mehrere Quadratkilometer. Unter dem Kloster befanden sich Labyrinthe von Tunnels, Gängen, Schächten und Verliesen.

Auf den Fundamenten aus riesigen Felsquadern ragten die Mauern empor, die teils aus Steinen, teils aus Lehmziegeln mit hölzernem Fachwerk bestanden. Wie viele Geschosse es unter der Erde geben mochte, wußte außerhalb des Klosters niemand; oberirdisch hatten die Mönche bis zu fünf Stockwerke aufgetürmt. Der gesamte Komplex war ein überdachter Irrgarten aus unterschiedlichsten Elementen: Türme, Erker, Kuppeln, flache rechteckige Gebäudeteile, halbhohe Zwischenstücke mit Giebeln, langgestreckte Verbindungsbauten mit runden Glasdächern, Dachterrassen auf vielerlei Ebenen, Wendeltreppen im Freien, spiralförmige Schlote, Auffangbecken für Regenwasser, aufgesetzte bunte Steinkästen ohne sichtbare Öffnungen. Über das Portal zogen sich in einem Bogen Friese mit 114 stilisierten Köpfen; neben dem Portal wachten monströse Reliefs – Löwen mit Brille und Feuerwerfer, Drachen in pflanzlichen Rüstungen, ein dreiköpfiger Frosch, der mit einer Harfe Pfeile verschoß – über die Aus- und Eingehenden.

In einiger Entfernung, aber noch in Sichtweite des Zentralklosters, ragten vier jüngere Gebäude auf, die ein Quadrat bildeten, in dessen Mitte Namenloser-Allgott stand. Auch diese Klöster – Quetzalcoatl, Indira, Lenin und Astarte – bestanden aus Quaderfundamenten und Ziegelaufbauten. Weiter zum Rand des Hochplateaus zog sich ein äußerer Ring von zehn Klöstern um das Zentrum; sie waren Messalina, Amenhotep, Mao, Thor, Zorbas, Galileo, Homer, Kennedy, Mshimba-Mshamba und Kurdaitcha geweiht. Nach einer umwegigen Berechnung, die außer den Mönchen niemanden überzeugte, ergaben die äußeren zehn Klöster und das eine in der Mitte die Zahl 11, an welche die vier Bauten des inneren Quadrats zu hängen waren, was abermals 114 ergeben sollte.

»Sten, Sie bleiben im Gleiter, startbereit. Wir halten Funkkontakt.«

Timoara verzog das Gesicht. »Ich war noch nie da drin. Lassen Sie doch René hier, Chef; der kann gleichzeitig das Portal und die Kontrollen beobachten.«

Nardini warf dem Korporal einen unfreundlichen Blick zu, mit dem linken Auge. Das rechte hing an Barakuda, der in seine gefütterten Stiefel gestiegen war und den schweren Mantel zuknöpfte.

»Nichts da. Ich brauch René als Alarmsirene.«

Nardini seufzte mißtönend. Durch eine Laune der Natur konnten seine Stimmbänder notfalls gleichzeitig zwei Töne hervorbringen.

»Wie Sie meinen, Chef.« Timoara ließ die Ausstiegsluke auffahren.

Im eisenbeschlagenen Tor öffnete sich eine kleinere Tür. Gefolgt von den beiden Soldaten trat Barakuda ein und nickte der Frau zu, die in der Halle stand. Sie drehte sich um und ging voraus, einen Korridor entlang. Sie trug einen mit Pelz besetzten Lederanzug. Die Schuhe waren mit Eisenplättchen beschlagen; ihre Schritte hallten durch den Gang.

Wie gewöhnlich wurden sie in einen ungeheizten, unmöblierten Raum gebracht, dessen Steinboden klamme Kälte ausstrahlte. Wie gewöhnlich mußten sie einige Minuten warten. Wie gewöhnlich erschienen eine Frau und ein Mann. Beide gehörten der höchsten Stufe der Hierarchie an, den *supremi*; beide trugen pelzbesetzte Winterkleidung. Die Mienen waren eisig.

Grußlos sagte die Frau: »Sie kommen zu spät. Wenn Sie schon kommen müssen, dann wenigstens pünktlich.«

»Ob und wann ich komme, entscheidet das Gouvernement. Wie alle wichtigen Dinge entzieht auch diese Frage sich Ihrer Kontrolle.«

Die *mûnaks* sprachen ein etwas antiquiertes Galaktein, aber die Verständigungsprobleme waren anderer Art.

»Haben Sie wieder unsinnige Beschwerden vorzubringen?« sagte der Mann.

Barakuda lächelte dünn. »Ich habe wieder begründete Beschwerden. Eine Shil-Karawane ist von Ihren Leuten überfallen worden. Drei Banyashil wurden getötet.«

Die *suprema* sagte, mit steinernem Gesicht: »Sie haben acht Grenzreiter getötet. Und sie hatten da nichts zu suchen.«

»Beide Einwände sind bedeutungslos. Die Karawane hat einen alten Handelsweg benutzt, der über einen Paß im Norden von Banyadir führt. Diese Routen sind offen, und das Gouvernement hat darauf zu achten, daß sie offenbleiben.«

»Was auf dem Boden des Heiligen Landes geschieht, ist allein unsere Sache.«

»Sondert das angeblich in Ihnen pulsierende All-Göttliche Emanationen ab, die auch Stiefelsohlen durchdringen und Lehm heiligen?«

Keine Antwort. Die *mûnaks* waren gut konditioniert; religiöse Themen wurden niemals mit Ungläubigen beredet. Die Gesichter der beiden *supremi* leerten sich von allem Ausdruck; die Augen starrten an Barakuda vorbei.

»Und was Ihre acht Toten angeht – wer eine Shil-Karawane angreift und sich eine blutige Nase holt, hat selbst die Schuld zu tragen. Was haben Ihre angeblichen Grenzreiter überhaupt so weit im Norden zu suchen?«

Keine Antwort. In diesem Moment hatte Barakuda eine Erleuchtung; er zählte mehrere Dinge zusammen und räusperte sich. »Wir werden einen Beobachtungssatelliten über Ihr Nordland schicken. Ich rate Ihnen, die Zusammenarbeit mit Nobregas Banditen sofort einzustellen.«

Die Gesichter blieben unter Kontrolle, aber beide *supremi* holten tief Luft. In der eisigen Stille des Raums war es nicht zu überhören.

»Haben Sie sonst noch etwas?« sagte die Frau.

»Nur dies. Ihr Schweigen nehme ich als Geständnis. Ich werde die Fürsten der Banyashil auffordern, die Handelsgruppen von Jägern begleiten zu lassen. Notfalls setze ich die Garnison ein.«

Der Mann murmelte mit zusammengebissenen Zähnen: »Sie können nichts beweisen, Sekretär, und das zählt in Cadhras, oder? Kommen Sie doch einmal ohne bewaffnete Eskorte; wir würden Ihnen gern unsere Verliese zeigen.«

Kurz vor Sonnenuntergang setzten die Männer ihn westlich der Berge im Winterlager der Banyashil-Fürsten ab.

Tremughati war im Zelt geblieben; sie umarmte und küßte ihn zur Begrüßung. Der Fürst stand lächelnd daneben.

»Fürstin, du machst mein Herz warm und mein Auge hell.«

»Erst Tee trinken«, sagte sie lachend, »dann reden.« Sie wies auf die Lager aus Decken und Pelzen und auf den Kupferkessel über dem Feuer.

Barakuda bückte sich nach seiner Reisetasche und zog eine Flasche heraus, die er dem Fürsten reichte. »Import-Rum.«

»Das hilft, den Tee zu beschleunigen.«

Die Fürstin war einige Jahre älter als Gortahork und Dante, ebenso groß wie der Fürst, schlank und doch kräftig, »eine Stahlfeder in Samt«, wie der alte Präfekt Ataratz gesagt hatte, als die Fürsten zur Amtseinführung der neuen Gouverneurin in Cadhras weilten. Sie hatte merkwürdig lichte schwarze Augen und schwarzes Haar, das sie kurz trug. Sie war ebenso viel klüger wie schöner als die beiden Männer; weder der Fürst noch Dante litten darunter. »Auch die Sonne ist zu groß für mich«, hatte Gortahork einmal gesagt, »aber soll ich trauern, daß sie mir Licht und Wärme spendet?«

Beim Tee sprachen sie von erfreulichen Belanglosigkeiten. »Es gibt viele Dinge, die schwer wiegen«, sagte Dante, »aber sie sollen warten.«

Gortahork rutschte auf seinem Fellsitz hin und her. Tremughati nickte und lächelte. »Es ist gut. Die schwierigen Dinge werden wir bereden, wenn auch dein Unkörper* eingetroffen ist. Er scheint noch zu reisen.«

Bald nach dem Nachtmahl, das aus einer kräftigen Brühe, gekochtem P'aodhu-Fleisch und Fladenbrot bestand, überfiel eine gewaltige Müdigkeit Dante. In seinem kleinen Zelt, in dem jemand Feuer gemacht hatte, lauschte er dem Schweigen der Steppe und dem Knacken des verglühenden Holzes. Durch den Rauchabzug sah er Sterne im Himmel der Winternacht, und irgendwie beruhigte es ihn, daß sie da oben standen.

Auch in den nächsten Tagen blieben die Probleme ausgespart. Dante schlief viel, erholte sich prächtig und machte einige längere Runden um das Lager der Fürsten. Es bestand aus etwa 300 Zelten mit insgesamt vielleicht 1000 Shil. Pferde und P'aodhus blieben sich selbst überlassen; mit den

* *Nu'yiral'to* = Nicht-Körper-Irreal; entspricht etwa Geist oder Seele, die für Shil bloße Redefiguren sind, da ihnen materielle Faßbarkeit abgeht. Das abstrakte Konzept eines nichtkörperlichen Teils einer Person wird bisweilen auch als »was bleibt, wenn nichts bleibt« umschrieben.

Hufen scharrten sie den leichten Schnee beiseite, um an das Gras zu kommen. Es gab keine Winterfütterung, und die Tiere waren entsprechend widerstandsfähig.

Am sechsten Tag fand man morgens die Reste eines gerissenen P'aodhu und Spuren eines Tahork. Vier Tage folgten Tremughati, Gortahork, Barakuda und einige Begleiter dem Bären, konnten ihn jedoch nicht stellen.

»Der vierte Bär muß warten«, sagte Dante, als sie nach der Rückkehr wieder im Fürstenzelt saßen.

Bei Gortahorks Geburt hatte seine Mutter aus dem Zelt gesehen und drei Bären erblickt. Die Tahorks waren in der Regel Einzelgänger, deshalb war die Dreiergruppe ein außerordentliches Ereignis, und der neugeborene Junge bekam den Namen Drei-Bären.

Der Fürst hielt die leere Rumflasche hoch, schüttelte den Kopf und nahm einen Schluck Tee. »Es gibt so viele Dinge, die warten müssen. Da kommt es auf einen Bären mehr oder weniger nicht an.«

»Es kommt auf viele Dinge nicht an«, sagte Tremughati. »Außerdem ändert es nichts. Wie Saravyi sagt: Das Leben ist lang und breit; da kann man bisweilen auf Höhe und Tiefe verzichten.«

Dante lehnte sich gegen den Fellstapel. »Wer ist dieser Saravyi, den ihr dauernd zitiert? Seit Jahren höre ich immer wieder den Namen, aber ich weiß nichts über ihn.«

Gortahork verzog das Gesicht. »Auch ich weiß nicht viel. Niemand weiß das.«

Tremughati blickte ihn verweisend an; die Winkel ihres vollen Munds bogen sich abwärts. »Unser Freund will nicht wissen, was du nicht weißt, sondern was du sagen kannst.«

Gortahork ließ sich aus dem Sitzen in eine Seitenlage fallen, stützte sich auf einen Ellenbogen und schloß die Augen. »Als der Vorgänger meines Vorgängers starb, vor sechzig Jahren, kamen die Heiler und Häupter zusammen, um den neuen Fürsten zu wählen. Ihre Wahl fiel auf Saravyi. Er war damals zwanzig Jahre alt, und der älteste Heiler konnte ihn nichts mehr lehren. Es heißt« – der Fürst öffnete die Augen und blinzelte zu Tremughati hinüber –, »daß er alle Männer und Frauen so weit übertraf wie später Tremughati alle Frauen und Männer. Saravyi lehnte die Wahl ab; er wollte, sagte er, über Shilgat reiten, die Spuren der Vergangenheit erforschen und der einen oder anderen Zukunft vorbeugen. Also wurde ein anderer Fürst gewählt. Seither gilt Saravyis Wort, wo immer er auftaucht, mehr als das der Fürsten.«

»Was ist das mit der Vergangenheit und der Zukunft?«

Gortahork schwieg; Tremughati starrte ins Feuer und sagte leise: »Du weißt, Bruder, daß wir vor Jahrtausenden eurer und unserer Rechnung Städte und fliegende Wagen hatten, wie ihr. Wir haben sie aufgegeben, weil sie die Aspekte des Chaos unerträglich vermehrten. Der Tod ist schneller als die schnellste Flugmaschine, und wer langsam lebt, lebt gründlicher. Auch ein Satz von Saravyi.« Sie lächelte versonnen. »Der alte Mann hatte gewisse Befürchtungen, was zum Beispiel die Tödlichen Mütter angeht. Deshalb wollte er in der Vergangenheit Mittel suchen, um einer künftigen Bedrohung zu begegnen. Er ist eine Art Hüter der Shil.«

Gortahork sprach weiter. »Du weißt, daß die Fürsten unabhängig voneinander gewählt werden? Der alte Fürst, mein Vorgänger, war ein Gargava aus dem Süden der Steppe; die alte Fürstin eine Frau der Loya am Oberlauf des Golzain. Sie haben einander nie gesehen. Als die alte Fürstin starb, vor dreiundzwanzig Jahren, haben die Häupter und Heiler Tremughati gewählt. Saravyi war dafür; er hat damals bedauert, daß er nicht mehr jung genug war ...«

Tremughati warf ihm einen schrägen Blick zu.

»Vier Jahre später starb mein Vorgänger, der alte Fürst. Es gab eine Reihe von möglichen Nachfolgern, aber keinen herausragenden Kandidaten.«

Gortahork sprach ohne jede Bitterkeit. Tremughati streckte die Hand aus und legte sie auf die Hüfte des Fürsten.

»Der unbegreifliche Zufall, die Essenz des Großen Chaos, hatte dafür gesorgt, daß sich die Fürstin in einen jungen Jäger verliebte, dessen Mutter einmal drei Bären sah. Als der neue Fürst gewählt werden sollte, erschien wieder einmal Saravyi. Niemand weiß, wo er gewesen war. Er sagte, die Fürstin Tremughati sei allen Kandidaten so weit überlegen, daß man ebensogut einen zum Fürsten machen könne, den sie ohnehin kontrolliert. Deshalb wurde ich Vater aller Banyashil. Ich achte Saravyi, aber es ist keine Liebe zwischen uns.«

Tremughati ließ die Hand liegen und wandte das Gesicht Dante zu. »Saravyi ist immer, wo Unheil geschehen könnte. Im Sommer war er im Nordwesten, dort, wo einer der Räuberherren wohnt.«

Dante richtete sich auf. »Einer der Räuberherren? Gibt es denn mehrere?«

Gortahork rollte sich auf den Rücken. Tremughatis Hand lag auf seinem Bauch; Dante beschloß, sich bald zurückzuziehen. Der Fürst zögerte. »So sieht es aus. Es hat immer kleine Gruppen von Wegelagerern gegeben – entlaufene Sklaven, Geächtete. Nun scheinen es zwei große Banden zu sein, die einander bekämpfen. Eine hat den Pelzhandel lahmgelegt und Felle in Thaggo aufgehäuft – wie du weißt. Es scheint, daß die zweite dieses Pelzlager überfallen und die Wächter getötet hat. Niemand weiß Genaues. Außer Saravyi, der im Sommer dort war. Aber er sagt nichts.«

»Wo ist er jetzt? Ich habe gehört, am Banyuli.«

Tremughati senkte die Lider. »Das ist es, was mich unruhig macht. Er ist immer da, wo Unheil geschieht oder geschehen könnte. Er soll irgendwo an der Nordgrenze des Commonwealth-Territoriums eine Hütte für den Winter gebaut haben. Und nun frage ich mich, welches Unheil er dort verhindern oder beobachten will.«

Barakuda warf den Rest der Zigarette ins Feuer. »Ich habe gelernt, auf eure Ahnungen zu hören, trotzdem interessieren mich im Augenblick praktische Fragen mehr. Könnt ihr mir noch etwas über die Banditen erzählen? Wer die Herren sind, zum Beispiel. Ich habe den Verdacht, daß einer von ihnen ein entflohener Verbrecher aus Cadhras ist, ein Mann mit schwarzem Bart; er heißt Nobrega.«

Tremughati blickte auf. »Du kennst ihn? Ja, er hat einen schwarzen Bart; sein Name war uns bisher unbekannt. In den Zelten nennt man ihn Schwarzbart, Würger des Nordens, Großer-Töter. Es gibt noch andere Namen.«

»Die andere Gruppe«, sagte Gortahork, »kennen wir nicht. Von der ersten wissen wir immerhin, daß Großer-Töter ihr Anführer ist, aber weder, was er letzten Endes will, noch, wo ihr Hauptlager ist. Von der zweiten wissen wir gar nichts. Außer Gerüchten. Sie sollen sich am mittleren Golzain herumtreiben, heißt es.«

Tremughati sagte langsam: »Eine Frau soll sie führen.«

»Vielleicht weiß Saravyi mehr. Wir nicht. Im Frühjahr, wenn der Schnee schmilzt, werden wir reiten. Die Steppe ist groß genug für uns und ein paar kleine Wegelagerer, aber nicht für die Banyashil und zwei große Räubervölker.«

»Es gibt da noch etwas«, sagte Tremughati. »Als du vor einigen Zehntagen hier warst, habe ich alte Freunde besucht. Von den dortigen Heilern habe ich etwas gehört, was wiederum nur ein Gerücht ist. Du kennst Taumeltang?«

Dante knirschte mit den Zähnen. »Ich kenne Taumeltang. Sprich weiter, Fürstin.«

»Es heißt, Cadhrassi hätten herausgefunden, daß man mit Taumeltang nicht nur heilen und besänftigen kann. Im Westen, dort, wo der Tang geerntet wird, sollen die gleichen Leute, die die Pelze erbeuten, Ernteschiffe überfallen und Tang entwendet haben. In Vagaván wird er schon knapp.«

Barakuda stand auf, ging zu den Fürsten, legte seine Hand

an Tremughatis Wange und nickte Gortahork zu. »Ich will in mein Zelt gehen und denken. Es gibt viel zu denken.«

Tremughati nickte. »Und andere Dinge. Wir danken dir für dein So-Sein.«

Am nächsten Tag sprach Dante eher nebenbei von den seltsamen Kisten und den Teppichen. Gortahork fuhr senkrecht aus den Fellen, und Tremughati wurde bleich um die Nase.

»Beschreib uns diese Kistchen, Freund«, sagte der Fürst.

Erstaunt kam Barakuda der Aufforderung nach. »Warum?« sagte er dann. »Was ist daran Besonderes?«

Gortahork kniff die Augen zu. »Du hast sie untersucht und nichts an ihnen gefunden?«

»Sie sind schön und sehr fein gearbeitet – aber mehr nicht. Ich frage mich nur, weshalb sie so wichtig sind, daß jemand dafür unsere große Rechenmaschine manipuliert. Und daß die Fürsten der Banyashil bei ihrer Erwähnung erschrecken.«

Gortahork und Tremughati schauten einander in die Augen. Schließlich sagte Tremughati: »Es könnte sich um uralte Kistchen handeln, die bestimmte Eigenschaften haben. Aber die hättest du bei einer gründlichen Untersuchung herausbekommen. Außerdem – waren sie alt?«

»Nein, die Kistchen sind alle neu. Welche Eigenschaften?«

Gortahork schüttelte den Kopf. »Wir wissen es nicht genau und wollen dich nicht mit wirren Gerüchten schrecken. Wenn die Kistchen neu sind, dann ist es ohnehin belanglos.«

Am Abend vor seinem Aufbruch kamen sie noch einmal auf die Banditen zurück. »Ich werde mich sehr gründlich darum kümmern«, sagte Barakuda. »Es sind Cadhrassi dabei, und Leute von den Sternen haben den Shil genug Unheil zugefügt. Erlaubt ihr mir, wenn der Winter vorbei ist, Krieger in die Steppe zu bringen?«

Tremughati nickte nur; Gortahork tauschte wieder einen

dieser langen Blicke mit ihr. »Du weißt, Bruder, daß die Heiler bestimmte Fähigkeiten haben?«

»Ich weiß, daß sie sich in den Körper des Kranken hineinfühlen und seine Zellen anregen können, die Krankheit selbst zu bekämpfen. Ist es das?«

»Nicht nur. Die Heiler können, bis zu einem gewissen Punkt, auch Gedanken fühlen. Es ist eine Gabe, die nicht viele Shil haben, und sie muß ausgebildet werden. Fürsten werden unter denen gewählt, die ausgebildet sind.«

»Ich beneide euch. Ihr sprecht also miteinander, wenn ihr euch so anschaut wie eben?«

Tremughati lächelte, aber es war kein frohes Lächeln. »Du beneidest uns, weil du uns liebst und denkst, daß wir auf diese Weise inniger verbunden sind? Es ist so, aber das ist nicht alles. Ich fühle deinen Zorn wegen der Banditen und des Tangs, und Sorge um uns und die anderen. Sehr undeutlich können wir aber auch manchmal Dinge fühlen, die in den Köpfen sind und irgendwann vielleicht ausbrechen.«

Barakuda schwieg; Gortahork kniete vor ihm und legte ihm die Hände auf die Schultern. »Freund, Bruder, Bärenjäger. Du weißt es längst, nicht wahr? Oder hast es erraten. Wahrscheinlich ist all das bei Saravyi viel schärfer als selbst bei den besten Heilern. Wahrscheinlich ist er deswegen so oft da, wo Unheil geschehen könnte. Irgendwo an der Nordgrenze eures Territoriums. Hüte dich. Ich weiß nicht, was es ist, aber etwas steht uns bevor. Uns beide hat man gewählt, damit wir die Banyashil schützen. Vielleicht werden wir das neue Jahr nicht überleben. Vielleicht sitzen wir im nächsten Winter hier mit dir und lachen über Sorgen, die vergangen sind. Aber du, sieh dich vor.«

Dante ergriff die Hände des Fürsten und blickte zwischen ihm und Tremughati hin und her. »Ihr habt über die Banyashil zu wachen. Ich muß über ganz Shilgat wachen.«

»Ich weiß, du warst einmal so etwas wie ein Krieger und

hast Wunden davongetragen«, sagte Tremughati. »Was, wenn du noch einmal verwundet wirst?«

Barakuda grinste plötzlich. »Eure Sorge ist überflüssig. Die ersten Wunden haben mich gewissermaßen vom Schlachtfeld zum Schreibtisch gebracht. Die nächste wird mich entweder töten, dann ist es vorbei, oder sie wird mir den Abschied eintragen. Dann bin ich ein altes Pferd, das zu nichts mehr taugt, aber immer noch gefüttert wird.«

»Wir füttern unsere alten Pferde nicht«, sagte Gortahork. »Aber wenn es soweit kommen sollte, weißt du, wo dein Zelt steht. Wenn du willst.«

Am nächsten Mittag holte ihn der Gleiter ab. In Cadhras erfuhr er, daß die drei gesuchten Passagiere des Trampraumers gefunden, verhört und abgeschoben worden waren. Natürlich hatten die Verhöre nichts ergeben – außer der Tatsache, daß die drei über die Verhältnisse auf Shilgat ungewöhnlich gut informiert waren. Statt sich gleich über See oder die Karawanenroute nach Norden zu wenden, wo man sie zuerst suchen würde, waren sie mit einem der batteriegetriebenen Boote, einer umstrittenen Wohltat des letzten Gouverneurs, den Sogga flußauf gefahren, hatten im Binnenland Pferde gekauft und sich nach Südwesten zur Küste begeben, um von dort mit einem kleinen Segler das Binnenmeer zu überqueren. Barakuda brütete über den Unterlagen. Pelze, die wegblieben und über andere Kanäle auftauchten; Taumeltang, der plötzlich im Commonwealth publik wurde, aber nirgendwo mehr aufzutreiben war; Teppiche; harmlose, hübsche, neue Kistchen, die möglicherweise nicht ganz harmlos wären, wenn älter; Käfige zum Shihueti-Fang; eine oder zwei große Banditengruppen ... Es gab keinen gemeinsamen Nenner. Oder falls es ihn gab, konnte Barakuda ihn nicht berechnen.

Aus: Handbuch der Zollvorschriften
(Gaia, 414, 334. Auflage)

»... Ferner ist gemäß Commonwealth-Recht, insbesondere in Anwendung der Vorschriften des Sekretariats für Dominien und Protektorate betreffend Handelsmengen und -arten sowie der Ausführungsbestimmungen hierzu, vor allem §§ 214, Abs. 4a–c, 216 Abs. 3f., 219 Abs. 2, 243 Abs. 2, 3, 4, 4a und 7, 250 sowie 251 Abs. 2b, von den Zollbehörden darauf zu achten, daß die in der dem vorstehenden Absatz angefügten Liste in alphabetischer Reihenfolge aufgeführten Güter unter keinen Umständen länger als drei Standardtage gelagert werden dürfen, da sonst Gesundheitsschäden zu befürchten sind. Gesundheitsschäden sind in diesem Sinne Folgen von Schädigungen der Gesundheit und die Schädigungen selbst auch im Sinne der Quarantäne-Verfügungen II B 1b, II C 1b, III A 3c, IV A 4a. Besondere Vorsicht ist walten zu lassen im Umgang mit Dracheneiern von Arkturus IV, sollten diese eingeführt werden sollen, da die Jungtiere nach zwei- bis zweieinhalbtägiger Lagerung neben Torffeuern schlüpfen und Verwüstungen anrichten können. Es ist daher strikt darauf zu achten, daß in Lagerräumen von Raumhäfen keine Torffeuer entzündet werden. Von einer Anwendung dieser Vorschriften kann auch auf Welten ohne Torfvorkommen nicht abgesehen werden, da dessen Einfuhr trotz z. Z. nichtexistenter Nachfrage auf Dauer ebensowenig auszuschließen ist wie die illegale Einfuhr der unter Ausfuhrsperre befindlichen Dracheneier von Arkturus IV ...«

VI

Die Tote Zeit ging zu Ende, dann der Winter. Im Frühjahr erhielt Barakuda einen Brief von Gortahork, der nach Westen reiten wollte, zum Oberlauf des Golzain, um sich umzusehen. Karawanen brachten Gerüchte, aber keine Pelze. Die Gerüchte betrafen den Herrn der Räuber, die im Winter mit Überfällen auf entlegene Siedlungen und Zeltlager begonnen hatten. Sie schienen überall und nirgends zu sein.

Oder gab es mehrere Banden, wie die Fürsten der Banyashil gesagt hatten? Im Frühsommer kam es in der westlichen Steppe zu einem Gefecht zwischen Räubern; einer der Agenten hörte davon und alarmierte Cadhras. Als Barakuda hinflog, fand er nur verkohlte Leichen.

Pinto und Fimfinella segelten auf dem Binnenmeer herum; sie schienen gut miteinander auszukommen. Manchmal, wenn sie in Cadhras auftauchten, erzählten sie von der Idee, eine gemischte Tanz- und Magie-Show aufzustellen; dann wieder schwärmten sie von der Gelassenheit des Lebens auf See mit kleinen Frachten und gelegentlichen Passagieren. Barakuda überlegte, ob er Tugrik von der *Zhumzhum* nehmen sollte. Der junge Shil war nicht zum Agenten ausgebildet worden, um ewig auf einem Frachtkahn zu arbeiten.

Dann brachte ein Trampraumer wieder eine Ladung demontierter Raubtierkäfige für Huasiringa, und die vor Monaten exportierten Zierkistchen. »Reklamation, Qualität unbefriedigend, zurück via Hafenamt Tashila, Huasiringa, Hersteller weist sich aus«, lautete der Frachtvermerk. Barakuda ließ die Kistchen abermals untersuchen, da ihm die düsteren Andeutungen der Fürsten nicht aus dem Kopf gingen, aber auch diesmal fand sich nichts. Allerdings auch kein sichtbarer Grund für Reklamationen. Schließlich kam Dante zu dem Schluß, daß alles harmlos sein müsse, und zwar überzeugte ihn die Anschrift davon. Böse Menschen mit bösen Absichten, sagte er sich, müßten sich auf Shilgat besser auskennen. Sie wüßten, daß es in Tashila auf Huasiringa kein Hafenamt gab. Es handelte sich um eine Shil-Stadt mit Fischern, Handwerkern und Bauern sowie den üblichen Gilden, aber keiner einzigen Behörde. In Tashila verzichtete man sogar darauf, sich durch Erfinden einer abstrusen Metaphysik die Zeit zu vertreiben.

Dem Frachtbrief beigefügt war ein Lederbeutel mit zehn goldenen Talentmünzen, 1000 Drachmen »für den Seetransport«. Barakuda legte seine Amtspflichten weit aus und verabredete sich mit Cuthbert Pinto in einem Restaurant nahe der Plaza Chou.

Das *Pagodatsha* lag in der Südstadt, in einer Wohngegend, die sowohl von der Avenu Traversal, die Cadhras nordsüdlich durchquerte, als auch vom Bulvar Magellan zu erreichen war. Es gab dort ruhige, durch Schirme abgetrennte Tische, einen ausgedehnten Garten mit Hecken, Lauben und einem Teich. Die Küche war gemischt, das Personal unaufdringlich. Barakuda ging durch den Speiseraum zum Garten; ein hagerer Mann und eine Frau mit hellblauem Haar seien noch nicht eingetroffen, sagte man ihm.

Im Vorübergehen sah er in einer Laube Tugrik mit einem großen, schlanken Mädchen sitzen: Koryna Delaware. Tugrik und Koryna beschäftigten sich sehr intensiv miteinander. Barakuda räusperte sich und ging weiter. Er setzte sich an den Rand des Teichs unter eine ausladende Blutweide und ließ sich ein großes Glas Sampasaft mit Eis bringen.

Lautlos und wie aus dem Boden gewachsen stand Tugrik plötzlich neben ihm. »Eh, Chef. Wie du dich geräuspert hast, das klang ... vorwurfsvoll?«

Dante grinste und klopfte auf die Teichumrandung neben sich. Tugrik ließ sich nieder.

»Keine Vorwürfe. Was du mit deiner Freizeit machst, geht mich nichts an. Du hast auf Pinding oft genug gehört, daß ungebundene Agenten Vorzüge haben.«

»Ich weiß, Chef. Aber es ist ernster.«

Barakuda starrte in sein halbleeres Glas. »Deine erste Erfahrung?«

»Nein. Das ist lange her. Aber es war noch nie so.«

»Die *Zhumzhum* faßt morgen Ladung und läuft aus. Wenn ihr zurück seid, nehme ich dich vom Schiff. Das hatte ich ohnehin vor; du kannst nicht ewig Matrose spielen. Ich wollte dich in den Norden schicken. Und sie?«

Tugrik senkte den Kopf. »Sie reist mit. Ich habe schon mit Pinto und Fimfinella gesprochen.«

»Na fein. Wie lange kennst du sie eigentlich?«

»Zehn Tage. Und sieben Nächte.«

»Das ist relativ lang. Du mußt wissen, was du tust. Aber was mache ich nach dieser Reise mit dir?«

»Kann . . . können wir das nicht klären, wenn wir zurückkommen?«

Als Pinto und Fimfinella eintrafen, war Barakuda wieder allein. Sie sprachen nicht mehr über die Angelegenheit; Dante wußte nicht, ob Fimfinella wußte, daß Tugrik ein Agent war; außerdem hatte es ohnehin keinen Sinn.

»Es ist nicht rauszukriegen, wo die Kästchen waren und wer sie zurückgeschickt hat«, sagte Barakuda verdrossen. »Sie sind im Niemandsland, auf Lost Exile, umgeschlagen worden; die Käfige wahrscheinlich auch, aber der Ursprung ist nicht auszumachen.«

»Na ja, egal.« Pinto hielt den Lederbeutel hoch und ließ die Goldmünzen klirren. »Zehn Talente – ein gutes Argument gegen Fragen. Außerdem, was soll passieren? Wir fahren nach Huasiringa, liefern den Kram im Hafen bei einer Gilde ab, alles andere ist nicht unsere Sache.«

»Du machst dir zu viele Gedanken, Fischminister.« Fimfinella lächelte. »Als Sternmatrose hast du mir besser gefallen.« Leichter Wind wehte durch den Garten. Als sie den Kopf schüttelte, bildete ihr hellblaues Haar für Sekundenbruchteile eine Art Windbeutel.

Sie aßen im Garten unter Lampions. Irgendwann später kicherte Pinto plötzlich. »Weißt du schon, daß wir diesmal zu viert fahren?«

Barakuda nickte.

Pinto beugte sich vor und zog hinter Barakudas rechtem Ohr einen großen Ballon hervor, einen kleinen hinter dem linken, aus Fimfinellas Haar einen noch kleineren und schließlich aus dem Ausschnitt ihrer rosa Bluse ein grünes Kondom. »Das werden wir brauchen für die jungen Leute.«

»Sehr geschmackvoll.« Fimfinella stützte das Kinn auf die Hände und lächelte nur mit den Augen.

Barakuda blickte die beiden an, Magier und Tänzerin. Es war ein guter Anblick: die lächelnde Frau und der grinsende Mann mit seinem grünen Spielzeug. Und eine gute Erinnerung.

Einige Tage später brachte das Kurierboot neben amtlichen Schriften und Bargeld auch einen Stapel Zeitungen und Zeitschriften, darunter eine ältere Ausgabe des Magazins *Bonvivanthrop*. Es enthielt einen Bericht über eine Ausstellung exotischen Kunsthandwerks, bei der auch Stücke gezeigt wurden, die »von der furchtlosen Crew des Frachters *Traumgold* auf Randwelten und im Niemandsland gesammelt« worden waren. Barakuda stutzte angesichts der scharfen, genauen Farbbilder. Daß weder der Artikel noch die Fotos Kistchen zeigten bzw. erwähnten, beruhigte ihn, aber eine Serie »Teppiche und Gobelins von Shilgat« ließ ihn buchstäblich erstarren. Die wunderschönen schweren Knüpfarbeiten aus der Nordsteppe leuchteten warm von den Seiten, in tausend Schattierungen von Dunkelrot. Zur Sicherheit sprach Barakuda mit zwei Leuten vom Zoll, die bei Kontrolle und Auflistung der später von der *Traumgold* übernommenen Waren mitgewirkt hatten. Sie bestätigten seine Erinnerung. Danach rief er die Residentin in Vagaván an und bat sie, Auskünfte einzuholen. Er brütete, bis sie zurückrief.

Die Teppiche, die Pinto aus Golazin gebracht hatte, unterschieden sich in einem wichtigen Punkt von denen im Magazin. Bei den Ausstellungsstücken fehlte das kräftige grüne Muster. Und Heiler in Vagaván sagten, daß Taumeltang nach der Ernte getrocknet wurde, bis er eine bestimmte Konsistenz erreichte – bis das Pflanzenmark, das alle Wirkstoffe enthielt, zu dünnen grünen Fäden geworden war, die später zerstoßen, pulverisiert, mit anderen Substanzen gemischt, geröstet und wieder verflüssigt wurden.

Wütend, vor allem über sich selbst und seine mangelnden Kenntnisse auf entlegenen Wissensgebieten, bereitete er Anweisungen an seine Kundschafter im Norden vor. Dann führte er ein längeres Gespräch mit dem Präfekten der Gendarmerie, und schließlich verfaßte er einen knappen Bericht, der am späten Nachmittag verschlüsselt über Hyperfunk nach Gaia abgestrahlt wurde, an die für Rauschgifte zuständige Abteilung des Sicherheitsbüros in Atenoa.

Kurz bevor er seinen Schreibtisch verließ, erreichte ihn ein Routinebericht von Tugrik. Die *Zhumzhum* kreuzte gegen den frischen Westnordwestwind und kam nur langsam voran; keine besonderen Vorkommnisse.

Von dem Wind, der die *Zhumzhum* behinderte, war in Cadhras noch nichts zu spüren; der Sommer war schwül. Barakuda machte einen kleinen Umweg, wanderte über die Esplanade, leerte auf der Terrasse des *Vistamari* eine Kanne Tee und einen Teller mit gebratenen Fischfilets. Die gutgelaunten, gebräunten Gesichter der Touristen machten sein Herz nicht leichter. Er ging zum Hafen, ignorierte die offene Tür des *Meeresleuchtens* und stieg zu seiner Wohnung empor. Begheli hatte frei; sie steckte irgendwann am Abend den Kopf in Barakudas Wohnraum, riß ihn aus seinem Brüten und half ihm, Musik zu hören und Sampawein zu trinken.

In dieser Nacht fand er kaum Schlaf. Er lauschte dem Knarren der Schiffe und dem Schwappen des Wassers im Hafenbecken, den ruhigen Atemzügen der Frau an seiner Seite, registrierte die langsame Vermischung des Geruchs der Körper, des Tabaks und des Weins mit dem Aroma von Fisch, Salz, Brackwasser, Segeln und Holz.

Müde, zerschlagen und immer noch verdrossen, weil er das Gefühl hatte, etwas zu übersehen, machte er Frühstück. Begheli wählte ein zu Barakudas Laune passendes Musikstück und schob den Würfel ins Gerät. Unter die Geräusche des Hafens mischten sich die Klänge des osirischen Komponisten Singh Boncard – *Aqua Smeralda,* eine melancholische Suite für Glasharfe, Uillean Pipes, Fagott, Xylophon und Cembalo. In der Kochnische runzelte Dante bei den ersten Takten der Sarabande die Stirn. Bis die Pipes das Hauptthema wieder aufnahmen und den zweiten Satz, einen schnellen Jig, bestritten, waren der Toast fast verbrannt und die Eier viel zu hart. Er schleppte das Tablett in den Wohnraum. Begheli trug seinen Bademantel und musterte ihn.

»Wir sind unwirsch, unrasiert, unangezogen, unausstehlich und baumeln vermutlich mit der Seele im Gegenwind. Paßt Boncard dazu?«

Dante nickte nur. Die Glasharfe improvisierte über einem von Fagott und Xylophon durchgeführten Menuett.

Am Ende des wenig überzeugenden Frühstücks stand Barakuda auf, stieg in eine helle Leinenhose, setzte sich wieder und zündete sich die erste Zigarette des Tages an. Das Cembalo raste durch einen chromatischen Quickstep mit bizarren

Auflösungen, über dem die Pipes ein pentatonisches Lamento schweben ließ – *Intermezzo: bren i kore de kadavraqua,* Hirn und Herz der Wasserleiche.

Begheli ging zum Regal. Sie nahm das Kästchen herunter, das Pinto abgezweigt hatte, drehte es hin und her, bewunderte die fugenlosen Kanten, strich über die milchige, weiße Oberfläche aus poliertem Fischbein und streichelte die Konstellationen der Quarzkristalle. Mit zögernden Synkopen erkundeten Harfe und Xylophon eine Fuge; das Cembalo färbte Abstände, die Zwischenräume wurden, aus denen das Fagott Auswege zu suchen schien. Eine zerbrechliche Passage, der eine gleichmütige Bordunpfeife Halt gab.

Barakuda kam sich lächerlich vor; gleichzeitig erschien es ihm absurd, daß die Musik seiner Laune entsprach. Oder beeinflußte sie sie? Aber die ironischen Taktwechsel des *Pasquill marin,* bei denen Cembalo und Fagott einander abwechselnd überholten, hoben seine Stimmung nicht.

Gleichgültig sah er zu, wie die junge Frau, die eine vertraute Kameradin war, den luftdicht schließenden Deckel des Kistchens hob und den Innenraum untersuchte.

»Man könnte eigentlich deine ganzen *musikubos* hier drin unterbringen.« Sie deutete mit dem Kinn auf die unordentlich durcheinanderliegenden Würfel im Regal.

Dante nickte, stand auf und suchte die wichtigen Dinge aus den Kleidungsstücken des Vortags zusammen – Geld, Schlüssel, Notizzettel. Er legte alles auf den Tisch und zog sich an.

Es war auch zu dieser frühen Stunde schon unerträglich schwül; jede Bewegung führte zu sofortigen Schweißausbrüchen. Er goß Kaffee nach und betrachtete Beghelis geschickte Finger, die die kleinen *musikubos* im Kistchen stapelten.

»Da ist ein Fleck.« Sie rieb mit der Fingerspitze an einem Quarzkristall auf der Innenseite. »Geht nicht ab. Darf ich?« Sie wies auf den Schlüsselbund.

»Natürlich. Oder nimm ein Messer.«

Begheli hielt schweigend eines der mit Butterresten verschmierten Messer hoch, griff nach den Schlüsseln und entschied sich für den Impulsstift. Der eingebaute Mikrosender strahlte innerhalb einer Zehntelsekunde tausend geraffte Impulse auf Zufallsfrequenzen und allen Wellenlängen von Ultrakurz bis Hyperfunk ab.

Begheli setzte die Spitze des Stifts auf den Quarzkristall, um den kleinen Fleck abzukratzen.

Dann wurde sie unter der olivrosa Haut bleich und erstarrte. »Dante«, sagte sie kläglich. Sie atmete tief und hielt das Kästchen schräg.

Barakuda zwinkerte, weil er an eine Halluzination glaubte.

Das Kästchen war leer. Die gestapelten *musikubos* waren verschwunden.

»Ein unglaublicher Zufall, das mit dem Impulsgeber«, sagte der Funktechniker des Raumhafens. »Aber nachdem wir wußten, wo wir zu suchen hatten, war es kein Problem mehr.«

Er hielt das Kästchen hoch; trotz der selbstsicheren Rede zeigte sein Gesicht tiefe Verwunderung.

Barakuda betrachtete den Tisch, auf dem die Ergebnisse der Untersuchung sich stapelten: kleine Stoffbeutel, die eine weißliche, pulverförmige Substanz enthielten, und *musikubos*.

»Ich kann Ihnen nicht erklären, wie es funktioniert. Nur, daß es funktioniert. Der etwas dunklere Kristall, der wie Fliegendreck aussieht, reagiert auf einen bestimmten Hyperimpuls, der zufällig in Ihrem Geber vorkommt. Wenn er eingeschaltet ist, bildet der Kristall mit den anderen eine Art Hypersender. Als wir soweit waren, haben wir nicht genau anzupeilende Störfelder im Hyperbereich registriert. Der Rest war eine Frage des Unglaubens und Ausprobierens.«

Barakuda nickte langsam. Was da geschehen war, entzog sich nicht dem theoretischen Begreifen, wohl aber den praktischen Möglichkeiten der Technik des Commonwealth.

»Ein anderer Impuls polt, wenn Sie so wollen, den Sender um. Wichtig ist, daß nach jedem Abstrahl- oder Rückholvorgang der Sender sich sofort von selbst wieder desaktiviert.«

»Wenn ich das richtig verstehe, handelt es sich also um ein Gerät, das Materie in Hyperimpulse umwandelt, die nicht abgestrahlt werden, sondern gewissermaßen als Bündel am Gerät hängenbleiben.«

»Physikalisch unmöglich, aber genauso funktioniert es. – Mann, wenn ich wüßte, wie dieses Feld erzeugt wird, wie es zusammengesetzt ist – haben Sie schon mal von jemand gehört, der innerhalb eines Tages Multimillionär wird? Nicht in Drachmen, sondern in Talenten? Wenn ich das wüßte, dann wäre ich genau dieser Mensch.«

Maqari hielt sich an der Kaffeetasse fest; langsam bekam sein Gesicht wieder Farbe. »Die alten Shil hatten also das Problem gelöst, an dem unsere Physiker seit Jahrhunderten verzweifeln. Das Transmitterprinzip. Nicht zu glauben.«

»Nicht nur das. Tote Materie wird entstofflicht, aber nicht abgestrahlt, sondern als Impulsbündel vom Gerät festgehalten. Übrigens geht es nur mit toten Gegenständen; die Techniker haben natürlich eine Ratte geopfert. Sie ist zurückgekommen, hat es aber nicht überlebt.«

Der Major schüttelte immer wieder den Kopf. »Auflösung und Wiederverstofflichung. Konservierung abgestrahlter Energie. Haben Sie schon mal von Funkwellen gehört, die sich nicht ausbreiten, sondern am Sender hängenbleiben?«

Barakuda rieb sich die Augen. »Davon darf niemand erfahren. Zunächst jedenfalls. Die Techniker haben heilige Eide abgelegt. Aber da gibt es noch andere Dinge.« Er klopfte auf das zierliche, leere, harmlose Kästchen. »Die Speicherkapazität ist wahrscheinlich sehr viel größer, als wir im Moment annehmen. Es wäre das Ende der Frachtraumer, nebenbei bemerkt, wenn ein kleines Schiff, das diese Kästchen an Bord hat, tausendmal mehr Last befördert, als das eigentliche Schiff überhaupt aufnehmen kann. Aber das beiseite.«

Maqari nahm eines der Säckchen in die Hand. »Die Dinger waren da – kann man ›drin‹ sagen?«

»Ja; insgesamt zehn Kilo Taumeltang, pulverisiert. Und zwar in jener Form, die zu den Halluzinogenen gehört. Außerdem hat das Ding noch meine *musikubos* geschluckt.«

Maqari legte das Säckchen weg und stand auf. Er ging im Towerraum hin und her, blieb zwischendurch stehen und starrte auf das Landefeld hinaus.

»Was, frage ich mich, war ›in‹ den Kästchen, die als Reklamationen zurückgekommen sind?«

»Nicht nur das, Dante. Es könnte alles sein, wenn ich auch nicht weiß, welche der vielen unschönen Möglichkeiten zutrifft. Es fragt sich auch, wie groß die Mengen Rauschgift sind, die von Shilgat in die Galaxis exportiert wurden.«

Barakuda dachte an andere Probleme. »Tremughati und Gortahork sind erschrocken, als ich von den Kästchen erzählt habe. Sie fürchten sich aber nur vor alten Kästchen – was wohl heißt, daß es ihrer Meinung nach niemanden gibt, der so etwas heute herstellen kann.«

Maqari ging zum Zierkistchen. »Sieht aber nicht aus, als ob das Jahrtausende in der Erde gelegen hätte.«

»Eben.«

Maqari nahm seine Wanderung wieder auf. »Noch was. Sarela war mit ein paar Rekruten auf einem kleinen Übungsflug. Sie haben die *Zhumzhum* aus großer Höhe beobachtet. Sie sind nicht sicher, aber es sieht so aus, als ob Ihr Freund Pinto von zwei Seglern eskortiert würde, die sich immer am Rand seines Sichtfelds halten.«

»Na fein. Das fehlt noch – andererseits ...« Barakuda summte leise und dachte eine Weile. »Die Techniker basteln spezielle Impulsgeber für die Kästchen. Sobald sie fertig sind, wollte ich eigentlich losfliegen und Pintos Ladung untersuchen. Aber wenn er eskortiert wird ... Lassen Sie ihn aus großer Höhe beobachten, *tribún*. Vielleicht kommen wir, wenn wir nicht mehr tun als das, endlich näher an die Leute heran, die für diesen ganzen Dreck verantwortlich sind.«

»Ja. Gut. Mach ich. Und Sie?«

Barakuda deutete auf das Visifon. »Ich werde mich jetzt bei unserer allseits verehrten Gouverneurin anmelden. Jemand muß ihr ja die frohe Botschaft überbringen.«

Schließlich verließ er den Raumhafen. Das Quecksilber zeigte noch immer 44°. Shalga stand hoch im Südwesten. Die ersten Schritte legte Barakuda im Schatten zurück. Dann mußte er die Plaza Atenoa überqueren; nach Sekunden war er durchgeschwitzt. In der Narbe auf seiner Wange sammelte sich Schweiß, wie in einer Traufe. Er wischte ihn weg und unterdrückte einen Fluch. Sein Schatten löste sich auf, als Dante die Arkaden erreichte. Aus den Stallungen an der Avenu Traversal roch es schwer und süßlich.

Im Hafen wimmelte es. Die Küstenfischer waren eingelaufen und entluden. Neben dem Kai parzellierten Masten und Gestänge den tiefblauen Himmel. Irgendwo hörte Barakuda seinen Namen.

An einem der Fischstände entdeckte er Mutter Schwabbel. Die feiste Wirtin trug einen grellgelben Kittel, watschelte auf ihn zu und zupfte an seinem Hemd. »Fisch«, sagte sie fröhlich. »Du weißt schon, welcher, Junge.«

Auf einem der Tische lagen zwei Exemplare eines Raubfischs mit köstlichem rotem Fleisch, Barak genannt. Wegen seiner Zuneigung zu diesem Tier hatte ein gebildeter Hafenbewohner Barakuda bereits der Autophagie geziehen.

Der glatzköpfige, verkrüppelte Lopes hinkte hinter Mutter Schwabbel her. Er zwinkerte Dante zu und kniff mit zwei Fingern in seine große Nase. Er haßte Fisch, aber kaum jemand bereitete ihn so gut wie er. Besonders Barak ... Dante konnte sich nicht erinnern, wann er zuletzt diese Köstlichkeit genossen hatte. Der Fisch wurde selten gefangen.

»Ich komme heute abend.« Einen Moment lang vergaß er, daß es andere Dinge als Fisch und Wein gab.

Lopes stieß Barakuda in die Seite. »Was finden Sie nur an diesen widerlichen Schuppentieren? Sie sollten mir mal beim Ausnehmen zusehen. Vor allem, wenn so ein Vieh ein paar Tage in der Sonne gelegen hat.«

In seiner Wohnung riß sich Dante die verschwitzten Kleider vom Leib, duschte und rasierte sich, schlüpfte in frische Sachen und machte sich wieder auf den Weg. Er stieg eine der schmalen Treppen hinauf, durchquerte die Innenstadt und kam aus dem Gewirr der Häuser und Gassen ans Ufer des Sogga. Über den Treidelpfad ging er nach Osten, zum Serai, wo die Karawane aus Vagaván angekommen war.

Vor dem Haupttor drängten sich Schaulustige, Händler, Treiber und Arbeiter. Ein Pferd war in den Graben gestürzt, in dem eine Arbeitskolonne armdicke Kabel verlegte. Sie wurden vom Fusionsmeiler zu einem neuen Verteiler im Zentrum des Isthmus geführt. Die Frauen und Männer der Kolonne wurden nach Strecke bezahlt und verfluchten das Tier. Die Vorarbeiterin gestikulierte wild; Barakuda sah zu, bis schließlich ein Treiber in den Graben kletterte, das Messer zwischen den Zähnen, und die Leiden des Tieres beendete, das beide Vorderbeine gebrochen hatte. Der Kadaver wurde aus dem Graben gehievt; Barakuda wandte sich ab und trat durch den Torbogen in den Innenhof.

Auch diesmal waren keine Pelzballen unter den aufgetürmten Packlasten. Eines der P'aodhus im ersten Innenhof begann bei Dantes Eintreten zu blöken. Sofort fielen die anderen ein. Höfe und Gänge hallten wider vom Geschrei. Treiber kamen, gossen Wasser über die runden Köpfe oder traten in die Kehlen der Beingelenke, bis die zotteligen Tiere sich beruhigten und niederlegten.

Das Serai war ein Komplex aus zehn quadratischen Höfen mit Brunnen und Trögen. Zur Straße lag eine zwei Meter hohe Mauer, zum Fluß das dreistöckige Gebäude mit Schankräumen und Schlafgemächern; zwischen den Höfen befanden sich zweigeschossige Zwischengebäude mit Arkaden: unten Warenlager, oben wiederum Unterkünfte.

In dem Gewirr von Menschen, Tieren und Lasten suchte Dante einen der älteren Händler. Er fand den Mann im Schankraum. Der Shil trug eine Art Burnus in der dunklen Olivfarbe seiner Haut und trank Importschnaps. Er winkte.

»Fünfzig Tage trage ich ihn.« Der Shil reichte Dante einen Brief. »Aber du weißt, mein Freund, wie die Eile des Langsamen beschaffen ist.«

Barakuda schlug ihm auf die Schulter. Mit einem Glas Eistee setzte er sich auf eine Terrasse über dem Flußufer und las den Brief. Er war in der komplizierten Kalligraphie der Banyashil abgefaßt und wimmelte von Ornamenten und mehrdeutigen Zeichen.

»Gortahork, Fürst aller Banyashil, Vater der Tausend Stämme, an Dante Barakuda, Auge und Ohr von Cadhras.

Lebst du? Aber – wer lebt schon in Steinstädten?! Wir sollten wieder Bären jagen, Bruder. Ich schreibe in Eile, daß der Bote noch die Karawane erreiche, ehe sie Arameq verläßt. Befremdliches raschelt zwischen den Gräsern. Großer-Töter, den du Nobrega nennst, bläht seinen Namen mit vielen Leben meines Volks. Die Frage, ob außer ihm noch ein großer Räuber mordet, beunruhigt mich. Noch ein Drittes bekümmert meinen Irreal-Nicht-Körper, doch will ich den deinigen, der weich ist, nicht besorgen, ehe ich nicht weiß, was ich nicht weiß. Mit vielen Jägern bin ich aufgebrochen, es herauszufinden. Sobald ich es weiß, werde ich dir einen schnellen Boten senden – vielleicht hat er dich schon erreicht, bis die Karawane diesen Brief bei dir abliefert. Ich will nicht einen eurer Residenten durch die Luft sprechen lassen; sie hat vielleicht Ohren. Ein Teil des erstrebenswerten, wenn auch unvollkommenen Chaos der Steppe ist in Gefahr, einem unersprießlichen Irrealen-Nicht-Chaos zu verfallen. Aber die Wege der *mûnaks* in die Steppe sind versperrt.

Kühle in heißen Nächten die Füße deiner Freundinnen, daß sie dich winters wärmen. Denn: Nichts ist ohne Erwiderung. Wir sollten, außerdem, wieder Bären jagen. In Eile –

dein Bruder Gortahork.«

Lachend steckte Barakuda den Brief ein. Aber unter dem Lachen wuchsen die Fragen. Zu viele Fragen. Was war das dritte Problem, von dem der Fürst nicht sprechen wollte? Wieso mutmaßte Gortahork, die Luft könne Ohren haben? Bei aller Kontrolle ließ sich natürlich nicht völlig ausschließen, daß etwa Nobrega oder einer seiner Leute ein paar Funkgeräte aus Cadhras gestohlen hatte, aber wie kam der Fürst darauf? Außerdem schrieb er, er sei mit Jägern aufgebrochen, und Dante kannte seinen Freund zu gut, um an eine Unachtsamkeit zu glauben. Bei großen Unternehmungen ritten Jäger und Jägerinnen zusammen – wieso also nur Jäger? Und was machte Tremughati, von der bisher jeder Brief mit unterzeichnet worden war? Nicht einmal Grüße. Tröstlich war immerhin, daß die Nomaden offenbar jedem Kontakt zwischen den Sektierern in Banyadir und den Banditen ein Ende gesetzt hatten; dennoch hätte Dante sich wohler gefühlt, wenn er genau gewußt hätte, was diese Kontakte waren und welchem Zweck sie dienten. Und wenn der Brief nicht überhaupt mehr Fragen als Antworten enthalten hätte.

Langsam schälten sich aus dem Weiß des Tages andere Farbtöne heraus. Die hellen Bungalows am Hang oberhalb des Serai waren wieder von Grün umgeben, die Mauern des

Gebäudes lösten sich gelblich aus dem grellen Licht. Barakudas Gedanken schweiften vom Brief ab und befaßten sich mit der Frage, wie stark das Gefühl des Schwitzens und der Hitze von den Wahrnehmungen der Augen abhängt.

Im Schwemmland, jenseits des Flusses, wuselten dunkle Punkte: Menschen mit breiten Hüten, Gemüsebauern. Barakuda dachte an ein Bad im Meer, am Abend, wenn Shalga untergegangen sein würde. An Abenden nach Tagen, an denen die Ebene Flirren und Dunst war, die Hügel schmolzen und eine unerfüllbare Verheißung über allem zu schweben schien, konnte er bisweilen fast glücklich sein, die inneren und äußeren Narben vergessen. Stumm drehte er das Wort »Verheißung« in seinem Kopf, während er den Teebecher leerte und in die Ebene starrte. Dann erinnerte er sich an die Verabredung mit der Gouverneurin und fror plötzlich, als die fatalen Entdeckungen des Tages sich mit Wucht in Erinnerung brachten. Aus dem Schankraum näherten sich Schritte. Eine junge Frau von der Gendarmerie trat zu Barakuda; sie lächelte ihn an, offensichtlich erleichtert, ihn zu sehen.

»Seit einer Stunde, Sekretär, läßt der Präfekt Sie suchen. Es ist dringend, fürchte ich.«

Ataratz schwieg, bis Barakuda sich gesetzt hatte. Er reichte ihm einen Aschenbecher und baute sich dann vor Dante auf, mit dem Rücken zum Fenster. Barakuda sah ihn als Silhouette vor dem glühendroten Sonnenuntergang und dem glitzernden Meer.

»Schießen Sie schon los, Vito. Was gibt's? Ich hab heute genug Katastrophen gehabt; bitte nicht noch eine.«

Ataratz kicherte; es klang nicht besonders fröhlich. »Sie meinen die Kästchen? Maqari hat mich informiert; ich weiß schon Bescheid. Tja. Aber das ist eher harmlos. Maqari sagte, Sie wollen gleich noch zur Gouverneurin?«

Barakuda nickte ganz langsam.

»Das ist schön. Dann können Sie ihr noch etwas erzählen. Ich habe es vor einer Stunde erfahren und absolutes Stillschweigen angeordnet.«

Barakuda wartete, folgte Ataratz mit den Augen. Der Präfekt ging vom Fenster zum Schreibtisch, lehnte sich an die Kante und verschränkte die Arme vor der Brust. Das Gesicht war grau. »Sagen Sie mir eines, mein Lieber. Wie viele Schußwaffen gibt es auf Shilgat?«

»Je vierhundertvierzehn Karabiner und Pistolen in der Garnison«, sagte Barakuda automatisch. Dann kroch eine Eisschlange langsam seinen Rücken hoch, bis in die Haare, vermehrte sich dort und kroch wieder hinab. Er dachte an die Kästchen; an die Räuberbanden der Steppe, an die fanatischen Mönche in Banyadir, die Matriarchinnen in Pasdan, die Anarchovegetarier in Gashiri und daran, was diese mit ihren Nachbarn anstellen mochten, wenn sie statt Messern moderne Feuerwaffen besäßen. Er dachte an einen Planeten, der eine Bombe war, an der eine Lunte zu glimmen begonnen hatte.

Ataratz nickte, als könnte er Gedanken lesen. »Vor einer Stunde habe ich über Funk erfahren, aus dem Norden, daß dort letzte Nacht ein Pferd erschossen wurde. Es sind mehrere Schüsse gefallen, und vom Reiter keine Spur außer einer Blutlache. Aber viele weitere Pferdespuren.« Er ging zur Wand und deutete auf die Karte des Territoriums. »Hier, bei Barameq.«

Dante fühlte sich zu schwach, um aufzustehen. Mühsam wandte er den Kopf. Barameq lag nahe an der Nordgrenze; die Karawanenroute führte hindurch, ebenso eine Ost-West-Straße.

»Maqari hat das Arsenal schon überprüft; keine Waffe fehlt.«

Barakuda schloß die Augen. »Die Fürsten der Banyashil haben mir von einem alten Mann berichtet, der sich immer dort aufhält, wo eine Katastrophe droht. Seit dem vergangenen Winter an unserer Nordgrenze.«

Auszug: Das Shilgat-Abkommen

... Als Rechtsnachfolger der Erde und ihrer Siedlungswelten erkennt das Commonwealth der Menschheit seine Verantwortung für die von illegalen Siedlern und ihren Nachkommen an den Shil-Völkern verübten Verbrechen an. Die Völker von Shilgat erklären den Wunsch, bis auf Widerruf bei innerer Autonomie und in Freiheit von jeglicher Beeinflussung hinfort den Schutz des Commonwealth gegen weitere Bedrängung zu genießen. Das Commonwealth der Menschheit und die Völker von Shilgat schließen daher folgendes Abkommen:

1. Mit Beginn der Rechtsgültigkeit dieses Vertrages ist der Planet Shilgat Protektorat des Commonwealth ...

2. Zur Einrichtung der notwendigen Behörden räumt das Volk der Banyashil dem Commonwealth die unmittelbare Hoheit über das Territorium des Isthmus zwischen 6° N, 6° S, 5° W und 4° O ein. Der genaue Grenzverlauf bedarf der endgültigen Festlegung ...

... 4. Vertreter des Commonwealth ist ein Gouverneur mit Sitz in Cadhras, Isthmus. Er untersteht dem Sekretär für Dominien und Protektorate im Außenamt von Gaia und wird für jeweils fünf Jahre ernannt.

5. Aufgabe des Gouvernements ist die Erfüllung des Abkommens. Zum Schutz der hierin garantierten Rechte der Shil ... hat es alle Vollmachten im Rahmen der ... Gesetze.

... 7. Begrenzte Einwanderung in das Isthmus-Gebiet von außerhalb des Planeten ist möglich ... Die dortige Bevölkerung erhält auf Antrag innere Autonomie mit dem Recht, eine Versammlung in allgemeiner, freier und geheimer Wahl zu bilden und im Rahmen des Abkommens Institutionen zu schaffen ... In Konfliktfällen ist durch den Gouverneur vorrangig Commonwealth-Recht durchzusetzen ...

8. Zur Durchführung des Abkommens ... sperrt das Gouvernement Shilgat ... für jeglichen Technologie- und Kulturtrans-

fer . . . Ausgenommen sind lediglich die zur Erhaltung des Territoriums und zur Funktionsfähigkeit der dortigen Einrichtungen notwendigen . . . Maßnahmen.

. . .19. Das Abkommen verliert seine Gültigkeit, wenn die Völker von Shilgat, das Commonwealth der Menschheit oder beide vertragschließenden Parteien es kündigen . . .

Beschlossen – Unterfertigt – Ratifiziert – Verkündet

für das Commonwealth:
Atenoa, Gaia
24. April 198 CT
(16. Juni 2683 AD)
Lemuel al-Hariri
Sekretär für
Dominien und
Protektorate

für die Völker von Shilgat:
Cadhras, Shilgat
83. Tag der Spätzeit (83. III.)
im Jahr 29240 von Sa'orq
Gorostil, *Sprecher der Heiler*
Tibobhe, *Fürstin der Banyashil*
Tar-tagatrak,
Fürst der Banyashil
Vigalta LXXVI.,
Erbgott von Sa'orq
Chumbast,
Königin von Kelgarla
Breqbez, *Obfrau der Taggashil*
Hevxhyxhy-ath,
Ältester der Bilshil
Lyshan,
Stadtsklavin von Golgit
Tobtingo,
Blutgraf von Vagaván
Vagra, *Älteste der Arugushil*
Ubba-bul,
Fischfisch von Arameq.

VII

Vom Hügel der Nordstadt führten kleinere Straßen hinab zum Ylagas-Ufer, wo sie die Avenu Traversal erreichten, die hier zur Küstenstraße wurde. Der Fluß markierte die Grenze der Stadt; jenseits begann die große, im Norden stark bewaldete Ebene zwischen den Küstenhügeln und den fernen Bergen des Binnenlandes.

Die steinerne Ylagas-Brücke stammte noch aus der Zeit vor der Einrichtung des Gouvernements; sie war ein einfaches, solides Stück Shil-Arbeit. Der Fluß mündete in einer halbkreisförmigen Bucht; rechts und links der Mündung erstreckte sich feiner Sandstrand. Dahinter begann die langgezogene Steilküste. Auf dem ersten Hügel lag das Palais der Gouverneure. Ein begabter Architekt hatte es als Nachbildung eines altirdischen Tempelchens entworfen; die weißen Steine und hellen Säulen des Portals schienen aus dem Küstenfels gewachsen zu sein.

Barakuda kürzte ab; er nahm statt der Zufahrt, die weiter nördlich von der Küstenstraße abzweigte, einen schmalen Fußweg, der zum Nordende der Bucht führte und dann in engen Serpentinen den Hügel erklomm. Es war noch immer drückend heiß. Atemlos und verschwitzt erreichte Dante das Tor und preßte die Hand auf den Abtaster. Die Kamera schwenkte auf sein Gesicht; die Tür öffnete sich.

Ein Mädchen mit der Brosche des Diplomatischen Hilfsdiensts wartete zwischen den Säulen, bis er die Treppe erstiegen hatte. Sie führte ihn über den mit Shil-Teppichen ausgelegten Korridor in einen kleinen Konferenzraum.

Unmittelbar darauf trat die Gouverneurin des Protektorats ein, eine schlanke Frau von 40 Jahren mit feinem ovalen Gesicht, betonten Backenknochen und kurzem blonden Kraushaar. Lydia Hsiang trug einen Kaftan aus weißem Baumwollstoff und ging barfuß.

»Trinken Sie einen Tee mit mir?«

Ihre rechte Hand war leicht und kühl; Barakuda nickte und murmelte »Danke«. Das dunkelhaarige Mädchen deutete eine knappe Verneigung an und schloß die Tür.

Hsiang setzte sich Barakuda gegenüber. Trotz der bloßen Füße und des Kaftans wirkte sie kühl, gepflegt, souverän und unnahbar. Einen intensiven Moment fühlte Dante sich deplaciert in seinem verschwitzten Zeug.

»Ich weiß, daß es draußen heiß ist.« Die Gouverneurin lehnte sich zurück und verschränkte die Hände hinter dem Kopf. Die Ärmel des Kaftans fielen bis zu den Schultern. »Wenn Sie rauchen wollen, bitte sehr.«

Barakuda zündete sich eine Zigarette an; eher ein Verlegenheitsstäbchen. Der Aschenbecher war aus dem rauchigen Pharlit. Das Mädchen brachte den Tee; auch Kanne und Tassen waren aus dem kostbaren Material gebrannt.

Lydia Hsiang nickte ihrer Assistentin zu. Als diese gegangen war, übernahm sie selbst das Eingießen.

»So, nun werden wir nicht mehr gestört. Was gibt es denn?«

Barakuda nahm die Papiere aus seiner kleinen Mappe und legte sie auf den niedrigen Tisch; desgleichen die Fotos. Dann erklärte er die Funde der letzten Tage: das fehlende Grün in den exportierten Teppichen, die unheimlichen Zierkistchen, die Untersuchungen der Techniker.

Schließlich räusperte er sich. »Das Beste zum Schluß, Exzellenz. Ich war eben bei Ataratz; er hatte mich suchen lassen. Die Nachricht, die er seit nunmehr zwei Stunden begrübelt, ist wahrhaft fröhlich. Er hat es gern mir überlassen, Sie zu informieren. Im Norden des Territoriums ist ein totes Pferd aufgefunden worden; Blutspuren deuten darauf, daß auch der Reiter zumindest verletzt wurde, aber er wird vermißt. Das Pferd ist mit einer Feuerwaffe erschossen worden.«

Hsiangs Gesicht blieb kühl und beherrscht. »Ist das sicher?«

»Leider. Und im Arsenal der Garnison fehlt nichts, weder eine Pistole noch ein Karabiner.«

Sie beugte sich vor, nahm Fotos in die Hand, betrachtete Kästchen und demontierte Raubtierkäfige. Dann warf sie einen Blick auf den Zettel, auf dem die genauen Maße der Kästchen verzeichnet waren. Nachdenklich sagte sie: »Hohlkolben für die Zylinder mit Treibgas lassen sich aus Eisenholz fertigen, wenn man das Prinzip kennt. Magazine mit maximal zweihundertfünfzig Schuß sind klein genug und passen ins Abstrahlfeld dieser Superkistchen. Der Bauteil mit Visiereinrichtung, Feuermechanik und Hahn ebenso. Und die Gitterstäbe der Käfige sind hohl? Zwei Meter lang, mit dieser Muffe in der Mitte und lösbar verschweißt? Das sind dann zwei Läufe pro Stab.«

Mit wenigen Sätzen hatte sie die Situation umrissen, und Barakuda fragte sich, was die Frau auf Shilgat tat. Aus diesem Kaliber machte man Lordkanzler, keine Provinzgouverneure. »Ich wußte nicht, daß Sie so viel Ahnung von Waffen haben, Madame.«

»In meiner Familie geht man zuerst zur Flotte und dann in die Politik. Ich nehme an, die Läufe sind besonders wichtig. Die Speziallegierung und die absolute Präzision der Bohrung sind auf Shilgat nicht herzustellen, und jeder weniger gute Lauf fliegt bei den kalten Geschossen auseinander.«

Dante rührte in seiner Tasse, bis er über den Lärm, den er dabei machte, erschrak. »Entschuldigung. – Ich habe die Abwehr bereits informiert und aufgefordert, die Lieferanten ausfindig zu machen.«

»Was nicht einfach sein wird. Das Commonwealth ist sehr

groß, und wer garantiert, daß die Waffenteile nicht aus dem Niemandsland kommen? Dann wäre gar nichts zu machen.«

»Ja. Es stellt sich aber vor allem die Frage, wer hat nun diese Waffen? Und: wie viele?«

Die Gouverneurin lächelte. »Es stellen sich noch ganz andere Fragen; aber nehmen wir zunächst diese. Sie können nicht sagen, wie viele Kästchen insgesamt exportiert und reimportiert worden sind? Und wie viele Gitter?«

»Nein. Wie erwähnt ist der Rechner manipuliert worden. Ich habe erst von den Kästchen erfahren, als sie zusammen mit Teppichen und Pelzen aufgetaucht sind, zu einer Zeit, als Pelze schon sehr knapp waren. Allerdings schätze ich die Anzahl der Läufe aus Gitterstäben auf etwa fünfzehntausend.«

Die Gouverneurin spitzte den Mund. »Das sind fünfzehntausend zuviel. Ist da nicht noch eine Ladung unterwegs?«

»Ja. Ein Segler auf dem Weg nach Huasiringa. Er wird diskret von Gleitern überwacht. Wir hoffen, daß wir so an die Hintermänner kommen.«

Hsiang wiegte den Kopf. »Riskieren Sie da nicht zuviel? Was, wenn die Leute nach diesen Schüssen im Norden die Maske fallen lassen und den Segler kapern?«

»Ein Agent ist an Bord.«

»Reicht das?«

»Und Gleiter in der Luft.«

»Trotzdem, Barakuda – es scheint mir riskant.«

»Sie haben eben von weiteren Problemen gesprochen.«

Sie nickte. »Wer immer nun im Nordkontinent mit einigen tausend Schnellfeuer-Karabinern bewaffnet ist – wozu? Was sind die Ziele? Außerdem haben wir es, fürchte ich, mit einem genialen Strategen zu tun.«

Barakuda betrachtete sie erstaunt. »Ich gebe zu, die Kistchen sind fantastisch, aber das ist uralte Shil-Technik. Was finden Sie genial, an welcher Strategie?«

Die Gouverneurin schloß die Augen. »Kistchen und Teppiche werden exportiert. Die Teppiche enthalten Taumeltang in getrocknetem Rohzustand; die Kistchen vermutlich alle das gleiche Zeug als Halluzinogen. Richtig?«

»Ja.«

»Gleichzeitig manipuliert jemand den Datenspeicher und läßt die Kistchen verschwinden. Aus dem Speicher, meine ich. Und jemand unterbricht den Pelzhandel. Wer Tausende Karabiner haben möchte, plant größere Dinge. Die Karabiner werden mit Rauschgift bezahlt. In Einzelteilen geliefert. Man kann davon ausgehen, daß die Kistchen beim Zoll nicht besonders kontrolliert werden – Shil-Handwerk, hübsch, aber bedeutungslos. Das Rauschgift reicht zur Bezahlung der Karabinerteile. Und wer größere Dinge mit Schußwaffen plant, braucht sich vorher nicht mit Kleinigkeiten wie Teppichen und Pelzen abzugeben. Zumal sie für die Finanzierung nicht nötig sind – dazu reicht das Rauschgift.« Sie öffnete die Augen und sah Barakuda an.

Dante umklammerte mit beiden Händen die Sessellehnen. »Sie meinen ... Sie meinen, das war nur Ablenkung?«

»Ja. Jemand unterbricht den Pelzhandel; Cadhras muß sich darum kümmern. Dann liefert er wieder Pelze und gleichzeitig rohen Taumeltang in Teppichen. Ich glaube, er hat damit gerechnet, daß früher oder später das unübliche grüne Muster auffällt. Nebenher sorgt er dafür, daß die Kistchen aus dem Datenspeicher verschwinden. Dann, wenn seine Pläne weit genug gediehen sind, läßt er Pelze, Teppiche und Kistchen zusammen nach Cadhras bringen; inzwischen hat er vermutlich alles Material, das er haben wollte. Erste Ablenkung: Unterbrechung des Pelzhandels. Zweite Ablenkung: Verknappung von Taumeltang. Dritte Ablenkung: Pelze und Kistchen tauchen auf, werden entdeckt, es fällt auf, daß der Rechner manipuliert ist. Auch die Manipulation als solche, so ungemütlich der Verräter in unseren Reihen ist, war nur Ablenkung. Was hätten Sie getan, Dante, wenn nicht diese seltsame Pelzgeschichte, die Taumeltanggerüchte, die Kistchen und die Manipulation aufgetaucht wären?«

Er nickte. »Ich wäre mit ein paar Gleitern durch die Steppe gezogen, um festzustellen, ob tatsächlich ein entsprungener Verbrecher da oben ein Räuberimperium errichtet.«

»Und so haben Sie es aufgeschoben, weil diese anderen Dinge Ihnen wichtiger erschienen. Das ist kein Vorwurf; ich hätte das gleiche getan.«

»Also Eftalmi Nobrega als Drahtzieher eines einfallsreichen und raffinierten Manövers.«

»Trauen Sie ihm das zu?«

Dante zögerte. »Na ja, vielleicht.«

»Geben Sie dem Feind nicht zu früh einen Namen, nur um sich damit zu trösten.« Hsiang lächelte flüchtig. »Die Manöver sind brillant und mehrgleisig. Wenn nichts auffällt, ist es am besten. Wenn die Pelzgeschichte auffällt, laufen Teppiche und Kistchen weiter. Wenn ich mir das ausgedacht hätte, hätte ich dafür gesorgt, daß Sie zu einem mir passenden Zeitpunkt auf den Taumeltang aufmerksam werden.«

Barakuda bleckte die Zähne. »Ich habe schon um Nachforschungen gebeten. Ich wüßte gern, von wem die beiden Journalisten die Information über Taumeltang haben – auf die ich prompt hereingefallen bin.«

Hsiang hob die Schultern. »Vielleicht hilft das weiter. Aber im Moment sind andere Dinge wichtiger. Die Pelze, die Sie ablenken sollten, bringen Geld. Das ist der zweite Effekt. Außerdem muß man, um an die Pelze zu kommen, Stützpunkte und Schiffe im Norden haben. Das gleiche gilt für diesen Tang. Addieren Sie das.«

»Ungern. Ein Gegner, der mit uns spielt. Der eine Organisation haben muß, die den ganzen Nordkontinent überspannt. Der Schußwaffen besitzt. – Kann ich Ihr Visifon benutzen?«

»Ich nehme an, Sie wollen Maqari anrufen. Meine Assistentin wird ihn herbitten.«

Während sie auf das Eintreffen des Kommandeurs warteten, erörterten sie das andere Problem.

»Barameq liegt nahe der Nordgrenze. Angenommen, man hat auf den Reiter geschossen, das Pferd getroffen, noch einmal geschossen und den Reiter erwischt. So sieht es jedenfalls aus; die Gendarmerie ist sicher, daß menschliches Blut dort versickert ist. Wo steckt der Reiter?«

Die Gouverneurin schenkte Tee nach. »Verschleppt. Und sicher nicht über die Karawanenstraße; sie ist sehr belebt.«

»Es gibt keine Möglichkeit, das Gelände aus der Luft zu überwachen. Geröllfelder, ausgetrocknete Flußbetten mit Busch- und Baumbestand, das Gebirge, dahinter die Bergwälder, dann Hochsteppe und weiter im Norden, wo das Land abfällt, entweder die feuchten Dschungel im Osten oder die hügelige Steppe im Westen. Wenn wir hundert Gleiter hätten – aber die haben wir nicht. Und die, die wir haben, brauchen wir für andere Dinge.«

»Sie wollen also selbst los? Reiten?«

»Sie werden mir unheimlich, Exzellenz. Können Sie Gedanken lesen?«

»Nur ein bißchen denken, Barakuda. Aber Sie wissen, daß Sie damit möglicherweise Ihr Leben riskieren?«

»Das gehört zum Geschäft.«

Maqari schloß sich den Überlegungen der Gouverneurin an. Im großen Konferenzsaal des Palais hing eine Karte des Nordkontinents, die eine ganze Wand einnahm.

»Gortahork«, sagte Dante, »reitet zum Oberlauf des Golzain. Die Ladung Pelze, Teppiche und Kästchen wurde nahe der Mündung des Golzain übergeben. Übrigens wollte Gortahork mir einen Boten schicken . . .«

»Vielleicht ist auf ihn geschossen worden, was?« Maqari starrte auf die Karte. Der Golzain entsprang in einem Hügelgebiet, floß nach Süden, an den westlichen Bergmassiven entlang, die Hochsteppe und Küstenländer trennten. Dann durchbrach er die südlichen Gebirgsketten; dabei schwenkte er nach Südwesten. Durch Sümpfe, Dschungel und Savannen floß er nach Süden und mündete bei Golazin ins Binnenmeer.

»Ich glaube nicht, daß irgendeine Form von Hauptquartier südlich der Katarakte zu finden ist. Es ist da ziemlich ungesund – Fiebersümpfe, Giftspinnen, alles, was man will. Außerdem laufen sämtliche Handelswege, bis auf den nach Golazin, durch die Steppe. Die Südrouten verlassen die Hochsteppe erst viel weiter im Osten, hier, bei Biyang.« Barakuda deutete auf den zweiten großen Flußlauf, den Avrak, der 2000 Kilometer östlich des Golzain die Berge durchbrach und nicht weit von Arameq ins Meer floß.

Maqari wies auf die Golzain-Katarakte. »Höhlen, was? In dem Gebirge. Und am Steppenrand uralte Ruinenstädte. Klingt eher wahrscheinlich als diese fiesen Sümpfe.«

»Wir können trotzdem nichts ausschließen.« Hsiang deutete auf vier Punkte der Karte. »Ich wäre dafür, einen Trupp zwischen Golzain und den Bergen nach Süden reiten zu lassen, in Richtung der Katarakte. Etwa ab da, wo die Route von Vagaván sich mit der alten Nordstraße kreuzt.«

Die zweite Truppe sollte östlich von Arameq durch die Steppe ziehen, eine dritte sich den Katarakten von Osten nähern. Die vierte würde zwischen Meer und Katarakten abgesetzt, um nach Norden zu reiten.

Maqari kaute auf seiner Oberlippe, die er zwischen die Zähne gesogen hatte. »Das wird fein – die Marineinfanterie des Commonwealth zu Pferd in der Steppe. Planetare Weltraumkavallerie, was? Keine Sorge, das arbeite ich aus. Die Gleiter als Einsatzreserve und Relaisstation auf einem Berg mit Fernsicht in der Nähe der Katarakte?«

Die Gouverneurin schüttelte den Kopf. »Die Gleiter sollen Kontakt halten, aber auch Aufklärung fliegen. Es wäre eine zusätzliche Chance.«

»Und Sie wollen allein losreiten, Dante?«

»Nicht allein. Ich glaube, ich werde da oben einen alten Shil finden, der mitreitet.«

»Können Sie nicht sonst jemanden schicken?«

Hsiang betrachtete eine Statue aus Eisenholz – ein Geschenk der Skulptoren von Golgit zur Amtseinführung. »Wen? Vielleicht sind da oben wichtige Entscheidungen zu treffen. Und keiner kennt die Shil so gut wie Barakuda.«

Lopes hatte ihm ein Kilo schieren Fleischs von dem Barak reserviert, gebraten und angerichtet in Kräutern, Senf und Sahne. Trotz aller Besorgnisse und Schwierigkeiten war Dante guter Dinge. Er freute sich auf einen langen Ritt. Und darüber, daß endlich die Zeit des nervtötenden Wartens vorüber war. Er aß mit Genuß und wischte mit knusprigem Weißbrot die Saucenreste vom Teller. Pa'aira räumte ab, brachte ihm Kaffee und nahm sein Geld entgegen. Begheli war nirgends zu sehen. Dante dachte an die unglaublichen Zufälle.

Mutter Schwabbel, zur Zeit trocken, winkte ihm hinterher. Auf dem Kai stand der kleine Gleiter, aus dem soeben Sarela McVitie stieg.

»Pünktliches Stelldichein, Chef. Ich bin gerade gekommen.« Sie trug statt der Uniform einen weißen Hosenanzug.

»Sie sehen aus, als ob Sie eine Lustpartie machen wollen.«

»Das ist jeder Ausflug mit Ihnen.«

Er lachte. »Danke. Moment noch, bitte; ich hole schnell meine Sachen.«

Er nahm nur das Nötigste mit. Wichtige Dinge wie Tabak und Proviant ließen sich in Barameq beschaffen.

Der Gleiter hob ab und jagte durch die Nacht nach Norden. Barakuda schlief plötzlich ein und träumte von Aasvögeln, von Horden fanatischer Sektierer mit Karabinern und von einem Kästchen, in dem ein übelriechender Fisch lag, den er essen sollte.

VIII

Ein Busch mit Resten eines Lagerfeuers; ein Pferdekadaver, aus dem der mürrische Tierarzt zwei Projektile geholt hatte; kein Brandzeichen, keine Markierungen an Sattel und Zaumzeug, die von normaler Banyashil-Machart waren; zertretene Spuren; tierisches und menschliches Blut. Das war alles, was sich am Ort des Geschehens fand. Ringsum erstreckte sich die Hartgrassteppe des nördlichen Isthmus; die Pflanzen waren zäh, und eine Untersuchung ergab lediglich, daß Reiter nach Norden geritten waren, vermutlich hintereinander. Einzelheiten waren nicht auszumachen.

Barakuda wechselte einige Worte mit der Gendarmin.

»Ein alter Shil? Den Namen weiß ich nicht, aber seit dem letzten Winter haust einer nicht weit von hier; das stimmt.« Sie beschrieb den Platz.

Als Sarela von ihrem kurzen Erkundungsflug zurückkehrte, hatte Dante sich mit einem kräftigen Rappen, strapazierfähiger Kleidung und Proviant versorgt. Auf dem Marktplatz der kleinen Stadt umstanden Schaulustige den Gleiter. Barameq war eine Ansammlung von Holzhäusern und Ziegelbauten, die allerlei Stilrichtungen aus dem Commonwealth und diversen Shil-Gegenden imitierten.

»Die Spur führt zu einem alten Karrenweg«, sagte McVitie. »Ich fürchte, ab da ist nichts mehr zu finden. Festgebackener Lehm mit antiken Wagenrillen.«

»So ungefähr hab ich mir das vorgestellt.« Dante zeigte ihr auf der Karte, wo der alte Shil wohnte. »Ich reite. Wir müssen uns aneinander gewöhnen, außerdem paßt das Tier nicht in den Gleiter.« Er tätschelte den Hals des Pferdes. Dann reichte er der *legata* einen Umschlag, der die beiden Geschosse aus dem Kadaver enthielt. »Für den Ballistiker der Garnison. Wir sehen uns bei diesem Shil.«

Die Holzhütte stand neben einem namenlosen Wasserlauf. Barakuda fand Sarela im Gespräch mit einem alten, krummbeinigen Mann, der dort von Obst und Gemüse zu leben schien und, wie er mit einer Kopfbewegung zum Bach andeutete, von Fischen, »die mich gelegentlich besuchen«.

In der Hütte war es fast unerträglich heiß. Sie tranken Tee und rauchten.

Saravyis Augen waren hellwach und von tausend Runzeln umlagert. Er beendete das vorsichtige Abtasten. »Du bist also gekommen, um mit mir nach Norden zu reiten?«

»Ja. Wenn du willst. Die Fürsten sprechen groß von dir. Sie haben nicht gesagt, daß du zu alt seist zum Reiten.«

Saravyi breitete die Arme aus. »Es ist gut, daß du dort am Fenster sitzt, Sarela. Dort fällt das meiste Licht auf dich, und in der Gesellschaft dieses Narbengesichts hier wird bald mein Durst nach Schönheit gewaltig wachsen.«

»Wer bist du wirklich, alter Mann?« sagte Dante.

»Einer, der die unverdiente Ehre hoher Ämter verschmäht hat und lieber um die Welt reitet. Dabei hat er viel gesehen und vergessen.«

McVitie ergänzte: »Und meisterlich lügen gelernt.«

Der alte Mann zwinkerte ihr zu. »Kluges Kind. Aber lassen wir es zuerst dabei bewenden. – Ich sehe, Bärenjäger, dein Anliegen ist eilig und duldet keinen Aufschub.«

»Woher weißt du . . .?«

»Ein wichtiger Mann«, sagte Saravyi und goß Tee nach, »besucht einen unwichtigen alten Shil, nachdem in der Nähe Schüsse gefallen sind. Er kommt aus Cadhras, ist aber zu Pferd und begleitet von einer klugen Frau, die gern mitritte, aber mit dem Gleiter zurück nach Cadhras muß. Kommen

Finsterlinge von weit her, ein Pferd zu töten und Satteltaschen zu stehlen? Nein, sie kommen, den Reiter oder die Reiterin zu fangen, wahrscheinlich zu töten. Reiten sie zu den Farmen im Süden oder zu den Bergwerken im Nordosten? Nein, dort sind überall Menschen. Sie reiten in die Öde nach Nordwesten, wo ihre Spur nicht aus der Luft zu verfolgen ist. – Wollen wir aufbrechen?«

Von einer nahen Weide holte Saravyi ein Pferd, das fast ebenso alt sein mußte wie er. Er sattelte es, schnallte sein Bündel hinter den Sattel, packte Bogen und Köcher dazu und ergriff die Schultern der Leutnantin. »Ich danke dir, dich gesehen haben zu dürfen.«

Sarela McVitie legte ihre Wange an die des alten Mannes. Barakuda ging mit ihr zum Gleiter, drückte ihr die Hände und sah ihr nach, als die Maschine abhob.

Hinter sich hörte er knisternde und prasselnde Geräusche. Er schaute sich um; Saravyi hatte Feuer an die Hütte gelegt und bestieg eben sein Pferd.

»Ich werde ohnehin nicht zurückkehren. Wozu die Erde mit unnützen Gebäuden belasten?«

Saravyi winkte Barakuda zu sich und wies auf den Boden; sein olivfarbenes Gesicht zeigte keine Regung.

»Sieben Pferde. Eines trägt doppelt.«

Barakuda sah nicht mehr als schwache Abdrücke. »Die Blindheit im Kleinen ist mein Fluch, Freund.«

Saravyi bewegte die Hand. »Ich dein Auge – du mein Feuer.« Er blickte auf den Karabiner an Dantes Sattel.

Es war eine kurze Rast; sie rauchten und tranken einen Becher Wasser. Der Shil kauerte in seiner abgetragenen Lederkleidung da und hätte ein verwitterter Felsen sein können. Die Pferde standen nebeneinander und ließen die Köpfe hängen; die Luft war wie gestapelt. Dante steckte die Zigaretten wieder in die Brusttasche seines Hemds. Er hatte

Blättchen und ein Kilo Tabak eingepackt, um nicht kostbaren Packraum zu vergeuden. Mehl, Salz, Tee, ein wenig Hartkäse und ein Säckchen mit Dörrobst vervollständigten sein Reisegepäck, dazu eine Notration Verbandszeug, Medikamente und Ersatzkleidung. Er blickte an sich hinab, auf die grauen Hosen aus festem Baumwollstoff. Mit Vorbedacht hatte er Beinkleider gewählt, die nur an der Außenseite der Schenkel Nähte aufwiesen. Trotzdem kam es ihm vor, als sei der Stoff innen mit glühenden Körnern besetzt.

Es war ihr zweiter Tag. Sie hatten Geröllfelder überquert, danach ein altes Flußtal, in dem ein Rinnsal dem Sommer trotzte; zuvor waren sie über einen Karrenweg geritten, dessen Oberfläche nur selten etwas erkennen ließ. Der Weg bog nach Westen ab, zur Küste; nun wußten sie, daß die Reiter ihn verlassen hatten, um nach Nordwesten zu reiten.

»Böse Menschen.« Saravyi grinste. »Gute Menschen nehmen nicht die Äpfel ihrer Tiere mit. Nur Finsterlinge wollen solche Spuren nicht hinterlassen. Es muß bei dieser Hitze ein anrüchiges Reiten sein.«

Sie ritten weiter. Die Ebene war ausgedörrt; die Hufschläge klangen dumpf im gelben Gras. Vor ihnen zog sich als kaum zu ahnende Linie die Fährte der Reiter zu den westlichen Ausläufern der Pharl-Berge. In der Luft glomm ein Geruch von drohendem Brand und verfallener Vegetation. Disteln standen Posten in der Steppe; Krüppelbüsche klagten mit kahlen Zweigen in den Himmel.

Kurz vor Sonnenuntergang stieg der Boden an. Das Gras wich Geröll, dafür mehrten sich die Mulden mit Büschen; die Landschaft wurde abwechslungsreicher.

In der Abenddämmerung erreichten sie die Vorberge: Hügel mit einfachen Sträuchern und Kräutern. Saravyi ließ die Zügel seines alten grauen Wallachs los.

»Großer Wasserfinder.«

Das Tier wandte den Kopf hin und her, blähte die Nüstern

und trottete nach Nordosten. Barakuda ließ seinen Rappen folgen. Nach etwa zehn Minuten erreichten sie eine Senke zwischen drei Hügeln; am tiefsten Punkt fanden sie einen uralten Brunnen.

Saravyi glitt von seinem Tier und sattelte es ab; Barakuda ächzte. Breitbeinig machte er einige Schritte. Die Innenseiten der Schenkel waren wund. Er sattelte den Rappen ab und tätschelte ihm den Hals. Die Pferde näherten sich den Büschen und knabberten an der Rinde.

Barakuda deckte vorsichtig den Brunnen auf, während Saravyi zwischen den Hügeln verschwand. Als er mit einem Arm voller Blätter und Zweige zurückkehrte, hatte Dante bereits mit seinem breitkrempigen Lederhut die Pferde getränkt und das Kochgeschirr gefüllt.

Saravyi machte Feuer; Barakuda warf eine Handvoll Teeblätter in das Wasser.

Nach einer Mahlzeit aus Trockenfleisch, Dörrobst und Tee lehnte er sich an seinen Sattel und starrte in den samtigen Nachthimmel. Saravyi hobbelte die Vorderbeine der Pferde zusammen; dann löschte er das Feuer, indem er die Zweige trennte und die Glut austrat.

Es wurde kalt; die Männer hüllten sich in ihre Decken und benutzten die Sättel als Kopfkissen.

Barakuda gähnte. »Gestern haben wir nicht viel gesprochen. Die letzten Tage, ehe ich hergekommen bin, waren hektisch. Als ich mit dir zu Pferd durch die Welt zu reiten begann, war mir, als wäre ich aus rasender Bewegung zwischen Menschenmassen in jähen Stillstand in der Einsamkeit versetzt worden. Es hat mich benommen gemacht. Wollen wir von Gortahork reden?«

Saravyi schnaubte. Dante berichtete von Gortahorks Brief mit den unklaren Anspielungen.

»Einiges ist zu erklären, anderes weniger. Du weißt, daß Jägerinnen und Jäger gleich sind. Und daß die Fürsten nicht nur die unwichtigen, sondern auch die wichtigen Dinge gemeinsam erledigen.« Saravyi rümpfte die Nase. »Die Mönche von Banyadir spielen keine Rolle in dieser Sache. Sie sind widerwärtig, aber im Moment nicht bedeutend. Die Pässe zwischen Banyadir und der Steppe sind geschlossen und bewacht. Der Fürst hat es angeordnet, wie ich hörte; ausnahmsweise bin ich seiner Meinung.«

Als Dante sich eingehender nach dieser Meinung erkundigte, winkte Saravyi ab. »Ich bin viele Jahre um die Welt geritten und habe Dinge vergessen, die zu wissen für dich wichtig sein könnte. Andere Dinge, die du für wichtig hältst, sind noch in meinem Kopf, aber sie haben keine Bedeutung. Wieder andere sind wichtig, aber du wirst nicht nach ihnen fragen, weil du sie nicht kennst.«

»Sehr schön. Ich hatte eigentlich die Hoffnung, etwas mehr von dir zu erfahren als: daß ich nichts erfahren werde.«

Saravyi kicherte. »Nur die Dinge sind wesentlich, die man selbst zusammenträgt. Wenn ich dir nun sagte, dies und das passiert da und dort – würdest du deshalb das Funkgerät aus der Satteltasche holen, die Hüterin von Cadhras anrufen und sagen, es muß Folgendes geschehen?«

»Du meinst die Gouverneurin?«

»Das sollte das gleiche sein.«

»Ich könnte nichts tun ohne Beweise. Aber wenn du etwas Bestimmtes sagst, weiß ich, in welcher Gegend ich Beweise suchen muß.« Alles, was der alte Mann sagte, war voll von Anspielungen und Doppelbedeutungen. Dante fand diese Form des Redens sehr anstrengend.

»Ich habe es ja gesagt. Wenn es sinnvoll ist, werde ich mehr sagen. Es hilft dir ja hier doch nicht. Nimm an, ich sage, auf der Insel Zho sind Beweise zu finden – was nützt es dir, da du zehntausend Meilen von Zho entfernt bist und nicht danach suchen kannst?«

»Ich kann dich nicht zwingen. Aber ich habe viele Fragen.«

Saravyi grunzte. »Großer-Töter kontrolliert die wichtigsten Wege im Norden. Seine Leute haben die Pelzjäger getötet und ihre Schiffe erobert. Sie haben auch den Handel mit Taumeltang an sich gerissen. Ich bin im Norden gewesen. Ich kenne die Wege, die nach Thaggo führen. Einer führt durch den Sumpf; ihn kennen die Räuber und der Fürst. Es gibt drei andere.«

»Wer außer dir kennt sie? Wo sind sie?«

»Was die zweite Räubergruppe angeht, so weiß ich wenig von ihr, außer daß sie manchmal mit den Leuten von Großer-Töter zusammenarbeitet, dann wieder Krieg führt. Der Kontinent ist riesig, und selbst ich kann nicht alles wissen.«

»Weißt du denn wenigstens, wo Großer-Töters Hauptlager ist? Und das der anderen?«

Saravyi hustete. »Wenn Gortahork mit Jägern reitet, dann heißt dies, die Fürstin Tremughati reitet mit Jägerinnen. Vielleicht haben beide das gleiche Ziel, vielleicht verschiedene, die sich hinterher als eines herausstellen.«

»Da du meine Fragen nicht beantwortest, bleibt mir nur abzuwarten, was du noch sagst, was du noch weißt.«

Der Shil spie aus. »Ich weiß, daß an einem Tag gegen Ende der Spätzeit alle Häupter und Heiler zusammenkommen.«

Barakuda versuchte, die Dunkelheit zu durchdringen, aber auch mit aufgerissenen Augen sah er nicht viel mehr als die glühende Spitze von Saravyis Zigarette.

»Ein großes Treffen, wie es zuletzt vor einigen Jahrhunderten stattfand.« Saravyi sagte es, als spräche er über das Wetter. »Großer-Töter hat fast nur Männer um sich gesammelt, den Abschaum der Nordvölker, Mulis, entlaufene Verbrecher, ehemalige Sklaven der Mönche aus Banyadir. Gegen sie, glaube ich, wird der Fürst mit den Jägern reiten.«

»Das heißt, daß wahrscheinlich die Fürstin mit den Jägerinnen gegen Frauen reitet?«

Saravyi breitete die Arme aus. »Ich weiß nichts«, murmelte er, »ich denke nur. Du weißt, was ich denke? Gut. Gut schlafen!« Damit wickelte er sich in seine Decke.

Und Dante Barakuda versuchte, die Räuber, die Schußwaffen, Funkgeräte, die Banyashil und das Matriarchat von Pasdan im fernen Westen zusammenzubringen. Außerdem fragte er sich nach dem Grund für ein Großkonklave aller Häupter und Heiler des Nordens, wie es nur bei gigantischen Katastrophen oder historischen Entscheidungen stattfand.

Sie ritten zu der Stelle zurück, wo sie am Abend zum Brunnen abgebogen waren. Im fahlen Morgenlicht war die Linie ihrer Spuren kaum zu erkennen. Nordwestlich, vor ihnen, gab es nur Kiesel, Geröll, nackte Erde und struppige Büsche. Felsbrocken säumten den Weg, ihre Splitter bedeckten ihn. Barakuda fühlte sich nicht besonders wohl. Er wußte, daß es Tage dauern würde, bis Knochen und Haut sich wieder an langes Reiten gewöhnt hätten.

Mehrmals glitt Saravyi vom Pferd und untersuchte den Boden. »Schwach«, sagte er, »aber sie sind hier gewesen. Wo sollen sie auch sonst hin?«

Mittags machten sie Rast im Schatten eines riesigen Felsblocks, der den Eingang zu einem winzigen Seitental versperrte. Barakuda blickte zurück; hinter ihnen lag die Ebene, die sie am vergangenen Tag durchquert hatten. Vor ihnen türmten sich die Berge bis in eine Höhe von 3000 Metern.

Am Nachmittag mühten sich die Pferde immer steilere Geröllstrecken hinauf. Manchmal mußten Saravyi und Barakuda absteigen und die Tiere am Zügel führen.

Irgendwann blieb Saravyi stehen und schüttelte den Kopf. Er warf Barakuda den Zügel seines Wallachs zu und ließ sich auf die Knie sinken. Langsam kroch er nach rechts, verschwand zwischen den stachligen Büschen; dann rief er.

Hinter den Büschen führte ein Einschnitt zwischen den Felsen in ein Nebental mit reicher Vegetation. Zwischen zwei Blöcken an der linken Seite lag ein Pferdekadaver. Saravyi näherte sich ihm mit bebenden Nasenflügeln.

»Zwei Tage. Wir haben noch nicht aufgeholt.«

Der Kadaver war in einem schlimmen Zustand. Saravyi wedelte die Insekten mit einem Zweig beiseite und untersuchte das Tier. Dann deutete er auf eines der Vorderbeine und den Kopf. »Gebrochen, erschossen.« Während er die Umgebung des Kadavers abzusuchen begann, holte Barakuda die Pferde und führte sie zum Wasser.

Saravyi kauerte hinter einem Felsvorsprung und wühlte im Boden. Barakuda trat vorsichtig näher, um keine Spuren zu zertreten. Der Shil tastete mit den Händen in der Asche herum. Plötzlich grinste er und hielt ein Stück Leder hoch.

»Hier haben sie Sattel und Zaumzeug verbrannt und verscharrt. Was ist geschehen? Vielleicht so. Ein Mensch wird gejagt, gestellt, Jäger schießen, treffen sein Pferd. Sie schießen noch einmal, treffen ihn. Niemand soll ihn finden und erkennen – sie nehmen die Leiche mit. Nach einiger Zeit fängt sie an zu stinken. Vielleicht wollen sie die Leiche irgendwo in eine Schlucht werfen, wo niemand sie je findet, aber bisher war keine Schlucht. Dann bricht sich ein Pferd ein Bein, muß erschossen werden. Sie werfen es zwischen Felsen und verbrennen und vergraben Zaumzeug – damit jemand, der sucht, etwas findet und nicht etwas anderes sucht.«

Barakuda nickte. Saravyi schüttelte sich und suchte abermals die linke Talseite ab. Barakuda ging nach rechts. Die Pferde grasten, Shalga berührte die westlichen Bergspitzen, und abgesehen vom Anlaß ihrer Suche war es ein Idyll.

Barakuda fand die Stelle. Sie war gut getarnt, aber der Zufall kam ihm zu Hilfe; die letzten Sonnenstrahlen fingerten über die kleinen Steine, die auffällig unauffällig dort lagen. Barakuda stieß einen Pfiff aus. Sekunden später kam Saravyi zu ihm; er trug zwei seiner Pfeile.

Mit Hilfe der unvollkommenen Instrumente gruben sie

die in eine löchrige Decke gewickelte Leiche aus. Als sie mit der Untersuchung fertig waren, vergruben sie sie wieder.

Anschließend erbrach Barakuda sich. Saravyis olivgrüne Gesichtsfarbe spielte ins Helle.

Sie hockten sich an den kleinen Bach, wuschen sich gründlich; danach gingen sie einige Schritte weiter bachaufwärts und tranken in gierigen Zügen.

Saravyi blickte in den Abendhimmel. »Wir könnten hier lagern. Viel weiter kommen wir heute ohnehin nicht.«

Der Shil machte Feuer und bereitete die Mahlzeit. Mehrmals betrachtete er seine Hände.

Dante rief Cadhras und sprach mit der Gouverneurin. »Der Mann wurde von zwei Schüssen getötet. Die Projektile ähneln denen im toten Pferd, bei Barameq. Der Tote ist ein Shil. Sein Gesicht war kaum zu erkennen, aber der alte Mann sagt, er wäre einer von Gortahorks Jägern. Vielleicht der Bote, den der Fürst mit schicken wollte.«

Die Gouverneurin stellte einige Fragen; dann berichtete sie aus Cadhras. Der Transport von Leuten und Pferden in die Nordsteppe hatte begonnen; Maqari wollte mit der ersten Gruppe reiten. Er hatte eines der armierten Schnellboote losgeschickt, mit vier Mann Besatzung, um den Frachtsegler *Zhumzhum* diskret zu bewachen. Lyle Nogura hatte Tugrik über Funk verständigt. Das Schnellboot war eine Notlösung, aber alle Gleiter wurden für den Transport benötigt, ebenso die beiden Beiboote der Korvette. Die Korvette selbst, ein leichtes Übungsboot für die Ausbildung im Raum, war nicht gepanzert und als einziges Raumschiff zu wichtig, als daß man sie Karabinerbeschuß hätte aussetzen können – außer wenn es unvermeidlich wurde.

Den nächsten Tag stiegen sie. Die Sonne brannte erbarmungslos. Nach kurzer Rast in der ärgsten Mittagshitze erreichten sie am Nachmittag den Paß. Vom jenseitigen Plateau führte ein sanft gewundener Weg bergab; trotz der Steine war er gut zu Pferd zu bewältigen. Im letzten Abendlicht kamen sie auf ein zweites Plateau an der Baumgrenze. Während sich Saravyi um die Pferde kümmerte, sammelte Barakuda Holz, machte Feuer und sortierte die restlichen Vorräte. Sie ließen noch eine Handvoll Dörrfleisch für das Frühstück übrig; in der Asche des Feuers buk Dante mit einem dicken Brei aus Mehl, Salz und Wasser eine Art Brot.

Am nächsten Tag genoß Barakuda die Reise erstmals. Sie ritten unter schattigen Bäumen auf weichem Boden; die Hufschläge dröhnten nicht, und er hatte sich an den Sattel gewöhnt. Vormittags machten sie Rast, tranken kalten Tee und aßen Brot. Saravyi schnupperte in den Wald, nahm Bogen und Pfeile und verschwand. Er kehrte mit einem großen Vogel zurück. Sie beschlossen, die Rastpause zu verlängern; der Vogel wurde gerupft, ausgenommen und gebraten. Sie aßen die Hälfte; den Rest wickelte Barakuda in sein Reservehemd.

Die Spur führte nun nach Nordwesten. Abends behauptete der Shil, sie seien zwei Tage hinter den anderen.

Zwei Tage später überquerten sie die Grenze. Barakuda sprach mit Cadhras, dann ritten sie in die Savanne. Am folgenden Tag kamen sie in hügeliges Gelände. Nach dem kargen Mittagsmahl – es gab Barakudas letztes Mehl, ohne Salz gebacken, und ein paar Beeren – kaute Saravyi auf einer monströsen Zigarette herum.

»Hör zu, o Freund. Weiter im Westen ist das Lager eines Banyashil-Stammes. Gargava; bei ihnen gibt es schnelle Pferde und sichere Pfeile. Man kann ja nie weit genug sehen; die Wölbung des Planeten verbirgt die Zukunft.«

Barakuda schwieg und wartete. Schließlich schlug Saravyi vor, sich zu trennen. »Ich reite zu den Gargava und stoße morgen mit einigen Jägerinnen und Jägern zu dir, wo du dann sein wirst. Selbst für deine Augen ist die Spur nicht zu übersehen. Außerdem gibt es bei den Gargava vielleicht Nachrichten.«

Dante fühlte sich wohl. Er hatte Gewicht verloren, das Reiten kam ihm als natürliche Fortbewegungsart vor, seine Kondition war gut, sein Zigarettenkonsum minimal. Nachmittags kam er an einen Flußlauf, stieg ab, ließ den Rappen trinken und trank selbst; dann drehte er sich die vierte Zigarette und hielt eine Ansprache an die Gegend, den Himmel, das Pferd, das Gras und sich selbst.

»Es ist eine brennende Schande, in Steinhäusern zu leben und Papier vollzuschreiben und Knöpfe zu drücken, wenn man im Sattel sitzen und mit Gaunern hartes Brot teilen kann. Warum quittierst du nicht den Dienst, überläßt die Sorgen anderen und ergibst dich dem Genuß?«

Er ritt bis zur Abenddämmerung, erreichte ein Buschwerk, sattelte den Rappen ab und aß das restliche Brot. Dann drehte er sich die fünfte Zigarette und nahm das Funkgerät.

Aus den Augenwinkeln sah er eine Bewegung. Gestalten zeichneten sich vor dem bestirnten Himmel ab; eine schien auf ihn zu deuten. Bevor er den Knall hörte, zertrümmerte eine Kugel das Funkgerät in seiner Hand. Eine zweite traf ihn in die Schulter; nach einem dritten Blitz fraß sich eine Feuerspur über seine Kopfhaut und raubte ihm das Bewußtsein.

Bei den Gargava

(Aus den Akten des Gouvernements, Cadhras, Shilgat; Bericht des Sekretärs für Sicherheit)

». . . Die Kommentare gerade der jüngeren Leute des Stammes, die weder weltanschauliche Vorurteile noch Diskriminierung nach Geschlecht, Alter o. ä. kennen, waren ebenso präzise wie illustrierend. Folgend ein Gedächtnisprotokoll.

Über Banyadir: ›Ein sehr willkürliches Verfahren. Warum nehmen sie denn unter den unendlich vielen möglichen ausgerechnet einhundertvierzehn Götter, die von allen verehrt werden müssen? Wäre es nicht viel amüsanter, alle anderen, also unendlich minus einhundertvierzehn, Götter zu erfinden, mit netten, nützlichen oder gräßlichen Eigenschaften, und ihre Verehrung unter allerlei Vorwänden unmöglich zu machen?‹

Über Gashiri: ›Das ist aber doch nicht nur langweilig, sondern auch unbequem. Eine bestimmte Form des Zusammenlebens und der Sexualität vorzuschreiben – das Leben ist zu kurz, um es derart einzuengen. Wenn es wenigstens interessant wäre . . . Aber genausogut könnte man ja vorschreiben, daß nur noch auf Händen gegangen wird und man sein Wasser ausschließlich bei Nordwind läßt. Oder Fische nicht nach ihrer Eßbarkeit, sondern nach ihren Flugkünsten bewertet.‹

Über Pasdan: ›Wie kann denn eine Gruppe von Aspekten des Chaos wichtiger sein als eine andere? Unterschiede im Körperbau sind eine erbauliche Gegebenheit, aber kein Wert. Ebensogut könnte man hingehen und sagen, Eidechsen sind wichtiger als Bären, weil sie grüner sind. Oder die Shil in Arameq sind besser als die Gargava, weil sie in Häusern statt in Zelten leben.

Alle Teile des Chaos haben den gleichen Wert. Sonst könnte man ja Berge schmähen, weil sie nicht fließen, oder Ameisen, weil sie nicht sättigen.‹

›Es sei denn, man nähme sehr viele Ameisen.‹

›P'aodhus geben gute Wolle, aber Pferde sind bessere Reittiere.‹

›Ja, und einen Vogel fliegen sehen ist weniger reinigend als ein Bad im Fluß, der sich jedoch, was Trockenheit angeht, nicht mit der Wüste messen kann.‹

›Und unsere Fürstin Tremughati ist die klügste und lieblichste aller Frauen, aber auf dem Ozean hat ein Segelschiff Vorteile.‹«

IX

Er lag in einem luftigen, hohen Zelt. Durch den offenen Eingang sah er die langen Schatten der Nachmittagssonne. Eine alte Frau mit kurzem grauem Schopf, fröhlichen Falten und schwarzen Augen kauerte neben ihm. Im Traum oder Halbdämmern hatte er sie schon gesehen: die Heilerin der Gargava. »Ist es dein Schatten oder bist du der Schatten?« sagte sie lächelnd. Sie drückte ihn auf sein Lager aus Fellen und Decken zurück, als er sich aufrichten wollte.

Der stechende Schmerz in der Schulter trieb ihm für einen Moment Tränen in die Augen. Mühsam erwiderte er in Banyashilgu: »Ein finster Lebender grüßt Euch, Mutter.«

»Ein Metallstück sitzt in dir. Das Blut ist still, das Metall redet.« Dabei strich sie mit der Hand über seiner rechten Schulter durch die Luft.

Dante blickte an sich hinab und sah den Verband aus grünem Stoff. Die Heilerin brachte ihm eine kräftige Fleischbrühe, und bald schlief er wieder.

Am nächsten Tag war er länger wach und erfuhr die Einzelheiten und die Anzahl der vergangenen Tage. Er lehnte sich gegen die Kissen.

»Dann wäre heute der dreißigste Tag der Spätzeit, Mutter.« Die Heilerin hatte den Verband erneuert und Heilkräuter auf die Wunde gelegt, die Dante fremd waren. Sie nickte, als er den Tag nannte.

»Wo ist Saravyi?«

»Er hat dich gesucht und hergebracht. Nun ist er mit Jägerinnen und Jägern geritten, die zu suchen, die dir aufgelauert haben.«

»Ein mutiger alter Mann, aber besser wäre er in eine andere Richtung geritten.«

»In welche? Nachricht zu deinen Leuten bringen?«

»Ja, Mutter. Sie sorgen sich um mich. Und um euch.«

Als sie lächelte, kräuselte sich ihr Gesicht wie ein Wasser bei leichtem Regen. »Saravyi hat uns berichtet, daß Feuerwaffen in den falschen Händen sind.«

»O Mutter, hat er auch gesagt, daß Narren spazierenreiten und sich leichtfertig überfallen lassen?«

Abends betrat, gestützt auf zwei junge Jäger, die Älteste der Gargava das Zelt. Nach einem längeren Gespräch versprach sie, sofort einen Boten zum nächsten Hafen zu senden, von wo die Nachricht mit einem Schiff zum nördlichsten Küstenort des Protektorats gebracht werden sollte.

Er erholte sich schnell. Die Heilerin nannte ihm Namen von Kräutern, doch glaubte er viel eher daran, daß aus ihren Händen Kraft in ihn floß. Am Nachmittag des übernächsten Tages erhob er sich mit Hilfe eines kräftigen Jägers; ihn schwindelte, aber er biß die Zähne zusammen und wiederholte den Versuch mehrmals.

Am folgenden Tag saß er vor dem Zelt. Die Krone eines Baums schützte ihn vor der Sonne; er schlürfte starke Brühe und sah den Shil zu. Die Gargava-Gruppe, in deren Lager er sich befand, zählte vielleicht tausend Personen. Sie waren Halbnomaden, die im Wechsel der Jahreszeiten immer die gleichen Quartiere aufsuchten. Sie lebten von Jagd und Fischfang; daneben handelten sie mit den näheren Dörfern und Städten und den Karawanen, die durch ihr Gebiet zogen.

Mehrere junge Jägerinnen und Jäger setzten sich zu ihm und brachten ihre Beschäftigungen mit. Einer befaßte sich mit einem krähenden Säugling, der im Verlauf der Plauderei seine Freude an frischen Windeln dreimal dadurch bewies, daß er sie sofort benetzte. Der junge Gargava reinigte und wickelte jedesmal behutsam neu; schließlich hielt er das Kind hoch. »Es ist wohl leck.«

Die anderen beschäftigten sich mit der Reinigung von Häuten, nähten Lederkleidung, flochten aus Binsen Körbe, Köcher und ähnliche Gebrauchsgegenstände. Das Lager befand sich unter hohen Bäumen an einem schnellen Fluß, in dem quiekende Kinder plantschten und erste Versuche machten, mit den Händen zu fischen. Vierzig Jägerinnen und Jäger waren mit Saravyi geritten; eine Gruppe junger Frauen befand sich auf der Jagd. Einige Mädchen und Jungen waren mit der Heilerin unterwegs, um die Kräuterkunde zu erlernen, andere hatten sich zu diskreterem Zeitvertreib an diskretere Plätze des Buschwerks begeben. Es wurde gekocht, gebraten und geflickt. Aus dem Norden des Lagers drangen manchmal helle Rufe; dort ritten Jägerinnen und Jäger Pferde zu. Etliche Shil waren unterwegs, um nach den P'aodhus zu sehen. Andere sammelten Beeren; auf dem Fluß waren Boote unterwegs: Fischer mit Netzen, Angeln und Speeren.

Das Lager wurde vergrößert; mindestens vier neue Zelte sollten errichtet werden. Ältere Shil schnitten Stangen, nähten Häute und debattierten über die besten Plätze.

Der Säuglingswickler deutete mit dem Kinn dorthin und hielt gleichzeitig sein krähendes Bündel hoch, um die Folgen zu demonstrieren. »Paarungszeit. Einige junge Leute haben beschlossen, sich zusammenzutun, und jetzt bauen wir ihnen Zelte, damit sie, wenn sie allein sein wollen, nicht immer in die Büsche gehen müssen.«

Die Ältesten saßen am Fluß und blinzelten in die Sonne. Abgesehen von dem Problem der Waffen gab es nichts, was hätte beraten werden müssen. Der Rat der Ältesten war gefragt worden, aber große Entscheidungen wurden von allen Erwachsenen des Stammes gemeinsam und einstimmig getroffen. Da die Shil nicht glaubten, irgendwohin fortschreiten zu müssen, spielte es keine Rolle, wie lange die Beratungen dauerten. Nur in Notsituationen hatte der Ältestenrat eine gewisse Exekutivmacht.

Abends traf eine kleine Gruppe von Reiterinnen ein; sie führten ein Pferd mit sich, auf dem ein Leichnam lag.

»Der Bote«, sagte die Älteste, als sie in Barakudas Zelt trat. »Man hat ihn mit einer Kugel erschossen und seine Geschlechtsteile abgeschnitten.«

Dante senkte den Kopf. »Ich bringe Unheil. Aber Cadhras muß so schnell wie möglich alles erfahren.«

Die Älteste nickte. »Das bedarf keines Rats. Eine Gruppe von Jägerinnen und Jägern wird reiten.«

Ein Rat fand dennoch statt, aber er dauerte nicht lang und kam zu einem einstimmigen Ergebnis – es handle sich, sagte eine Gargava, um eine jedem sichtbare Notwendigkeit.

Die frische Luft und die langen Gespräche hatten ihn sehr ermüdet; dennoch konnte er lange nicht einschlafen. Seine Gedanken kreisten. Das Zelt, in dem er lag, und die Gespräche des Nachmittags versetzten ihn – als er in jener Halbtrance war, die zwischen Wachen und Schlafen liegt – an einen anderen Ort zu anderer Zeit, in ein anderes Zelt und zu anderen Gesprächen.

Draußen war die Lautlosigkeit des Steppenwinters, Schnee und Nacht. Unter der Rauchöffnung des Zelts knisterte ein Feuer aus Hölzern, die den Innenraum mit herbem Duft füllten. Er saß zwischen Fellen und trank bittersüßen Tee; dabei blickte er zu den Fürsten hinüber. Gortahork war nur in Umrissen zu erkennen; er lag auf dem Rücken, hatte die Hände über dem Kopf verschränkt, starrte durch die Rauchöffnung die Sterne an. Vielleicht lächelte er.

Neben ihm, Dante zugewandt, saß Tremughati, die Fürstin. Die liebliche Jägerin. Die Anmut des Graslands. Dante entsann sich jenes altterranischen Satzes, demzufolge die Götter, wenn sie einem Sterblichen besonders wohl wollen, diesem zu einem gesunden Geist auch einen gesunden Körper geben. Die Götter, die es für die Shil nicht gab, hatten in Tremughati alles vereint.

Seit Tagen hatten sie, außer wenn sie schliefen, aßen oder ausritten, den Kosmos des Commonwealth und das Chaos der Shil beredet. Es war immer wieder Tremughati, die verständliche Vergleiche fand, um Dante die zynische Spekulation der Shil zu erläutern, und sie war es auch, die dem Fürsten erklärte, was Dante nur unvollkommen in Banyashilgu sagen konnte.

Er hatte lange den Nordkontinent bereist, um zu begreifen, wessen Sicherheit er in Cadhras eigentlich schützen sollte. Dieses Zelt, diese Freundschaft und die langen Gespräche in den ruhigen, klirrend kalten Steppennächten zählten zu den kostbarsten Geschenken.

Er lächelte Tremughati an. »Ihr wißt es längst, aber manche Dinge werden nicht vermindert, indem man sie ausspricht. Ich liebe euch. Und dich, Fürstin, besonders.«

Sie kniff Gortahork, während sie Dantes Lächeln erwiderte. »Hörst du, Jäger? Der wichtige Mann aus Cadhras sagt freundliche Worte.«

Im Halbdämmern begannen sich die Bilder zu vermischen. Die Bärenjagd in den Winterbergen. Tremughati und Gortahork, beide »Mutter und Vater der Stämme«, im Rat der Ältesten, zu Pferd, einander mit Schnee bewerfend. Der Abschied, der ihm ans Herz ging, die Umarmungen. Besuche in der Steppe, zu anderen Jahreszeiten.

Er drehte sich auf die Seite; der Schmerz in der Schulter riß ihn jäh aus seinem Halbtraum. Da bemerkte er, daß in den letzten Bildern Tremughatis Gesicht Ähnlichkeit mit dem von Lydia Hsiang angenommen hatte.

Die Aktion am Mirsali

(Unterlagen der Garnison Cadhras, Shilgat, zum niedergeschlagenen Verfahren Flotte gegen McVitie; zusammengestellt von kap. *Mirza Cebrian)*

»An der Sitzung des Krisenrats nahmen teil L. Nogura anstelle des vermißten Sekretärs für Sicherheit und kap. *Cebrian i. V. des abwesenden Kommandeurs der Garnison. Bei einer Enthaltung (Obmann U. Thang) wurde beschlossen, eine berittene Patrouille unter dem Kommando von* lta. *S. McVitie zusammenzustellen. Hierfür setzte Gouverneurin L. Hsiang die Anweisung von* trib. *P. Maqari außer Kraft, die Kampfgruppe Bondak als Eingreifreserve in Cadhras zu belassen. Infolge des Einsatzes großer Teile der Garnison bei den vier Trupps in den Regionen des Nordens war dies unumgänglich. Die Patrouille McVitie (Mannschaftsliste vgl. Anlage) wurde mit Ausrüstung und Reittieren sowie einem Sanitätszug (10 MedRobs, Ass. Dr. Tulio) per Korvette in das Gebiet gebracht, in dem eine Suche nach D. Barakuda sinnvoll schien.*

Als die Nachricht über D. Barakudas Verwundung und Aufenthalt bei den Gargava eintraf, unternahm L. Hsiang mit Gleiter III den Flug zur Bergung des Sekretärs. Gleichzeitig erging an die viel weiter nördlich operierende Patrouille der Befehl, umzukehren und auf einem Plateau südlich des Mirsali das Eintreffen der Korvette abzuwarten.

Lange vor Erreichen des Flusses traf die Patrouille auf einen Trupp Gargava unter Saravyi, die den/die Urheber des Anschlags auf den Sekretär suchten. Der erfahrene Banyashil unterbrach die Suche, um die Patrouille bis zum Treffpunkt zu geleiten; Saravyi und seine Leute ritten in den gleichen Hinterhalt.

Nach Meinung der beteiligten Offiziere und Mannschaften sowie des Stabs in Cadhras war das folgende Gefecht unvermeidlich; lta. *McVitie handelte in Ausführung eines eindeutigen Befehls. Die Disposition der Truppe im ungünstigen Gelände war nach Lage der*

Dinge optimal; das Verhalten aller Beteiligten verdient Anerkennung. Ein Grund für ein Verfahren liegt nicht vor.

Nachstehend Transkriptionen einiger Aussagen von Beteiligten.

Marsila Bodrelur, suldá, Kompanie A: ›Ich weiß überhaupt nicht, was dieser Unfug soll. Wenn nicht mal der alte Saravyi die Falle riecht . . . Haben sich aber alle gut gehalten, sogar die Neuen von C und D. McVitie hat nen Orden verdient, wenn Sie mich fragen. Also, jedenfalls kein Verfahren.‹

Elgin Astorgano, suldau, Kompanie D: ›Den ersten Einsatz unter Feuer hab ich mir anders vorgestellt. Irgendwie. Marineinfanterie der Flotte des Commonwealth – wie ich mich gemeldet hab, war nich die Rede von auf Pferden durch ne Steppe reiten. Ich hab aber die ganze Zeit nich das Gefühl gehabt, McVitie weiß nich, was sie tut. Nee, die legata is in Ordnung. Sonst wären wohl mehr dabei draufgegangen.‹

Kaleb Vanzuid, kapral, Kompanie B: ›Der Hinterhalt war nicht zu erkennen; die Shil haben ja auch nichts gemerkt. McVitie hat durch ihre Umsicht eine Katastrophe verhindert. Ich kenne da einige Leutnants, mit denen ich nicht in so was reinrutschen möchte.‹

Terence Learoyd, suldau, Kompanie B: ›War in Ordnung. Netter Ausflug für die Profis, die Mädels von A und uns. Die Neuen haben gemotzt, von wegen planetare Weltraumkavallerie; die wollten gar nicht erst los, und wir andern, wir wollten nicht umdrehn. Hat uns McVitie aber schnell ausgetrieben. Verfahren? Muß wohl ein Witz sein; kann ich aber nich drüber lachen.‹«

X

Sie flogen niedrig, mit halbgeöffneter Kuppel und geringem Tempo. Nach der Hitze des Spätsommertages war die Nacht ein Genuß. Dante war dankbar, daß René Nardini nicht an Bord war; er hätte sicherlich in einem Anfall von Romantik zu singen versucht. Aram Elorza zog ein Kabel von der Konsole dorthin, wo Barakuda und Hsiang saßen. Emlyn Skudder baute das Aufnahmegerät aus und installierte es auf einer Sitzbank. Kakoiannis unterhielt sich angeregt mit der zierlichen, dunkelhaarigen *suldá* Tshun, und Narciso Ping braute Kaffee. Er tat dies mit Konzentration, um nicht an das Meer zu denken, das unter ihnen lag. Er, den weder grimme Sergeanten noch trostsuchende Damen mittleren Alters schrekken konnten, hatte panische Angst vor Wasser. DenSpott der anderen ertrug er gelassen.

Noch immer erstaunt dachte Barakuda an seinen Halbtraum, in dem Lydia Hsiang und Tremughati einander ähnlich geworden waren. Offensichtlich verehrten alle Leute im Gleiter die Gouverneurin. Sie konnte in diesem Kreis sitzen, Kaffee trinken, die Frauen und Männer einzeln mit Namen anreden; sie hielt Distanz dabei, ohne zu distanzieren, und strahlte gleichzeitig Wärme und Kühle aus.

Für die Banditen war vorübergehende Geheimhaltung nach Flügen mit Barakuda nichts Neues; *kaprala* Levon und die *suldás* Tshun, Bobredi, Monto und Yodan versprachen der Gouverneurin, zunächst zu schweigen. Also ersparte Dante sich späteren Papierkrieg und unterhielt die Gesellschaft mit seinem Bericht. Die Geräte des Gouvernements würden alles ausdrucken.

Irgendwann wandte sich Bondak den Kontrollen zu und nestelte an seinem Funkhelm. Dann hob er die Hand.

»Exzellenz – ich muß unterbrechen. Cebrian in Cadhras. Die Patrouille ist in einen Hinterhalt geraten.«

Lydia Hsiang ging nach vorn; sie fing Barakudas Blick auf und nickte. Bondak reagierte sofort und schaltete die Lautsprecher zu.

»Hier Hsiang. Was gibt's, *kapitán?*«

Cebrian sprach sehr schnell. »Kommando McVitie ist in einen Hinterhalt geraten, zusammen mit ein paar Shil unter Saravyi. Banditen auf drei Seiten, auf der vierten Sumpf und Fluß. Sie haben sich zwischen Hügeln festgesetzt.«

»Was ist zu tun?«

»Wenig. Die Gleiter in den Golzain-Bergen sind schwach bemannt und genausoweit weg wie wir. Unsere Gleiter sind in einer halben Stunde in der Luft. Wir sind frühestens eine Stunde nach Sonnenaufgang da – also eine Stunde zu spät. Sobald es hell wird, greifen die wohl an.«

»Wir sind näher. Geben Sie die genaue Position durch.«

»Aber – Exzellenz, Sie und der arme Barakuda ...«

Dante ging zum Bug; mit einem kaum sichtbaren Zwinkern hielt Hsiang ihm das Mikrofon hin. »Ave Mirza, der Tote meldet sich zum Dienst. Geben Sie schon durch, Mann; ich bin auf den Beinen. Jede Sekunde ist kostbar.«

Timoara steuerte; Bondak und Barakuda öffneten die Ladeklappen am Heck und inspizierten die Waffenkammer.

»Damit hat ja keiner gerechnet, Chef.«

Barakuda nickte. »Was haben wir? Leuchtmunition, Verbandszeug, Medikamente ...«

»In der Waffenkammer!« Bondak bleckte die Zähne. »Ich werde der Wartung was erzählen!«

»... Blendgranaten, Karabinermunition, Tränengas. Alles. Und Sie und Ihre Leute mit Karabinern. Na schön.«

Barakuda wandte sich an Lydia Hsiang. »Sie wissen, was Sie riskieren?«

Sie hob die Brauen. »Wie Sie sagten, Barakuda: Das gehört zum Geschäft.«

Barakuda kratzte sich den Kopf. Bondak hatte sich wieder an die Kontrollen gesetzt. Sein grünes Haar schien direkt aus der Armaturenbeleuchtung zu sprießen, und als er sich umdrehte, glommen seine schrägen Augen satanisch.

»Sie sehen so aus, als wüßten Sie was, Kommodore.«

Barakuda wechselte einen Blick mit der Gouverneurin; sie zuckte mit den Schultern. »Ihr Kommando, Barakuda.«

In sechs Kilometer Höhe überflogen sie den Hügelzug. Barakuda und der Sergeant starrten auf den Infrarotschirm. Die Lage der Patrouille und der Shil war aussichtslos. Eine Flucht nach Osten durch den Sumpf und über den breiten Mirsali war ausgeschlossen; im Norden und Süden der Hügel zeigte der Schirm starke Wärmekonzentrationen.

»Jeweils hundertfünfzig bis zweihundert Mann, schätze ich«, murmelte der Sergeant. Sie hatten die Kuppelbeleuchtung ausgeschaltet; kein Mensch konnte sie da unten hören oder sehen, trotzdem flüsterten die Leute.

Barakuda deutete auf die Hügelkette. »Und da drin stekken auch noch welche.«

Am Rande des Schirms tauchte ein riesiger Leuchtpunkt auf. »Was ist das, um Himmels willen?«

»Sieht aus wie eine halbe Legion«, sagte Barakuda tonlos.

Die Gouverneurin blickte über seine Schulter auf den Schirm. »Die Pferde.«

Barakuda sah den Sergeanten an, der den Blick erwiderte. »Natürlich. Die Pferde, was sonst?«

Sie gingen tiefer und flogen in einem weiten Bogen über den Fluß. Barakuda hatte die Truppe genau instruiert und an der Deckswand verteilt. Die Kuppel fuhr zurück. Nachtluft und Fahrtwind raubten ihnen den Atem. Die Gouverneurin starrte auf den Infrarotschirm. Barakuda fuhr sich mit dem Handrücken über die tränenden Augen.

»Die erste Lampe – jetzt!«

Zischend ging über den südlich der Hügel liegenden Räubern ein giftig oranger Feuerball auf. Männer liefen hin und her und ließen sich wieder fallen. Die zweite Leuchtrakete erhellte die Hügelkette. Die dritte: Hinter Bodenunebenheiten nördlich der Hügel lagen an die zweihundert Männer.

Sie erreichten die vorgesehene Position nördlich der Hügel, etwa 500 Meter hoch. Der Autopilot hielt den Gleiter reglos in der Luft.

Zwei Blendgranaten barsten hinter der Pferdeherde. Die von den Leuchtraketen bereits beunruhigten Tiere gingen durch und jagten fort von dem blendenden Licht, nach Süden, dorthin, wo die meisten Banditen lagen.

Dort detonierten weitere zwei Blender; die Reihe nördlich der Hügel löste sich auf, Männer taumelten umher, hatten die Hände vor die Augen geschlagen und die Karabiner fortgeworfen. Barakuda dankte dem Schicksal, daß er es nicht mit disziplinierten Einheiten zu tun hatte.

Die fünfte Blendgranate fiel auf den dritten Hügel, die beiden letzten brachten die südliche Linie in Unordnung. Dort platzten auch die Tränengasgranaten.

Sie feuerten weitere Leuchtraketen ab. In blinder Panik raste die Pferdeherde von Norden in die Banditen, zerriß die wirren Linien endgültig, bremste vor dem Hindernis der Hügel ab, machte kehrt, sprengte noch einmal durch die Horde und jagte in die Steppe hinaus.

Sie starrten über die Gleiterwandung hinab auf die gespenstische Szenerie unter dem gespenstischen Licht der Leuchtraketen. *Kaprala* Levon sagte: »Ich wette, die wußten gar nicht, wie schnell sie laufen können.«

Ping grölte: »He, Jungs, seid ihr blind?«

»Kopf runter, liegenbleiben!« Sarela McVities Schrei galt ein paar Neulingen, die sich aufgerichtet hatten.

Learoyd robbte an die Nordseite des zweiten Hügels und stieß einem der Männer von der D-*centuria* den Kolben in die Kniekehlen. »Trottel«, sagte er, als der Mann mit einem Schmerzenslaut zusammenknickte. »Bleib in Deckung.« Er feuerte, hinter einem Felsen liegend, auf einige Banditen, die in dem Durcheinander doch noch die Hügel nehmen wollten. Ein jaulender Querschläger riß ihm den linken Oberarm auf. Der junge Rekrut starrte mit großen Augen auf die Wunde. Learoyd preßte eine Hand auf den Arm; endlich reagierte der andere und half ihm, die Wunde notdürftig zu verbinden. »Nicht ohnmächtig werden; das ist kein Ausbildungsfilm, Junge.« Learoyd biß die Zähne zusammen. »Zu wenig MedRobs, wie immer.«

McVitie, Vanzuid, Henty und die fünf Frauen der A-Kompanie beschossen den dritten Hügel; auch von dort drohte ein letzter Vorstoß. Jemand rief: »Wo ist Saravyi?«

Vanzuid riskierte es, den Kopf kurz aus der Deckung zu heben. Dann brach er in Gelächter aus und deutete nach Süden. »Da. Nicht zu glauben.«

Die Gargava hatten es geschafft, ihre Pferde ruhig zu halten. Vom Gleiter aus wirkte die Aktion doppelt unwahrscheinlich, Teil eines Panoramas unter giftig-orangem Leuchtfeuer, eine Art verwaschener Alptraum. Die Jägerinnen und Jäger brachen aus der Hügelstellung. Sie preschten durch die verwirrten, geblendeten Horden auf der Südseite. Kein Schuß fiel; da und dort blitzte ein Shilsäbel.

Bondak schaltete den Autopiloten aus und ließ den Gleiter stürzen. Sie jagten wenige Meter über dem unebenen Boden dahin, an der Nordseite, und feuerten über die Köpfe der umherirrenden Wegelagerer. Viele blieben mit erhobenen Händen stehen, andere rannten in die Steppennacht.

Kurz nach Morgengrauen landete Cebrian mit den anderen Gleitern und genügend Medikrobots. Er fand fast zweihundert Gefangene vor, die unter Bewachung die gefallenen Räuber begruben. Die Verwundeten beider Seiten waren behelfsmäßig versorgt; in Pyramiden standen über dreihundert Karabiner, daneben lagen Mengen von Munition.

Erschöpft führte Sarela den *kapitán* an eine andere Stelle. »Gute Offiziere bringen ihre Leute lebend zurück.« Fünf Gargava und drei Leute (zwei Männer und eine Frau) von den Ausbildungskompanien waren gefallen; viele hatten leichte oder mittlere Verwundungen.

Terence Learoyd saß auf einem Stein; der linke Arm war verbunden. Er hielt die Waffe auf dem Knie und beobachtete die Gefangenen. »Das stimmt, *legata*. Aber es ist nicht einfach bei hirnlosen Helden, die ihre Deckung verlassen.«

Die Verhöre der Gefangenen brachten nichts Neues. Offenbar war keiner unter ihnen, der Autorität und Überblick besaß. Es gab vage Aussagen über eine zweite Räubergruppe, mit der man gelegentlich Konflikte habe; Großer-Töter habe von Bundesgenossen gesprochen, mit denen zusammen man Shilgat »befreien« werde; ein Cadhrassi, einer der Leute aus dem engsten Keis um Großer-Töter, habe sie angeführt, sei aber weder tot noch gefangen; von einem Trupp, der jemanden bis zum Isthmus verfolgt habe, wisse man nichts. Es war eine seltsame Mischung: Shil, Mulis und Cadhrassi; Ausgestoßene, Abenteurer, ehemalige Händler, die bei Überfällen gefangen und vor die Wahl »mitmachen oder sterben« gestellt worden waren; dazu eine Reihe entlaufener Sklaven aus Banyadir. Die Waffen? Die seien eines Tages einfach dagewesen; man wisse weder woher, noch auf welchem Weg sie gekommen seien.

»Das ist alles sehr wirr«, sagte Barakuda mürrisch. Er hockte neben Saravyi auf einem Felsen und trank Tee.

Saravyi starrte über die Steppe. »Denk an die Wölbung des Planeten.«

»Wieso?«

»Ach, übrigens, ich reite mit den Gargava weiter nach Westen, zum Golzain, und sorge dafür, daß Gortahork keinen Unsinn anrichtet. Jemand hat hier zufällig ein paar Feuerwaffen liegenlassen. Wir werden sie einsammeln und vorläufig mitnehmen.« Das Gesicht war undurchdringlich.

»Irgendwann, wenn das alles vorbei ist, werde ich dich trotz deines Alters windelweich schlagen.«

Saravyi tippte mit dem Zeigefinger sanft auf die verbundene Schulter, und Dante sagte »Au«.

»Wir sehen uns.« Der alte Mann lächelte.

»Wo und wann?«

Saravyi blickte in den Himmel und machte eine Geste, die alles und nichts sagte.

Die Gouverneurin hatte sich um die Verwundeten gekümmert und versucht, Sarela McVitie aufzurichten. Nun winkte sie Barakuda zu sich.

»Was geschieht mit den geflüchteten Banditen?« Sie lehnte an einem Gleiter und hielt sich mit beiden Händen an einem Becher Kaffee fest.

»Vielleicht sollte man doch ein paar Gleiter losschicken und zusehen, daß möglichst viele von den geflüchteten Räubern entwaffnet werden.« Er musterte die müden Gesichter ringsum. »Schafft ihr es noch eine Weile, Leute?«

Nardini stellte sein entsetzliches Summen ein. »Warum? Wollen Sie noch ein paar Lampen anmachen, Chef?«

Es wurde gegrinst. Alle wußten, daß die Blendaktion ab sofort zur Folklore von Cadhras gehörte.

Später, als die Gleiter zurückgekehrt und die meisten Gefangenen in der Korvette untergebracht waren, tranken die Letzten Abschiedstee mit den Gargava und bewunderten das

Feuerwerk des Sonnenuntergangs. Cebrian lehnte neben Barakuda an einem Felsen. Plötzlich sagte er sehr laut:

»Eins wüßte ich gern, Dante. Sie hatten ein paar Leute und Blendgranaten gegen fünfhundert Banditen mit Karabinern. Außerdem sind Sie verletzt. Was stellen Sie an, wenn Sie gesund sind und man Ihnen die ganze Garnison überläßt?«

Learoyd blickte auf, kratzte sich den Schopf, deutete mit dem Messer, auf das er kaltes Fleisch gespießt hatte, auf Barakuda und erklärte unter dem Gelächter der anderen: »Vermutlich ein historisches Freßgelage im *Meeresleuchten.*«

Aus: Randwelt-Folklore, *anonym; Gaia, 456*

»Am westlichsten Punkt des Isthmus, Kap Qadhira, hatte einmal ein Astrophysiker gesessen, auf ›Landurlaub‹ von einem Aufklärer der Flotte. Bewaffnet mit einigen Flaschen und freundlicher Begleitung hatte der Mann den Granitfelsen erklommen und sich niedergelassen, mit Flaschen und Begleitung. In den folgenden Stunden – es war ein schöner Herbstnachmittag – widmete er seine Aufmerksamkeit zu je einem Viertel der Begleitung und der Aussicht, zu zwei Vierteln den Flaschen. Der große Park mit hohen, exotischen Bäumen, zwischen Raumhafen und Esplanade, stieß ihn ab, denn sein Herz verlangte nicht nach herbstlichen Farben. Er hatte zu viele Sonnen gesehen und zog den weißen Strand der Bucht von Cadhras, die hellen Hotels an der Esplanade und das blaugrüne Meer vor; die flammenden Blutweiden, rostroten Eisenbäume, bläulichen Laokoonfeigen, die Zinnobersträucher und die beigen Flächen des Nimmergrün erschienen ihm vulgär und aufdringlich.

Als der Nachmittag später wurde, entwickelte er eine Theorie. Seine freundliche Begleitung, eine Stauerin aus dem Seehafen, Shil, mit Olivhaut und Nachtaugen, hatte sich an den Flaschen ebenso beteiligt wie an der Aussicht und war später nicht imstande, die phy-

sikalischen Teile der Theorie wiederzugeben. Es lief darauf hinaus, daß Shilgat sich dort befinde, wo einst der Urknall ausgelöst wurde, und folglich als Nabel des Universums gelten könne. Cadhras sei das Zentrum von Shilgat. Was aber sei das Zentrum von Cadhras? Er blickte über die Bucht, den Park, die Wohnhäuser, die Esplanade mit Cafés, fliegenden Händlern, Musikern, Akrobaten und Gauklern; dann nahm er, schon verschwommen, den Hafen wahr und dahinter, höher gelegen, den eigentlichen Stadtkern. Undeutlich sah er im Norden die häßlichen Konservenfabriken und die ebenso häßlichen Gebäude der Territorialadministration (ein Wort, das er zwei Stunden zuvor noch hätte aussprechen können), und schließlich nördlich der Stadt das weiße Palais der Gouverneure.

Da der Nachmittag später wurde und auf dem Binnenmeer herbstlicher Dunst sich sammelte, begann etwa an dieser Stelle seiner Beobachtungen unter seinem Gesäß das Nebelhorn zu tuten, das, wie das Leuchtfeuer, in die Granitspitze des Kaps eingebaut war. Der Astrophysiker, an alle denkbaren biologischen Anomalien gewöhnt (der Aufklärer war im galaktischen Niemandsland gewesen und hatte viele seltsame Welten und Rassen besucht), überschätzte bei diesem jähen Ton zunächst seinen eigenen Metabolismus, ließ sich dann von seiner trinkfesteren (und, wie gesagt, freundlichen) Begleiterin beim Abstieg helfen und in die Stadt steuern.

Am Hafenbecken angekommen, musterte er, soweit seine Augen dies noch zuließen, die Front alter, hoher Steinhäuser. In diesem Moment entzündete die Rote Yolande, gewichtige Wirtin des Meeresleuchtens, jene giftig-orange Laterne, die nach Sonnenuntergang Zeugnis davon ablegte, daß in der Taverne unter den Arkaden der Tag weiterging. Das Meeresleuchten lag ziemlich genau in der Mitte der Häuserfront. Die unsicheren Blicke des Astrophysikers suchten Halt an der Laterne, der giftig-orangen Gegensonne.

Seither galt das Meeresleuchten als Nabel der Welt.«

XI

Die Untersuchung war kurz und gründlich. Als Dante den Diagnoseteil des Hospitals verließ, war er einigermaßen beruhigt. Das Geschoß saß in der oberen Rückenmuskulatur, hatte weder wichtige Gefäße noch Knochen verletzt und konnte einige Tage warten. Barakuda ging die Stufen des weißen Gebäudes fröhlicher hinunter, schlenderte eine Weile durch den Park und trat schließlich durch den Laubengang, den die Äste bläulicher Laokoon-Feigen bildeten, auf die Esplanade. Shalga brannte vom Himmel; der Tag war windstill. Auf dem Meer lag eine feine Dunstschicht. An einem Kiosk erstand Barakuda Zigaretten und die neueste Ausgabe des *Bulletin*. Er setzte sich in den Garten eines Strandhotels und ließ sich Kaffee und Sampasaft bringen. Die Lektüre des Amtsblatts, das per Hyperfunk von Gaia übermittelt und vom Rechner ausgedruckt wurde, lenkte ihn nur vorübergehend ab. Er las mit mäßigem Interesse eine Wiedergabe der Haushaltsdebatte in der Kammer der Welten zu Atenoa, faltete dann das Blatt zusammen und starrte aufs Meer.

Eine Rikscha brachte ihn zum Palais; Lydia Hsiang bat ihn auf die Terrasse. Unter dem Geländer fielen die Felsen senkrecht 200 Meter zum Meer ab.

Barakuda empfand die leichte Brise, die am Strand nicht zu spüren war, als angenehm. Die Assistentin brachte Tee, Gebäck und einige Papiere.

Die Gouverneurin wirkte kühl und beherrscht wie immer. An diesem Tag trug sie ein schlichtes graubraunes Kostüm aus Rohseide. Sie kam sofort zur Sache.

»Wir müssen über Ihre Verletzung reden, Dante.«

Es war das Ende eines großen Teils seines Lebens. »Ja. Die Operation kann warten; ich möchte noch etwas erledigen. Sobald die Aktion in der Steppe abgeschlossen ist.«

Die vier Trupps bewegten sich auf jene Stelle zu, wo der Golzain mit gigantischen Kaskaden das Gebirge durchbrach. Man hatte zerstörte Shildörfer, Spuren großer Reiterhorden und einige Massengräber entdeckt, bisher jedoch keine Lebenden, weder Nomaden noch Banditen.

»Die erste Verletzung hat Sie vom Risikokommando der Abwehr zum modifizierten Innendienst und dann nach Shilgat gebracht. Die zweite ist Ihr Abschied, das wissen Sie.«

Barakuda nickte. Die Vorschriften über die Verwendung versehrter Offiziere in Friedenszeiten waren eindeutig.

Sie hatte zwei Papiere vorbereitet. Als sie ihm das erste reichte, sagte sie halblaut: »Das zu unterzeichnen kann ich Sie nur bitten, Dante. Nicht befehlen.«

Es war seine Ernennung zum kommissarischen Sekretär für Sicherheit, gültig bis zum Eintreffen eines Nachfolgers. Er unterzeichnete wortlos. Dann reichte ihm die Gouverneurin das zweite Blatt. Es sprach für sie, dachte er, daß sie es nicht als Köder verwendet hatte: seine Beförderung zum Oberstleutnant; als *supraetor* bezöge er täglich 25 Drachmen, zwei mehr als bisher; entsprechend erhöhten sich nach dem Ausscheiden Halbsold und Abfindung.

»Ich danke Ihnen abermals.« Die Ernennung war ab sofort gültig und kaum widerrufbar. Er blickte in die grauen Augen der schlanken Frau, die laut Protektoratsstatut im Krisenfall oberster Kriegsherr von Shilgat war.

Sie besprachen die Lage, kamen jedoch nur zu dem Ergebnis, daß sie zu wenig wußten. Vor allem die Pläne der Shil gaben ihnen Rätsel auf. Als die Gouverneurin erwog, die Flotte einzuschalten, widersprach Barakuda.

»Vergessen Sie bitte zwei Dinge nicht, Exzellenz. Wir

sind nicht allein. Gortahork und Tremughati können im Ernstfall eine Million Reiter aufbieten. Sicher sind unsere Leute nicht sehr zahlreich, aber die vierhundert *suldás* und *suldaus* der Garnison sind diszipliniert und ausgebildet – die Räuber sind Horden. Und sobald wir wissen, was sie planen, können wir überall intervenieren. Sie mögen zahlenmäßig überlegen sein, aber wir beherrschen die Luft.«

Nachdenklich durchquerte er die Stadt, die in der Mittagshitze ruhte. In einem Straßenrestaurant unweit der Plaza Tokman aß er eine Kleinigkeit; dann begab er sich zum Raumhafen.

»Seit vorgestern haben wir keinen Kontakt mehr mit dem Schnellboot.« Lyle Nogura hockte auf der Schreibtischkante und schien erschöpft.

»Maqari und seine Leute in der Steppe, Sie und Exzellenz mit den anderen bei der Patrouille, da hat hier keiner mehr an das Schnellboot und die *Zhumzhum* gedacht.«

Barakuda ließ sich in seinen Sessel fallen. »Wer hier woran hätte denken müssen, darüber reden wir später. Was haben Sie unternommen?«

»Vor einer Stunde ist ein Gleiter gestartet. Und ich habe im Hotel auf Huasiringa angerufen; der Rückruf müßte gleich kommen.«

Dante schickte Nogura heim, wartete den Rückruf ab, der nichts Neues brachte, schaltete die Leitungen des Sicherheitsbüros zum Militärtower und bat darum, bei Neuigkeiten sofort im *Meeresleuchten* alarmiert zu werden.

Begheli servierte besonders anmutig; Dante saß in der Nähe des feuerspeienden Kamins und aß köstliche Fischpasteten. Unter der gewölbten Decke der Taverne stauten sich Rauch, Gerüche und Gespräche. Nach und nach stellten sich weitere Mitesser und Mittrinker ein: Aguilar und Irgul, dazu etwa die Hälfte der Frauen und Männer von Patrouille und Gleiter. Sie waren bald leicht angetrunken (bis auf Learoyd, der einen Ozean leeren konnte) und verkündeten der Welt, die »Operation Blitzlicht« sei ein voller Erfolg gewesen, und hinfort werde man überhaupt nur noch mit Lydia Hsiang, Dante Barakuda und Sarela McVitie sowie gewissen alten Shil verreisen. Sarela grämte sich und verfiel nach dem zweiten Glas Sampawein in stumpfes Brüten.

Die Taverne war brechend voll; Fischerinnen, Touristen, Hafenbewohner, alle mußten immer neue Varianten des Epos anhören. Nardini schmetterte gräßliche Gesänge und schwieg erst, als Ping ihn mit Obstmessern bewarf.

Dann wurde es jäh still. Mutter Schwabbel hatte diesen Abend für einen ihrer Ausbrüche gewählt. Groß und fett, mit fuchsroter Perücke und zentimeterdicker Schminke wankte sie zwischen Küche und Tresen hin und her. Sie hatte zunächst friedlich in sich hineingetrunken; glasigen Auges rempelte sie nun Gäste und Mädchen an und stieß Beleidigungen aus. Die Gäste zogen die Köpfe ein und warteten ab. Man hörte Mutter Schwabbel in der Küche herumbrüllen, wo sie Lopes und seinen Gehilfen erklärte, wie sie die Welt sah.

»Schmutz seid ihr, Abschaum von der miesesten Sorte. Ihr seid nicht einmal wert, die Gräten abzulutschen. Eßbar ist der Fraß sowieso längst nicht mehr. Warum bin ich so geduldig, statt euch alle rauszuwerfen? Lopes, hör mit dem Grinsen auf. Bei deiner Visage muß ja jeder Fisch kotzen.«

Wie ein Geschoß brach sie durch die Schwingtüren in den Schankraum und fiel über die Mädchen her, die zunächst alles routiniert überhörten. Anschließend begab die Wirtin sich zum Tresen, wo sie eine weitere Weile friedlich trank, und die Lage schien sich zu beruhigen.

Nya näherte sich der Küche mit einem hochbeladenen Tablett – schmutzige Teller, Bestecke, gebrauchte Gläser. Pa'aira kam aus der Küche; auf ihrem Tablett türmte sich Fisch. Rugazh hatte ein Tablett mit vollen Gläsern vom Tresen geholt und drehte sich um, als Pa'aira die Schwingtür mit Elan aufstieß und auf Nya traf. Die drei Mädchen stießen zusammen. Essensreste, Fischbrocken, Trümmerstücke, Glassplitter und Flüssigkeiten vermengten sich mit den schrillen Rufen der Verunglückten und der bombardierten Gäste.

»Hah!« Mutter Schwabbel wurde jäh wieder aktiv. Ihr Mund war verzerrt; die glasigen Augen sprangen fast aus ihrem Kopf. »Zu dumm, um mit dem Hintern zu wackeln, aber alles zertrümmern.« Sie überschüttete Pa'aira, Rugazh, Nya, Begheli, die hinter dem Tresen stand, und Flor, die im Schankraum Bestellungen aufnahm, mit einem Schwall von unflätigen Verwünschungen, stürmte zur Unfallstelle, trampelte auf den Scherben herum und beförderte die Trümmer mit Fußtritten in die Küche, ohne einmal mit Keifen auszusetzen. Als der Koch protestierte, schlug sie ihm ein Tablett über den Kopf. Lopes riß sich die Schürze ab, warf sie ihr ins Gesicht und stampfte Richtung Ausgang. Er konnte sein lahmes Bein nicht schnell genug nachziehen. Dabei schrie er: »Es reicht! Es reicht! Gestrichen voll bis zu den Kiemen! Tagaus, tagein nur diese widerlichen Fische ausnehmen, und dazu dein schuppiges Gerede und deine Flossenflüche. Du bist ekelhaft, du ... verfaulende Schwimmblase!«

Die Wirtin warf mit Bechern und Besteck. Rugazh erhielt einen Volltreffer und brach in Tränen aus; die Gäste duckten sich, und Gelächter in vermeintlich sicheren Teilen der Taverne machte die Wirtin noch wilder.

Barakuda stand auf und näherte sich der zeternden Frau. Sie warf einen schweren Aschenbecher nach ihm. Er wich dem Projektil aus und schrie: »Hör auf mit dem verdammten Unsinn!« Dabei starrte er in ihre glasigen Augen; dann packte er sie an der Schulter und sagte laut und vorwurfsvoll: »Yolande, sei ein gutes Mädchen. Was, glaubst du, würde deine arme Mutter jetzt wohl von dir denken?«

Die glasigen Augen wurden wäßrig, der grelle Mund verzog sich, die Winkel tropften, und plötzlich begann Mutter Schwabbel zu schluchzen. Sie sackte auf einen Stuhl, schlug die Hände vors Gesicht, der massige Leib bebte, und zwischen den Fingern quollen Tränen hervor. Dabei wimmerte sie etwas, was kaum zu verstehen war; darin kamen Wörter wie »Pensionat« vor und »immer für mich gesorgt« und »schiefe Bahn« unterbrochen von »Buhuuu«.

Begheli und Pa'aira ergriffen die Wirtin bei den Armen und hievten sie hoch. Bondak schrie »AaaachTUNG!« und salutierte; die Leute der Garnison, sofern sie dies noch konnten, standen stramm. Nardini summte mißtönend den Totenmarsch, und Learoyd gab ihm mit Kopfnüssen den Takt an. Die beiden Mädchen schleppten Yolande durch eine rückwärtige Tür, die zu den Privatgemächern der *tavernera* führte. Lopes trat unter allgemeinem Gelächter wieder in die Küche, drehte sich um, zwinkerte und ließ die Tür zuschwingen.

Cebrian räusperte sich. »Interessante Raubtiernummer, das. Ich schätze, jeder von uns hat einen Punkt, an dem man ihn aushebeln kann, in so einem Zustand.«

Sarela blickte mit roten Augen auf. »Was is los?«

Aguilars Pupillen glommen zwischen den fleischigen Wülsten seines Gesichts hervor. »Ich habe schon davon gehört, aber es ist das erste Mal, daß ich es sehe. Wie oft kommt so was vor?«

»Sieben- bis achtmal pro Jahr.« Irgul hob sein Glas mit vergorenem Sampasaft und blickte durch die matte Flüssigkeit. Dann stand er auf und rief. »Ruhe.« Niemand hörte ihn.

Cebrian winkte Sergeant Bondak zu und gab ihm ein Zeichen. Bondak nickte, holte tief Luft und röhrte. »RUHE!«

Augenblicklich kehrte Schweigen ein. Alles sah auf Irgul, der mit erhobenem Glas neben dem Tisch stand. »Ich schlage vor, wir trinken jetzt auf das Wohl der jungen Damen.«

Alles trank mit; die Angeredeten – Begheli und Pa'aira

waren wieder im Raum – imitierten Hofknickse. Irgul blieb stehen und rief: »Und auf Lopes, König der Köche.«

Dieser steckte den Kopf aus der Küche und erklärte verdrossen, er hasse Fisch und wolle seinen Frieden.

»Und«, schrie Irgul, »auf die treffliche Herrin dieses unvergleichlichen Orts. Möge sie sanft ruhen. Der Raumhafen übernimmt eine Runde.«

Kurz nach Mitternacht kam ein Bote. Die *Zhumzhum* befand sich keineswegs in der Nähe des Zielhafens Tashila, an der Ostküste von Huasiringa; sie trieb westlich der Insel steuerlos und mit gerefften Segeln auf die Leeküste zu. Das bewaffnete Schnellboot raste den unteren Golzain hinauf.

Im Morgengrauen sichteten sie die *Zhumzhum*. Die zehn Frauen von der A-*centuria* sowie Bondaks Banditen und *legata* McVitie, alle ernüchtert, machten sich bereit. Bondak ließ den Gleiter bis zur Bordwand des Seglers sacken; die Leute sprangen hinüber.

Die Ladung fehlte; Zierkisten und demontierte Käfige waren verschwunden. Ein Teil des Decks war verbrannt. Offenbar hatte man das Schiff verbrennen und versenken wollen; die geschleuderte Fackel war jedoch neben den Wasserfässern gelandet. In der Kajüte lagen vier Leichen – drei der vier Soldaten, die das Schnellboot gesteuert hatten, und Tugrik. Der junge Shil hatte eine Messerwunde im Rücken; seine Kehle war zerschnitten. Die Soldaten waren durchlöchert von Karabinerkugeln. Auf dem Achterdeck über der Kajüte lag Cuthbert Pinto neben dem kreiselnden Steuerrad. Auch der Magier war Messerwunden erlegen. Barakuda kniete neben dem Toten nieder und drückte ihm die Augen zu.

Vom vierten Mann der Besatzung des Schnellboots fehlte jede Spur, ebenso von Fimfinella und Koryna Delaware.

»Weiter«, sagte Barakuda. »Bei der Rückkehr werden wir die Toten bergen. Jetzt sind die Lebenden wichtiger.«

Sie rasten nach Nordwesten, Richtung Golzain. Barakuda sprach mit der Gouverneurin und *kapitán* Cebrian in Cadhras; danach rief er die Gleiter, die in den Bergen oberhalb der Kaskaden als Relais dienten. Er wies einen der Piloten an, zu starten und Ausschau nach dem Schnellboot zu halten, sich aber auf keinen Fall zu nähern. Außerdem warnte er die vierte Gruppe, die den Golzain hinaufritt.

Sarela reichte ihm Kaffee. »Wie reimen Sie sich das zusammen, Dante?«

Barakuda schwenkte den Kopilotensitz herum und blickte an McVitie vorbei auf die Leute, die dichtgedrängt auf den engen Bänken saßen. »Ich schätze, zuerst hat jemand die *Zhumzhum* geentert und Pinto und Tugrik getötet. Dann mit Tugriks Funkgerät das Schnellboot zu Hilfe gerufen. Als die Boote nebeneinanderlagen, haben die Leute auf dem Segler drei oder vier Männer erschossen, die Ladung auf das Schnellboot gebracht und wahrscheinlich den vierten Mann gezwungen, zu steuern oder ihnen die Steuerung zu erklären. Die beiden Frauen sind wohl auch an Bord des Schnellboots.«

Learoyd hob seinen Kaffeebecher. »Da fehlt was, Chef. Woher wissen die so gut Bescheid?«

»Stimmt, Terence. Ich schätze, wer so ein kompliziertes Waffenschmuggelverfahren ausklügelt, der kann auch einen Agenten in Cadhras einschleusen. Nicht nur den, der den Rechner manipuliert hat. Die Geschichte kennt ihr ja. Mindestens noch einen, und ich denke mir was Bestimmtes.«

Unter ihnen dampften in der nachmittäglichen Sonne die Dschungel. Wie eine dunstgeschuppte Riesenschlange wand sich der Golzain durch das unendliche Grün. Hin und wieder überflogen sie kleine, dichtbewaldete Inseln. Die Leute aßen Brot und kalten Braten, tranken Kaffee mit Schnaps und unterhielten sich über tausend Dinge, nur nicht über das, was vor ihnen lag. Es wäre müßige Spekulation gewesen.

»Das Boot ist zwischen den Kaskaden verschwunden. Wir wissen jetzt immerhin, daß da etwas sein muß – vermutlich ausgedehnte Höhlen.« Barakuda schob den Funkhelm in den Nacken und warf einen Blick auf die Uhr. »Wir werden gegen drei in der Frühe ankommen; vor Morgengrauen können wir nichts unternehmen. Seht am besten zu, daß ihr eine Mütze Schlaf erwischt.«

Nardini schloß die Augen und summte; Ping stieß ihm den Ellenbogen in die Seite. Learoyd blickte Barakuda an und schnitt eine Grimasse. »Bißchen eng; außerdem paßt Schlaf so schlecht in Helme.« Er zog die khakifarbene Kopfbedeckung aus Stahlplastik über die Augen.

»Schlafen Sie in Schichten.«

»Guter Vorschlag«, sagte eine der *suldás.* »Damenwahl? Dann leg ich mich freiwillig in die obere Schicht.«

»Pfui«, sagte Kakoiannis. »Orgien mögen wir doch nicht.«

»Ach, seit wann denn das, Yasu?«

»Außerdem halten das die Stabilisatoren nicht aus.« Nardini kicherte. »Ich kann euch ja statt dessen was vorsingen.«

Ein vielstimmiges »Nein, danke!«

Bondak wandte den Kopf. »Beides würde so kurz vor dem Einsatz die Kampfkraft zersetzen.«

Barakuda grinste und stülpte sich wieder die Kopfhörer über. Der Beobachter im Norden hatte keine Neuigkeiten. Ein zweiter Gleiter meldete, man habe ungefähr die Stelle erreicht, an der vor zweieinhalb Tagen der Kampf mit den Banditen ausgetragen worden war, könne jedoch keine größeren Reitertrupps finden.

»Weitersuchen. Ich brauche den alten Mann. Falls Sie ihn finden, und Saravyi will nicht, sagen Sie ihm, in den Höhlen bei den Kaskaden müßten Entscheidungen gefällt werden, die alle Shil betreffen.«

Der dritte Gleiter, der bisher auf dem Plateau geblieben war, schaltete sich ein. »Meldung von *tribún* Maqari für Barakuda«, sagte eine Frauenstimme. »Trupp Eins hat eine Stelle erreicht, die von wenigen Leuten gehalten werden kann, notfalls. Maqari fragt, ob Sie Verstärkung wollen.«

Barakuda überlegte. Solange nicht sicher war, ob die Trupps, die durch die Steppe nach Süden beziehungsweise am Golzain entlang nordwärts ritten, nicht doch auf Gegner stießen, wollte er dort niemanden abziehen. Es hätte wenig Sinn, fünf Leute mit vierzig Pferden zurückzulassen und drei Stunden später eine überstürzte Rettungsaktion unternehmen zu müssen.

»Wenn der Major sicher ist, daß die Stellung gehalten werden kann«, sagte er, »könnten wir noch ein paar Leute gebrauchen. Aber erst am Morgen. Vorher können wir ohnehin nichts unternehmen.«

Lange nach Sonnenuntergang überflogen sie die Stelle, an der sich der Trupp unter *legat* Yakku befand. Sie waren bereits nördlich des Dschungels.

»Riesige giftgrüne Morastlande«, sagte der Leutnant; in Barakudas Kopfhörer knisterte es. »Das ist das Feuer, wenn Sie es hören, Chef. Wir lagern in einer alten Ruinenstadt – weiß der Teufel, wer es hier in diesem Sumpfland mal hat aushalten wollen. Ich glaube, hier spukt es nachts.«

»Haben Sie von da tagsüber gute Sicht?«

»Ja-a, es geht. Warum?«

Barakuda ließ die Stelle beschreiben. »Gut. Brechen Sie nicht früh auf. Je nachdem, wie es bei den Kaskaden aussieht, jage ich den Gleiter los, um bei Ihnen Verstärkung zu holen. Zwanzig, mehr geht nicht rein. Die anderen sollten dann in den Ruinen bleiben, die sind notfalls besser zu halten als ein Camp im Sumpf.«

Er studierte die Karte. Sarela, die eingenickt und durch das Funkgespräch geweckt worden war, schaute über seine Schulter. Timoara hatte Bondak an den Kontrollen abgelöst. Er knurrte etwas wie »Spuk in Ruinen, pah« und »rotznasige

Leutnants, frisch von der Akademie, am besten gleich im Sumpf versenken.« Dabei grinste er, und die schwache Beleuchtung der Kontrollen überzog sein schwarzes Gesicht mit grünlichen Verwerfungen.

Nach Mitternacht erreichten sie die Berge. Der Golzain hatte einen bizarren Canyon gegraben, hundert Kilometer lang, mit zahllosen scharfen Biegungen. Barakuda schaltete die Nachtkameras ein und studierte fasziniert den Bildschirm. Ein Arm reckte sich über seine Schulter; die Bügelfalten des Khakihemds waren messerscharf. Die zum Arm gehörende Hand hielt eine Metallflasche und bewegte sie auffordernd. »Danke, Yasu«, sagte Barakuda halblaut. Er nahm einen Schluck; es war Rum.

Kakoiannis' Gesicht tauchte aus dem Halbdunkel hinter Dante auf. »Können Sie nicht schlafen, Chef?«

»Sie doch auch nicht, oder?«

Kakoiannis lächelte; die feingeschnittene Nase zog sich leicht nach unten. »Ich zöge einen seidenen Diwan vor, und angesichts der versammelten Liebreize der Garnison wüßte ich durchaus das eine oder andere Buch zu schätzen, zur Ablenkung.« Er brachte es fertig, gleichzeitig zu lächeln und zu seufzen. »Ein Makel, ich gebe es zu. Ein Fehler in der Erziehung. Meine Eltern haben das nicht gut durchdacht, als sie mich an gewisse Standards gewöhnten.«

»Was haben Ihre Eltern denn sonst noch gemacht?«

Kakoiannis' Lächeln wurde abrupt zu einem mehrdeutigen Grinsen. »Tut mir leid, Chef, aber das hab ich vergessen. Kippen Sie sich noch einen hinters Zäpfchen. Feines TV-Programm haben Sie da.«

Barakuda zuckte mit den Schultern, nahm noch einen Schluck und schaute wieder auf den Schirm. Sie flogen zwischen schroffen, blaßgrauen Felswänden hindurch, die fast einen Kilometer senkrecht in die Tiefe zu stürzen schienen. Tief unter dem Gleiter quirlte das Wasser des Golzain. Die gewaltigen Wassermengen suchten Raum, der Fluß schäumte und schoß, obwohl die Felswände 700 Meter auseinander standen.

Das Funkgerät blinkte; Dante griff zu den Kopfhörern.

»Sie sind jetzt unter uns«, sagte der Pilot des Beobachtungsgleiters. »Willkommen in den Schluchten. Die Kaskaden liegen am Ende des Canyons.«

Die Berge zwischen der Hochsteppe und dem Flachland ragten bis zu 5000 Metern auf. Der Golzain bildete nördlich des Massivs einen ausgedehnten See, der durch großartige Schluchten abfloß. Der obere Teil des Canyons lag etwa 200 Meter über dem Meeresspiegel; der See nördlich der Berge dagegen noch in 1500 Meter Höhe. Vier riesige Wasserfälle auf einer Strecke von etwa 20 Kilometern stellten den Abschluß des Durchbruchs dar; bis zur ersten Stufe hatte der Golzain immerhin 150 Kilometer Schluchten in die Berge gefressen und dabei etwa 300 Meter Höhe verloren. Die oberste Stufe war die kleinste; auf einer Breite von 500 Metern fielen die Wassermassen hier 100 Meter senkrecht hinab, füllten ein riesiges Becken aus Granit und sprudelten durch einen kleineren, sehr engen Canyon. Die zweite Stufe war die größte – ein 400 Meter tiefer und ebenso breiter Wasservorhang über einem bizarren Granitbecken. Dann kam eine breite Schlucht, ein 200 Meter tiefer Fall und schließlich, oberhalb des langen Canyons, der letzte, wo die Fluten sich auf einer Breite von 600 Metern 300 Meter hinabstürzten. Hinter diesem untersten Vorhang war das Schnellboot verschwunden. Mit angehaltenem Atem betrachtete Barakuda minutenlang das grandiose Schauspiel; dann wies er Timoara an, auf einem Plateau zu landen.

Vor Sonnenaufgang waren sie bereit. Barakuda rückte seinen Helm zurecht und starrte ein letztes Mal auf die Bildschirme. Auch die Taststrahlen des Feinorters gaben nicht viel her.

Hinter der untersten Kaskade, vor der der Gleiter in der Luft stand, umgeben von Gischt, lagen riesige Hohlräume. Der größte Teil der Strahlen wurde von Felswänden reflektiert. Die Metallorter sprachen an, verloren aber ebenfalls sehr bald jenseits des Wassers ihre Wirkung.

»Höhlen«, sagte Barakuda laut. »Und Metall. Mehr wissen wir nicht. Ihr wißt, was zu tun ist? Gut. Los.«

Der Beobachtungsgleiter schwebte immer noch über dem Canyon; er würde, solange es ging, die Funkverbindung aufrechterhalten, aber niemand machte sich Illusionen über die Durchlässigkeit der Felsen. Der zweite Gleiter hatte die Gargava in der Steppe gefunden; die Pilotin hatte mitten in der Nacht mit Saravyi gesprochen, der sich jedoch weigerte, mitzufliegen. »Ich kann ihn nicht zwingen«, hatte die *suldá* gesagt. »Die Shil haben Karabiner und sehen so aus, als ob sie damit umgehen können. Er läßt Ihnen ausrichten – Moment, ich habe es aufgeschrieben – also: ›Sag dem Narbengesichtigen, meine Anwesenheit sei völlig überflüssig. Falls es Dinge zu entscheiden gibt, so sind nicht nur die besten, sondern auch die schönsten Hände dafür in der Nähe.‹«

Der dritte Gleiter, der einen Teil von Maqaris Leuten als Verstärkung bringen sollte, hatte Startschwierigkeiten gehabt. Nun war er in der Luft, aber es würde drei Stunden dauern, bis die Leute eintrafen. Barakuda hatte beschlossen, nicht länger zu warten. Es würde das Unternehmen erleichtern, wenn die erste Gruppe einen Brückenkopf in den Höhlen bildete. Mißmutig war neben Dante Korporal Vanzuid, der nach dem Aussteigen den Gleiter flußab jagen und die Hälfte des Trupps aus der Ruinenstadt holen sollte.

Vanzuid warf Dante einen scheelen Blick zu, schob die Unterlippe vor und beschleunigte. Der Gleiter bebte unter der Wucht der aufprallenden Wassermassen; die Leute zogen die Köpfe ein, als es auf die transparente Kuppel prasselte. Dann waren sie durch den Vorhang getaucht.

Vor ihnen erstreckte sich ein gehauener Sims über die ganze Breite der zurückweichenden Felswand. Die starken Scheinwerfer des Gleiters erhellten die Szenerie. Am tiefsten Punkt des Simses hatte man eine kleine Mole aufgeschüttet; dort lag vertäut das Schnellboot. Es schaukelte auf den Wellen des ewig aufgewühlten Beckens hinter dem Wasserfall.

An der Mole war der sonst kaum drei Meter breite Sims zu einer mehrere Dutzend Meter breiten und tiefen Plattform erweitert. Hinter ihr reflektierten die Metallbeschläge einer riesigen Tür das Scheinwerferlicht.

Der Gleiter landete an der Mole. Innerhalb weniger Sekunden waren alle abgesprungen; Vanzuid hob grüßend den Arm, zog die Maschine hoch und verschwand hinter dem Wasservorhang.

»Niemand zu sehen«, sagte Bondak. Er lag neben Barakuda am Rand des Simses und starrte zum beschlagenen Tor.

»Das Boot ist leer«, meldete Sarela McVitie.

Bondak gab Zeichen. Ping, Nardini und drei Frauen rannten zum nächsten Felsvorsprung. Ping richtete sich schließlich auf und winkte. Nardini wandte den Kopf und sang: »Die Luft ist leer, kommt alle her.« Der Tenor füllte die Halle.

Die riesige Tür war in einen ebenfalls mit Metall beschlagenen Rahmen aus Eisenholz eingepaßt. Vor der Schwelle und erst aus der Nähe zu sehen lag in einer Mulde der Leichnam von Fimfinella Fandango neben dem des vierten Mannes der Schnellbootcrew. Die Kleider waren zerfetzt; die Körper zeigten zahllose Abschürfungen, als seien sie über unebenen Boden geschleift worden. Beide waren durch Genickschüsse getötet worden.

Barakuda nickte Bondak zu und deutete auf die Tür. »Sprengen«, sagte er tonlos. Dann bückte er sich und hob trotz wütender Schmerzen in der Schulter Fimfinellas Körper aus der Mulde. Das lange, hellblaue Haar war voll von geronnenem Blut und anderen Spritzern; die schlanken Finger zerschunden, die Nägel abgebrochen und blutig. Er trug sie einige Meter beiseite und legte sie sanft auf den Boden. Als er sich wieder aufrichtete, begegneten seine Augen denen von Terence Learoyd, die dunkel waren vor Wut und Entsetzen. Der lange Terraner spreizte den verbundenen linken Arm ab. Mit der Rechten hielt er einen Arm des toten Kameraden; eine *suldá* hatte dessen Beine genommen. Sie trugen ihn zu Fimfinella.

Bondak drückte Sprenggelatine in die Ritzen zwischen Tür und Rahmen und ins Schloß. Sie warfen sich zu Boden; Sarela richtete einen ovalen Impulsgeber auf die Tür.

Die Ladungen detonierten; die Tür brach in zwei Teilen nach außen. Kleine Felssplitter jaulten durch die Luft, trafen aber niemanden. Timoara schleuderte eine Blendgranate in den Eingang. Als Barakuda die Augen öffnete, sah er im abnehmenden Licht eine riesige Höhle. Sie war leer. Trotzdem gingen sie umsichtig vor und brauchten Minuten, um die rückwärtige Wand zu erreichen. Dort fanden sie einen nicht versperrten und scheinbar unbewachten Durchgang.

Timoara rollte einen Blendkörper hinein. Die Detonation erhellte eine zweite Höhle.

Eine Gruppe von sechs Leuten blieb zur Sicherung zurück. Die zweite Höhle war kuppelförmig gewölbt; gegenüber dem Durchgang lagen zwei dunkle Öffnungen. Aus Schlitzen in der Decke sickerte fahles Licht. Unmittelbar unterhalb der Wölbung zog sich ein Bord aus Ziegeln an den Wänden entlang, darüber lagen in unregelmäßigen Abständen fünf kleinere Löcher – Fenster oder Scharten.

Mitten in der Höhle waren Zierkistchen aufgestapelt, eine Pyramide von fast fünf Metern. Die Kistchen schienen leer.

»Seltsam, daß hier niemand ist.« Kakoiannis stand neben Barakuda und hielt den Karabiner feuerbereit.

Dante nickte Bondak zu. »Die Ausgänge.« Er betrachtete

den Stapel. Der Sergeant ließ die beiden gegenüberliegenden Gangöffnungen besetzen. »Ich glaube, wir bleiben hier«, sagte Dante. »Das riecht nach einer Falle. Hier haben wir unseren Brückenkopf; wir werden warten, bis Maqaris und Yakkus Leute eintreffen.«

Er ging zu den Kistchen, blickte an der Pyramide empor. »Wer macht sich diese Mühe? Ob die oberen wirklich leer sind?«

»Feststellen?« Bondak kniff die Augen zusammen. »Sieht aber nicht so aus, als ob es zum Klettern stabil genug wäre.«

Einer der beiden hinteren Gänge schien abwärts zu führen; der zweite verlief waagerecht auf eine matte Lichtquelle zu.

Sarela stieß einen Warnruf aus. Dante fuhr herum. Aus den fünf hochgelegenen Scharten zischten Brandpfeile; sie schlugen in die Spitze der Pyramide.

Bondaks Stimme dröhnte durch die Höhle. »Alles raus hier, schnell!« Der Trupp, der den zweiten Gang sicherte, zog sich in die abwärts führende Dunkelheit zurück. Barakuda schwankte zwischen dem Gang, vor dem er stand, und einer Flucht durch die Höhle, vorbei am Stapel. Die Korporalin Shulamit as-Sabah zerrte ihn am Ärmel. »Zu weit, Chef!«

Barakuda, as-Sabah, eine weitere *suldá* und die beiden Banditen Henty und Skudder rannten den Gang entlang, an dessen Ende das matte Licht glomm. Eine gewaltige Explosion warf sie zu Boden. Kistchentrümmer und Gesteinssplitter flogen durch den Gang, gefolgt von einer erdrückenden Staubwolke. Hustend, halbblind erreichten sie die nächste Höhle.

Sie war riesig und vielfach unterteilt. An den Wänden zogen sich mehrere Galerien übereinander entlang, mit Erkern, Vorsprüngen, Baldachinen und allerlei Stuckwerk: Dämonenköpfe, Schlangen, Lianen, Knospen. Die Trennwände der Höhle begannen in doppelter Mannshöhe und ruhten auf zierlichen Säulen, die wie gedrechseltes Holz aussahen. Wände und Boden waren reich an leuchtenden Mosaiken, die uralt sein mußten; sie zeigten Jagdszenen, die Errichtung seltsamer Bauten, Kämpfe und stilisierte Heroenfiguren.

All das nahm Barakuda mit einem schnellen Rundblick wahr, als er sich den Staub aus den Augen gerieben hatte. Das interessanteste Detail war jedoch eine Gruppe von etwa zwanzig Leuten. Es handelte sich um Shil, Mulis, einige Cadhrassi, Frauen und Männer aller Altersstufen. Sie hielten Karabiner auf die kleine Gruppe um Barakuda gerichtet und bildeten zwei Reihen; die erste kniete, die zweite stand.

Ein Muli mittleren Alters mit teigigen Gesichtszügen lehnte scheinbar desinteressiert an einer Säule. Er streckte die rechte Hand aus. »Die Waffen weg, bitte!«

Barakuda nickte; fünf Karabiner klirrten zu Boden.

»Sie sind Barakuda, eh?« Der Muli richtete den Zeigefinger auf Dante. »Unverkennbar, mit Ihrer häßlichen Narbe. Das hat ja bestens geklappt.« Er schnippte mit den Fingern.

Starr vor Entsetzen registrierte Barakuda die Salve und sah seine Begleiter stürzen. Gordian Henty lag fast vor Dantes Füßen; sein Gesicht zeigte ein ungläubiges Lächeln, und unter dem Rand des Helms war ein Loch in der Stirn.

»Nummer Zwei will das mit Ihnen persönlich regeln«, sagte der Muli. »Überflüssig, finde ich, aber egal.«

Sie rissen ihm die Arme auf den Rücken und fesselten die Handgelenke. Wie betäubt ließ Barakuda sich durch die Höhle stoßen, dann durch einen weiteren Gang. Ein Teil seines Gehirns nahm die Fresken und Statuen wahr, die die nächste kleine Höhle zierten.

Er wurde eine lange Steintreppe hinaufgeschleppt, dann wieder durch einen Gang. Schließlich kamen sie in eine von Fackeln erleuchtete Höhle mit Trennwänden auf Säulen, mit uralten Statuen, Wandreliefs und Mosaiken. Im Zentrum befand sich eine Zisterne mit einem flachen, wassergefüllten

Becken. Unterbrochen von mehreren Durchlässen zog sich um das Becken eine Konstruktion aus unglaublichem Granitfiligran, das aus der Ferne wie feine Spitzen wirkte.

An einer Seitenwand standen Stühle um einen schweren, mit Papieren, Waffen und einem großen Funkgerät belegten Tisch. Dort saß eine graugekleidete Gestalt.

»Ihr Gefangener, Chef«, sagte der Muli. »Die Explosion hat die zweite Halle zerstört. Vom Wasser kann jetzt keiner mehr herein.«

Sie führten Barakuda zum Becken, preßten ihn mit dem Rücken gegen das Filigranwerk und banden die Hände um ein Kreuz zweier Granitstäbchen, so hoch hinter seinem Rücken, daß Dante sich auf die Zehenspitzen stellen mußte, um nicht die Schultergelenke auszukugeln.

Die graue Gestalt schob den Stuhl zurück, stand auf und wandte sich um. Koryna Delaware kam näher und musterte Barakuda mit einer Mischung aus Gleichgültigkeit, Abneigung und Befriedigung. »Du siehst nicht gerade überrascht aus, Wächter von Cadhras.«

»Ich bin entsetzt über den Mord an vier Unbewaffneten, aber nicht überrascht, dich hier zu sehen.«

»Oh, deine Begleiter? Unwichtig. Du wirst ihnen bald folgen, aber das möchte ich selbst übernehmen. Und du hast dir vermutlich längst gedacht, daß nicht nur du Agenten unterhalten kannst.«

Dante antwortete nicht.

Sie wandte sich an den Muli. »Wenn sonst alles soweit ist, dann packt die Sachen zusammen.« Sie blickte zum Tisch und sah zu, wie die Leute mit dem Verpacken begannen. Zwei große Holzkisten standen in der Nähe. Barakuda nutzte die Sekunden, knickte in den Knien ein und hing nur an den gefesselten Handgelenken. Er hätte schreien mögen, als es durch seine verletzte Schulter fuhr wie eine heiße Nadel. Die Granitstäbchen waren selbst in dieser feinen Verarbeitung zu stark, um zu brechen. Aber als er sich wieder auf die Zehenspitzen stellte, fühlte er, daß die Schnüre der Fessel nachgegeben hatten. Nur wenig, aber immerhin; es mußte möglich sein, sie an den Granitstäbchen durchzuscheuern.

»Woher dies Interesse an meiner Person?«

Koryna hob eine Braue. »Du verfügst über gewisse Kenntnisse. Ich glaube, als einziger in Cadhras. Hinzu kommen sicherlich Informationen, die du von den Fürsten und von diesem alten Shil, Saravyi, erhalten hast. Auch sie sind kaum einem anderen in Cadhras zugänglich. Wenn sich gewisse Dinge ereignen, könntest du verschiedene Quellen addieren und die richtigen Schlüsse ziehen.«

»Du vergißt, daß ich nicht allein bin. Jemand wird meine Stelle einnehmen. Das Commonwealth wird auf Shilgat wieder für Freiheit und Frieden sorgen, auch wenn du mich und tausend andere tötest.«

Koryna winkte ab. »Freiheit gibt es nur im Dienst der absoluten Wahrheit, und Frieden erst dann, wenn Wahrheit und das einzig wahre Leben gesiegt haben.«

»Was sind diese ›gewissen Dinge‹, die sich ereignen können?«

»Unwichtig. Sobald hier alles geräumt ist, wirst du sterben.«

»Das ist mir klar. Da ich dir nicht mehr schaden kann, könntest du wenigstens meine Neugier befriedigen.«

»Wozu? Ich werde es genießen, dich mit Fragen sterben zu sehen.« Wieder blickte sie zu den Leuten, die sich mit dem Packen nicht gerade beeilten.

Dante begriff, daß sie keine Informationen preisgeben wollte, aber auch nicht konnte, da ihre Leute nicht voll informiert sein durften. »Sind das Nobregas Befehle? Für Handlangerdienste bist du wahrscheinlich gut genug.«

»Du kannst mich nicht provozieren. Großer-Töter kocht sein eigenes Süppchen, trotz aller Absprachen.«

»Ihr seid also die ›andere Räuberbande‹ und macht alles, um ihm zu schaden, weil er Absprachen nicht einhält?«

»Beeilt euch ein bißchen, da drüben! – Nein; vor allem, um ihn zu kontrollieren. Deshalb haben wir diese Konkurrenzbande aufgestellt.«

»Wer ist wir?«

Sie blickte wieder zu den Packern, und Dante bewegte sich vorsichtig. Die Schnüre gaben weiter nach.

»Das ist unwichtig.«

»Nobregas Pläne und Tricks sind brillant. Aber eure Bande hilft ihm auch, indem sie uns von ihm ablenkt.«

Die Leute hatten die erste Kiste gefüllt; vier Männer hoben sie an und schleppten sie zum Ausgang, wie Dante vermutete. Er konnte sich nicht weit genug umdrehen. Auf der ersten Galerie, über dem halbleeren Tisch, tauchte eine Frau auf. »A und B sind geräumt und unpassierbar«, rief sie.

Koryna winkte hinauf und wandte sich wieder zu ihm um. »Es wird nicht mehr lange dauern. Übrigens stimmt das mit der Ablenkung, allerdings doppelt. Wir kontrollieren Großer-Töter, behindern seine Pläne, soweit sie uns nicht gefallen, lenken Cadhras von ihm ab, so daß er die Pläne, die wir billigen, ungestört ausführen kann. Und wir lenken Cadhras von anderen Dingen ab, die viel wichtiger sind.«

Er wußte, daß sie nicht auf gezielte Fragen antworten würde. »Warum habt ihr eigentlich das Schiff überfallen? Wegen der Waffen?«

Sie lächelte. »Ich habe zu einem bestimmten Zeitpunkt, als ich wußte, daß du nicht tot warst, Tugrik und Pinto getötet und Fimfinella gefesselt. Ich habe das Schnellboot angefunkt und um Hilfe gebeten, und ich habe die drei Männer erschossen und den vierten gezwungen, mir die Bedienung zu erklären. Ich war allein. Aber es geht nicht um die Waffen. Sie sind eine nette Zugabe.«

Die zweite Kiste war voll, der Tisch abgeräumt. Der Muli

hob den linken Arm zu einem Gruß und ging mit den anderen weiter nach hinten. Auf der Galerie erschienen zwei Männer. Sie meldeten, C, D, E und F seien geräumt und unpassierbar. Koryna erteilte Befehle, deren Sinn Dante nicht verstand. Sein Geist arbeitete wie im Fieber. Koryna hatte herausbekommen, daß er, der Sicherheitschef, neben dem *Meeresleuchten* wohnte und dort verkehrte. Sie hatte mit Erfolg versucht, in der Taverne eine Aushilfsstelle zu bekommen. Dabei hatte sie einigermaßen mühelos Leute aushorchen können – Mutter Schwabbel, wenn sie nicht nüchtern war, vielleicht die Mädchen, wahrscheinlich redebedürftige und beduselte Gäste. Sicherlich hatte sie erkannt, daß Pinto und Tugrik, die häufig, zusammen mit Fimfinella, an Dantes Tisch saßen, keine rein sentimentalen Freunde waren. Sie hatte Tugrik als zugänglichstes Glied der Kette identifiziert; der Rest war nur noch Ausführung. Und daß Dante sie kaum bemerkt hatte, sprach für ihre Agentenqualitäten.

»Du hast das alles also nur gemacht, um mich in eine Falle zu locken? Und wahrscheinlich Leute mit Brandpfeilen über die zweite Höhle gesetzt, die erst dann den Sprengstoff zünden sollten, als ich neben dem Gang stand.«

Sie sah ihn gleichgültig an. »So ungefähr. Das alles war Teil eines großen Plans, den du weder begreifen noch durchkreuzen wirst. Deine Leute werden einige hundert Räuber fassen und entwaffnen, aber sie werden nichts erfahren; keiner von ihnen weiß etwas. In der Steppe wird Ruhe herrschen, und Cadhras wird um dich trauern, aber keine weiteren Schritte unternehmen.«

Sie ging zu einem der Stühle, auf dem eine Tasche stand. Als sie zurückkam, hielt sie ein kleines scharfes Messer in der Hand. Auf der Galerie liefen Leute entlang. Dante war sicher, daß er die Fesseln zerreißen konnte, beschloß aber, bis zum letzten Moment zu warten – bis niemand außer Koryna und ihm mehr in der Höhle war.

»Leider bleibt für gewisse Dinge keine Zeit.« Sie hielt das Messer hoch; Barakuda glaubte in ihren Augen ein neues Glitzern zu sehen. »Auf dem Boot mußte alles schnell gehen; außerdem gab es bei Tugrik gewisse sentimentale Erwägungen.« Sie trat näher zu ihm und legte das Messer an seine Lende. Er glaubte, durch den Stoff die Kälte der Klinge zu spüren. »Wenn Zeit bliebe, würden es schöne Stunden.«

Unter Aufbietung aller Selbstbeherrschung blieb er ruhig stehen. »Du wartest darauf, daß alle gehen, nicht wahr?«

Koryna wandte ihm einen Moment den Rücken. Auf der Galerie erschien eine Muli; sie hob den Arm und rief: »Alles geräumt und blockiert, bis auf den letzten Ausgang. Die Leute sind fast alle draußen. Nummer Eins ist fertig.«

Koryna Delaware warf einen Blick über die Schulter zu Dante; dann schaute sie zur Galerie hinauf. »Gut. Ich komme in einer Minute.«

Die Frau auf der Galerie nickte und verschwand.

»Das letzte Kapitel.« Koryna trat zurück, blieb etwa fünf Meter von Dante entfernt stehen. »Ich weiß, daß du ein großer Nahkämpfer bist«, sagte sie spöttisch. »Und daß du eine Schulterwunde hast. Ich habe ein Messer, du nicht.«

»Und ich bin gefesselt. Wer ist Nummer Eins?«

Sie kicherte plötzlich. »O Wächter von Cadhras – meinst du, ich hätte dich an Stäbchen binden lassen, damit du deine Fesseln *nicht* durchscheuerst? Komm, du sollst noch ein paar Schritte tun.« Ohne Ansatz schleuderte sie das Messer; es blieb in der kaum verheilten Schußwunde stecken.

Der Schmerz raste durch seinen Körper und trübte ihm für einen Moment den Blick. Mit einem Ruck befreite er sich von der Fessel. Er sah Koryna zu den Stühlen huschen. Als er wieder Umrisse erkannte, hielt sie zwei weitere Messer in den Händen. Das erste bohrte sich in seinen rechten Oberschenkel, ehe er reagieren konnte. Noch im Fallen riß er mit der Linken das Messer aus dem Bein. Er konnte den rechten

Arm kaum bewegen, und mit absurder Logik dachte er: ›Sie muß gesehen haben, daß ich Rechtshänder bin.‹

Koryna kam näher, ohne Eile. Er versuchte sich aufzurichten, führte einen schnellen Stoß aufwärts mit dem Messer. Wie eine Katze wich sie aus, dann traf ein Fußtritt seine Linke. Das Messer klirrte zu Boden, Meter entfernt. Ihre Hand zuckte herab; Stahl schlug Funken aus dem Boden, als Dante sich zur Seite rollte. Mit dem linken Fuß trat er nach der Frau, aber sie stand bereits wieder.

»Das ist das Ende, Barakuda«, sagte sie leise. Sie hob den Arm, und er wußte, daß das Messer in seinem Herzen enden würde. Blutend und halb bewußtlos vor Schmerzen lag er auf dem eisigen Steinboden und sah mit langsamer Verwunderung den Pfeil, der von irgendwo kam und sich durch Korynas Kehle bohrte. Sie ließ das Messer fallen, hob die Hände zum Hals, öffnete den Mund und stürzte vornüber.

»Wer hat geschossen, o Schwester und Freundin?«

Frauen und Männer der Garnison und Jägerinnen der Banyashil füllten die Halle. Man hatte provisorische Pritschen gebaut und aus anderen Räumen des weitläufigen unterirdischen Komplexes Tische und Stühle herbeigeschafft.

Tremughati legte eine Hand auf seine Stirn. Das dunkle Gesicht war müde, die Augen schwarzes Feuer. »Ich, Bärenjäger. Oder überläßt du die wichtigsten Dinge anderen?«

Das Höhlenlabyrinth hatte viele Ebenen und viele Eingänge. Korynas Leute hatten nur einen Teil erforscht; die Jägerinnen der Banyashil waren über andere Wege eingedrungen. Die meisten der Banditen waren entkommen.

Maqari kümmerte sich persönlich um den Abtransport der Verletzten. Henty und die zweite Soldatin waren tot; Emlyn Skudder und die Korporalin Shulamit as-Sabah würden mit viel Glück überleben. Auch bei den Jägerinnen und den Banditen hatte es Tote und Verwundete gegeben.

»Also deine Hände hat Saravyi gemeint.« Dante erzählte von der seltsamen Botschaft.

Tremughati machte ein verwundertes Gesicht; dann lachte sie. »Wir sind durch die Wälder südlich der Berge geritten; Gortahork im Norden durch die Steppe. Er reitet noch immer, um die Pläne von Großer-Töter herauszufinden und zu durchkreuzen. Wir hatten gehört, daß die zweite Bande in den Wäldern des Südens arbeitet, und daß ihr viele Frauen angehören. So sind wir hergekommen. Die alten Höhlen – die Fürsten und Heiler der Banyashil kennen sie, wie viele Dinge der Vergangenheit. Aber woher Saravyi wußte, daß ich hier sein würde – das weiß ich nicht.«

»Eine lange Rede, Freundin. Ich bin beeindruckt. Aber die Schmerzmittel haben meinen Geist nicht völlig getrübt.«

Tremughati lächelte. »Schade. Ich hatte gehofft, die lange Rede würde dich zu sehr beschäftigen für weitere Fragen.«

»Wohin gehst du?«

Sie streichelte seine Wange. »Es gibt noch viele Wälder, weiter im Westen. Jägerinnen und Jäger der Banyashil haben ein gemeinsames Ziel. Wir werden es über Tausende Kilometer zur festgesetzten Stunde erreichen.«

Dante hielt ihre Hand fest. »Was ist dieses Ziel, Fürstin?«

Sie entzog ihm die Hand nicht, aber ihre Augen wurden undurchdringlich. »Es ist etwas, das getan werden muß.«

Maqari trat zu ihnen. »Schon wieder Fragen, Barakuda, was? Sie können von mir aus eine Milliarde Fragen stellen, wenn Sie wiederhergestellt sind. Ab mit ihm!« Er gab Zeichen; zwei stämmige Frauen der Garnison hoben die Pritsche und trugen sie zum Ausgang. Tremughati ging mit; sie hielt Dantes Hand, schwieg aber. Sie erreichten eine Plattform über dem unteren Wasserfall. Dort wartete der Gleiter.

»Fürstin«, sagte Dante bittend.

Tremughati lächelte traurig. »Nein.« Sie neigte sich über die Trage und küßte ihn.

XII

Barakuda schlief auf dem Flug nach Cadhras, aber es war kein erholsamer Schlaf. Alpträume brachen unvermittelt ab und setzten wieder ein; in einem dieser gräßlichen Traumfetzen diskutierte er mit Koryna Delaware über Wahrheit und das einzig wahre Leben und wußte, daß die Spur nach Pasdan führte, ins Reich der Heiligen Mütter.

In Cadhras erfuhr er, daß Emlyn Skudder den Flug nicht überlebt hatte. Vor und nach der Operation plagte er sich mit den Gesichtern der Toten.

Er blieb vier Tage im Hospital von Cadhras. Die Ärzte holten das Projektil aus seiner Schulter, besprühten die Verletzungen mit adaptiertem schnellwirkendem Wundplasma und rieten zu einer längeren Erholungspause.

Am Morgen nach der Operation besuchte ihn die Gouverneurin; in ihren kühlen grauen Augen glaubte Dante persönliche Anteilnahme zu lesen.

Nachmittags fiel Sergeant Bondak mit einigen Leuten der Bande ein – Learoyd, Nardini, Timoara, Kakoiannis. Sie setzten Personal, Ärzte und sich selbst unter Alkohol. Barakuda trank Sampasaft und kam sich mit seinen weißen Bandagen an Schulter und Oberschenkel wie ein Dahinsiechender vor. Die Gespräche drehten sich fast nur um ein Thema. Nach der Verletzung mußte Dante seinen Abschied nehmen; er würde kommissarisch im Amt bleiben, bis ein Nachfolger eintraf. Einige der Raufbolde mußten ebenfalls bald aus Altersgründen ausscheiden. Nun schmiedete man Pläne – Halbsold oder Abfindung; und wenn Abfindung, was dann? Eine Kneipe in Cadhras, ein Karawanenbetrieb?

Der nächste Besucher war Ildo Aguilar; der Chef des Raumhafens brachte eine Flasche echten irdischen Burgunder mit, der ein Vermögen gekostet haben mußte. Sie tranken ihn langsam, zu zweit. Aguilar fragte nach Einzelheiten; Barakuda erzählte. Als Aguilar gegangen war, versuchte Dante ein paar Dinge, die nicht zueinander paßten, zu sortieren. Er war überzeugt, daß die zweite Gruppe, die Nobrega Konkurrenz machte, von Pasdan gelenkt wurde. Sie mußten sich weit in den Westen vorgewagt haben; er dachte an die verstümmelten Boten der Gargava und an Korynas Messer. Wie viele Agenten mochte Pasdan noch unterhalten? Aber wozu sollte das alles dienen? Gleich ob Pasdan oder Nobrega – alle wußten, daß jede größere Aktion Spuren hinterließ, und bei eindeutigen Spuren konnte Cadhras handeln. Was hätte jemand davon, im Ernstfall die Commonwealth-Flotte zu provozieren? Und welche gemeinsamen Ziele verfolgten Mütter und Räuber? Nicht zu reden von den offenbar gegeneinander gerichteten Nebenaktionen.

Abends kam Begheli; sie hatte dienstfrei und berichtete über neuere Vorfälle im *Meeresleuchten.* »Mutter Schwabbel sah heute so aus, als ob sie bald wieder zuschlagen wollte. Morgen bin ich wieder dran, wahrscheinlich knallt es dann.«

»Diesmal bin ich aber nicht zum Trösten da.«

Sie waren noch bei alten Anekdoten, als Dr. Zavimbi erschien, leidlich erholt vom Besuch der »Banditen«. Sie nickte Begheli zu und reichte Barakuda ein Päckchen Verbandmull. »Hätten wir ja fast vergessen. Das haben wir aus Ihrer Schulter geholt. Ich nehme an, Sie wollen es entweder aufheben oder selbst wegwerfen.«

Dante wickelte das Päckchen aus. Es enthielt die Karabinerkugel, die er seit seinem Ritt durch die Steppe in sich getragen hatte. Mit spitzen Fingern hob er das kleine Stückchen Metall hoch.

Er betrachtete das Projektil; dann begann er zu lachen.

Die Kugel hatte ein anderes Kaliber; sie war nicht aus einer der in Einzelteilen geschmuggelten Waffen abgefeuert worden.

Am Morgen des vierten Tages wurde Dante entlassen. Abends zuvor hatte er einige Gespräche geführt und darum gebeten, am Vormittag den Krisenrat einzuberufen.

Begheli holte ihn ab, zusammen mit Learoyd und Nardini. »Nicht vor Freude singen, René«, sagte Learoyd, als sie mit Barakuda die Treppe zum Park hinabstiegen. »Sonst fällt er um. Er ist noch ein wenig schwach. Wohin, Chef?«

Dante stützte sich auf die beiden Soldaten; seine Beine waren weich. »Zur Esplanade. Ich möchte den Geschmack von Pflegekaffee und Krankenhaus loswerden.«

Auf der Terrasse des *Vistamari* saßen sie unter den ausladenden Zweigen eines Eisenbaums und tranken kräftigen Kaffee und importierten Rum. Begheli beschaffte Zigaretten.

Barakuda seufzte plötzlich. »Man könnte auch einfach hier sitzen und alt werden.«

Kurz vor elf brachen sie auf. Begheli wanderte mit Dantes leichtem Gepäck zum Hafen, um es in seiner Wohnung zu verstauen. Dante ging mit den beiden Soldaten langsam durch den blühenden Park zum Raumhafen. Die Männer brachten ihn bis zur Rechnersektion.

Er war der letzte; die anderen Mitglieder des Krisenrats waren bereits versammelt.

Die Erste Operatorin des Rechners hatte das Hauptbüro umräumen und einen größeren Tisch und Sessel herbeischaffen lassen, die zu den Bildschirmen, Terminals und Schaltwänden der Zentrale unter dem Raumhafen gar nicht passen wollten. Leontia Vilgram nickte ihm zur Begrüßung lächelnd zu und deutete auf einen bequemen Sessel. Dante registrierte, daß die üppige Frau kleine weiße Zähne hatte, was ihn irgendwie irritierte.

Die Gouverneurin drückte ihm die Hand, lächelte kurz und setzte sich. Sie trug einen hellen Hosenanzug. Die makellose gebräunte Haut saß straff über den leicht betonten Backenknochen, und mit ihren feingeschwungenen Lippen und der schmalen Nase hätte sie ebensogut eine Marmorstatue nach Art der klassischen Skulpturen von Golgit sein können. Die Stirn unter dem kurzen aschblonden Haar war gerunzelt. Sie wirkte distanziert wie immer, und Dante fragte sich plötzlich, ob es dafür nicht noch mehr Gründe gab als Erziehung und Veranlagung. Ihr korrupter Vorgänger, der mit einer Technifizierung des Isthmus begonnen hatte, war letzten Endes nicht über die schwer nachzuweisenden Verstöße gegen das Shilgat-Abkommen gestürzt. Auf kleinen Vorposten wie Cadhras, wo die Macht in den Händen weniger Amtsträger lag, untersagte das Commonwealth persönliche Beziehungen zwischen dem Gouverneur und Angehörigen der zweiten hierarchischen Stufe – Abteilungsleitern, Mitgliedern des Krisenrats. Die Gefahr des Amtsmißbrauchs war zu groß, Der vorige Gouverneur hatte ein allzu enges Verhältnis mit der damaligen Obfrau der *asambli* gehabt; vielleicht lag Lydia Hsiangs Distanziertheit auch daran, daß sie das Kleingedruckte kannte.

Der derzeitige Obmann des Territoriums war vor seiner Wahl Leiter eines der Internate auf Corilia gewesen. Er war lang und hager; auf seiner gekrümmten Nase ritt eine randlose Brille, ewig kurz vor dem Sturz. Ubang Thang gehörte zu Dantes guten Feinden in der *asambli.* »Wir haben ja grundsätzlich andere Auffassungen über das, was das Territorium braucht, aber trotzdem ist mir lieber, Sie treten gesund aus dem Dienst.«

»Reizend. Ich hatte mich schon darauf gefreut, Ihre Jubelgesänge über meinem Sarg zu hören.«

Maretha Lunz legte ihm eine Hand auf die Schulter. Die Oberste Richterin war eine alte, kluge Frau, in deren Gesicht die Zeit viele Maserungen hinterlassen hatte. »Schön, daß Sie wieder auf den Beinen sind. Hören Sie nicht auf das Geschwätz des Obmanns.«

Der Kommandeur der Garnison trug Khaki ohne Rangabzeichen. Ponce Maqari hatte die Aktion in der Steppe vorläufig beenden und die eingesetzten Leute nach Cadhras zurückfliegen lassen. Er kratzte sich den kahlen, roten Schädel und ging um Barakuda herum. »Man kann Ihnen ja nicht mehr beliebig auf die Schulter klopfen, was? Nicht, daß Sie es immer verdient hätten, aber welche ist frei?«

»Die linke«, sagte Barakuda grinsend. Maqari schob den Unterkiefer vor und ließ seine Tatze bemerkenswert sanft auf Dantes Schulter fallen.

Vito Ataratz schüttelte Barakuda die Hand. Dante sah, daß der Präfekt sich um ihn gesorgt haben mußte.

»Warum haben Sie uns eigentlich herbestellt?« sagte Thang.

»Um Ihnen einen Film vorzuführen«, sagte Aguilar. »Er hat mich heute früh vom Krankenbett aus angerufen.«

»Haben Sie ihn vorbereitet?«

»Selbstredend, Barakuda. Ich weiß nicht, was es soll, aber hier ist er.« Er patschte auf einer Kassette herum.

Dante wandte sich an Leontia Vilgram, die auf einem Drehsessel vor dem Rechnerterminal des Büros saß. »Können Sie diesen Film da so abspielen, daß er über den Bildschirm zu sehen ist?«

Sie nickte, stand auf, holte die Kassette und ging zu einem anderen der zahllosen Apparate. »Kein Problem. Ich bin ja neugierig, welcher Film uns unterhalten soll.«

»Moment bitte, noch nicht abfahren. Ich möchte zuerst etwas klären.« Er zündete sich umständlich eine Zigarette an und beobachtete dabei die Gesichter. Er las Neugier, Aufmerksamkeit, Fragen.

Maqari räusperte sich. »Er denkt schon wieder. Muß das

denn sein? Es ist ein besonders feiner, langer Herbst, mein Lieber. Ein Bungalow auf Huasiringa ist schon für Sie reserviert. Schlafen, essen, erholen. Bei Rekonvaleszenten führt heftiges Denken zu Rückfällen, also schieben Sie das auf.«

»Aus Gründen, die Ihnen bald einleuchten werden, habe ich mich nicht an Maqaris Verbot gehalten, sondern mir bestimmte Gedanken gemacht. Der Räuberboß in der Nordsteppe scheint Nobrega zu sein. Die Organisation, die er aufgezogen hat, überspannt den gesamten Norden. Und es muß Mittelsmänner in Cadhras geben, denn einige Details aus dem komplizierten Schmuggelverfahren sind aus dem Datenspeicher des Rechners gelöscht worden.«

»Das wissen wir doch. Es ist unerfreulich, aber bekannt«, sagte Thang. »Zur Sache, Mann.«

»Unangenehm«, Aguilar schüttelte den Kopf. »Ich verstehe auch nicht, wie es passieren konnte. Aber dafür braucht man nur Zugang zu Terminal und Codes – den haben Dutzende. Eine Manipulation ist kaum zu verhindern.«

»Das stimmt. Wir haben ja auch bisher niemanden dafür verantwortlich machen können – der Kreis der möglichen Täter ist zu groß.«

»Ich verstehe nur nicht, weshalb das zu einer Krisensitzung führt«, sagte Maqari. »Wir wissen, wie die Karabiner nach Shilgat gekommen sind. Wir wissen, wer sie hat. Einige haben wir konfisziert, den Rest kriegen wir auch noch. Es war eine Lawine, die uns einen Moment zu verschütten drohte. Aber die Krise ist vorüber. Was also soll die Sitzung?«

»Leontia, fahren Sie bitte den Film ab.«

Es handelte sich um die Aufzeichnung eines beliebigen Landevorgangs. Ein Raumer erhielt Landeerlaubnis, verließ den Orbit, Flugdaten wurden vom Tower an den Satelliten und von diesem an den Autopiloten des Schiffs übermittelt.

»Weil das Schiff wegen der Krümmung der Planetenoberfläche zeitweilig unter dem Horizont des Towers fliegt«, sagte Barakuda langsam. »Die Start-Lande-Schneise führt über das Binnenmeer, um bewohnte Gebiete von Lärm zu verschonen. Ich habe in den letzten Tagen darüber nachgedacht, auf welche andere, vielleicht simple Weise Waffen auf den Planeten geschmuggelt werden könnten. Es gibt nur den einen Raumhafen; eine unkontrollierte Landung in anderen Gegenden von Shilgat ist ausgeschlossen. Der Satellit zeichnet alles auf. Auch der Zolldurchgang ist im Prinzip perfekt.«

Der Film endete. Die Gesichter der Anwesenden zeigten immer noch Fragen und Ratlosigkeit, bei Thang und Maqari auch beginnende Verärgerung.

Barakuda dachte an den rätselhaften alten Shil, mit dem er durch die Steppe geritten war. Saravyi, den die Fürsten der Banyashil als eine Art oberste Autorität und Wächter über die Völker von Shilgat bezeichneten; Saravyi, der viel mehr wußte, als er zu sagen bereit war – und Saravyi hatte gesagt, die Zukunft sei hinter der Wölbung der Welt verborgen. Was mochte der alte Mann noch wissen?

»Sie werden das gleich verstehen. Behalten Sie bitte die Details des typischen Landeanflugs im Gedächtnis. Die Karabiner, die wir konfisziert haben, gehören alle dem gleichen Typ an. Sie sind einfach, leicht zusammenzubauen, haben alle das gleiche Kaliber. Was aber, wenn nun gleichzeitig auch noch kompliziertere Typen auftauchten?« Aus seiner Jackentasche holte er ein kleines Päckchen, wickelte es aus und hielt das Objekt hoch.

»Dieses Projektil haben die Ärzte aus meiner Schulter geholt. Eine ballistische Untersuchung wird uns die genauen Details verraten, aber ich weiß genug über Waffen, um mit Bestimmtheit eines sagen zu können.« Er musterte wieder die Gesichter. »Es wurde aus einem modernen Karabinertyp abgefeuert, ähnlich dem, den die Garnison hat. Das Kaliber ist größer als bei den konfiszierten Waffen. Karabiner dieser Art sind nicht demontierbar.«

Nachdem sich das Stimmengewirr gelegt hatte, sagte Lydia Hsiang: »Sie sind ganz sicher? Das heißt, es gibt noch weitere Waffen auf Shilgat. Wer hat sie, wie hat er sie bekommen, was will er damit?«

»Ich fürchte, daß, um bei Ihrem Bild zu bleiben, Maqari, die richtige Lawine erst auf uns zukommt; alles Bisherige war nur ein harmloses Vorspiel.«

Aguilar machte plötzlich »Ah!«

Maqari deutete auf den erloschenen Bildschirm. »Ich begreife, worauf Sie hinauswollen. Die Flugphase bei der Landung, wenn das Schiff unter dem Ortungshorizont des Towers ist, ja? Man könnte unbeobachtet, sagen wir, einen Container abwerfen, und jemand fischt ihn auf.«

Es entbrannte sofort eine hitzige Diskussion. Thang hielt alles für reine Spekulation; Maqari, Maretha Lunz und Aguilar stellten Hypothesen auf und verwarfen sie wieder.

Schließlich sagte Barakuda: »Ruhe bitte! Niemand liefert Waffen ohne Bezahlung. Die Bezahlung kann nur auf zwei Arten vor sich gehen. Entweder über eine komplizierte Kette von Mittelsmännern, beginnend im Gebiet des Käufers und endend in Cadhras. Das halte ich für zu kompliziert und unwahrscheinlich. Oder gleich in Cadhras. Zum Beispiel, indem jemand dem Kapitän des betreffenden Raumers, der Container, wenn es so wäre, abwirft, die Bezahlung aushändigt. Aber woher weiß der Aushändiger, daß die zu bezahlende Ware tatsächlich angekommen ist?«

»Es gibt Funk«, knurrte Maqari.

»Richtig, aber der gesamte Funkverkehr wird im Tower abgehört, und nur das Gouvernement und das Territorium verfügen über Geräte.«

Die Gouverneurin nickte. »Sie meinen also, daß der Empfänger der Waffen entweder persönlich oder per Vertreter in Cadhras auftaucht, um den Empfang zu quittieren?«

Barakuda legte die Hände flach auf den Tisch. »Abwurf

über dem Meer löst bei mir die Assoziation Schiff aus. Ein Schiff fischt den Container auf, prüft den Inhalt, gibt durch Flaggensignal bekannt, daß alles seine Ordnung hat. Ein zweites Schiff gibt das Signal weiter. Es ist nicht schwierig, eine Kette zu bilden, über die innerhalb weniger Stunden die Information Hunderte von Kilometern weit übermittelt werden kann. Das letzte Schiff läuft dann Cadhras an und leitet die Bezahlung in die Wege.«

Vilgram räusperte sich. »Das reduziert die möglichen Interessenten auf all jene, die eine Flotte besitzen.«

Dante lächelte boshaft. »Ja. Arameq, Golazin, Pasdan, Gashiri, die Fischergilde von Cadhras, jeder beliebige größere Hafen am Binnenmeer und notfalls darüber hinaus.«

Hsiang klopfte auf den Tisch. »Es müßte nicht jedesmal das gleiche Schiff sein. Wohl aber jedesmal ein Schiff der gleichen Organisation.«

Barakuda spielte mit seinem Feuerzeug. »Deshalb habe ich darum gebeten, die Sitzung im Rechner abzuhalten. Der Rechner speichert alle Daten, wenn er nicht manipuliert wird. Auch die Namen, Zeiten und so weiter aller Karawanen, Raumschiffe und Segler, die Cadhras erreichen. Können Sie ihn nach solchen Übereinstimmungen befragen, Leontia? Korrespondenzen zwischen bestimmten Raumern, oder Raumern bestimmter Linien, und bestimmten Schiffen zum Beispiel?« Er erhob sich und trat neben sie.

»Kein Problem«. Sie drehte sich in ihrem Sessel zum Terminal und tippte Befehle ein. Dante beobachtete ihre Hände genau; sie waren schlank und schmucklos und gaben das ein, was er erwartet hatte.

Da geschah das Unheil. Reparabel, aber zunächst fürchterlich. Alle Alarmlampen leuchteten auf. Die Stimme des Großrechners erklang über sämtliche Lautsprecher; auf allen Bildschirmen erschien der Text.

»Alpha-Anweisung. Alpha-Anweisung. Totallöschung in

dreißig Sekunden. Gefährdete und rechnerabhängige Orte verlassen. Wiederholung: Alpha-Anweisung ...«

Die Kontrollgeräte des Zolls fielen aus. Im Zentrallager des Seehafens erlosch der Bildschirm, auf den der Verwalter eine Bestandsliste hatte projizieren lassen; auch diese Datenspeicher waren gelöscht. In den Banken stand alles auf Null: Niemand hatte ein Konto, ein Guthaben oder auch nur einen Namen. Im Hospital standen die elektronisch gesteuerten Instrumente still; die Tür zum Depot für besondere Medikamente, nur befugten Personen zugänglich, blieb verschlossen. Alle Daten – Melde-, Steuer-, Laufbahn-, Wohn-, Finanzdaten – der Territorialverwaltung, alle Gesetze, Erlasse, Dekrete des Gouvernements, alle zentral kontrollierten Türen und Fenster, der Hyperfunk, die vollelektronischen Maschinen der Gouvernementsdruckerei, alles. Cadhras war elektronisch tot.

Barakuda wandte sich um. »Bevor Sie etwas sagen – *dam* Vilgram hat nichts damit zu tun. Ich habe hinter ihr gestanden und gesehen, was sie eingegeben hat.«

Das Licht flackerte wieder auf; die Bildschirme blieben jedoch matt. Barakuda seufzte erleichtert; mit Strom war ein Teil der schlimmsten Auswirkungen behebbar. Er tastete eine Nummer ins Visifon und registrierte, daß die Gouverneurin neben ihn getreten war.

»Shafis«, meldete sich ein müder Mann. Er starrte Barakuda an; dann grinste er. Der Sichtschirm war der einzige, der funktionierte. Alle anderen – Radar, optische Außenerfassung, Dauerverbindungen – wurden gesteuert; nur das normale Visifonnetz war unabhängig vom Zentralrechner.

»Ah, Barakuda. Verdammter Mist.« Shafis leitete die Energiestation im Süden von Cadhras.

»Danke für Ihre schnelle Reaktion, Freund. Ein Orden ist Ihnen sicher. Wie haben Sie das gemacht?«

Shafis zwinkerte. Er neigte grüßend den Kopf, als die

Gouverneurin in den Bildbereich trat. »Exzellenz! – Wir haben natürlich die verdammte Durchsage gehört und nach ein paar Schrecksekunden das Notprogramm angeschmissen. Der Meiler arbeitet normal.«

Die Gouverneurin lächelte flüchtig. »Ein schwacher Trost. Immerhin retten Sie die Hälfte von dem, was zu retten ist.«

Shafis leckte sich die Lippen. »Das freut mich. Ich wäre Ihnen aber besonders dankbar, wenn Sie sich revanchieren könnten. Wir sind nämlich eingesperrt. Die Türen hängen an dieser verdammten Zentrale. Und ich kann die verdammte Garnison nicht erreichen.«

Barakuda lachte. »Keine Sorge, Mann, wir sprengen Sie notfalls raus. Aber ein bißchen verdammte Geduld werden Sie schon noch brauchen.«

Leontia Vilgram saß an der Tastatur; ihre Schultern bewegten sich, als wolle sie zu schluchzen beginnen. Lydia Hsiang blickte Barakuda an. Maretha Lunz war kreidebleich in ihrem Sessel zusammengesunken. Ildo Aguilar hatte die feisten Pfoten auf die Tischplatte gelegt und schüttelte unaufhörlich den Kopf. Ubang Thang raufte sich die Haare und lief wie ein eingesperrtes Tier auf und ab. Vito Ataratz notierte mit gerunzelter Stirn vermutlich Notmaßnahmen der Gendarmerie. Major Maqari machte Kaubewegungen und murmelte stumme Flüche. Sie alle wußten, welche Katastrophe die Löschung bedeutete.

»Alpha-Befehle«, sagte Barakuda »können nur wenige Leute erteilen, die sich besonders ausweisen müssen.« Er blickte von einem Gesicht zum anderen. »Der Sekretär für Sicherheit. Der Kommandeur der Garnison. Die Erste Operatorin. Der Leiter des Raumhafens. Die Oberste Richterin. Der Obmann des Territoriums. Der Präfekt der Gendarmerie. Und die Gouverneurin. Mit anderen Worten, liebe Freunde: nur einer von uns. Und einer von uns ist ein Verräter.«

Die Gouverneurin empfing Barakuda im heißen Palais. Da die Klimaanlage tot war, hatte man die Fenster geöffnet.

Barakuda nahm einen Schluck aus seiner Kaffeetasse. Hsiang musterte ihn. »Nun schießen Sie schon los. Sie waren heute früh so seltsam gelassen.«

»Ja. Ich hatte mit so etwas gerechnet.«

»Aber wie wollen Sie jetzt jemals herausfinden, wie der Waffenschmuggel abgelaufen sein könnte?«

»Indem ich die Computerlisten durchgehe. Eine mühsame Handarbeit, natürlich, aber machbar.«

»Welche Listen? Es ist doch alles gelöscht.«

»Das schon. Ich habe mir aber, seit ich hier bin, in regelmäßigen Abständen Listen ausdrucken lassen. Sie sind gut aufgehoben, und niemand weiß es.«

Lydia Hsiang lächelte; dann lachte sie. »Also deshalb waren Sie so ruhig. Aber gut. Jetzt brauchen wir diese endlosen Papiermengen doch nur neu eingeben zu lassen, und dann . . .« Sie unterbrach sich und runzelte die Stirn.

Barakuda blickte in die kühlen grauen Augen. »Eben, das können wir gerade nicht, Exzellenz. Ein Mitglied des Krisenrats ist ein Verräter. Wahrscheinlich ist er oder sie auch für die Detaillöschung vor einem Jahr zuständig gewesen. Diese große Löschung beweist, daß wir auf dem richtigen Weg sind – was wir wissen wollen, sollen wir nicht wissen. Wenn wir jetzt gewissermaßen ätsch sagen, provozieren wir zwei mögliche Reaktionen.«

Die Gouverneurin verschränkte die Arme und schaute aus dem Fenster über das Meer. »Entweder unsere Gegner werden so vorsichtig, daß man ihnen gar nichts mehr anhaben kann. Oder sie schlagen zu. Das meinen Sie doch?«

»Ja. Beides kann uns nicht willkommen sein. Wir brauchen Zeit, um mehr zu erfahren. Und losschlagen hieße in diesem Fall: losschlagen mit Feuerwaffen.«

»Daran liegt uns natürlich nichts. Also was tun?«

»Zum Beispiel sollten wir über Motive nachdenken. Wer beschafft sich Waffen? Jemand, der sie einsetzen will.«

»Dafür gibt es im Grunde immer zwei Arten von Motiven«, murmelte Hsiang. »Pragmatische wie Machtstreben oder Machterhaltung, wenn man Macht als pragmatisch ansieht. Und idealistische oder ideologische – die Ausbreitung einer Idee und die Ausrottung einer anderen.«

»Wir scheiden aus. Wir haben Waffen für unsere pragmatischen Zwecke. Ebenso, glaube ich, die Banditen – warum sollten sie gleichzeitig zwei komplizierte Formen des Waffenschmuggels durchführen? Andererseits – warum nicht?«

»Außer uns scheiden, denke ich, nur die Shil aus. Was bleibt am Binnenmeer? Banditen, Pasdan, Gashiri.«

»Die Mütter von Pasdan unterhalten eine große Flotte und haben Handelsbeziehungen mit uns – also kommen sie am ehesten in Frage. Ein Schiff aus Pasdan in Cadhras ist nicht mehr so ungewöhnlich. Die Anarchovegetarier? Ihre Flotte ist klein, und sie kommen nie nach Cadhras. Die Banditen sind nicht auszuschließen, aber ich halte, ehrlich gesagt, Pasdan für wahrscheinlicher. Außerdem sind die Heiligen Mütter wahnsinnig genug für derlei.«

Die Gouverneurin nickte stumm. Seit Jahrhunderten hatte sich in Pasdan immer mehr die Ansicht durchgesetzt, nur die in die Gemeinschaft hineingeborenen Frauen seien auserwählt. Es gab keine Bekehrungsversuche.

»Wir wissen zu wenig«, sagte Barakuda. »Ich werde wohl meinen Erholungsurlaub noch ein bißchen aufschieben. Es ist ohnehin wieder Zeit für einen Routinebesuch in Pasdan; vielleicht ergeben sich dabei neue Erkenntisse.«

»Was machen wir denn nun mit Ihren Listen?« sagte Hsiang. »Und – wer von uns ist es?«

Barakuda lächelte müde. »Wir haben von Motiven gesprochen. Ich glaube nicht, daß einer von uns acht ideologische Motive hat, zu deren Durchsetzung Waffen auf Shilgat nötig sind. Wir alle wissen viel zu gut, daß das Commonwealth riesig ist und seine Präsenz auf Shilgat nicht wegen einiger tausend Karabiner aufgibt.«

»Bliebe Geld. Macht, jenseits der Macht, die uns unsere Ämter verleihen, ist nicht durchsetzbar.«

»Ich könnte Geld brauchen. Ich scheide demnächst aus dem Dienst. Aguilar ist verfressen; er könnte Geld brauchen, um sich ein privates Luxusrestaurant oder eine Yacht mit Superkoch zu leisten. Thang? Vielleicht träumt er von einer eigenen Schule. Die Richterin? Der Präfekt? Maqari? Vilgram? Jeder könnte, aus welchen Gründen auch immer, bestechlich sein.«

»Sie haben mich vergessen.«

Dante lachte. »Verzeihung, Exzellenz – nein, ich habe Sie nicht vergessen. Das Privatvermögen Ihrer Familie reicht aus, um diesen Planeten und ein paar andere zu kaufen. Die paar Karabiner bringen nicht viel dazu. Außerdem weiß ich, weil ich Sie habe beobachten dürfen, daß Sie die Shil lieben und den Planeten so, wie er ist, erhalten wollen. Sie scheiden aus.«

»Sie ebenfalls, Dante. Machen wir uns nichts vor – Sie würden sich doch eher die übrigen noch heilen Arme und Beine abhacken und den Kopf dazu, bevor Sie zulassen, daß jemand Ihren Freunden Tremughati und Gortahork mit Karabinern drohen kann. Was machen die Banyashil übrigens? Haben Sie etwas herausbekommen?«

»Nein. Tremughati wollte nichts sagen. Es sei etwas, das getan werden müsse. Ich glaube, Gortahork reitet gegen Nobregas Banditen, und Tremughati reitet mit ihren Jägerinnen gegen den Rest der zweiten Banditengruppe. Sie befürchten wohl, daß ich interveniere, wenn ich weiß, was sie planen, deshalb sagen sie mir nichts.«

»Sie meinen, die Banyashil sind entschlossen, notfalls den letzten Banditen an einen Baum zu hängen?«

»Darauf läuft es hinaus. Die Räuber haben zahllose Banyashil ermordet, gefoltert, verstümmelt und geschändet. Und bis wir zehntausend Karabiner eingesammelt und noch einmal so viele Räuber vor Gericht gestellt haben ...«

»Trotzdem müssen wir wachsam sein und zusehen, daß wir das Schlimmste verhüten. – Wir sind aber nicht viel weiter als vorhin, Barakuda. Wem können wir trauen?«

»Keinem.«

Sie tauschten einen langen Blick. Schließlich sagte Hsiang: »Nun ja, auch damit werden wir fertig. Übrigens hat Atenoa noch nichts über einen Nachfolger für Sie verlauten lassen. Bleiben Sie?«

»Natürlich.«

»Dann schlage ich vor, Sie erledigen den Besuch in Pasdan. Ich glaube nicht, daß etwas dabei herauskommt, aber wir sollten ihn auch nicht ausfallen lassen. Und sobald Sie zurück sind, bringen Sie die Listen ins Palais. Wir gehen sie gemeinsam durch.«

Barakuda lachte gepreßt. »Wissen Sie, worauf Sie sich da einlassen? Das wird viele Zehntage dauern, Madame.«

Die Gouverneurin lächelte; zum ersten Mal bemerkte Dante, daß sich dabei Grübchen in ihren Wangen bildeten. »Wir werden sehr viel Tee trinken.«

Aus: Mythen und Legenden der Banyashil,
Uglesa Husmin, Cadhras 456

»... Zwischen Wäldern, die fast zwei Drittel von Pangotajdir bedeckten, lebten sie in gläsernen Labyrinthen, fantastischen Städten, die in den Seen der künstlich verbreiterten Ströme standen. Die Glas- und Kristalldome waren erfüllt vom Rauschen des Stroms, vom Wispern des Winds, vom Sang des Regens; die unendlichen, verwinkelten Korridore und Hallen tief unter dem Flußbett bargen

in ihrem Mittelpunkt Kammern der Stille und des Unlichts. Die Pangoshil nutzten die Kraft des Stroms zu vielen Dingen; über Turbinen gewannen sie Elektrizität; sie leiteten Wasser durch gläserne Leitungen, die erhitzt wurden. Das erwärmte Wasser, mit Leuchtstoffen angereichert, heizte die tiefliegenden Teile des Labyrinths; dabei glommen die Glasröhren, und mit den farbigen Gläsern und Kristallen der Wände und den Lichtern der Tiefe ergaben sie betäubende, belebende, träumerische und alpträumerische Effekte. Es gab Kammern des Denkens, nur von jenen Farben erfüllt, die der Konzentration dienten; Kammern der Liebe, der Heilung, der Versenkung, der Nahrung, der Verwirrung, der Disputation, des Entsetzens, der Erinnerung . . . Und die Kammern der Stille und des Unlichts. Wenn die Bewohner der gläsernen Heimstätten ihr Ende nahen fühlten, begaben sie sich auf die Suche nach diesem Zentrum ihrer Welten. Dort legten sie sich zur Ruhe; nach einem Leben in Licht und Lauten öffnete die dunkle Stille die Schleusen des Daseins, und das Leben floß aus den Menschen wie das Wasser aus den Ventilen am unteren Ende der Städte. Dort brachten Künstler zungenförmige Blätter aus Kristall an, und wenn das Wasser die Städte verließ, floß es über die Zungen, die unterschiedlich lang, breit und dünn waren und die Städte mit den seltsamsten Tönen füllten. Auch diese Musik war in den Kammern der Stille nicht zu hören; es hieß, daß die Sterbenden dort Todeslieder sangen, um sich von den Banden des Lebens zu lösen.

Als die Mütter mit moderner Technik und Strahl- und Feuerwaffen landeten, fanden sie ein fruchtbares Land vor, das bewaldet war, aber so gut wie ungenutzt. Die Mütter hätten das Land bebauen und die Pangoshil in ihren kristallenen Traumstädten lassen können, aber sie zerstörten Pangotajdir. Und die Pangoshil waren weder kriegerisch noch überhaupt in der Lage, sich zu wehren.«

XIII

Mit verklebten Augen schaute Dante Barakuda aus dem Fenster seines Wohnraums und wußte, daß ein weiterer heißer Spätsommertag bevorstand. Über dem Meer lag Dunst; die Masten auf der Reede von Cadhras schienen Dante durch Schleier milde zuzunicken.

Er seufzte. Die Dusche weckte ihn nur teilweise. Vor dem von Wasserdampf blinden Spiegel rasierte er sich naß und schnitt sich. Die Narbe auf der linken Wange wurde einen Millimeter länger, aber nicht schöner. Barfuß tappte er ins Wohnzimmer, ließ sich die Füße vom Teppich trocknen und frottierte sein ergrauendes Kraushaar. Er zog frische Wäsche an, stieg in eine helle Leinenhose, weiche Slipper aus P'aodhu-Leder und ein Khakihemd. Die Uniformjacke mit vollgestopften Taschen hängte er sich über die Schulter; dann verließ er seine Wohnung.

Vor Sonnenaufgang war es kühl; er zog die Jacke an. Die Kopfsteine waren betaut und rutschig. Barakuda setzte sich auf einen Poller und frühstückte eine Zigarette.

Das rechteckige Hafenbecken war fast leer. Am Südende des Hafens lagen vor den kleinen Docks der Schiffbauer reparaturbedürftige Boote. Der Rest war Brackwasser, das leicht schwappte und einige Ruderboote und kleine Leichter schaukelte.

Aus einem Haus an der Nordseite des Beckens trat Sergeant Lugo Bondak; er lebte dort mit einer temperamentvollen Shil zusammen, die aus einer früheren Verbindung fünf Töchter hatte; drei von ihnen fuhren als Hochseefischerinnen und schleppten bei ihren Landaufenthalten jeweils wechselnde Freunde ins Haus – manchmal auch die gleichen in neuen Konstellationen. Barakuda war oft Gast bei den Fischgelagen; Bondaks Lebensgefährtin kochte entsetzlich gut.

Dante erhob sich und nickte dem Mann zu. »Morgen, *sirján*«. Dann schnüffelte er. »Haben Sie auf Fisch übernachtet?«

Bondak grinste müde; die Ringe um seine Augen bildeten Ellipsoide. Er klopfte auf seine Jackentasche. »Morgen, Boß. Freßpaket. – Und beste Empfehlungen.«

Sie verließen den Kai. Zwei unwirsche Pferde zerrten den Wagen einer Molkerei über das Pflaster des Bulvar Magellan. Der Kutscher war vermutlich taub. Bondak steckte einen Finger ins Ohr und blickte dem scheppernden Gefährt nach. Es fuhr zur Esplanade an der langen Bucht.

Das einzige Lebenszeichen auf der Plaza Atenoa war leiser: ein mürrischer Nachtportier. Er stand vor einer halboffenen Hoteltür, die Hände auf dem Rücken verschränkt. Über dem linken Ohr trug er eine Art *képi*. Er starrte auf die abstrakte Plastik in der Mitte der Plaza; dabei wippte er langsam auf und nieder. Die kalte Zigarette im Mundwinkel folgte gegenläufig den Bewegungen.

Als sie die Garnison erreichten, rötete sich der Himmel. Bondak begrüßte die anderen Männer und stieg in den schweren Gleiter. »Check!« sagte er laut.

Sarela McVities frisches Gesicht mit den graugrünen Augen war munter wie immer. »Morgen, Chef.« Der Nachtdienst schien spurlos an ihr vorübergegangen zu sein.

»Alles in Ordnung, *legata*?«

Die Leutnantin nickte. »Alles montiert. Und reichlich Proviant. Haben Sie schon gefrühstückt?«

Barakuda schüttelte den Kopf. Sie winkte ihm, ihr zu folgen. Auf dem Schreibtisch fanden sich eine Thermoskanne Kaffee, Becher und ein Stapel Sandwiches.

Eine halbe Stunde später hob der Gleiter ab. Einige Männer schliefen; sie hatten nachts den Gleiter vorbereitet. Dankbar nahm Dante wahr, daß Nardinis Augen geschlossen waren. Die beiden Korporale Sten Timoara und Kalef Vanzuid schnarchten leise.

Bondak saß an den Kontrollen. Die Hyperfunkstation blieb unter ihnen zurück, dann der Fusionsmeiler. Sie stiegen höher. Hinter ihnen ging Shalga strahlend auf.

Learoyd hantierte mit der Kaffeemaschine. Die Morgensonne detonierte in seinem roten Schopf und verlieh ihm einen Unheiligenschein. Learoyd goß aus einer Flasche etwas in den Kaffeebecher. »Da, Chef. Zum Aufwärmen. Die Sonne ist ja so kalt.«

Dante nippte vorsichtig. Er schätzte den Anteil des Obstschnapses auf ein Drittel. »Sehr magenfreundliche Mischung, Terence.«

Bondak übergab die Kontrollen Kakoiannis. Leise kam der Sergeant nach hinten und setzte sich zu Dante und Learoyd. »Wo soll's langgehen?«

Sie beugten sich über die Karten. Die direkte Route Cadhras–Pasdan führte über das große Binnenmeer. Barakuda wies auf die küstennahen Berglande des Südkontinents. »Gashiri ist zwar nicht an der Reihe, aber wir sollten einen kleinen Umweg machen. Vielleicht haben unsere besonderen Freunde ja Neuigkeiten.«

Narciso Ping richtete sich auf. Die Haare standen zu Berge, sein gelbliches Gesicht war vorwurfsvoll. »Sie könnten nicht vielleicht Ihr klangvolles Organ etwas dämpfen, wie?«

Einige Zeit später überflogen sie die schroffen Bergketten, die bis an die Küste reichten und sich zu Inseln im Binnenmeer fortsetzten. In den Hochtälern und auf Plateaus lebten Taggashil; aus der Höhe waren Dörfer, Umrisse von Feldern und Bergnester zu erkennen, wie Horste in schwindelerregenden Lagen.

Nach Westen fiel das Land zum großen Losabu und seinem breiten Delta ab. Auch dort lebten Taggashil, in kleinen Städten und Dörfern. Die unendlichen Rieddschungel zwischen den Mündungsarmen des Losabu waren von der gleichen Farbe wie das lehmige Wasser des Flusses, das erst weit draußen im Meer allmählich türkis und ultramarin wurde.

Die nächste Bergkette: Der Gleiter flog über Hochland und Ruinen, die einst blühende Orte gewesen waren.

»Alles fertig?« Vanzuid, zuständig für die Beobachtungsgeräte, stand mit einem Becher Kaffee in der einen und einer fetten Wurst in der anderen Hand hinter Elorza und Kakoiannis, die die Steuerung der Sonden übernommen hatten.

Die beiden *suldaus* aktivierten die Geräte. Vanzuid biß in die Wurst; ein fettiges Rinnsal troff von seinem Kinn. Er wischte mit dem Hemdsärmel und schlürfte Kaffee.

Grinsend blickte Barakuda durch die transparenten Seiten der Kuppel. Sie überflogen die Grenzfestungen von Gashiri.

»Meine Herren und Herren«, sagte Learoyd, »Sie überfliegen die *Anarchovegetarische Union der Ungläubigen Transzendentalisten.* Wunderbar ist die Vielzahl der Irren im All. Obwohl ich gern mal zu den, hm, Feiern von Gashiri eingeladen würde.«

Ping zwinkerte. »Da gibt's aber nicht viel zu trinken. Und der Rest geht sogar über *deine* Kondition.«

Vor Jahrhunderten hatten sich Flüchtlinge aus einem asketischen Kastensystem auf Arkturus VII in den fruchtbaren und dicht von Shil besiedelten Gebieten niedergelassen.

Die Urbevölkerung mußte etwa drei Millionen Shil gezählt haben: Sie lagen in Massengräbern und unter Ruinen. Seither existierte in Gashiri eine Verbindung von strenger Funktionshierarchie* mit agrarischem Urkommunismus, von öffentlichen Orgien mit einem Tabu des Zeugungsakts

* Tägliche Rotation in der Besetzung von Ämtern und Aufgaben.

(was rasches Bevölkerungswachstum nicht ausschloß), von Atheismus mit strengem Glauben an Wiedergeburt.

Die Maschinen zeichneten auf. Gashiri zog unter dem Gleiter dahin: Vorposten, Festungen, Felder, Flüsse, die Hauptstadt Gashir; dann die höherliegenden Landesteile, die zu den westlichen Berggrenzen anstiegen. Erst die Auswertung der Aufnahmen würde zeigen, ob es in Gashiri beunruhigende Neuheiten gab.

Am späten Nachmittag näherten sie sich ihrem Ziel. Shalga hatte sie überholt und berührte mit ihrer Scheibe den Pangotischen Ozean. Die Meerenge unter dem Gleiter war Blut. Der Bug deutete auf einen imaginären Punkt zwischen den Kaps Atlas und Herakles, welche die Mütter von Pasdan Atalanta und Hera, die Shil Banqa und Tanqa nannten. Diesmal saß Vanzuid selbst an den Beobachtungsgeräten. Hinter Kap Hera/-kles begann das von der Außenwelt abgeschlossene Reich der Mütter.

Im Sinkflug näherten sie sich der Stadt. Unter ihnen tauchte der Freihafen auf, der einzige Ort im Matriarchat, den Fremde betreten durften, um Waren zu löschen oder zu stauen und Proviant und Wasser zu ergänzen – und vor Sonnenuntergang wieder abzulegen.

Der innere, eigentliche Hafen (das Wort Kriegshafen drängte sich auf) und die Stadt – gewaltige Steinmauern aus Quadern, gehauen in den Pasdantiri-Bergen, die das Land von den Steppen, Sümpfen und Wüsten des Nordkontinents trennten; im Mittelpunkt der Heilige Hügel, mit Tempel und umwallter Zitadelle. Die Stadt Pasdan mochte an die siebzigtausend Einwohnerinnen haben, das ganze Land vielleicht eine halbe Million.

Die Landeschleife führte über die nördlich der Stadt liegenden Sklavenpferche und den Galgenberg; er war ungenutzt.

Der Gleiter landete unterhalb der Zitadelle auf dem Platz,

an dem die Verwaltungsgebäude lagen. Früher waren die Emissäre im Freihafen gelandet, wo sie oft lange warten mußten, bis eine Delegation der Mütter sich zu ihnen bequemte. Barakuda hatte das geändert. Er nickte den ausgesuchten Männern zu.

Timoara stieg als erster aus; ihm folgten Learoyd, der lange, dürre Vlad Oubou und Ping. Sie stellten sich neben dem Gleiter auf, die Karabiner geschultert.

Noch ehe Barakuda den Boden erreicht hatte, war der Gleiter umringt. Schlanke, großgewachsene Kriegerinnen riegelten die Zugänge zum Platz ab. Sie trugen leichte Kettenhemden, metallene Beinschienen und die mit vergoldeten Plättchen besetzten, von der Taille bis zur Mitte der Oberschenkel reichenden »Lendungen der Unberührbarkeit«. An den Ledergürteln der Wehrhaften Jungfrauen hingen kurze Schwerter mit zweischneidigen Klingen und scharfen Spitzen; in den Händen hielten sie Langbogen.

Barakuda ignorierte die Sperrkette. Gefolgt von den vier Soldaten ging er zum Ratsgebäude. Hinter ihm klappte die Leiter zurück, der Gleiter stieg einige Meter. Die Gardistinnen gaben den Weg frei.

Neben dem Portal des Ratsgebäudes standen zu beiden Seiten Stelen, die sich nach oben verbreiterten und im Wappen von Pasdan endeten: dem Kreis mit zwei Kreuzen. Großflächig und erhaben war über dem Portal die abstrakte Darstellung eines Uterus mit Ovarien angebracht.

Im Eingang erwarteten drei Mütter den Emissär. Sie trugen togaähnliche Gewänder, die bis auf die Sandalen fielen. Zwei der Umhänge waren von der Farbe eines kräftigen Rotweins; ihre Trägerinnen waren demnach Gebietende Mütter oder Gebieterinnen. Schiffskommandantinnen, Ratsangehörige und Befehlshaberinnen von Tausendschaften der Wehrhaften Jungfrauen trugen diese Farbe. Die dritte Mutter war in ein Purpurgewand mit goldenen Kreuzkreisen gehüllt; sie gehörte zur Kaste der Erzmütter und damit zur höchsten Stufe der Hierarchie: Hauptpriesterinnen und Kriegsmütter, die aus ihren Reihen die oberste Gebieterin wählten, die Scharlachprim.*

Barakuda neigte gemessen den Kopf. *»Ave, madires«*, sagte er. Mit Absicht verwendete er nicht die antiquierte Form des Galaktein, die in Pasdan gesprochen wurde und *matres* verlangt hätte. »Erzmutter, Gebieterinnen, ich grüße Sie und überbringe die besten Wünsche des Gouvernements.«

Die Erzmutter machte eine Handbewegung, die man als Gruß auslegen mochte. Sie blickte an Barakuda vorbei auf seine Eskorte.

»Die tierischen Schlächter schänden die Heilige Stadt.«

»Die Männer sind keine Tiere, und sie sind Wehrhafte Krieger, nicht Schlächter. Außerdem ist der Boden Ihrer Stadt profan.« Er nickte den Soldaten zu. Sie präsentierten die Karabiner und nahmen neben dem Portal Aufstellung. Auf dem Platz bildeten die Gardistinnen weiter ihren Kreis.

»Aller Boden in Pasdan ist heilig«, sagte die Erzmutter.

»Heilig sind die Herzen der Menschen und ihre guten Absichten.«

* Die Kasten von Pasdan entsprachen der Weltsicht des Matriarchats. Mädchen wurden von künstlich stimulierten Milch-, Zieh- und Lehrammen gesäugt, erzogen und ausgebildet; Jungen (»Aborte«) brachte man nach der Abnabelung aus den »Wiegen« in »Käfige«, wo Ziehsklaven sich um sie kümmerten, bis sie mit drei bis vier Jahren für Arbeiten verwendet werden konnten. Mädchen erhielten nach Beginn des »Makels« dauerhaft antizyklische Drogen und wurden Purgationsriten unterzogen; danach waren sie »rein« und gehörten bis zum 25. Lebensjahr den unterschiedlichen Graden der Dienenden, Werkenden oder Wehrhaften Jungfrauen an. Ab dem 16. Lebensjahr galten sie als erwachsen und konnten untereinander Liebesbeziehungen eingehen. Nach dem 25. Jahr mußten sie sich dreimal dem »Ekel der Frucht« unterziehen; sie erhielten empfängnissichernde Drogen, die die sensorischen Nerven ausschalteten, wurden maskiert und dann von ebenfalls maskierten, speziell präparierten Zeugungssklaven befruchtet. Nach der ersten Geburt trugen sie orange, dann rosa, nach der dritten schließlich rote Togen und waren vollgültige Erst-, Zweit- und Hauptmütter. Ammen waren durch Zufall oder wegen besonderer Verdienste vom »Ekel« befreite Frauen in mutterähnlichem Rang. Aufstieg in der Hierarchie war nur Hauptmüttern möglich und abhängig von Leistungen in Verwaltung, Forschung o.ä.

»Wozu bringen Sie Waffen, Emissär?«

»Ein in Frieden kommender Gast sollte nicht mit Waffen begrüßt werden. Die Anwesenheit Wehrhafter Jungfrauen beleidigt und bedroht den Emissär.«

»Kommen Sie in den Freihafen, wenn Sie unbedingt kommen wollen. Dort entweihen Sie keinen Boden, und dort brauchen Sie keine Eskorte.«

»Der Emissär des Gouvernements entweiht nirgends Boden und ist überall willkommen, denn er vertritt das Gouvernement.«

»Hier ist er nicht willkommen. Das Abkommen ist für uns ohne Bedeutung, wie alle Machenschaften minderer Tiere.«

»Sie irren. Das Shilgat-Abkommen ist für Sie von großer Bedeutung, denn es hindert Sie daran, die Bevölkerung dieser Welt auszurotten. Es ist gegen Sie gerichtet, also sollten Sie es besser hinnehmen. Können wir zur Sache kommen?«

Schweigend gingen die drei Frauen vor Barakuda her durch einen kahlen Korridor und traten in einen Raum.

Er brachte seine Anliegen vor. Es ging, wie üblich, um nicht eingehaltene Lieferverträge, Auseinandersetzungen mit anderen Schiffen und deren Besatzungen, Anfragen nach veränderten Lieferbedingungen oder geänderten Warenmengen, Verstöße von Jungfrauen und Offizierinnen gegen Praktiken und Verhaltensweisen, die in den angelaufenen Häfen üblich waren. All dies wurde schnell und eisig erörtert.

Schließlich stellte Barakuda einige vorsichtig formulierte Fragen. Man habe, wie den Müttern sicher bekannt sei, Probleme mit bewaffneten Banditen in der Steppe, und Gerüchten zufolge seien im Bereich des Binnenmeers ebenfalls Feuerwaffen gesehen oder verwendet worden. Die Erzmutter erwiderte lediglich, Auseinandersetzungen unter Tieren seien für Pasdan gänzlich bedeutungslos. Dante gab den Versuch auf; es war nichts zu erfahren. Zumindest nicht, solange nichts Greifbares vorlag, dem man nachgehen konnte.

Nach dem Start herrschte zunächst Schweigen. Dann schob Timoara seufzend den leichten Helm in den Nacken. »Und auch beim dritten Mal hatte ich dauernd das Gefühl, jemand steht hinter mir und fährt mit einem eiskalten Messer einen Millimeter über meiner Wirbelsäule entlang.«

Ping goß mit Schnaps versetzten Kaffee in Becher und verteilte sie. Barakuda nippte an dem heißen Gebräu und legte die Füße auf einen Sitz. »Was, glauben Sie, ist mit meiner Wirbelsäule, wenn ich da im Ratsgebäude sitze, Sten?«

Acht Stunden, mit kurzen Pausen, arbeitete er jeden Tag im Palais mit der Gouverneurin über den Listen. Sie hatten einen kleinen Konferenzraum ausgewählt, dessen Balkon über dem Meer lag. Die Einrichtung war teils funktionell, teils erlesen. Schlichte Stühle aus schwarzem Tungbaholz, bespannt mit P'aodhuleder, und ein großer, ebenfalls schwarzer Tisch, auf dem sich Papiere stapelten, versanken in kostbaren, weichen Teppichen aus der Nordsteppe. An einer Wand hingen, über einer mit Polarfellen bezogenen Couch, alte Kartendrucke aus Sa'orq in Eisenholzrahmen. Das Regal an der gegenüberliegenden Wand enthielt Bücher, zum Teil aus Sa'orq oder Kelgarla, und neben der Tür stand ein unbezahlbarer Schrank aus altem Eisenholz, dessen Oberfläche Szenen aus einer längst aufgegebenen Mythologie von Golgit zeigte.

Sie tranken teuren Importtee, und zum gegenseitigen Respekt kam eine gewisse unpersönliche Vertrautheit. Irgendwann am dritten Abend sagte Barakuda: »Exzellenz, geben Sie mir doch bitte dieses Blatt da.«

Die Gouverneurin reichte es ihm, ohne aufzublicken; dann hob sie den Kopf und sah ihn an. Sie hatte Schatten unter den Augen, trug einen hellgrünen Kaftan, war barfuß und wie immer souverän. »Hören Sie, Dante, das ist die Anrede für offizielle Anlässe. Solange wir hier Papiere wälzen, können Sie mich ruhig Lydia nennen. Wenn Sie wollen.«

»Mit Vergnügen, Lydia.«

Nach und nach wuchsen Dante ebenfalls Schatten unter den Augen; Konzentration und Anspannung machten sich bemerkbar, die Schulter schmerzte, und er wußte, daß er die Erholungspause nicht mehr lange aufschieben konnte.

Diese Spätsommertage waren drückend schwül, aber das Gewitter wollte nicht kommen. Am Nachmittag des siebten Papierkriegstages im Palais brauten sich endlich Wolken über dem Hinterland zusammen.

Barakuda brütete schweißüberströmt über den Listen; er mußte sich immer wieder Gesicht und Hände trocknen, um nicht durch Flecken alles unleserlich zu machen. Die Gouverneurin war kühl wie immer. An diesem Abend trug sie einen bis zum halben Oberschenkel geschlitzten weißen Kaftan mit weiten Ärmeln, die sie manchmal bis zu den Schultern hinaufschob. Die Fenster waren geöffnet; die trokkene Luft der wieder arbeitenden Klimaanlage wäre auf die Dauer unerträglicher gewesen als die Hitze. Selten perlte ein Tröpfchen auf der glatten Haut der Gouverneurin, und wenn Barakuda es zufällig bemerkte, empfand er es nicht als erniedrigend. Der Schweißtropfen machte Lydia Hsiang noch kühler.

Er erhob sich und suchte zwischen halbleeren Teetassen und überquellenden Aschenbechern Blätter aus verschiedenen Stapeln zusammen. Ein jäher Blitz erhellte für einen Moment die Küste unter dem Palais.

»Das wär's«, sagte Barakuda. Er meinte das Gewitter und die Listen, denn sie hatten die Daten ermittelt, auf deren Vorhandensein sie gehofft hatten. Die Gouverneurin blickte auf, wischte mit dem Ärmel über die Stirn; dann erhob sie sich und kam um den Tisch herum, um kalten Tee nachzugießen. Ihr Ärmel streifte Barakudas Arm.

Plötzlich küßten sie einander gierig und ausdauernd wie zwei Dürstende. Hsiang zog ihn zur Couch, die sie mit einer

Handbewegung vom Papier befreite. Barakuda stellte fest, daß sie nichts unter ihrem Kaftan trug und allenthalben kühl war, und er wußte, daß er nicht mehr als die Oberfläche dieser glatten Haut würde berühren können.

Später tranken sie kalten Tee; Dante tastete zwischen den Kleidern am Boden nach seinen Zigaretten. Die Gouverneurin ging zum Fenster. Sie sah in die zuckende Nacht hinaus und hob die Arme, als wolle sie den frischen Wind umarmen. Barakuda betrachtete sie und fragte sich, ob er träumte.

Sie wandte sich um, fand seinen Blick, setzte sich zu ihm und sah ihn an. »Das wär's.« Einer ihrer Mundwinkel zuckte. »Es ist unmöglich, das wissen Sie. Wir sollten es einen gelöschten Durst nennen.«

Barakuda streckte die Hand aus und folgte der Linie ihres Halses vom Ohr zur Schulter. »Ich weiß. Ihr Vorgänger hatte die Vorschriften vergessen.«

Hsiang starrte auf den dunkelroten Teppich. »Sie gelten für den Gouverneur auch einem ausgeschiedenen Mitglied des Krisenrats gegenüber.« Dann berührte sie die Narbe unter seinem Schlüsselbein und sagte tonlos: »Wir sollten uns anziehen, denke ich.«

Barakuda breitete die Liste auf dem Tisch aus. »Hier«, sagte er, mühsam konzentriert. »Siebenmal in dreieinhalb Jahren war der Frachter *Nadir* hier. Er landet immer vormittags. Innerhalb der nächsten drei Tage läuft jedesmal das Boot *Varli Soleyn* aus Pasdan den Hafen Cadhras an, mit Waren.«

Die Gouverneurin leerte ihre Teetasse. »Wann ist die *Nadir* wieder fällig?«

»Genau weiß ich es nicht, aber ich glaube, so in etwa vierzig bis fünfzig Tagen, gegen Anfang der Endzeit. Vorher kaum.«

»Gut. Dann haben wir Zeit. Wir brauchen Beweise. Entweder passiert bis dahin etwas, oder wir müssen warten, ob die *Nadir* etwas an Bord hat. Wenn ja, können wir handeln. Wenn nein, müssen wir uns etwas einfallen lassen.«

»Wir werden nichts weitergeben. Kein Anlaß, Verdacht gegen die *Nadir* zu haben. Und – keine Dossiers über Personen von Gaia anfordern, keine Nachforschungen, nichts, was jemanden alarmieren könnte.«

»Dieses Matriarchinnenboot, *Varli Soleyn*, das klingt wie ein Personenname.«

Barakuda hob die Brauen. »Wahrscheinlich. Aber der Name sagt mir nichts.«

»Vermutlich unwichtig. Jedenfalls haben wir zunächst Zeit. Kein Grund also, Ihren Erholungsurlaub weiter hinauszuschieben. Ich möchte Sie auf dem Posten und in Form haben, wenn es losgeht.«

»Ist das ein Befehl?«

»Ein dienstlicher Befehl. Und eine Empfehlung unter Freunden.«

Aus: Tagebuch II *von Florisa de Clare, Gaia 118*
(Manuskript)

». . . Die Gebietende Mutter, die mich nach der Ermordung meiner Begleiter gerettet hatte, zeigte mir eines Tages ein Exemplar des Heiligen Buches von Varli Soleyn. Über seinen Ursprung ist wenig bekannt; in Pasdan heißt es, die Schrift sei bereits alt gewesen, als die Urmütter nach Shilgat kamen. Das Werk enthält die Grundlagen der Weltsicht, aber auch Hinweise, wie zu verfahren sei, um das Große Ziel zu erreichen. Da ich nach der langen Zeit nicht wörtlich zitieren kann, muß ich mich auf Paraphrasen beschränken, so wie mein Gedächtnis sie hergibt.

Es heißt da gleich zu Anfang, das Große Ziel sei die Zerstörung der Staatsformen, die Abschaffung der unkreativen Arbeit und vor allem die Beseitigung des männlichen Geschlechts, das für all diese Monstrositäten verantwortlich sei. Man müsse die Fortpflanzung ohne Männer anstreben; dann seien nur noch Frauen zu zeugen. Ohnehin sei der Mann ein biologischer Unfall; sein Y-Chromosom sei ein defektes weibliches X-Chromosom, der Mann somit eine verkrüppelte Frau, eine wandelnde Abtreibung. Er übe negative Magie aus: Was er berühre, werde unweigerlich zu Exkrement. Da er kein Eigenleben besitze, begreife er das Leben als absurd und unterwerfe sich äußeren Zwängen – Kontrolle, Staat, Führerschaft, Religion –, um seine innere Leere zu vergessen. Eine Gesellschaft rationaler Frauen sei auf derlei Zwangsvorstellungen nicht angewiesen.

(Varli Soleyn schrieb auch, Kriege und militärische Organisationen seien lächerliche Versuche der Männer, ihr minderwertiges Geschlechtsleben in einer kosmischen Penetration zu überkompensieren und dabei auch ihre – von den Frauen zu fördernde – Todessehnsucht zu erfüllen. Im Gegensatz hierzu sei das Zusammenleben von Frauen in militärischen Verbänden lobenswerte Kameradschaft.)

Ich fragte weiter, weshalb die Mütter nicht wenigstens die Shil-Frauen zu befreien statt auszurotten suchten. Die Gebietende Mutter erklärte, es gebe eine starke Fraktion, die nur die in Pasdan geborenen Frauen als Auserwählte betrachte; selten komme es – wie bei mir – zu Ausnahmen, und in der Zukunft werde diese Fraktion wohl die Politik bestimmen. Außerdem seien alle Shil, gleich welchen Geschlechts, zur Bildung des angestrebten künftigen Gemeinwesens unfähig, da ihre Sprache es ihnen unmöglich mache, die grundlegenden Begriffe (ich nehme an, hiermit sind kosmische Ordnungsvorstellungen wie ›Welt‹, ›Realität‹ etc. gemeint) als wirklich hinzunehmen; alle Shil-Sprachen behandelten materiell nicht faßbare Dinge wie z. B. alles Weltanschauliche als ästhetisches Spiel ohne realen Wert und seien daher ungeeignet zur Errichtung dauerhafter Gebilde, die auf Wertvorstellungen beruhen . . .«

XIV

Der Hafenort Tashila, am Ostgestade von Huasiringa, war eine alte Shil-Gründung mit etwa 5000 Einwohnern. In der fruchtbaren Ebene nördlich der Stadt wurde Landwirtschaft betrieben, südlich stieg das Land schnell an; dort gab es nur noch Felsen und – in langen, einsamen Tälern – Einödhöfe und winzige Weiler. Die hohen Tamar-Berge trennten Huasiringas Ostteil vom niedrigen Sumpf- und Dschungelland, Hauptmasse und Hauptattraktion der Insel.

Die Feriensiedlung existierte seit etwa 100 Jahren: ein großes Hotel, dazu Bungalows an einer flachen Bucht; Touristen konnten angeln, wandern, baden, Bootstouren unternehmen oder jenseits der Berge – die zu Fuß zu überqueren waren – Safaris auf die gefährliche Tierwelt unternehmen. Der Westteil war praktisch unbewohnt; die Küste bestand aus Lagunen hinter Riffen und Sandbänken, der Rest war Dschungel und Sumpf. Dort gab es Nattern, deren Biß innerhalb einer Stunde zum Tod führte. An verschiedenen Stellen wuchsen Fleischbäume, die mit lianenartigen Auswüchsen Tiere und Menschen fingen und einer Speiseöffnung im Unterteil des Stammes zuführten. In den Sümpfen und Dschungelseen hausten mehrere Sorten Alligatoren; die größten von ihnen maßen bis zu sieben Meter Länge und bevorzugten Touristen als Diät. Es gab wandernde Ätznelken, die sich der Umgebung anpaßten, so daß die Sicherheitsdistanz von zwei Metern (so weit sprühten sie ihre Säure) nicht immer einzuhalten war. Vor allem aber gab es den Shihueti, eine riesige Raubkatze mit reißenden Fängen und mächtigen Pranken. Wer in den Dschungeln auf Safari gehen wollte, war auf Pfeil, Bogen und Messer angewiesen. Zahllose kleinere Katzen mit schönem Fell standen nicht so hoch im Kurs wie der Shihueti, dessen silbergraue Decke mit verschlungenen Goldzeichnungen als Trophäe unter Fachleuten für unvergleichlichen Ruhm sorgte, als Handelsobjekt unvergleichlich teuer war. Aber im Commonwealth übernahm keine Versicherung das Risiko einer Shihueti-Jagd; die Safaritouristen unterzeichneten vor Beginn des Unternehmens eine Erklärung, in der sie die Veranstalter von jeglicher Verantwortung entbanden. Für das letzte Jahrzehnt verzeichnete die Statistik 30 erlegte Shihuetis und 87 zerrissene Touristen. Hinzu kamen jene, die im Sumpf versunken, von Fleischbäumen gefressen, von Ätznelken zersetzt, von Sumpfnattern vergiftet oder von Alligatoren zerstückelt worden waren.

Das *Grand Hotel* war ein zweigeschossiger weißer Bau zwischen den Klippen und dem Küstenwald. Die Bungalows lagen ohne Sichtverbindung untereinander an Buchten, umgeben von üppigen Orchideenhecken und Zinnobersträuchern. Tashila war eine Ansammlung massiver, dunkler Holzhäuser um einen Naturhafen mit Fischerbooten. Die Luxusclipper wirkten fehl am Platz.

Am zweiten Tag inspizierte Barakuda die Fischerkneipen von Tashila. Als die Rede auf die Touristen kam, zitierte ein alter Shil eine Legende. »Die Götter waren kurz nach Beginn unzufrieden mit der Lage der Dinge, da zum Erreichen der Stabilität eine gewisse Ordnung gehörte, die ihnen langweilig erschien. So förderten sie dann im Rahmen der unabdingbaren Naturgesetze das Chaos, und wunderbar ist ihr Tierreich geworden. Dieser Vogel« – er wies auf ein graugelbes Tier, ähnlich einer Krähe; es hockte träge schaukelnd auf einer Rahe und musterte die Fische, die eine weibliche Bootsbesatzung körbeweise an Land schleppte – »sitzt dort und wägt ab. Bald wird er einen Fisch nehmen und zu den

Klippen fliegen, um ihn zu verzehren. Er baut ein Nest und sucht einen Partner; sein Leben hindurch rackert er sich ab, um stark genug für die Paarung und den Nestbau zu sein. Wenn die Eier gelegt sind, bedecken die Vögel sie mit bestimmten Moosen, die Sonnenhitze speichern. Danach verstopfen sie ihre Schnäbel mit Kräutern, beschmieren die Flügel mit Lehm und stürzen sich von den Klippen zu Tode. Und du willst, daß ich mich über die Jäger wundere?«

Die meisten Feuerwaffen waren nach Tashila geliefert worden, an eine nichtexistente Adresse. Barakuda erfuhr lediglich, die Lieferungen seien von der Hafenwerkerzunft angenommen und gelagert worden. Innerhalb weniger Tage sei jeweils ein großer Segler ohne auffällige Kennzeichen, bedient von Shil und Mulis, in den Hafen eingelaufen. Die Besatzung habe die Gebühren entrichtet und die Lieferungen mitgenommen. Sie seien nach Norden gesegelt.

Barakuda erholte sich ausgezeichnet; das Hotel hatte eine gute Küche und erstklassiges Personal. Er schlief in einem luxuriösen Bungalow, schwamm viel, las mehr und verbrachte die Abende lieber im Hafen von Tashila als im Hotel; das gesellschaftliche Leben und die organisierte Unterhaltung ließen ihn kalt.

Nach einigen Tagen erfuhr er über Funk aus Cadhras, daß es nichts Neues gab; Maqari kündigte ihm lediglich an, einer seiner Kundschafter, ein Banyashil namens Avlok, sei zu ihm unterwegs, von Golazin aus, einer Hafenstadt weiter im Westen des Nordkontinents.

Im *Grand Hotel* redete man über einen auffälligen Touristen namens Gerames, der die Statistik verändert hatte. Der Mann war vor wenigen Tagen von einer Safari aus dem Westteil Huasiringas zurückgekehrt, mit den Häuten dreier Großalligatoren, den Fellen eines halben Dutzends kleinerer Katzen und – zwei Shihuetidecken. In der vom Hotel geführten Liste stand er damit an zweiter Stelle hinter einem

Gast, der es vor 50 Jahren auf drei Shihuetis gebracht hatte. Der Aushang am Schwarzen Brett in der Halle führte aber auch drei Jagdtouristen auf, die nicht von der Safari zurückgekommen waren, von Shihuetis zerrissen. Eines der beiden von Gerames erlegten Tiere hatte zwei Touristen erlegt.

An seinem neunten Tag lag Barakuda dösend im heißen Sand unterhalb des Bungalows. Er hörte Schritte. Eine Stimme sagte vorsichtig: »Chef, schläfst du?«

Avlok hockte sich zu ihm, rauchte eine Zigarette und berichtete über merkwürdige Vorgänge in der Stadt und im Flußland. »Die Wege werden unsicher. Auf dem Wasser kommt man noch vorwärts, aber auf dem Land sind alle Büsche Ohren und die Nächte Dolche.«

Scharmützel zwischen Händlergruppen und Wegelagerern; Karawanen, die längst fällig waren und ausblieben; Leichen, die den Golzain hinabtrieben. »Ich dachte, es wäre besser, dies weiterzugeben, ehe mich der große schwere Schlaf ohne Morgen erwischt.«

»Lebende Kundschafter ziehe ich toten Helden vor; es ist angebracht, den Rücken vor zusätzlichen Körperöffnungen zu hüten. Sprich weiter.«

»Die Matriarchinnen überziehen die Steppe mit Spitzeln und Gruppen ihrer Kriegerinnen. Was wollen sie so weit im Osten?« Avlok berichtete, er sei den Fluß hinaufgeritten und habe verbrannte Dörfer gefunden; mehrmals sei er knapp dem Tod durch Pfeile entronnen, auch habe er Feuerwaffen gesehen und gehört. In den Buschlanden am südlichen Golzain seien jüngst viele Gräber angelegt worden, aber niemand habe bisher Lust verspürt, sie zu öffnen. Auch wisse keiner, wer sie gegraben habe; allerdings gebe es Gerüchte, denen zufolge Jägerinnen der Banyashil, viele tausend Kilometer von ihrer Steppenheimat entfernt, einen stummen Buschkrieg mit versprengten Banditen und Streifen aus Pasdan führten.

Abends aß Barakuda im Speisesaal des Hotels, der mit orangefarbenen Marmorfliesen ausgelegt war. Nach dem Essen sprach er mit dem Manager und zog sich dann mit einer Karaffe Wein in die Bibliothek zurück.

Über das Matriarchat von Pasdan gab es nur wenige Unterlagen, die mehr enthielten als Gerüchte. In Cadhras, in der Bibliothek des Gouvernements ebenso wie in der des Territoriums, gab es reichhaltige Bestände an Lesewürfeln, aber kaum ältere Bücher. Gleiches galt für die diversen Institute auf der Schul- und Universitätsinsel Corilia. Die *mikrolibros* waren nur mit Geräten zu lesen, zu deren Betrieb Elektrizität benötigt wurde. Huasiringa lag fast 2000 Kilometer von den Küsten des Isthmus entfernt, damit auch vom Fusionsmeiler bei Cadhras. Lesegeräte und *mikrolibros* waren hier nicht zu finden. In der Bibliothek mit ihren dunklen Eichenpaneelen, schwarzgebeizten Regalen aus Shilgat-Esche und bequemen Polstersesseln gab es nur Bücher. Es war viel Unterhaltungslektüre, aber auch ortsbezogenes Material dabei, und Barakuda, der bei seinen Nachforschungen in Cadhras immer wieder auf Zitate aus nicht mikrolibrierten Büchern gestoßen war, hoffte einige dieser Texte in der Bibliothek zu finden. Sie enthielt jedoch nur die üblichen Werke über den Planeten Shilgat, die er sämtlich kannte, und von denen er die meisten geringschätzte. *Erbgott, Fischfisch und Stadtsklave – Institutionen der Shil auf Shilgat*, das Werk eines Reisejournalisten namens Ireneo Fnuse, der über der Aufzählung oft falscher Details eine Untersuchung ihrer Bedeutung vergessen hatte; *Linguistische Betrachtungen: Banyashilgu* von Berengar Z. Golyubin, eine Arbeit mit verdienstvollen darstellenden Kapiteln und waghalsigen Hypothesen im Hauptteil; *Geschichte von Shilgat* von Isis Myrer – ein von pseudowissenschaftlichen Termini durchsetztes Werk, dessen Hauptproblem der Titel war, da es keine Geschichte von Shilgat gab; daran litt auch die *Untersuchung der Annalen von Sa'orq* aus der

Feder eines akademischen Schwätzers namens Shalmassi Vankvard, der zwei Wochen in Cadhras verbracht, Fischern und Händlern gelauscht und dann diese Arbeit vorgelegt hatte – ein Werk, in dem behauptet wurde, Sa'orq, vermutlich älteste Stadt auf Shilgat, sei eine Ratsdemokratie, und seine Annalen (die der Autor nie gesehen hatte) enthielten eine Fülle interessanter Berichte, die er im Anschluß daran zitierte: wiederum Legenden und Märchen.* Ferner standen in den Regalen *Handbuch des Shihueti-Jägers auf Huasiringa* von Julo Bonotze; *Ich zog mit der Nordkarawane* von Flimmer Bundobust; *Die Irren von Pasdan, Banyadir und Gashiri* von Eira Enxol, ein Buch, das Barakuda kannte und dessen Titel er schätzte, das aber keine substantiellen Nachrichten enthielt; *Mythen und Legenden der Banyashil* von Uglesa Husmin; außerdem die offiziellen Handbücher, Gesetzestexte usw.

Barakuda gab die Suche auf und widmete sich der Lektüre von Band LXII des *Lexikons der bewohnten Welten* (»Sa-Smu«). Er blätterte »Shilgat« durch, entdeckte nichts Neues und stieß dafür weiter hinten auf eine fesselnde Darstellung der »Formen des sanktionierten Totschlags durch Lob und Handlesekunst sowie Bauchpinseln bei den Drogol von Skaamtgi IV«, in die er sich lächelnd vertiefte.

Kurze Zeit später trat der Manager mit einem breitschultrigen Touristen ein, den er als Gildor Gerames vorstellte. »Nachdem Sie mich zu diesen Matriarchinnen befragt hat-

* Die Sa'orqi halten Kriege und Dynastien für allfällig und daher nicht aufzeichnenswert; die Annalen reichen fast 30 000 Jahre zurück und verzeichnen nichts als bemerkenswerte Scherze, Anekdoten, Bizarrerien. – Die erfundenen und verhöhnten Götter von Sa'orq thronen am Nachthimmel und schauen, der Überlieferung nach, niemals hin. Sa'orq wird von einer Theologenkaste regiert; die Priester halten es für ein verzweiflungsvolles Unterfangen, auf göttliche Offenbarungen zu warten, da a) Götter nicht existieren, sich b) vorwiegend Geisteskranken aufdrängen und c) in einem absurden Chaos göttliche Gesetze stören würden. Die mutmaßlichen Weisungen werden daher von den Priestern in einer Art Lotterie ermittelt, die dem Gemeinwohl folgt und dient. – Die Gottheit ist in der Stadt erblich; Erbgott wird jeweils ein Schwachsinniger.

ten«, sagte der Manager, »fiel mir ein, daß *dom* Gerames vor einiger Zeit ebenfalls etwas über Pasdan wissen wollte.« Er ließ sie allein.

Barakuda musterte Gerames. Der Mann war einen halben Kopf größer als er und schwarzgebrannt von der Sonne. Er trug einen cremefarbenen Strandanzug und ein transparentes Seidenhemd, aus dem die titanische Brustbehaarung quoll. Ein kantiger Schädel mit einer kurzen Matte blaugrauen Haares, wulstige Lippen, wuchtiges Kinn und grellgraue Augen – der Mann gab ein formidables Bild ab. Barakuda hatte ihn schon mehrfach von weitem gesehen, meist mit wechselnden Gespielinnen der Luxusklasse.

Gerames balancierte auf dem Handteller seiner Rechten eine Flasche Wein und zwei Pharlit-Schwenker. Als er diese wichtigen Objekte auf den Tisch in der Sitzecke gestellt hatte, schüttelte er Barakudas Hand mit einem mörderischen Griff. Dann zog er ein Buch aus seiner Jacke und legte es auf die Platte.

»Hier. Hab ich vor Jahren in einem Antiquariat gefunden und aus reiner Neugier gekauft – Kuriosität, Sie verstehen. Es ist der zweite Band. Ich hatte gehofft, auf Shilgat den ersten zu finden. Vor ein paar Tagen hab ich mich mit dem Geschäftsführer darüber unterhalten. Das ist ihm jetzt eingefallen. Wer sind Sie eigentlich?«

Barakuda umschrieb in dürren Worten seine Noch-Funktion. Gerames grinste. »Netter Job, aber meiner ist besser.«

Er besaß auf Osiris, einem der Antares-Planeten, eine Fabrik für Sportgleiter, ultrateure Raumyachten und ähnlich kostspielige Gegenstände. Er konnte sich den Luxusurlaub auf Shilgat ebenso leisten wie den Wein, den Barakuda verstört betrachtete: ein dreißigjähriger Chambertin, abgefüllt vom Erzeuger. Weine und melancholische Kunst, das war fast alles, was die alte Erde noch produzierte. Der *Grand Cru* stand mit 900 Drachmen auf der Karte.

»Sie sehen aber nicht so aus, als ob Sie sich in Antiquariaten wohl fühlten.«

Gerames lachte und entblößte zwei Reihen blitzender Zähne. »Sie irren. Alles, was teuer ist, übt eine gewisse Anziehungskraft auf mich aus. Dieses Werk gehörte damals dazu. Außerdem bin ich nur halb so beschränkt, wie ich in Ihren Augen offenbar wirke.«

Barakuda grinste und griff nach dem Buch. Es handelte sich um ein gebundenes Manuskript in einer gestochenen Handschrift. Das erste Blatt trug den Titel *Zweiter Teil – Fortsetzung der Lehren der Heiligen Mütter von Pasdan; meine Aufnahme als Novizin und Flucht; CT 114–117. Florisa De Clare, Gaia, 118.*

»Ich habe das einige Male gründlich gelesen«, sagte Gerames. »Es ist so ungefähr der abstruseste Blödsinn, von dem ich je gehört habe. Allerdings macht es einen in sich so geschlossenen Eindruck, daß ich es für wahr halte.«

Barakuda begann vorsichtig zu blättern.

Gerames goß beide Gläser voll und reichte ihm eines. »Ich nehme an, Sie trinken notfalls ein Gläschen Wein. Übrigens können Sie bei dem Bändchen zupacken; ich habe die Seiten behandeln lassen.«

»Danke, ich trinke gern einen Schluck von Ihrem Wein, vor allem, weil ich ihn mir nicht leisten kann.« Barakuda roch, schnüffelte, inhalierte; sie tranken einander zu. Es war, als explodiere ein vielfarbiges Geschmacksfeuerwerk auf Barakudas Zunge. Andächtig setzte er das Glas wieder ab.

»Das ist eine gute Sache.«

Gerames hob die Brauen. »Reden wir vom Buch. Ich habe mich mit der über den bewohnten Kosmos verstreuten Sippe der De Clares in Verbindung gesetzt. Offenbar weiß keiner etwas. Vor einiger Zeit hatte ich auf der Erde zu tun und kam auf den Gedanken, zu suchen, ob da noch De Clares existieren. Es gibt sie noch; sie sitzen in alten Familienhorsten in

Irland herum und halten wenig von der verstreichenden Zeit. Diese Florisa hat es gegeben, und die Daten scheinen zu stimmen. Sie muß lange vor der Unterzeichnung des Shilgat-Abkommens hier gewesen sein.«

Barakuda nickte. »Das Abkommen wurde 198 unterzeichnet; wenn sie tatsächlich zwischen 114 und 117 in Pasdan war, wäre das neben ein paar Logbüchern der erste zusammenhängende Text über Shilgat. Abgesehen natürlich von den alten Aufzeichnungen der Shil.«

Gerames winkte ab. »Sie meinen die Annalen von Sa'orq und so was? Ich habe das Buch von Vankvard gelesen – reiner Blödsinn.«

Barakuda erfuhr in den nächsten Stunden einige interessante Dinge. Gerames' Vater hatte mit der Produktion von Sport- und Freizeitfahrzeugen für die Reichen und Superreichen begonnen. Natürlich war er nicht der erste gewesen, aber er hatte einige neue Einfälle gehabt. Gerames hatte mit 16 Jahren, beim Tod des Vaters, die Firma übernommen und ausgebaut. Beiläufig erwähnte er den letzten Jahresumsatz, zwanzig Millionen Talente.

»Zwei Milliarden Drachmen«, sagte Barakuda andächtig.

»Etwas mehr als die Hälfte ist Reingewinn.« Gerames grinste. »Ich will nicht angeben; Sie sollen das nur wissen, damit Sie ohne Skrupel meinen Wein trinken. Wissen Sie, mit der Zeit wird alles öde. Neulich mußte ich meine vierte Frau abfinden und dachte, nach all dem Zirkus könnte mir Urlaub in einer anderen Umgebung nicht schaden. Ich habe mich für ein halbes Jahr aus dem Geschäft zurückgezogen. Die Fabrik ist in guten Händen, und ich wollte mal etwas anderes sehen als Gleiter, Empfänge und Frauen, die ihren Schmuck nur tragen können, weil die Colliers mit Antigravprojektoren ausgestattet sind.«

Er goß nach. Barakuda bot ihm eine Zigarette an. »Und dann sind Sie auf Shilgat verfallen?«

»Ja. Ich habe zuerst eine Weile in einem entlegenen Bungalow gehockt und gelesen. Lesen macht den Kopf frei von Dingen, mit denen man sich sonst herumschlägt. Irgendwann hatte ich plötzlich dieses Manuskript in der Hand. Da machte es tick, und ich habe mir gesagt: Wenn es schon unmöglich ist, den ersten Band irgendwo aufzutreiben, warum fährst du dann nicht einfach nach Shilgat und schaust dich an Ort und Stelle um, ob die wilden Geschichten stimmen? Und, dachte ich, vielleicht findet sich auf Shilgat irgendwo ein Sammler, der zufällig den ersten Teil dieser Lebensgeschichte besitzt.«

Barakuda schüttelte den Kopf. »Das Commonwealth hat tausend Welten und Billionen Bürger. Und Sie suchen ein altes handgeschriebenes Tagebuch. Nicht zu fassen.«

Gerames verschränkte die muskulösen Arme hinter dem Kopf. »Ja, warum nicht? Es gibt Zufälle ...«

Barakuda klopfte auf das kleine, in kostbares, weiches Leder gebundene Buch. »Zu den Zufällen gehört natürlich, daß ich ausgerechnet über das Matriarchat in dieser entlegenen Hotelbibliothek Informationen suche, während Sie mit diesem alten Buch hier herumsitzen und Urlaub machen. Rechnen Sie sich die Chancen aus; die Wahrscheinlichkeit für diese Begegnung ist absolut Null.«

Gerames grinste plötzlich satanisch, streckte die Hand aus und nahm das Buch an sich. »Passen Sie mal auf, Sicherheitssekretär Barakuda, ich mache Ihnen ein Angebot. Ich habe meinen Luxus, meine geschiedenen Frauen, meine Gleiter zurückgelassen, um ein paar Abenteuer zu erleben. Jetzt hocke ich auf Shilgat und langweile mich entsetzlich. Das Territorium kann man besichtigen, man kann Kreuzfahrten zwischen diesen reizvollen Inseln machen, und man kann sich jenseits der Tamar-Berge von Moskitos fressen lassen und seltsame Tiere jagen. Ich habe zwei Shihuetis mit Dolch und Pfeil erledigt, bin in bester Verfassung und finde das Leben in diesem Hotel öde. Als ich vor fünfzig Tagen aufgebrochen bin, dachte ich, ich könnte das Matriarchat von Pasdan bereisen, mit einer Karawane über den Südkontinent ziehen und in den Annalen von Sa'orq blättern. Das alles ist verboten, weil es zu gefährlich ist, wie man mir sagt. Ich habe versucht, ein Boot zu mieten, das mich nach Pasdan bringt. Man ist bereit, mir so viele Boote zu verkaufen, wie ich haben will, aber ich kriege keine Besatzung. Niemand findet meine Vorschläge gut.«

Er lehnte sich zurück und legte die Beine auf den Tisch. Barakuda ahnte, was kommen würde.

»Und jetzt sitzen Sie hier und suchen Informationen über die Matriarchinnen. Höchst interessant. Wieso findet der Sekretär für die Sicherheit des Protektorats Shilgat keine Informationen? Weil es keine gibt, offensichtlich. Aber wieso sucht er welche? Ich habe Gerüchte gehört, daß auf diesem Planeten zur Zeit nicht alles in jenem Gleichgewicht sein soll, das dem Gouvernement in Cadhras heilig ist.«

Barakuda antwortete nicht. Gerames fixierte ihn.

»Wissen Sie was: Ich werde Ihnen das Buch nicht zum Lesen überlassen. Ich werde es gut verstecken und übermorgen mitnehmen, wenn ich mit einem dieser Luxussegler nach Cadhras zurückfahre.« Er lächelte und nippte an seinem *Grand Cru*.

Barakuda betrachtete den großen, durchtrainierten Mann mit dem eisernen Händedruck. Zweifellos war Gerames körperlich fit, und ebenso zweifellos besaß er eine scharfe Intelligenz, sonst hätte er es nicht innerhalb von 20 Jahren zu solch exorbitantem Erfolg bringen können. Außerdem schien er Humor zu haben.

»Okay, Gerames.« Er hob das Glas und sah den aufmerksamen Mann über den Rand hinweg an. »Spielen wir das Spiel zu Ende. Was ist Ihr Einsatz?«

Gerames nahm die Beine vom Tisch. »Ich habe noch einhundertzehn Tage Zeit. Sie erzählen mir die Wahrheit über diese seltsamen Gerüchte und nehmen mich mit, wenn es irgendwie zur Sache gehen sollte. Mein Risiko natürlich. Und Sie zeigen mir den Planeten, soweit das in der Zeit und bei Ihren Aufgaben möglich ist.«

Barakuda musterte den großen, kräftigen, widerwärtig gut aussehenden und dazu reichen Mann und stellte fest, daß Gerames ihm sympathisch war. Außerdem hatte er nicht versucht, ihn zu bestechen.

Er lachte. »Na gut. Auf Ihre Verantwortung, Mann. Machen Sie Ihr Testament.«

Sie schüttelten einander die Hände. Gerames klingelte nach einem Kellner, bestellte eine weitere Flasche Wein und füllte die Pharlit-Kelche nach.

Am nächsten Morgen kam Gerames in Barakudas Bungalow. Er brachte das Buch mit.

Aus: Tagebuch II *von Florisa de Clare, Gaia 118 (Manuskript)*

». . . Mit der Prophezeiung einer kommenden HÜTERIN, *die sich um die Belange ihrer Töchter kümmern werde, sei die Gemeinschaft von Pasdan über den Rest des Universums erhoben. Meine Frage, ob nicht der Glaube an derlei Prophezeiungen mit der männlichen Unterordnung unter Führer und Religionen identisch sei, tat die Gebietende Mutter ab; im Fall der Tiere sei solches Krücke, für* UNS *dagegen letzte Erfüllung.*

Die Prophezeiung ist bemerkenswert; ich glaube, daß sie sich mir nahezu wörtlich eingeprägt hat. Varli Soleyn (oder eine spätere Bearbeiterin?) schreibt etwa:

›Dann wird kommen ein Tag im Herbst, da Ängste sprießen und fließendes Blut grell ist wie das Morgenleuchten. Fast siegreich, doch bedrängt sein werden die Töchter des Lebens von den Kräften des tierischen Dunkels. Dann jedoch ereignen sich Zeichen.

Steine werden treiben auf dem Wasser; brennen wird das Meer; die Steppe wird wuchern auf Schiffen, und im Morgen erstrahlt über der Stadt der Töchter das Zeichen des Kreises der beiden Kreuze. Gewaltiger Donner erschüttert den Boden; über dem brennenden Meer kreisen Millionen Vögel in dichter Ballung, kreischend und schlagend. Dann werden sie fliehen, und über das brennende Meer wird reiten die HÜTERIN.

SIE *reitet auf einer weißen Stute. Die* HÜTERIN *trägt ein blendend weißes Gewand aus einem Stück, denn auch* SIE *ist Ein.* SIE *wird reiten durch das Feuer und nimmer brennen.* SIE *wird reiten auf dem Meer und nimmer sinken.*

Die HÜTERIN *kommt vor die Stadt der Töchter.* SIE, *die Mutter ist und doch nicht Mutter, Jungfrau und doch nicht Jungfrau, wird keinen Einlaß finden, da die Furcht der Frauen die Freude besiegt.* SIE *wird heben* IHRE *Hand und die Mauern stürzen. Dann wird* SIE *reiten in die Stadt* IHRER *Töchter. Dort wird manche Kleingläubige zweifeln an* IHR *und fordern, daß* SIE *in schmerzlicher Prüfung beweise, daß* SIE *Mutter und doch nicht Mutter ist, Jungfrau und doch nicht Jungfrau. Die* HÜTERIN *wird* SICH *der Prüfung beugen, und die kleingläubigen Töchter werden beschämt leben ohne Ansehen bis zum Schluß ihrer Tage.*

Die HÜTERIN *wird sodann zum Gestade treten und heben* IHRE *heilende Hand. Das Feuer erlischt, die Steine versinken, die Steppe flieht, und abermals wird entstehen das Zeichen des Kreises der beiden Kreuze im Himmel. Allenthalben schweigen die Waffen des tierischen Dunkels, und die* HÜTERIN *sammelt alle Waffen der Töchter und weist einen Weg zum Erhabenen Ziel.‹ . . .«*

XV

Der von Sarela McVitie gelenkte kleine Gleiter holte Barakuda, Gerames und Avlok ab und brachte sie zunächst nach Arameq, einer alten, weißen Stadt am Meer, umgeben von Wällen und Türmen, an denen heftig gearbeitet wurde. Sarela sollte den Kundschafter zu einem bestimmten Punkt in der Steppe fliegen und dann nach Cadhras zurückkehren; Barakuda machte mit ihr ein Treffen an einer anderen Stelle im nördlichen Grasland aus. »Gerames und ich werden nach Norden reiten. Vielleicht kriegen wir ja noch was raus.«

Er übergab der Leutnantin das kleine, ledergebundene Buch mit der dringenden Bitte, es der Gouverneurin auszuhändigen.

Der Resident des Gouvernements bewohnte ein schlichtes Gebäude aus weißgeschlämmten Ziegeln. Es lag gleich neben der Ratsreuse. Beim Abendessen, das sie auf der Terrasse einnahmen, bewunderte Barakuda den Blick auf Hafen und Meer, während Gerames der See den Rücken kehrte und die Reliefs und Mosaike an der Vorderfront der Reuse betrachtete.

»Der Fischfisch hatte einen Traum«, sagte der Resident, ein grauhaariger Mann mittleren Alters. »Deshalb werden die Mauern ausgebessert, und man legt Vorräte an.«

Gerames deutete auf die Darstellungen an der Fassade der Reuse: Bilder aus der mythischen Geschichte der Stadt. »Mir ist das alles zu dunkel. Fische und Kiemen und Reusen, bah. Und nun auch noch Träume.«

Der Resident hatte sich langwierigen Vorträgen dadurch entzogen, daß er noch vor dem Abendmahl Gerames die Kopie einer Zusammenfassung wichtiger Einzelheiten der Stadtgeschichte aushändigte, in der es hieß:

»Wenngleich im Hinterland – fruchtbares Schwemmland, das der nur wenig westlich von Arameq in einem breiten Delta ins Meer fließende Avrak in Jahrtausenden aus dem Norden gebracht hat – Landwirtschaft betrieben wird, ist doch Fischfang die wichtigste und historische Basis der Stadt, auf die sich alle anderen Aktivitäten beziehen. Wie üblich haben auch hier die Shil in Ermangelung des Zutrauens zu einem sinnvollen Kosmos und etwaigen Göttern ihre Schöpfungsgeschichte, Mythen und Ordnungsprinzipien nach ästhetischen Gesichtspunkten erfunden. Die Erwachsenen unter den 50 000 Einwohnern wählen die Kiemen, 100 Frauen und Männer, die in der Ratsreuse tagen. Die Kiemen ihrerseits wählen, manchmal auf Zeit, manchmal auf Lebenszeit, den Fischfisch, der immer Ubba-bul heißt. Dem Mythos zufolge war einst ein Shil, der durch ungünstige Liebschaften das Gedächtnis verloren hatte, ans Gestade getreten und hatte das Meer laut rufend befragt, wer er sei. Ihm erschien daraufhin der Große Fisch und ließ eine Blase aus seinem Maul aufsteigen, die dem Shil seinen künftigen Namen Ubba-bul offenbarte. Er gilt als Gründer von Arameq. Der gewählte Fischfisch erhält durch geheimnisvolle und vermutlich absurde Riten in der Grotte auf einer küstennahen Felseninsel jene visionäre Kraft, die all seine Entscheidungen und Träume zutreffend macht. Er irrt sich tatsächlich nie, denn seine Weisungen werden vom Rat der Kiemen interpretiert, und ihr Spielraum für Deutungen ist groß. Einer der letzten Fischfische hatte verkündet, der Mond werde auf den Planeten stürzen. Diese Prophezeiung war insofern waghalsig, als Shilgat keinen Mond besitzt. Ubba-bul hatte am Vorabend mit einem Händler aus Cadhras gezecht und sich altirdische Liebeslyrik rezitieren lassen. Die Kiemen beschlossen nach langer Beratung, die Vision habe keinen Belang für die realen Geschicke der Stadt, was sich als zutreffend erwies, da tatsächlich keinerlei Mond fiel. Da des Fischfischs Träume jedoch immer die Absichten des Großen Fisches wiedergeben und also nicht mißachtet werden dürfen, konstruierte man ein riesiges Katapult, mit dessen Hilfe ein großer Felsbrocken namens ›Mond‹ ins Meer geschleudert wurde. (Da in Ermangelung des bezeichneten Objekts das Banyashilgu nicht über ein Wort für ›Mond‹ verfügt, wurde der Brocken *mun-lun* genannt; offenbar war der Cadhrassi-Händler polyglott.)

Übrigens sind alle anderen wichtigen Bereiche des Lebens mit Fischtermini durchsetzt; so heißen die Zunftausschüsse Gräten, die Bürgerwehr Schuppen, und die kleineren Küstenboote werden nicht von Rudern, sondern von Flossen bewegt ...«

Am Morgen führte Barakuda in der Ratsreuse ein Gespräch mit einem der Kiemen. Dieser geleitete ihn später zum Fischfisch.

Ubba-bul war ein uralter Fischer mit breitem Mund und klugen Augen, die infolge starker Weitsichtigkeit den erstrebenswerten Ausdruck des Unendlichen Blicks gewonnen hatten. Er empfing Barakuda freundlich und ließ ihn bewirten; man tauschte Belanglosigkeiten über die stets guten Beziehungen zwischen Arameq und dem Protektorat aus. Der Fischfisch erkundigte sich nach dem Wohlergehen der Gouverneurin, »der unvergleichlichen Schwimmblase von Cadhras«; er und der Kiemen zeigten sich befriedigt darüber, daß der ehemalige Gouverneur, ein notorischer Schänder künftiger Laichplätze, auf einer trockenen Strafwelt des Commonwealth fernab jeden Wassers seine Missetaten mit harter Arbeit büßen müsse. Der Kiemen zitierte ein Sprichwort: »Den Tröckner verstoße man, daß er immerfort japse.«*

* Tröckner – *grerr're*: Einer, der in fluchwürdiger Weise die Dinge ihrer natürlichen Feuchtigkeit beraubt; japsen – *huaaxhai*: Sterbend nach Luft schnappen wie ein Fisch auf dem Trockenen.

Barakuda erfuhr von Umtrieben einer neuen Gruppe von Traditionalisten unter der Stadtjugend. »Wir haben ihnen einen Platz östlich der Mauern angewiesen, wo sie sich wie die Ureltern öffentlich im Wasser fortpflanzen können. Sollten die jungen Leute ihre Nachkommen allerdings im Meer aussetzen, müssen wir in einigen Zehntagen einschreiten.«

Schließlich kam man auf Gerüchte aus dem Hinterland und die Visionen des Fischfischs. Ubba-bul bestätigte, daß kaum noch Handelsgut aus den Steppen ankomme; dort herrsche offenbar die Zähnung böser Tröckner. Ein Traum habe ihm die Notwendigkeit eingegeben, die Mauern der Stadt auszubessern und die Schuppen zu mehren.

Am späten Vormittag trieben Barakuda und Gerames sich im Hafen herum. Neben Fischerbooten lagen Frachtsegler an den Molen und am Kai – Schiffe aus Cadhras ebenso wie aus Golazin und anderen Shil-Städten, aber auch Küstenhändler und Boote aus Orten am Oberlauf des Avrak. In einem Kramladen kaufte Dante einen Stift, der alt und seltsam genug aussah, um vielleicht einer der fehlenden Schlüssel für die Tür im Keller der Residenz in Vagaván zu sein. Barakuda schleppte Gerames durch mehrere Tavernen, bis sie endlich Leute fanden, die auf Avrak-Kähnen arbeiteten. Dante fragte sie nach Gerüchten und Informationen, erfuhr aber nichts Neues.

Ein junger Mann mit mürrischem Gesicht, der an einem Nebentisch gesessen, Fischsuppe gelöffelt und gelauscht hatte, kam schließlich zu ihnen. Sein Name, sagte er, sei Ang'har. »Ich bin Maat auf einem Frachter aus Biyang.« Sein Gesicht hellte sich während des Gesprächs keineswegs auf. Er war schlank, beinahe zierlich gebaut, hatte halblange schwarze Haare und merkwürdig bräunlich schillernde Augen. Seine Haut verriet, daß er ursprünglich aus dem Norden, aus den Steppen stammte; den metallischen Unterton im dunklen Oliv fand man nirgends sonst auf Shilgat. »Wenn ihr bereit seid, mit uns zu fahren, kann ich euch in einem Dorf nahe Biyang mit Leuten zusammenbringen, die mehr wissen. Weitgereiste Frauen und Männer.«

Gerames schnaubte. Barakuda beendete die Übersetzung und verzog geringschätzig das Gesicht. »Was sollen die schon wissen? Sicher bist du am Gewinn beteiligt und willst für den Bootsbesitzer zahlende Passagiere ködern.«

Ang'har hob die schmalen Schultern. »Wenn du meinst, Cadhrassi.« Es schien ihn nicht weiter zu interessieren. Dann beugte er sich jedoch vor und flüsterte, so daß niemand außer Barakuda es hören konnte: »Interessieren dich auch Nachrichten über Beziehungen zwischen Großer-Töter und seinen Banditen und den Müttern von Pasdan nicht?«

Dante winkte ab. »Daß die Beziehungen existieren, weiß ich längst. Es müßte schon mehr dabei herauskommen.«

»Ja. Ich habe etwas von Feuerwaffen gehört. Aber viel weiß ich nicht. Forsal, ihm gehört das Schiff, kann euch sowohl sagen, wo das Dorf genau liegt, als auch, was er gehört hat.«

Das Boot lag an der westlichen Mole und war gebaut wie die meisten Kähne der Gegend – geringer Tiefgang, ein breiter Rumpf, hochgezogene Bordwände, ein großer und ein kleiner Mast, am Heck eine Kajüte, über dieser das Steuerrad. Ladung wurde einfach um die Masten herum gestapelt und festgezurrt; es gab keine Laderäume. Der Eigner verlangte 50 Foldar für Fahrt und Informationen; Barakuda handelte ihn auf 30 herunter. »Über das Dorf werden wir aber erst reden, wenn wir dort sind«, sagte der Mann. »Und dann müssen wir auch noch einmal den Preis bereden. Auf der Fahrt gibt es nichts zu erzählen.« Während des ganzen Gesprächs hatte Forsal immer wieder zum Achterdeck geblickt; dort lag eine junge Frau auf den Planken. Sie trug nur einen kleinen Lendenschurz und sonnte sich.

Gerames war unerträglich. Er wußte alles, konnte alles, hatte alles schon vorher geahnt und langweilte sich. An einem Arkadenplatz in Hafennähe ließen sie sich vor einer Taverne nieder; Barakuda bestellte ein leichtes Mahl. Gerames schwieg angesichts der aufgetischten Köstlichkeiten und begann vorsichtig zu essen. Die Vorspeise, gebackenen Cava-Rogen in einer scharfen, grellgelben Tunke, bewältigte er mit Hilfe vielen Biers; der anschließend servierte Cava, ein armlanger Fisch mit vier Glotzaugen, in einer milden Kräutersoße gekocht und serviert, mundete ihm prachtvoll, wenn er auch Abstand nahm von der Beilage, faulig riechendem Tang. Als Barakuda ihn auf die Vorzüge der Algenplätzchen, garniert mit gelierten Schlickwürmern, hinwies, verzichtete er dankend. Den von Barakuda milde lächelnd bestellten Verdauungsschnaps, Bhalat, kippte er hinunter; dann schnappte er nach Luft, und seine Augen traten aus den Höhlen. Andere Gäste auf der Arkadenterrasse, ausnahmslos Shil, kicherten.

»Was ist das für ein entsetzliches Zeug?« Der Konstrukteur rieb sich die Augen und ächzte.

»Kleine abfallfressende Schalentiere. Sie werden lebend geröstet, zerstampft und danach mit Tran gesotten. Das Ganze seiht man durch, versetzt es mit Fruchtzucker, läßt es gären und brennt es dreimal. Das Ergebnis ist Bhalat, der widerlichste Schnaps des Universums.«

Gerames lachte matt. »Okay, Barakuda. Ich verstehe, was Sie wollen. Ich hoffe aber, daß Sie mit Ihren originellen Initiationsscherzen vor dem Totschlag aufhören.«

Auf dem Platz rempelten spielende Kinder einen alten Shil an, der nach ihnen trat und dabei etwas rief, was Barakuda für Gerames übersetzen mußte. »Laich ist aufmüpfig.«

Die Besatzung bestand nur aus Forsal, seiner jungen Frau namens Leyso und dem mürrischen Ang'har. In der Luft lag eine gewisse Spannung.

Die Kajüte unterhalb des Steuerrads war verschlossen; Gerames und Barakuda mußten sich am Fuß des Hauptmasts einrichten. Forsal hatte Bauholz aus den Wäldern der Sintul-Berge gebracht und fuhr mit Salzfisch, Tangmehl und Dörrobst zurück.

»Aufbruch«, sagte Gerames leise. Er stand an der Bordwand auf einem Faß und starrte ins brackige Hafenwasser.

Forsal bellte Befehle; aus dem verschlossenen Raum am Heck drang eine Art Knirschen. Ang'har kletterte über die Ladung nach vorn und zerrte an einigen Fässern. Das Segel blieb schlaff; dennoch bewegte sich das Boot. Barakuda erklomm das Achterdeck, auf dem die junge Frau, nun ganz bekleidet, mit abweisendem Gesicht an der Reling lehnte. Dante beugte sich vor und schaute ins Heckwasser. Eine riesige Schraube aus Hartholz drehte sich langsam. Aus dem verschlossenen Raum drang noch immer leises Knirschen. Gerames kletterte zu Barakuda empor. Neben dem Steuerruder, das Forsal bediente, stand ein seltsames Objekt, eine Art Fahrrad ohne Räder; von den Pedalen wurde ein Riemen getrieben, der durch Löcher in die Kajüte führte.

Auf Forsals Anweisung hin kletterte Leyso auf den Hokker oberhalb der Pedale und begann zu strampeln. Die junge Shil trug eine kurze Hose und eine bauschige Bluse, in die sich der aufkommende Fahrtwind verirrte. Ang'har stand noch immer zwischen Heck und Mast und starrte nach achtern; offenbar interessierten ihn die Beine der jungen Frau.

Während das Boot aus dem Hafen glitt, unterhielten sich Barakuda und Gerames leise auf Galaktein. Der Konstrukteur stellte Vermutungen über die Beziehungen zwischen Heckschraube und Pedalen an.

Forsal schüttelte den Kopf, als Dante ihn direkt fragte. »Meine Erfindung. Ich werde sie keinem verraten.« Er sprach leise; Barakuda mußte genau hinhören.

Vor der bunten Küste glitten sie westwärts. Gerames stolperte mittschiffs zwischen den Ballen und Fässern herum und untersuchte das Schiff. Schließlich hob er den Kopf und rief Barakuda etwas zu.

Der Ruf riß Dante aus seinen Meditationen; er hörte wieder das Knirschen aus dem Heckraum, konnte aber nicht sagen, ob es neu eingesetzt oder ob er es nur längere Zeit nicht wahrgenommen hatte. Leyso, die längst von den Pedalen abgestiegen war und stumm an der Bordwand lehnte, warf Gerames einen nicht zu enträtselnden Blick zu; Ang'har runzelte die Stirn, und Forsal ließ einen Moment das Steuerrad los. Inzwischen trieb ein stetiger Ostwind das Boot; das Segel war gebläht, aber die Schraube rotierte noch immer.

Forsal beugte sich vor und fixierte Gerames; er winkte ihn näher heran und sagte mit unterdrückter Stimme etwas. Gerames verstand nur den bösen Unterton; Barakuda übersetzte.

»Er sagt, auf diesem Schiff seien empfindsame Apparate, und Sie sollten leise sein. Keinesfalls schreien oder so.«

Dann stockte er einen Moment und umklammerte die Bordwand; nur Ang'har schien es zu bemerken.

Bei Sonnenuntergang erreichten sie den östlichen Arm des Avrak-Deltas. Der Wind flaute ab; Leyso stieg auf Forsals Zeichen wieder in die Pedale, und trotz der gegenläufigen Strömung machte das Boot gute Fahrt – bessere sogar als zuvor, da das Segel gebläht gewesen war.

Ang'har bereitete eine Art Abendmahlzeit aus Fruchtsäften, Obst und kaltem Bratfisch; als sie gegessen hatten, löste er Leyso auf den Pedalen ab, damit die junge Frau auch essen konnte. Forsal nahm sein Mahl im Stehen am Ruder ein.

»Sie sind so still.« Gerames musterte Barakuda.

Dante zwinkerte ihm zu und ging langsam zum Bug, wo er sich zwischen Fässern und Ballen an die Bordwand setzte und eine Zigarette drehte.

Nach einiger Zeit schlenderte Gerames ebenfalls zum Bug und setzte sich neben ihn. Barakuda drehte ihm eine Zigarette, da der Konstrukteur sich auf diesen Konstruktionszweig nicht verstand.

»Ich habe nachgedacht«, sagte Barakuda leise.

»Eine sehr interessante Beschäftigung.« Gerames spie Tabakfäden aus. »Worüber?«

»Über den Antrieb des Boots.«

»Darüber hab ich auch nachgedacht, aber ich komm zu keinem Schluß. Eine Übertragung von den Pedalen auf die Schraube bringt in keinem Fall etwas, das Fahrt machen könnte. Selbst wenn dieser Schiffer in der Kabine geheimnisvolle Flaschenzug-Varianten versteckt hat. Unmöglich. Aber er will nichts sagen?«

»Nur, daß wir keinen Lärm machen sollen. Daß Sie mit Ihrem Manuskript auf Huasiringa sitzen, während ich gerade Informationen über Pasdan suche, ist der erste irrsinnige Zufall. Dies hier kann, wenn ich mich nicht irre, der zweite sein.«

»Was meinen Sie?«

Barakuda warf die Zigarette über Bord. »Wir sind hier am Äquator. Fast jedenfalls. Auf einigen Inseln jenseits des Polarkreises, gute neuntausend Kilometer nördlich, gibt es seltsame Geschichten, die hier unten unbekannt sind. Ich bin dort oben gewesen; ist es ein irrsinniger Zufall oder nicht, daß ich, vielleicht der einzige Mensch, der überhaupt im Binnenmeer diese Geschichten kennt, nun auf diesem Boot sitze?«

Gerames feixte. »Sie drücken sich allzu deutlich aus, guter Mann.«

»Es heißt in diesen Geschichten, daß eine merkwürdige Sorte seßhafter Geschöpfe in einer bestimmten Gegend des Nordens existiert; diese Tiere sind schreckhaft und lärmempfindlich. Der Sage nach fahren ihre Seelen nach dem Tod in Steine, und diese Steine erben die Lärmempfindlichkeit. Legendäre Piraten der Nordmeere verwenden die Steine angeblich als, hm, Schiffsantriebe, indem sie sie anschreien.* Haben Sie das Knirschen im Heckraum gehört?«

Gerames kicherte. »Sie wollen mir doch nicht einreden, daß Sie an magische Steine mit schreckhaften Seelchen glauben? Und selbst wenn – wie sollen die aus dem hohen Norden hierhergekommen sein?«

Barakuda lächelte müde. »Ich bin zu lange auf Shilgat, um nicht mit allem zu rechnen, und nicht lange genug, um alles zu kennen.«

Gerames gab glucksende Geräusche von sich. »Magische Steine. So was.«

»Geben Sie mir einen Grund an, aus dem man auf diesem Boot nur leise spricht. Und einen für die Bewegung der Heckschraube.«

* Der Sage zufolge leben in den Blumenwäldern des Nordens die Rogil, seßhafte Tiere von der Größe irdischer Biber. Sie verlassen niemals die genaue Stelle ihrer Geburt und ernähren sich von herabfallenden Blumenblättern, Insekten, Gräsern und vor allem den vom Wind getragenen Pollen. Im Lauf des Lebens wächst ihnen am Unterleib eine Hornhaut. Bei Annäherung natürlicher Feinde sowie bei lauten Geräuschen versetzen die Rogil sich in rasende Rotation und bohren sich in den Boden. Junge Rogil vor dem Fortpflanzungsalter sind in der Regel schwerhörig.

Unter der Humusschicht und an erodierten Stellen der Oberfläche findet sich ein sonst nirgends bekannter grüner Stein; den Legenden zufolge handelt es sich hierbei um petrifizierte Exkremente (oder versteinertes Mana) riesiger Unholde der Vorzeit. Wenn ihr Leben erschöpft ist, bohren die Rogil sich bis in die Felsen hinein, wo sie sterben.

Die *Schreier* sind angeblich hellgrüne, großwüchsige Piraten des Nordens und gelten als Abkömmlinge der erwähnten Unholde. Mit steinernen Schiffen verwüsten sie die Flüsse des Nordens und schänden die Meere. Aus den ihnen in der Substanz verwandten Grünen Steinen schlagen sie Zahnräder, in denen Rogilseelen eingesperrt sind. Durch Zurufe versetzen die *Schreier* die Räder in rasende Rotation und navigieren unter beständigem Grölen über die Meere. Nach nicht genau meßbaren Mengen aufgenommenen Unflats wird die Rogilseele erlöst; das Rad zerspringt, und die *Schreier* montieren ein neues.

Die Seelen der Rogil fahren anschließend in die Embryos der *Schreier*, die sich als Läuterungsstufe der »feigen Kreiseler« verstehen. Nach dem Tod eines *Schreiers* fährt dessen (ehemalige Rogil-)Seele in den grünen Felsen. An exponierten Stellen treibt der Felsen bunte Steinblumen. Wenn im Frühling ihre Pollenballen platzen (lautstark), trägt der Wind die Pollen zu den nahe sitzenden Rogil, deren Stoffwechsel die Blumensubstanz zu Hornhäuten verarbeitet, ohne die das Anbohren des Bodens unmöglich wäre.

Gerames fuchtelte mit den Händen im Dunkel. »Egal, was weiß ich. Jedenfalls keine magischen Steine.«

»Sie sind der Fachmann für Antriebe und Gleiter. Können Sie an etwas denken, das Stille und Bewegung erklärt? Und die Pedale?«

Gerames grinste. »Fragen Sie doch einfach den Alten. Wie heißt er?«

»Forsal.« Er ging zum Achterdeck; Gerames folgte. Dante winkte Forsal, das Steuer Ang'har zu übergeben und herunterzukommen. Forsal warf seinem Maat einen schiefen Blick zu, desgleichen seiner Frau, und kam dann herab.

Barakuda lauschte einen Moment lang dem Knirschen aus dem Heckraum; auf dem Achterdeck saß Leyso und strampelte.

»Wie machst du das eigentlich«, sagte Barakuda leise, »daß in Häfen, wo viel Lärm ist, die Rogilseelen nicht dauernd durchdrehen?«

Forsal starrte ihn an. Im Zwielicht der Bordlaternen traten seine Augen weißlich aus den Höhlen, der Mund stand offen. »Was ... wieso ...«

Barakuda wiederholte die Frage. Forsal schwieg eine Weile; schließlich murmelte er: »Nun ja, da du es weißt ...«

Er trat zur Tür des Heckraums und sperrte sie mit einem kleinen Schlüssel auf, den er unter seinem Hemd an einem Faden trug. Barakuda und Gerames folgten ihm in den Raum; der Konstrukteur brachte eine Laterne mit.

Der Treibriemen kam aus der Holzdecke und endete in einer Schlaufe, die eine Achse trieb. Auf dieser Achse saß eine große grüne Steinscheibe mit Zahnkranz und einem Durchmesser von mehr als einem Meter. Der Stein drehte sich rasend schnell; die Zähne griffen in die eines Metallrads, das die Welle der Heckschraube trieb.

»Wenn man«, flüsterte Forsal, »sie nicht anschreit, sprengt die Seele den Stein erst viel später. Der Stein dreht sich auch lange weiter, wenn man ihn mit den Pedalen und dem Riemen antreibt.«

Barakuda trat aus dem Heckraum und winkte; Leyso stieg von den Pedalen. Die unwirkliche Konstruktion drehte sich weiter.

»Woher weißt du all das?«

Forsal wand sich. »Vor zwei Jahren, Ang'har war seit kurzem bei mir als Gehilfe. In einer Nacht hörten wir klickende Geräusche auf dem Wasser. Wir haben nachgesehen und fanden die Steine . . .«

»Die Steine? Du hast also nicht nur den einen?«

»Zwanzig zunächst, später noch mehr. Sie trieben den Fluß hinab. Ang'har kommt aus den Nordsteppen; er kennt die Sage und hat sie mir erzählt. Wir haben die Steine an Land gebracht und in einer Höhle versteckt. Wenn der erste, dieser hier, zerspringt, werde ich noch immer mehr als genug haben, bis an mein Lebensende mühelos gegen Wind und Strom zu fahren.«

Barakuda übersetzte; Gerames fletschte die Zähne und griff nach dem Treibriemen. Langsam ließ die Rotation nach, und schließlich stand der Stein still. Das Knirschen hörte auf.

»Rogilsteine«, sagte Barakuda leise und ungläubig.

Forsal legte die Hand auf die Zähne der stillen Steinscheibe.

»Gut behandelt halten sie lange, sagt Ang'har«, flüsterte er.

Gerames bleckte wieder die Zähne und sagte heftig: »Hah!«

Mit einem Ächzen zog Forsal die Hand zurück; sie blutete. Der Stein hatte sich in rasende Bewegung versetzt; das Boot, das fühlbar zu treiben begonnen hatte, machte Fahrt.

Der Konstrukteur hockte auf einem Faß mit Salzfischen. An den Ufern glitten die Lichter einzelner Häuser und Siedlungen vorüber; der breite Strom war ruhig und dunkel.

»Wenn ich es nicht gesehen hätte ...«, murmelte Gerames. Barakuda ließ ihn in Ruhe.

Sie legten sich am Fuß des Masts nieder und wickelten sich in Decken. Auf dem Achterdeck, im trüben Lampenlicht, sprachen Ang'har und Forsal miteinander. Ang'har machte mit Daumen und Zeigefinger die universale Geste des Geldzählens. Leyso hockte auf dem Sitz und trat in die Pedale.

Mitten in der Nacht erwachte Barakuda. Er glaubte Schritte gehört zu haben und richtete sich auf. Neben ihm regte sich Gerames. Dann traf ein furchtbarer Schlag Barakudas Schädel.

Im Morgengrauen kam Forsal zu ihnen; er brachte ihre Taschen. Die Männer lagen gefesselt unter dem Mast. Der Shil durchwühlte ihre Habseligkeiten. Barakuda zerrte an seinen Fesseln, aber sie waren gut verknotet. Gerames wußte es bereits; seine Handgelenke bluteten.

Forsal zählte die Münzen, die sie bei sich getragen hatten. »Wer solche Reichtümer bei sich trägt, der fordert zum Raub heraus. Siebenhundertdreißig Foldar!«

Barakuda schwieg. Sie kannten Forsals Geheimnis; er hatte sie gefesselt und beraubt. Ob zwischen diesen Dingen eine kausale Verbindung bestand, war gleichgültig, das Endergebnis konnte nur eines sein.

»Fischfutter«, sagte Barakuda halblaut.

Gerames nickte. »Hast du einen Vorschlag?«

Barakuda schüttelte den Kopf.

Forsal untersuchte den Rest der Sachen. Die beiden Schnellfeuerpistolen und die Munition legte er beiseite; Barakudas Funkgerät warf er über die Bordwand. Dann ging er nach achtern.

Die Zeit schlich. Die Sonne stieg und brannte ihnen in den Augen. Irgendwann kam Forsal wieder. Er schien wenig Zutrauen zu seinen Knoten zu haben; er prüfte sie gründlich.

»Habt ihr Durst? Bald werdet ihr trinken, sehr bald. Pflegt den Durst, es ist euer letzter. Die Dörfer werden weniger;

bald wird niemand mehr vom Ufer aus sehen können, welchen Ballast ich abwerfe.«

Aus dem Bug schleppte er zwei Ankersteine herbei. Er wikkelte Seile um sie, die er mit den Füßen der Männer verband.

Auf dem Achterdeck begann Leyso sich auszuziehen; Ang'har klemmte einen Fuß zwischen die Speichen des Steuers. Mit den Händen assistierte er der jungen Frau. Barakuda und Gerames starrten verblüfft nach achtern, bis Forsal ihren Blicken folgte.

Er rannte zum Heck und sprang die Leiter hinauf; dann stürzte er sich auf die beiden. Leyso, inzwischen unbekleidet, wich tänzelnd aus. Ang'har hielt plötzlich ein Messer in der Hand. Beinahe lässig beschrieb sein Arm einen Halbkreis.

Forsals Hände zuckten zum Hals empor, aus dem Blut spritzte. Er gurgelte und brach zusammen. Leyso wandte ihm den Rücken zu und zog sich wieder an. Ang'har nahm den Fuß aus dem Ruder, legte das Messer aufs Deck, packte den Leichnam und stieß ihn über die Bordwand.

Leyso übernahm das Steuer. Ang'har ergriff wieder das Messer und kam ruhig zum Mast. Er kauerte sich neben Barakuda nieder. Sein Gesicht war mürrisch und verschlossen wie immer.

»Was mache ich mit euch?«

»Schneid uns los.«

Ang'har spielte mit dem Messer. »Forsal ist tot.«

»Ein bedauerlicher Unfall.«

»Wie konnte das nur passieren?« Ang'hars Gesicht war unbewegt, jung und faltenlos.

»Er ist die Leiter hinabgestürzt und hat sich das Genick gebrochen. Man hat ihm eine Schifferbestattung gewidmet.«

Ang'har dachte nach. »Das Erbe eines wohlhabenden Mannes gehört der Witwe. Oder wird es geteilt?«

»Auch wir sind wohlhabend. Unsere Wünsche erstrecken sich nur auf die Freiheit und unsere Besitztümer.«

»Ich bin ein Banyashil, dem die Steppe zu öde wurde, deshalb bin ich nach Süden gegangen. Aber mein Fürst Gortahork hat einen langen Arm und schätzt Besitzerweiterung mittels eines Messers nicht.«

»So ist es.«

»Er schätzt aber angeblich einen Cadhrassi, mit dem er bisweilen Bären jagt. Dieser Mann hat eine Narbe im Gesicht, wie du, und spricht Banyashilgu, wie du.«

Barakuda nickte. »Außerdem fährt er manchmal auf seltsamen Schiffen den Avrak hinauf.«

»Bärenjäger sind verschwiegene Männer, die nicht alles erzählen.«

»Nicht alles.«

»Und vielleicht ist er wichtig genug, daß man ihn in Cadhras vermißt und nach ihm sucht. Vielleicht auch wichtig genug, daß Cadhras zürnt, wenn man ihn nicht findet.«

»Er ist wichtig genug dazu«, sagte Barakuda.

Es gelang Barakuda und Gerames nicht, ein Gespräch mit der jungen Frau in Gang zu bringen. Leyso schwieg beharrlich; ihre Beiträge beschränkten sich auf Gesten und ein gelegentliches Ja oder Nein.

Auch aus Ang'har war nicht viel herauszubekommen. Nach der ungewöhnlich langen Unterhaltung, an deren Schluß er Dante und Gerames von den Fesseln befreite, wurde er wieder mürrisch und wortkarg. Barakuda erfuhr, wo Forsal und Ang'har die restlichen Rogil-Steine verborgen hatten; Einzelheiten über jenes Dorf mit Leuten, die Dinge über die Mütter von Pasdan und die Banditen wußten, konnte der junge Mann nicht mitteilen. »Was ich weiß, wißt ihr auch; mehr hat Forsal mir nie gesagt.«

Leyso hatten die Angelegenheiten ihres alten Mannes nie besonders interessiert.

Biyang war eine häßliche Ansammlung von Holz- und Steinhäusern. Nördlich der Stadt durchbrach der große Avrak die Berge, zwischen Hochsteppe und flachem Küstenland; die Route der Karawanen führte über einen nicht allzu hohen Paß unweit der Serie von Katarakten. Zwei kleinere Flüsse kamen von Westen, vereinigten sich wenige Kilometer vor der Stadt und flossen in den Avrak. Die Sintul-Berge schwangen sich in einem weiten Bogen nach Nordwesten; bei Biyang waren ihre Ausläufer nur etwa 200 Kilometer nördlich des Binnenmeers. Je weiter man nach Westen kam, desto ausgedehnter wurden die flachen Küstenländer, die bald in riesige Sumpf- und Dschungellande übergingen. Nordwestlich von Biyang gab es Eisenerzgruben und düstere Bergwälder. Die Nebenflüsse des Avrak brachten Flöße zur Stadt. Holz, Schmelzen, Schmieden und die Karawanen hatten Biyang reich gemacht; Essen, Sägemühlen, Schreinereien, Schlosserwerkstätten prägten das Bild des Orts, und Ruß und Rauch hingen über allem.

Nachmittags gingen sie im Flußhafen vor Anker. Barakuda und Gerames verabschiedeten sich von ihren merkwürdigen Reisegefährten und fanden Unterkunft in einer Taverne nördlich des Hafens. Der Teil, in dem sich die Zimmer befanden, stand auf Pfählen im seichten, schmutzigen Uferwasser des Stroms, der hier, südlich der Katarakte, fast anderthalb Kilometer breit war.

In Biyang gab es keinen Residenten des Gouvernements; Barakuda hatte den Ort nur selten besucht. Er erkundigte sich nach einem alten Mann aus der Gilde der Feinmetaller und erfuhr, er sei gestorben.

»Ist das wichtig?« sagte Gerames. Sie saßen auf der Terrasse einer kleinen Schänke und starrten auf den breiten, quirlenden Nebenfluß.

Barakuda blies über die heiße Brühe und schlürfte vorsichtig. »Halb. Er war der einzige, den ich hier kannte. Also auch der einzige, der mich kannte. Falls es Probleme gäbe – wir sind, so ohne Gleiter und Funkgeräte, nur zwei reisende Cadhrassi. Das heißt, ich kann hier nicht als Amtsträger aus dem Isthmus Dinge in Gang bringen.«

Sie verließen die Taverne und gingen zu den Flößerschuppen, die dort, wo die beiden Nebenflüsse zusammenkamen, auf einer aufgeschütteten Halbinsel lagen. Barakuda befragte einige der Leute mit Hilfe von Münzen und erfuhr, Leichen seien aus den Bergen angetrieben, eingeklemmt zwischen Stämmen. Ein anderer Mann behauptete, Jägerinnen der Banyashil unter ihrer Fürstin Tremughati seien durch die Bergwälder gezogen, um Jagd auf Banditen und angeblich auch Jungfrauen aus Pasdan zu machen; man habe Lärm wie von Cadhrassiwaffen gehört.

Auf dem Heimweg zur Flußtaverne berichtete Dante in Stichworten von den Kämpfen in den Golzain-Höhlen. Gerames erkundigte sich, wer Tremughati sei.

»Wenn ich das genau wüßte ... Sie ist sicherlich die klügste Frau des ganzen Planeten. Ich hab dir ja schon unser Problem geschildert – mit den Gleitern, der Korvette und ihren beiden Beibooten können wir nicht den ganzen Nordkontinent überwachen. Für uns verlieren sich zehntausend Banditen mit Gewehren in den Steppen, Wüsten und Gebirgen; für die Banyashil stellen sie ein Problem dar, weil sie die Handelswege unterbrechen und Dörfer überfallen.«

Gerames nickte und trat im Vorübergehen nach einer welken Blume, deren giftiggelber Kopf über den Weg hing. »Ihr würdet, wenn ihr könntet, jeden einzelnen Banditen entwaffnen und vor Gericht stellen, denke ich mir. An Stelle der Shil hätte ich das wohl auch selbst in die Hand genommen.«

»Es geht schneller ... Außerdem sind das laut Shilgat-Abkommen interne Angelegenheiten der Shil, in die sich das Gouvernement nicht zu mischen hat. Wir mischen uns in diesem Fall nur ein, weil es um Feuerwaffen geht, die via

Cadhras eingeschmuggelt worden sind. Und weil die Räuberbosse Cadhrassi sind.«

Gerames kicherte. »Trotzdem ist die gründlichere Lösung der Shil vorzuziehen. Hinterher müßt ihr die Waffen allerdings bei den Nomaden einsammeln.«

Barakuda hob die Schultern. »Das ist keine Schwierigkeit. Sobald das erledigt ist, haben sie keinen Bedarf mehr dafür; sie finden sie langweilig. Es ist viel interessanter, Bären mit dem Dolch zu erledigen. Aber es gibt noch andere Dinge . . .«

Gerames wartete. Sie erreichten den Stadtkern wieder und gingen auf der Uferstraße nach Norden. In der Abenddämmerung herrschte lebhafter Betrieb im Hafen. Flußfischer machten ihre Boote für die Nachtfahrt fertig.

»Als Freund der Shil«, sagte Dante schließlich, »teile ich viele ihrer Ansichten zu diesem Thema. Als Amtsträger muß ich die radikale Lösung mißbilligen. Aber da ist noch mehr, worüber Gortahork und Tremughati nicht reden; ihr eigentliches Ziel scheint ein anderes zu sein, und ich habe den Verdacht, es geht gegen Pasdan. Wenn ich wüßte, was sie wissen, wären wir vielleicht weiter. Außerdem ist da noch der alte Saravyi, der seit sechzig Jahren über den Planeten wacht und etwa die Hälfte aller lockeren Redensarten erfunden hat, die man bei den Shil hört. Auch er treibt seltsame Spiele und schweigt sich aus.«

Beim Abendessen in der Taverne, das aus mehreren Sorten gebratener Flußfische, Fladenbrot, P'aodhubutter und Amaranthbier bestand, berichtete Barakuda über seinen Ritt und die Erlebnisse mit Saravyi.

»Die Fürsten werden gewählt und haben meistens nichts miteinander zu tun«, sagte er zum Schluß. »Tremughati und Gortahork sind auch in dieser Beziehung Ausnahmen; Fürst und Fürstin kennen einander normalerweise nicht einmal. Saravyi wäre Gortahorks Vorgänger gewesen – Quatsch: Wenn er die Wahl angenommen hätte und noch lebte, wäre

Gortahork nicht Fürst. Jedenfalls ist der alte Mann eine Art Überfürst. Außerdem gilt er als besonders fähiger Heiler und hat, wie alle ausgebildeten Heiler, eine gewisse telepathische Begabung. Er ist immer da, wo Katastrophen geschehen könnten. Deshalb ist es gut zu wissen, wo Saravyi sich aufhält. Und das wüßte ich gern.«

Gerames wiegte zweifelnd den Kopf. »Mag sein, das mit der Telepathie. Aber wenn diese drei wichtigen Shil, deine Freunde, nichts Genaues sagen, kann es doch auch bedeuten, daß sie nichts Genaues wissen, oder?«

Barakuda grunzte nur.

»Sag mal, wie heißen die Fürsten auf Banyashilgu?«

Barakuda murmelte ein Wort; Gerames bat um Übersetzung.

»Potentiell-Notfalls-Haupt.«

Gerames rümpfte die Nase. »Und was, wenn potentiell alle Notfälle eingetreten und bewältigt sind?«

Nach dem Abendessen setzten sie sich zu anderen Gästen vor den gemauerten Kamin, tranken heißes Würzbier und lauschten der Musik, die zwei junge Shil in einer Ecke des Gastraums machten. Einer spielte einen komplizierten Dudelsack; mit den Füßen betätigte er einen Blasebalg, aus dem der unter seinem linken Arm hängende Sack gefüllt wurde. Mit dem Arm preßte er die Luft in zwei Baßpfeifen, von denen die eine eine Dezime höher gestimmt war als die andere, und in eine mit zehn Löchern versehene Melodieflöte, die er mit beiden Händen bediente. Der Grundton der Flöte lag eine weitere Dezime über der höheren Baßpfeife. Ein Schlauch führte vom Luftsack zu dem Instrument, das der zweite Musiker bearbeitete, einem rechteckigen Kasten mit halboffener Oberfläche, über der fünfzehn Saiten angebracht waren, die der junge Mann abwechselnd zupfte, mit den Fingerkuppen strich oder mit den Knöcheln drückte.

Durch das große Schalloch sah man fächerförmig auslaufende Windkanäle mit Membranen. Auf Knopfdruck öffnete sich einer, mehrere oder alle Kanäle, die Luft aus dem Schlauch strich durch das Instrument und versetzte die Membranen in Schwingungen.

Die Musik war unvergleichlich. Trotz des wärmenden Feuers lief es Barakuda eiskalt den Rücken hinauf und hinab; seine Haare standen zu Berge.

Das entsetzliche Stück endete; die Shil trampelten beifällig, und der Dudelsackspieler verneigte sich. »Nach diesem sanften Wiegenlied«, sagte er, »wollen wir nun eine Improvisation in der Art des großen Veng'ga vortragen. Sie heißt *Dämonen verbringen die Winternacht auf einer Eisscholle und zählen tote Sterne.*«

Nach den ersten Takten stieß Gerames Barakuda an. »Da wird die Milch im Mund des Säuglings sauer«, sagte er leise.

Barakuda nickte; sie leerten ihre Humpen und verließen die Taverne. Einige Shil blickten ihnen kopfschüttelnd nach.

In der Nähe des Nordtors fanden sie Stallungen, die noch erleuchtet waren. Sie traten in das Büro. Nach einer halben Stunde hatten sie sich mit dem Besitzer auf zwei Pferde geeinigt. Das Ende des Feilschens – Barakuda drückte den Preis von 180 auf 100 Foldar pro Pferd, einschließlich Sattel und Zaumzeug – wurde mit Händeschütteln und einem Getreideschnaps gefeiert, der, wie Gerames hustend befand, »die Löcher in den Socken von innen zuzieht«.

Sie schlenderten durch die Nacht den Kai entlang. In den Hafentavernen war Betrieb; Gejohle, Musik und spitze Schreie schallten ins Freie. Eine Gestalt kam ihnen im Laufschritt entgegen; ein schmächtiger Mann, der eine weite Jacke mit Kapuze trug. Er lief an ihnen vorbei, blieb stehen, drehte sich um und ergriff Barakudas Ärmel.

»Ang'har«, sagte Gerames erstaunt, »was willst du denn in dieser Verkleidung?«

Der junge Shil verstand nur seinen Namen; sein Blick war gehetzt. »Leyso«, stieß er hervor. Er verzog den Mund zu einem bitteren Grinsen.

»Was ist mit dem Mädchen?« sagte Barakuda.

»Ich habe mit ihr abgemacht, daß wir Schiff und Ladung verkaufen und an die Küste ziehen. Fünftausend Foldar habe ich herausgeschlagen. Als wir das Geld in der Hand hatten, ist sie zu den Bütteln gelaufen. Sie wird ihnen erzählen, ihr und ich, wir hätten Forsal umgebracht.«

Am Südende des Kais glommen Laternen auf; eine Gruppe von Männern kam aus einer der Gassenmündungen. Gerames hatte nur »Büttel« und »Forsal umgebracht« verstanden, zu mehr reichte sein Banyashilgu noch nicht. Barakuda hielt ihn und Ang'har fest.

»Nicht rennen«, sagte er leise.

Er machte den Männern mit Laternen einige Schritte entgegen. Dabei sagte er verdrossen: »In Biyang gibt es keinen Residenten, ich habe kein Funkgerät, und wir haben keine Zeit für tagelange Palaver.«

Kurz vor der Begegnung mit der Gruppe zog Barakuda seine beiden Begleiter ruhig in den Eingang einer Taverne. »Kommt«, sagte er laut; im harten Banyashilgu der Nordsteppen setzte er hinzu: »Wir wollen sehen, ob es so weit im Süden etwas gibt, das man trinken kann.«

Die Männer warfen ihnen belustigte Blicke zu und gingen nach Norden; Barakuda, Gerames und Ang'har traten in die Taverne. Sie durchquerten die Menschentrauben und steuerten eine Tür im Hintergrund an. Ang'har bewegte sich unruhig und zupfte an seiner Kapuze.

Die Tür führte zu den Latrinen auf dem Hinterhof, den eine Mauer abschloß. Barakuda verschränkte die Hände; Gerames stieg und spähte über die Mauerkrone.

»Eine Gasse. Keiner zu sehen.«

Sie stiegen über die Mauer und hielten sich nach Norden.

Barakuda summte tonlos vor sich hin; Ang'har schwieg und schaute sich bisweilen schnell um.

»Unser Gepäck wird immer leichter«, sagte Gerames. »Zum Glück haben wir Geld und Waffen eingesteckt.«

Die Stallung war unbeleuchtet, das Hoftor verschlossen. Sie kletterten über die Einfassung und holten vorsichtig die beiden gekauften Pferde aus dem Stall. Ang'har suchte sich einen Falben aus und sattelte ihn schnell und geschickt. Dante legte 100 Foldar auf die Fensterbank des Büroraums.

Im Morgengrauen erreichten sie den Paß in den Sintul-Bergen. Unterhalb des höchsten Punktes lag eine kleine Schänke, in der sie rasteten und ein eiliges Frühstück zu sich nahmen. Ang'har grinste plötzlich und nestelte unter dem Umhang an seinem Gürtel; er legte Münzen auf den Tisch und schob sie Barakuda hin.

»Da«, sagte er, »für das Pferd.«

Barakuda steckte das Geld ein und grinste ebenfalls. Gerames sagte: »Was soll dieses alberne Zähneblecken?«

Ang'har sah sich um; niemand beobachtete sie. Die Schänke war leer; ein paar Holzfäller waren eben aufgebrochen, und der Wirt hantierte in einem Nebenraum.

Der junge Shil schlug den Umhang zurück; um den Leib hatte er eine lederne Geldkatze geschlungen. Sie war dick. Gerames pfiff leise.

»Sollte ich«, sagte Ang'har mit seinem gewöhnlichen mürrischen Gesicht, »etwa die 5000 Foldar diesem bösen Weib überlassen?«

Nachmittags erreichten sie den Stapelplatz Venh. Pfade aus der westlichen Savanne und vom Fuß der Berge trafen hier auf die Karawanenstraße. Im Hinterland existierten nur wenige feste Siedlungen, deren Bewohner ebenso wie die nomadisierenden Viehzüchter ihre Produkte in unregelmäßigen Abständen nach Venh brachten, wo sie von den Lagerverwaltern und Vertretern der Handelshäuser aus Biyang, Arameq und auch Cadhras aufgekauft und bis zur nächsten Karawane gehortet wurden.

Zwischen den uralten Steinhäusern ritten sie zum Mittelplatz. Gerames musterte Gebäude und Schuppen und stellte zahllose Fragen. Seine Großspurigkeit war ihm abhanden gekommen; sie trieb nahe Forsals Leichnam im unteren Avrak.

Vor dem Rasthaus mit Laden zügelte er sein müdes Tier; sie stiegen ab. Ang'har band die Tiere an eine Stange über dem Trog, schöpfte Wasser und füllte Futter in die Krippen.

Sie aßen gesottene Flußfische, die mit Kräutern gewürzt waren, und tranken Tee dazu. Gerames wischte sich den Mund. »Besser als in Arameq«, sagte er grinsend, »wenn ich auch bald keinen Fisch mehr sehen kann.«

Auf Barakudas Fragen hin machte der Wirt eine Geste der Ratlosigkeit. »Böse Menschen.« Er rümpfte die Nase. »Die Herbstkarawane ist ausgeblieben. Viele Gerüchte.«

Kurz vor Sonnuntergang erstanden sie noch einige Kleidungsstücke, Seife, Proviant und Pferdefutter für Notfälle, dazu ein Packpferd. Dann ritten sie weiter. Sie folgten der Straße und dem Fluß; das Wasser schimmerte unter dem Sternenhimmel.

Um Mitternacht lagerten sie an einer felsigen Uferstelle. Ang'har übernahm die erste Wache. Die vier Pferde, angehobbelt, ästen müde einige Meter weiter flußauf, wo zwischen Bäumen ein wenig Gras gedieh.

Mehrere Tage folgten sie der alten Handelsstraße. Tagsüber war es noch warm; Gerames genoß die würzige Luft und verbesserte seine Sprachkenntnisse; mit gelegentlichen Hilfen von Barakuda unterhielt er sich lange mit Ang'har.

Das Land ringsum war leer. Dante verspürte wachsende Besorgnis. Eigentlich war es zu früh für die Winterlager; man hätte hier und da Shil treffen müssen.

Oft ritt er mit dem Zügel des Packpferdes in der Hand

hinter den beiden anderen her. Vor einigen Tagen war ihm in einer Art Erleuchtung eine absolut fantastische Idee gekommen, die mit dem von Gerames zur Verfügung gestellten alten Manuskript zusammenhing. Seither schmiedete er Pläne, verwarf sie, setzte Einzelteile neu zusammen, bedachte jeden denkbaren Aspekt, und je länger er grübelte, desto irrsinniger und gleichzeitig sinnvoller erschien ihm der Plan.

Gerames und Ang'har lenkten ihre Pferde näher zum Ufer; Zeit für eine kurze Rast. Barakuda hatte keinen Hunger. Sie tränkten die Tiere; die beiden anderen aßen ein wenig Dörrobst und kaltes Fleisch, während Dante mehrere Zigaretten drehte und nacheinander rauchte. Er warf kleine Steine in den Fluß und summte vor sich hin.

»Weiter!« sagte er schließlich.

Gerames runzelte die Stirn, sagte aber nichts. Auch der junge Shil stellte keine Fragen. Offensichtlich war Ang'har damit zufrieden, in Begleitung zweier Fremder durch die Steppe zu reiten und nicht länger untergeordnete Arbeiten auf unheimlichen Schiffen zu tun.

Am nächsten Tag verließen sie die Karawanenstraße und bogen nach Norden, fort vom Fluß. Drei Tage später begann sich mittags der Horizont vor ihnen zu wölben. Barakuda stellte sich in den Steigbügeln auf und hielt die Hand über die Augen. »Drei-Bleiche-Schwestern«, sagte er auf Banyashilgu. Ang'har warf ihm einen schnellen Blick zu.

»Was für Frauen?« sagte Gerames.

Barakuda lachte. »Eine kleine Hügelformation aus hellem Stein, vermutlich von der letzten Eiszeit hier deponiert.«

Ang'har nickte. »Kennst du die Gegend?«

»Kennen ist übertrieben. Ich bin vor Jahren mit Gortahork hier vorbeigeritten.«

Nördlich der Hügel schlängelte sich ein Rinnsal durch die Steppe, das weiter im Westen in einen Nebenlauf des Golzain mündete. Eine Gruppe verkrüppelter Bäume war der mit

McVitie ausgemachte Treffpunkt für den Mittag des folgenden Tages. Gerames wußte weder den genauen Ort noch die genaue Zeit, und aus ihm selbst nicht bewußten Gründen hatte Barakuda Ang'har gegenüber nichts gesagt.

Abends erreichten sie die Hügel und kampierten auf der Südseite. In der Nacht erwachte Barakuda; Gerames hatte ihn an der Schulter berührt. »Ich habe die zweite Wache«, sagte der Konstrukteur leise, »aber Ang'har hat mich nicht geweckt. Er ist fort.«

Barakuda wickelte sich geräuschlos aus den Decken. Er blickte zu den Pferden hinüber, die neben einem hellen Block standen. Alle vier waren da. »Sie sind wach und wittern«, flüsterte er. Der leichte Nachtwind kam von Norden; die Pferde hatten die Köpfe den Hügeln zugewandt. Barakuda schnüffelte; eine Ahnung von Rauch war in der Luft.

Er nahm die Pistole in die Hand. »Kriech zu den Pferden«, sagte er leise. »Und bleib hinter den Steinen.«

Gerames gehorchte ohne Widerspruch.

Dante schlich zu den Hügeln; vorsichtig suchte er einen Weg zum Gipfel, wenn man die vielleicht 50 Meter aufragende Spitze der Formation so nennen mochte. Oben kroch er auf dem Bauch zum Nordrand der Kuppe.

Knapp unter ihm flackerte ein winziges Feuer. Daneben hockte Ang'har. Der junge Shil starrte nach Norden. In diesem Moment machte Barakuda in der klaren Nacht eine undeutliche Masse aus, die sich zu nähern schien; er hörte das Trappeln der Hufe vieler Pferde.

Gerames wartete ungeduldig. »Was ist los?«

Barakuda sattelte sein Pferd. »Los. Wir sind in Eile. Ang'har hat sich offenbar mit Freunden verabredet. Frag mich nicht, wie oder seit wann, ich weiß es nicht. Wir müssen weg.«

»Gott erhalte meinen Magen. Ich bin wach geworden, weil ich Hunger hatte.« Gerames schwang sich in den Sattel und nahm den Zügel des Packpferds.

Sie ritten langsam und leise nach Süden; bald trieb Barakuda sein Pferd an. In einem großen Halbkreis galoppierten sie zunächst nach Osten, dann nach Norden. Als die Pferde müde wurden, ließ Dante sie in Schritt fallen. Lange vor Sonnenaufgang überquerten sie den kleinen Bach und erreichten die von Buschwerk umgebene Baumgruppe.

Sie ließen die Pferde saufen und rauchten einige Zigaretten. Gerames spekulierte über Ang'har, seine Motive und seine Freunde. Die Steppe in der Nähe des Gebüschs war leer.

Im Morgengrauen ging Barakuda zu einer Stelle, von der er Drei-Bleiche-Schwestern sehen konnte; Gerames beobachtete die Steppe nördlich des Bachs.

Bei den Hügeln stieg Rauch auf – Zeichen für ein Lager. Gerames pfiff leise. »Da vorn ist was«, sagte er, als Dante zu ihm trat.

»Wo?«

»Da drüben. Jetzt nicht mehr, aber eben hab ich eine Bewegung gesehen.«

Plötzlich hörten sie von den Hügeln her Schüsse. Barakuda fluchte. »Banditen. Oder Matriarchinnen. Oder der Satan persönlich.« Er schaute in den naßblauen Morgenhimmel und schrie: »Warum wollt ihr diese verdammte Welt mit aller Gewalt zerstören? Reicht es nicht aus, daß man wie ein Wurm von allein krepiert, sobald es an der Zeit ist? Ich möchte einfach wieder durch die Steppe reiten können und sicher sein, daß, wenn mich etwas trifft und tötet, es nur ein Pfeil ist. Ich bin wählerisch geworden; ich hasse diese zischenden Bleikugeln. Die elf Götter von Sa'orq und der Große Fisch sollen euch alle in Schlangengalle ertränken!«

Gerames klopfte ihm auf die Schulter; sein Gesicht zeigte Besorgnis.

»O Bruder«, sagte Dante aufatmend, »keine Sorge, ich bin schon wieder in Ordnung.«

»Trotzdem danke für die Vorstellung.« Gerames grinste.

Zwischen den Büschen tauchten zwei Köpfe auf. Barakuda seufzte erleichtert.

»Avlok, Gatvas – gut, euch zu sehen. Woher kommt ihr?«

Die beiden jungen Shil sahen erschöpft aus und zogen ihre Pferde hinter sich her.

»Wir haben diese Abkömmlinge obszöner Schleimpflanzen verfolgt.« Avlok spie aus. »Sie sind blind und dumm. Ihre Mütter hätten sie bei der Geburt in ein Jauchefaß werfen sollen.«

Barakuda lachte. »Wo hast du Saravyi getroffen?«

Avlok zuckte zusammen. »Woher weißt du . . .?«

»Ich kenne ihn und weiß, wie ansteckend seine Reden sind. Du bist zu jung, um selbst auf so etwas zu kommen.«

Avlok berichtete knapp. Gerames lauschte und beobachtete gleichzeitig die Hügel, wo noch immer ohne sichtbaren Grund Karabiner knatterten.

Avlok war von McVitie in der Steppe abgesetzt worden und hatte bei einem der Treffpunkte, die Barakudas Agenten untereinander abgesprochen (und wo sie Depots mit den wichtigsten Dingen eingerichtet) hatten, Gatvas getroffen. Sie hatten Gerüchte gesammelt, aus denen keine handfesten Informationen zu machen waren; dann waren sie Banditen gefolgt, etwa 50 Leuten, die mit Karabinern bewaffnet waren und nach Süden ritten. Avlok hatte vor zwei Nächten seinen Hals riskiert, um sie zu belauschen. So hatte er erfahren, daß sie nach Drei-Bleiche-Schwestern ritten, um dort wichtige Männer aus dem Protektorat abzufangen.

»Sie haben Funkgeräte«, sagte der Shil. »Ich habe gehört, wie sie mit einem Genossen in Biyang gesprochen haben. Gonwan heißt er.«

Barakuda verstand plötzlich viel mehr von den Vorgängen der letzten Tage.

»Vor vier Tagen sind wir Saravyi begegnet.«

Vor Morgengrauen überflogen sie in großer Höhe den vereinbarten Treffpunkt.

Unter Sarela McVities Kommando war der Gleiter mit zehn Frauen der A-*centuria* und Bondaks »Bande« gestartet.

Die Infrarotgeräte zeigten mehrere kleine und zwei größere Gruppen oder vielleicht auch Tierherden. Vanzuid spielte mit den neuen Flugsonden; McVitie sah mit zusammengekniffenen Brauen auf die Schirme.

Bei den merkwürdigen Hügeln hielten sich offenbar Banditen auf, das zeigten die ersten Bilder sehr deutlich. Aber wo steckte Barakuda mit seinem Begleiter, diesem exzentrischen Milliardär?

Die Sonden näherten sich einigen schwach erkennbaren Bäumen weiter östlich.

»Das sieht wie Barakuda aus.« Sarela atmete auf, Bondak nickte, und Elorza sagte: »Eindeutig der Chef. So krumm sitzt sonst keiner auf dem Pferd. Aber wo wollen sie hin? Zwei Mann mit vier Pferden?«

Ein Stückchen nördlich nahm eine weitere Sonde zwei müde Reiter auf. »Sieht aus wie Barakudas Agent, der eine, links, wie heißt er noch?« Timoara kratzte sich den Kopf.

Learoyd zwinkerte. »Avlok, glaub ich. Netter Junge, verträgt aber nicht viel.«

Die zweite große Gruppe, vielleicht zehn Kilometer nördlich von Drei-Bleiche-Schwestern: einige hundert Shil. McVitie lächelte, als sie die vertraute Gestalt an der Spitze sah.

»Bondak, wir landen bei den Shil.«

Es waren Gargava-Jäger; darunter auch die, die vor mehreren Zehntagen zusammen mit Sarela McVities Patrouille in einen Hinterhalt der Räuber geraten waren. McVitie und Saravyi besprachen sich; dann stieg der Gleiter wieder auf, flog nach Westen und von dort niedrig und langsam zu Drei-Bleiche-Schwestern.

Die Sonne ging auf. Der Gleiter sackte ruckartig immer

tiefer, setzte auf, hob wieder ab, beschleunigte, bremste, fiel, schleifte auf dem Boden.

Mit Geheul und sinnlos feuernd galoppierten die Banditen hinter etwas her, was sie für einen defekten Gleiter halten mußten, der über den Hügeln aufgetaucht war. Kaum eine der Kugeln traf, und die Treffer waren harmlos dank der Panzerung. Bondak saß an den Kontrollen und spielte mit der Maschine; er genoß es, die Banditen immer näher herankommen zu lassen, immer wieder kurz abzuheben, wieder fast zu stürzen. Einige Leute der Besatzung hatten hellgrüne Gesichter, und Bondak freute sich noch mehr.

Der Gleiter zog Banditen und eine Staubwolke hinter sich her. Sarela ließ ihr Fernglas sinken. »Alles klar – hoch!«

Bondak fletschte die Zähne und ließ die Maschine steigen. Als die galoppierenden Banditen aus der Staubwolke kamen, ritten sie in einen Halbkreis gut postierter Shil.

»Jetzt holen wir Barakuda«, sagte McVitie.

Die meisten Banditen saßen stumm auf dem Boden; es hatte kaum Verluste gegeben, alles war zu klar und schnell gegangen. Saravyi und Dante begrüßten einander herzlich.

»Man übertreibt wie immer«, sagte der Alte. »Ich hörte, wichtige Cadhrassi seien in Gefahr. Aber du warst es ja nur.«

Saravyis Truppe bestand aus fast sechshundert Jägerinnen und Jägern; etwa die Hälfte verfügte über Karabiner. Saravyi zwinkerte. »Wir haben sie gefunden.«

Sarela kicherte, Gerames schüttete sich aus vor Lachen, und Barakuda steckte dem alten Shil einen Finger in den Bauch. »Wenn alles vorbei ist ...«

»Ich weiß. Die Überlebenden geben die Waffen ab.«

Ang'har saß zwischen den anderen Banditen am Boden. Er blickte auf, als Barakuda näher kam; eine Wolke zog über sein mürrisches Gesicht.

»Du«, sagte Barakuda, »wirst sofort aufstehen.«

Ang'har erhob sich wortlos. In diesem Augenblick hörte Barakuda ein leises Summen. Er wandte sich um. Ein nicht weit entfernt sitzender Bandit sah betont gleichgültig drein. Dante winkte einigen Shil.

In der Innentasche der Jacke fand Barakuda das Funkgerät. Es summte wieder. Er nahm es in die Hand und aktivierte den Empfänger. »Ja?« sagte er auf Banyashilgu.

»Bist du das, Mirekhi?« Die Stimme war rauh und schien aus weiter Ferne zu kommen.

Barakuda erkannte sie. Er räusperte sich und sagte auf Galaktein: »Nicht direkt, Nobrega. Mirekhi steht neben mir, ich hab ihm das Gerät abgenommen. Barakuda.«

Nach einer winzigen Pause kam ein dröhnendes Lachen aus dem Gerät. »Ah, Barakuda. Hast du wieder Spaziergänger überfallen?«

Barakuda sagte nichts.

Nobrega schwieg; er schien zu überlegen. Dann sagte er: »Nun ja, früher oder später war das unvermeidlich. Zu deiner Information: Du sprichst mit dem künftigen Generalgouverneur. Ich werde dich entlassen, wenn es soweit ist. Hoffentlich verschlingt dich vorher die Hölle. Wenn nicht, werde ich mir für dich eine besonders raffinierte Methode ausdenken, um dich an diesen warmen Ort zu befördern.«

Barakuda klickte mit der Zunge. »Ich zittere, Großer-Töter. Wieviel Lebenszeit verbleibt mir noch, daß ich die Kunst lerne, dich anzubeten? Oder bist du nicht Gott?«

»Welcher Gott?«

»Gott Lubangi.«

»Wer ist Lubangi?«

«Im Süden«, sagte Barakuda laut und auf Banyashilgu, so daß die umstehenden und umsitzenden Shil einschließlich der Banditen es hören konnten, »gibt es einen Ort namens Langlava. Zu den lokalen Göttern gehört Lubangi; er ist aufdringlich und größenwahnsinnig und gilt als Inbegriff der

Lächerlichkeit. Man pflegt ihn als Schmeißfliege und Kotfresser darzustellen.«

Nobrega schaltete ab.

Sarela, Dante und Saravyi gingen zu einer Gruppe kleiner Felsbrocken, für eine Art Kriegsrat. Ein Blick in McVities Gesicht genügte Dante; die Gouverneurin mußte sich zu dem gleichen Vorgehen durchgerungen haben, das er seit Tagen abwechselnd auskalkulierte und dann wieder für irrsinnig hielt. Und das Gesicht der jungen Frau zeigte, daß sie eingeweiht war.

Saravyi lehnte sich mit geschlossenen Augen an einen Felsen. »Wie geht es der Hüterin von Cadhras?«

In diesem Moment erst erinnerte Barakuda sich daran, daß der alte Mann bereits vor vielen Zehntagen die Gouverneurin immer Hüterin genannt hatte. Als habe er testen wollen, ob Barakuda im Besitz bestimmter Informationen sei. »Deshalb also.«

Saravyi hob die Achseln. »Natürlich. Aber damals hast du nicht reagiert. Wieso jetzt?«

Barakuda berichtete von dem zufällig gefundenen Buch. McVitie schwieg. Saravyi warf einen Blick zu den anderen hinüber. »Der lange Mann dort?« Er deutete mit dem Kinn auf Gerames.

»Ja. Was hättest du gemacht, wenn dieser Zufall nicht eingetreten wäre?«

»Es gibt mehrere Möglichkeiten.« Der alte Mann blinzelte in die menschenleere, graugrüne Steppe. »Ich hätte dir, spätestens bei diesem Treffen hier oder sonst bei nächster Gelegenheit mit Hilfe der Funkgeräte deiner Kundschafter, die nötigen Dinge erzählt.«

»Und wenn ich nichts davon hätte wissen wollen?«

Saravyi verschränkte die Arme. Seine Augen bohrten sich in die Barakudas, und der Blick war eisig und sehr weit weg. Unter der Maske des verschmitzten alten Mannes sah Dante für Sekundenbruchteile erstmals jenen Saravyi, den Fürsten und Heiler der Shil respektierten. »Es gibt gewisse Erzeugnisse meiner Vorfahren«, sagte Saravyi tonlos. »Erinnerst du dich an die hübschen Kästchen?«

Sarela hockte vor ihnen auf dem Boden und blickte zwischen den Männern hin und her. Bei Erwähnung der Kästchen riß sie die Augen weit auf.

Saravyis Blick senkte sich zu ihrem Gesicht; er lächelte. »Du wirst dies vergessen, meine liebe Tochter.« Der Ton war sanft, aber er ließ keine Widerrede zu.

»Darüber reden wir später«, knurrte Barakuda. Ihn schwindelte einen Moment. »Was gibt es noch in dieser Art?«

Saravyi hüstelte. »Grüne Kreiselräder. Es war nicht einfach, sie aus dem Norden zum mittleren Avrak zu schaffen und dafür zu sorgen, daß jemand sie bemerkt, wenn sie auf dem Wasser treiben.«

Barakuda starrte ihn ungläubig an. »Wie bitte?«

»Außerdem noch einige Dinge, die in alten Archiven erwähnt und beschrieben sind. Habe ich dir erzählt, daß ich alte Archive untersucht habe?«

»Ich wußte nicht einmal, daß es sie gibt. Du hast keine Lust, auf Fragen zu antworten, oder?«

»Reden wir nicht davon. Oder nur so viel: Es gibt Dinge, die zum Beispiel das Problem Pasdan innerhalb weniger Minuten lösen könnten. Die Lösung würde unzählige Menschenleben fordern ...«

»Sprichst du von atomaren Waffen?«

Saravyi winkte ab. »Eure Spalt- oder Fusionswaffen sind ziemlich primitiv, Freund. Nein, davon rede ich nicht. Ich rede von Dingen, die nur das zerstören, worauf sie gerichtet sind. Sie versengen nicht den Boden und schädigen nicht umstehende Menschen durch Strahlen. Aber ich hoffe, daß sie niemals zum Einsatz kommen, denn sie sind fürchterlich.«

Er schwieg wieder. Dante stellte mehrere Fragen, erhielt

jedoch keine Antwort. Der alte Mann musterte das Gesicht der Leutnantin, die immer noch vor ihm auf dem Steppenboden hockte.

»Nun ja«, murmelte er schließlich. »Das wäre die letzte Möglichkeit. Die vorletzte, um genauer zu sein. Gortahork und Tremughati wollten nichts davon wissen. Eigentlich wollten sie die Probleme auf eine einfachere Weise lösen, die aber viel blutiger ist.«

»Reden wir von Pasdan?«

Saravyi nickte. »Wir reden von den mörderischen Müttern. Und von vielen Banyashil, die in das Land der sieben Ströme reiten, um den Boden mit ihrem Blut und dem der Mütter zu benetzen.«

Barakuda ließ sich neben Sarela auf den Boden sinken und barg das Gesicht in seinen Händen. »Warum habt ihr denn nichts gesagt?«

»Dies ist vor drei Jahren erörtert worden. Wir wußten, daß in Pasdan düstere Dinge vorbereitet wurden, aber dieses Wissen ist – Heilerwissen. Nichts, was einer Prüfung durch eure Behörden, die Tatsachen anfassen wollen, standgehalten hätte. Gortahork war für schnelles Reiten; Tremughati war für Abwarten und wollte vielleicht mit dir sprechen. Damals war die Gouverneurin noch neu und uns unbekannt. – Und du, meine Tochter? Machst du mit?«

Sie richtete sich auf und starrte verloren über die Steppe. Saravyi nahm ihre Hand; sie blickte den alten Mann an und lehnte sich einen Moment gegen Barakudas Schulter. »Ja«, sagte sie dann leise. Sie schluckte und setzte sich gerade hin. »Ich nehme an, Chef, daß ich mit Ihnen und der Gouverneurin die einzige aus Cadhras bin, die davon weiß?«

»So ist es. Und mit der Gouverneurin habe ich kein Wort gewechselt über diese Sache. Wir haben nur den gleichen Text gelesen und offenbar die gleichen Schlüsse gezogen.«

»Sie ist eine sehr bemerkenswerte Frau.«

Saravyi kicherte. »Auf diesem Planeten«, sagte er auf Galaktein, »wimmelt es von bemerkenswerten Frauen. Einige sind groß im Guten, wie Tremughati und eure Gouverneurin. Andere sind groß im Bösen. Und auch du bist bemerkt worden, wie du weißt.«

Barakuda räusperte sich. »Vielleicht werden Sie deshalb nicht mehr schlafen können, Sarela. Sie können mir sagen, daß Sie nicht mitspielen wollen. Aber Sie dürfen um keinen Preis darüber sprechen.«

Sie blickte ihn mit ihren hellen Augen an; dann senkte sie den Kopf. »Ich mache mit. Obwohl ...«

Barakuda lächelte beinahe wehmütig. »Ich weiß. Sie fragen sich ›Warum ich?‹, nicht wahr? Es gibt viele Gründe, Sarela. Sie sind die einzige von den Offizieren, die fließend Banyashilgu spricht, und Sie werden mit Shil umgehen müssen. Sie sind intelligent und fähig, sich auf die fantastischen Einzelheiten einzustellen. Außerdem hat ein alter Shil, der nicht erzählen will, welche Rolle er in diesem Spiel spielt, einen Narren an Ihnen gefressen. Und ein gewisser halbalter Cadhrassi kann das sehr gut verstehen. Das war eine außerdienstliche Bemerkung, *legata*. Außerdem«, setzte er nach einer kurzen Pause hinzu, »ist die Frage ›Warum ich?‹ eine, die ich auch für mich nicht beantworten kann. Wenn Ihnen das hilft. Ich glaube, bei solchen Entscheidungen ist das normal. Warum ich, warum wir, warum nicht die nächste Generation oder mein Nachfolger? Aber das Problem stellt sich *heute*, und *wir* müssen damit fertig werden.«

»Noch etwas«, sagte Saravyi. »Für den Plan werden wir viele hellhäutige Frauen brauchen.«

Barakuda nickte. »Ich weiß. Ich weiß aber nicht, woher wir sie nehmen sollen.«

Saravyi deutete allgemein nach Osten. »Jenseits von Banyadir gibt es Dörfer, zwischen den Bergen und dem Ozean. Dort haben sich, auf Waldinseln, Inseln im Meer der Bäume, ehemalige Sklaven der Mönche niedergelassen, Flüchtlinge aus Banyadir. Es sind Nachfahren von Mischlingen, und bei ihnen sind viele, die fast wie Cadhrassi aussehen.«

Sarela McVitie hustete plötzlich und warf den Rest der Zigarette fort. »Sind diese hellen Frauen auch seefest?«

Saravyi legte ihr eine Hand auf die Schulter. »Geh, Freundin. Wir werden einander sehr viel sehen, aber es gibt noch eines zu bereden, das keiner hören darf.«

Als sie weit genug entfernt war, wandte der alte Mann sich zu Barakuda.

»Stopp, Saravyi. Es gibt mindestens zwei Dinge zu bereden, die keiner hören darf. Deinen dunklen Andeutungen entnehme ich, daß die Räuber und die Mütter verbündet sind, wenn ich das auch nicht ganz begreife.«

Saravyi starrte reglos auf einen Punkt hinter Barakudas Schulter.

»Aha. Gortahork, sagst du, wollte die Probleme mit Pfeil, Bogen und Säbel klären. Dann sind plötzlich die Kistchen aufgetaucht und die zweite Räubergruppe, die wir zusammen mit Tremughatis Jägerinnen in den Höhlen am Golzain erledigt haben. Ich denke mir, die Kistchen, die Waffen der Räuber und die zweite Gruppe haben Gortahork daran gehindert, seinen Plan so auszuführen, wie er wollte, nicht wahr?«

Saravyi nickte.

»Diese Meinungsänderung des Fürsten war doch das, was du auch haben wolltest. Es muß dir also angenehm gewesen sein. Wie sind eigentlich die Räuber an diese unheimlichen Kistchen gekommen?«

Saravyi grinste. »Vielleicht hat jemand, der sich mit der Vergangenheit auskennt, sie ihnen gezeigt.«

Barakuda biß sich auf die Unterlippe. »Kann es sein, daß er dies deshalb getan hat, weil er erstens die Fürsten zu einem weniger blutigen, dafür vollendet irrsinnigen Vorgehen bringen und zweitens die Dinge so beschleunigen wollte, daß sie sich ereignen, solange in Cadhras bestimmte Personen im Amt sind, denen er vertraut?«

Saravyi klopfte ihm mit halboffener Faust gegen den Bauch. »Die Farben der Steppe im Herbst sind besonders angenehm. Was ich dir sagen wollte, ist dies. Ich habe es, vor vielen Zehntagen, schon einmal kurz erwähnt. Ein großes Treffen aller Heiler, Weisen und Fürsten findet nur statt, wenn sehr große Dinge zu beraten sind. Zuletzt war es der Fall vor ungefähr zweihundertsiebzig eurer Jahre, als das Abkommen mit dem Commonwealth zu erörtern war. Die Fürstin hat angeordnet, daß ein großes Treffen stattfinde. An einem Ort, den keiner außer uns, hm, den Fürsten und Heilern kennt ...« Er zog Barakudas Kopf zu sich herunter und sprach in sein Ohr.

»Übrigens«, murmelte er, als sie zu den anderen zurückkehrten, »solltest du die Insel Kar'ayis kennen.«

Es handelte sich um eine große, stark bewaldete Insel im Pangotischen Ozean, etwa 1000 Kilometer westlich der Meerenge von Pasdan. »Warum?«

»Nun, dort nimmt das Holz ab. Und es gab da früher einmal, als meine Ahnen sich für derlei interessierten, Diamanten.«

Zwei Stunden später brachen sie auf. Eine kleine Truppe von Jägerinnen und Jägern hatte die Banditen auf Pferde gesetzt und gefesselt; sie würden sie nach Biyang bringen. Der größere Teil von Saravyis Leuten hatte ein anderes Ziel.

Saravyi saß im Sattel und umklammerte mit einer Hand den Knauf. Mit der anderen strich er über Sarela McVities Haar; sie lächelte halb traurig zu ihm empor und ging dann zum Gleiter, an dem Barakuda lehnte.

»Also Golazin«, sagte Saravyi. Er zwinkerte Sarela zu. »Herrin der Geisterschiffe, wir sehen uns dort, und das ist das einzige, was mich an der Sache erfreut.«

In Biyang suchte Barakuda das Gildehaus auf. Die Zünfte der Händler, Feinmetaller, Schwertfeger, Holzwerker, Schürfer, Erzschmelzer etc. stellten die einzigen Organisationen des Orts dar.

»Von einer Anzeige ist uns nichts bekannt«, sagte ein Zunftrat, während sie zu den Gebäuden des Handelsherrn Gonwan gingen. »Wir haben aber die Leiche einer jungen Frau aus dem Avrak gefischt, unterhalb der Stadt. Es könnte gut diese Leyso sein. Man hatte ihr die Kehle durchgeschnitten.«

Gonwan war nicht erfreut über den Besuch. Von Mirekhi hatte Barakuda die Frequenz erfahren, auf der die Banditen untereinander Kontakt hielten. In Anwesenheit des Zunftrats und einiger Büttel stellte Dante auf dem konfiszierten Gerät von Mirekhi die Frequenz ein und rief Gonwan. Aus dessen Schreibtisch ertönte ein leises Summen; das Gerät fand sich unter Papieren in einer Schublade.

Danach flogen sie zu der Stelle, an der Ang'har und Forsal die übrigen Kreiselsteine versteckt hatten. Sie wurden in den Transportkammern des Gleiters verstaut.

Kurz nach Sonnenaufgang befanden sie sich über dem Hinterland von Arameq. Wegen der ungewöhnlichen Lasten machten sie keine schnelle Fahrt. Sie flogen niedrig; der hintere Teil der transparenten Kuppel war geöffnet und sorgte für angenehme Luft.

Gonwan, Mirekhi und Ang'har saßen auf der Heckbank. Die Hände hatte man ihnen auf den Rücken gebunden; alle drei schwiegen verbissen. Ang'har gähnte plötzlich, erhob sich und lehnte sich gegen die Gleiterwand. Er warf einen Blick auf die Felder, die unter ihnen vorbeizogen; dann schaute er nach vorn und begegnete Barakudas Augen. Er grinste.

Dante musterte den jungen Mann, der als Spion für Großer-Töter alias Nobrega im Südland gearbeitet hatte. Die Stellung auf Forsals Boot war ideal gewesen. Er hatte Fluß und Küste bereist und in den Häfen vieles gehört. Barakuda nahm an, daß Ang'har den alten Schiffer auf die Idee gebracht hatte, die Passagiere auszuplündern, damit er selbst sie retten und in den Norden begleiten konnte. Leyso war eine hübsche Dreingabe gewesen.

Ang'har blickte zur Seite, über die Bordwand. Unter ihnen glitzerte das Binnenmeer in der Morgensonne; sie waren vielleicht einen Kilometer vor der Küste. Ang'har ging in die Knie, federte hoch, hing einen Moment über der Bordwand und verschwand.

Dante und Gerames schauten hinter dem ehemaligen Reisegefährten her. Ang'har fiel dem Wasser entgegen und erzeugte eine Fontäne. Der Gleiter flog nicht sehr hoch. McVitie wollte wenden lassen, aber Barakuda winkte ab. Er beobachtete die Aufschlagstelle noch eine Weile mit dem Fernglas.

Plötzlich kicherte Gonwan. »Er war wichtig, einer der wichtigsten Leute überhaupt. Von mir könnt ihr kaum etwas erfahren – er hätte euch alles sagen können. Und wir waren noch nah am Land, nicht wahr? Er ist ein sehr guter Schwimmer.«

»Du irrst.« Barakuda lächelte verzerrt. »Ein Mann mit gebundenen Armen kann durchaus den Sturz überleben und an Land schwimmen, auf dem Rücken, mit Hilfe der Beine. Das meinst du doch, oder?«

Gonwan schwieg und sah irritiert drein.

»Aber er kann nicht seinen Gürtel öffnen. Glaubst du nicht auch, daß ein Gürtel mit fünftausend Foldar zu schwer wiegt für einen Schwimmer, der die Arme nicht bewegen kann?«

Gonwan stieß einen Fluch aus. Mirekhi sagte: »Ein gutes Ende. Er hat mehr Männer getötet, als ich bei Drei-Bleiche-Schwestern befehligte. Und er wollte immer reich sterben.«

XVI

Auf dem Landefeld von Cadhras stand eine kostbare, diskusförmige Yacht mit verzierten Erkern und sehr viel Chrom. Gerames runzelte die Stirn.

»Das sieht wie eine alte Freundin aus. Eh, Barakuda, was ist das beste Hotel an der Bucht?«

»Das *Vistamari*. Warum?«

»Ach, Quartier ...«

Gerames verschwand mit einem Kopfnicken. Dante wanderte langsam zum Palais, wo er der Gouverneurin einen knappen Bericht erstattete. Erörterungen des Plans und des künftigen Vorgehens verschoben sie auf später.

Nach einem langen und dringenden Schlaf nahm Barakuda im *Meeresleuchten* ein kleines Frühstück zu sich. Begheli hatte noch nicht viel zu tun und konnte ihre Aufmerksamkeit zu etwa gleichen Teilen ihm und ihrem derzeitigen Gespielen widmen, einem höflichen, wiewohl wohlhabenden Gaianer, der nach einer Kreuzfahrt noch zehn Tage in Cadhras verbracht hatte und am folgenden Tag abreisen würde.

Gegen Mittag warf Dante einen Blick in den Tower. Irgul hatte Dienst.

»Na, leben Sie noch? Gibt es was Neues? Seit Sie fort waren, hat es kein richtiges Gelage mehr gegeben.«

Barakuda vertröstete ihn auf später und stieg in die Rechnerräume hinunter. In der Zentrale saß Leontia Vilgram wie eingeklemmt zwischen dem Terminal und einem Papierstapel, unter dem sich vermutlich ein Tisch verbarg. Sie blickte auf, als Dante den Raum betrat.

»Ah, Barakuda.« Sie gähnte. »Wir sind bald wieder komplett, die Nachtschichten gehen zu Ende. Und Sie haben wilde Abenteuer erlebt?«

Er nickte und trat zu ihr. Er wollte einen Blick auf das Terminal und die Papierstreifen werfen; dabei legte er eine Hand auf die Schulter der Ersten Operatorin.

Wie ein kräftiger Wechselstrom baute sich zwischen ihnen eine intensive sinnliche Spannung auf; Barakuda holte Luft und fühlte seine Knie weich werden. »Das träume ich aber nur«, murmelte er.

Fast drei Jahre distanzierter Zusammenarbeit, meist per Visifon, ohne einen einzigen Händedruck – und nun das. Er blickte auf das dunkle Haar hinab, das lang über die Khakibluse fiel.

Langsam drehte sie sich mit ihrem Sessel herum und hob das Gesicht. Barakuda fragte sich, wieso er diese Frau mit ihren vollen Lippen, dem energischen Kinn und den warmen dunkelbraunen Augen nie zuvor gesehen hatte.

Sie musterte ihn mit verschleiertem Blick. »Etliche Volt«, sagte sie leise. Sie hob die rechte Hand und berührte seine Finger, die noch immer auf ihrer Schulter lagen.

Er erledigte mit mangelhafter Konzentration notwendige Routinearbeiten, führte Gespräche mit seiner Vertreterin und Major Maqari, studierte ohne großes Interesse Dossiers, die der Präfekt der Gendarmerie hatte zusammenstellen lassen. Sie betrafen ihn und Ataratz selbst ebenso wie die anderen sechs Mitglieder des Krisenrats, enthielten aber nichts Neues. Keiner der acht für Manipulation in Frage Kommenden besaß große Schätze oder sonstwie Auffälliges. Ataratz hatte in seiner krakeligen Schrift angemerkt: »Wer von uns hat die Möglichkeit, Geld o. ä. nach draußen zu schmuggeln? V. A.« Dante legte die Papiere beiseite und knurrte: »Jeder.«

Abends traf er sich mit Leontia Vilgram in einer kleinen Bar im Zentrum. Die Operatorin sah müde und munter zugleich aus; sie hatte das dunkle Haar im Nacken mit einer hellroten Schleife zusammengebunden und trug eine weite weiße Bluse, einen hellgrünen kurzen Rock und Sandalen. Dank Ataratz' Dossier wußte Dante, daß sie nach einer Scheidung um Versetzung nach Shilgat gebeten hatte. Entschlossen verdrängte er alle bösen Gedanken. »Rätselhaft«, sagte er.

Leontia saß neben ihm auf einem Hocker und legte eine Hand auf sein Knie. »Was ist rätselhaft?«

Er musterte im Halbdunkel ihr Profil. »Jahrelang sehen wir uns von weitem und wissen nicht, daß eine flüchtige Berührung Funken sprühen läßt.« Er fühlte sich merkwürdig wohl und unwohl; er fürchtete sich vor plötzlicher Nähe.

Leontia zog ihre Hand zurück. »Ich habe ein paar sensationelle Vorschläge.«

Barakuda grinste plötzlich. »Ja. Ja?«

Sie verließen die Bar; Leontia hakte sich bei ihm unter.

»Übrigens riechst du nach Pferd. Sehr aufregend.«

»Ehrenwörtlich versichere ich, daß ich mich mehrmals gründlich gewaschen habe, ja, ich habe sogar frische Kleidung über mich gestülpt, aber an den guten Tieren, wenn man mit ihnen wochenlang zu tun hat, ist etwas Haftendes.«

»Pferd reicht völlig. Fisch muß nicht sein heute abend. Einverstanden, wenn wir zu mir gehen statt zum Hafen und deiner Wohnung, über die so viele Legenden umlaufen?«

»Natürlich. Aber welche Legenden?«

Sie gingen nach Osten, vorbei an den seltener werdenden Häusern; während sie sich dem Hang näherten, an dem oberhalb von Stadt und Serai die Bungalows lagen, informierte Leontia ihn kichernd über die zahllosen Geschichten, die man sich vom *Meeresleuchten*, der Wirtin, den Mädchen und den anderen Figuren jener Umgebung erzählte.

Leontia bewohnte einen der kleineren Bungalows; Dante bewunderte die Aussicht auf das nächtliche Meer und die

Lichter der Stadt, der Hotels und des Hafens. Er stand zwischen Büschen auf der Terrasse und atmete kühlen Nachtwind. Leontia braute Kaffee.

Viel später lagen sie nebeneinander. Dante starrte in die Kerze, verkniff sich den Griff zur Zigarette und streichelte den Rücken der Frau.

»Warm und kuschelig«, sagte sie. »Aber tiefer wird es nicht gehen, nicht wahr?«

»Ja. Ist das schlimm?«

Sie lachte und fuhr mit einem scharfen Nagel sein Rückgrat entlang. »Nein. Äußerst erholsam. Mein Bedarf an verzehrender Liebe, die alles andere ausschließt, ist für die nächsten beiden Jahrtausende gedeckt.«

Sie sprachen nicht viel in dieser Nacht. Irgendwann würde es zu Ende gehen. Dante war dankbar für Wärme, die nicht Auslieferung zum Preis hatte; und er achtete Leontias Motiv, weil er es nicht kannte.

Die Verhöre der beiden ehemaligen Räuber waren unergiebig. Auf dem Weg von der Garnison zum Raumhafen überdachte Barakuda zum tausendsten Mal die Details des Großen Geheimen Plans und fragte sich, wie lange er noch geheimzuhalten war; zumindest Maqari mußte informiert werden.

Ein Hotel an der Plaza Atenoa hatte bereits geschlossen; der Winter und die Tote Zeit näherten sich, und das brachte weitere Probleme mit sich. Die Fischschwärme zogen auf die hohe See hinaus, der Tourismus endete, das Kurierboot von der Hauptwelt des Sektors überschlug einen Monat; die Korvette flog zum Sektor-HQ, nahm die beiden fertigen Ausbildungskompanien mit und brachte später neue Rekruten nach Cadhras. Und vermutlich konnte man an dieser Routine nichts ändern, ohne große Aufmerksamkeit zu erregen. Für die Durchführung des Plans brauchten sie jedoch die ganze Garnison.

Auch die Bäume des Parks bereiteten sich auf die Tote Zeit vor. Die Blutweiden flammten noch einmal auf und begannen mit dem Abwerfen der Blätter; die meisten der angepaßten Shilgat-Eichen waren bereits kahl. Die Nimmergrün genannten Schlingpflanzen wiegten sich in der Seebrise; bläuliche, verworrene Laokoon-Feigen verfärbten sich dunkelviolett. Die Blätter der Eisenbäume oxydierten, und ein einsames Liebespaar stimmte Barakuda melancholisch.

Auf der verlassenen Esplanade blieb er stehen, lehnte sich an eine winterfeste Karmesin-Kiefer, rauchte eine Zigarette und starrte blicklos über die dunstige Bucht, in der nur noch wenige Schiffe ankerten. Als die Glut seine Finger erreichte, warf er die Kippe fluchend weg und ging weiter.

Das *Vistamari* gehörte zu einem halbstaatlichen Konzern und war ein langgestrecktes, niedriges Gebäude von dezenter Eleganz mit eigenen Yachtstegen. Barakuda fand Gerames in guter Gesellschaft auf einer Terrasse am Meer. Der Milliardär wirkte vollkommen übermüdet und erschöpft; allerdings waren die Höhlen unter seinen Augen fröhlich, und die junge Dame, die er mit Dante bekannt machte, sah hinreißend aus, trug ein abenteuerliches halbtransparentes Seidenkleid und hieß Zhízhora. Das hüftlange Platinhaar nahm Barakuda so gefangen, daß er die Nachnamen nicht verstand.

»Ich habe schon von den Irrfahrten gehört. Schade, ich wäre gern mal bei so etwas dabei. Auch wenn es riskant ist.« Sie hatte eine rauchige Altstimme.

Barakuda zwinkerte. »Ich hoffe, er hat Ihnen keine Staatsgeheimnisse verraten.«

Gerames kicherte. »Nur ein paar. Aber Zhízhora ist selbst Geheimnisträgerin und kann den Mund halten.«

Ein livrierter Kellner räumte die Reste der Mahlzeit ab – Meeresfrüchte, Fisch und diverse Salate – und goß trockenen Champagner nach. Dante bestellte »einen großen Topf Kaffee, und was haben Sie an Schnäpsen?«, und Zhízhora ergänzte die Bestellung, indem sie »dreimal viel Kaffee und drei terranische Calvados« anforderte.

Gerames lehnte sich zurück, gähnte und knackte mit den Fingern. »Was liegt an?«

Zhízhora spielte mit einem goldenen Feuerzeug, das mit vielfarbigen Steinchen besetzt war und sich von ihren dunkelgrün lackierten Fingernägeln abhob. Sie blickte zuerst Gerames, dann Dante an. »Soll ich gehen, oder hat es Zeit bis nach dem Kaffee?«

Gerames winkte ab. »Haben wir Geheimnisse?«

Barakuda hob die Schultern. »Nicht direkt. Das können wir später klären. Zunächst nur so viel: Ich brauche Geld.«

Der Konstrukteur nickte. »Ich weiß zwar noch immer nicht, was du eigentlich beabsichtigst, aber es ist wohl so, daß du vorläufig keine ausreichende Handhabe hast, um öffentliche Gelder zu verschwenden, ja?«

Barakuda lachte. »So kann man es ausdrücken.«

»Hm. Ntja. Machen wir ein Geschäft?«

»Wie gehabt?«

»Ja.«

»Wenn du das riskieren willst . . .«

»Ich will. Wieviel?«

»Ungefähr eine Million.«

»Drachmen oder Talente?«

»Drachmen.«

Gerames knackte wieder mit den Fingern. Der Kellner kam mit den Getränken. Als er gegangen war, sagte Zhízhora: »Wollen Sie eine Flotte ausrüsten oder so was?«

Dante erschrak, ließ sich aber nichts anmerken. Er nippte an seinem Calvados, dann nahm er einen Schluck Kaffee zum Nachspülen.

Gerames beobachtete ihn und grinste. »Meine schöne Freundin besitzt ein paar Asteroiden mit sehr interessanten Schwermetallvorkommen; außerdem steckt sie uns beide intellektuell in die Tasche und sitzt im Aufsichtsrat von Pandinga. Verglichen mit ihr bin ich ein kleines Würstchen.«

Barakuda pfiff leise. Der Pandinga-Konzern lieferte einen großen Teil dessen, was die Flotte benötigte, von Handwaffen bis zu kompletten Schiffshüllen. Die 21 Mitglieder des Aufsichtsrats – je 7 Vertreter des Commonwealth, der Industrie und der Arbeiter – wurden schärfsten Sicherheitschecks unterzogen.

Barakuda blieb mißtrauisch. »Wir können ja später darüber reden. Zum Beispiel heute abend.« Dann fiel ihm Leontia ein, und daß er abends bessere Dinge zu tun hatte.

Gerames musterte ihn. »Willst du den Vorschlag zurückziehen?«

Barakuda spielte mit seinem Schnapsglas. »Ich bin schon verabredet, später. Aber wir könnten vorher ein kleines Mahl zu uns nehmen – sagen wir gegen sechs?«

Gerames blickte auf die kostbare Uhr an Zhízhoras Handgelenk. »Na, es ist jetzt halb eins. Bis dahin haben wir bestimmt wieder Appetit.«

Zhízhora warf ihm einen mehrdeutigen Blick zu. Dann wandte sie sich an Barakuda. »Einverstanden. Wenn Sie Ihre Freundin nicht mitbringen wollen, wird es sicher Gründe geben, oder? Aber vielleicht verraten Sie mir nachher wenigstens, welcher Unflat in meinem Dossier steht.«

Begleitet von Gerames' Gelächter verließ Dante die Terrasse.

Das Dossier, das ihm Gaia übermittelte, enthielt keinerlei Unflat. Zhízhora Ndanda Bunofre war 36 Standardjahre alt, Industrielle mit einem geschätzten Vermögen von zehn Milliarden Drachmen, Aufsichtsrätin und Geheimnisträgerin; ihr Sicherheitsstatus lag weit über seinem eigenen. Den Unterlagen zufolge machte sie zur Zeit Urlaub an Bord ihrer Yacht; Shilgat war eines der möglichen Reiseziele.

Nachdenklich wanderte er durch die Stadt zum Palais der Gouverneurin. Nach kurzer Begrüßung warteten sie, bis die Assistentin Tee und Gebäck gebracht hatte. Dann berichtete Dante von Zhízhora Ndanda Bunofre, mit deren Hilfe ein Weg für Nachforschungen außerhalb amtlicher Kanäle gefunden werden konnte. »Offizielle Anfragen könnten Staub aufwirbeln und dazu führen, daß jemand Wind von der Sache bekommt und zum Beispiel den Frachter *Nadir* stoppt. Wenn die *Nadir* aber nicht wie vorgesehen Shilgat anläuft, werden wir nie handfeste Beweise bekommen.«

In der folgenden Stunde besprachen sie erstmals das gesamte abenteuerliche Vorgehen, dessen Grundidee ihnen unabhängig voneinander bei der Lektüre von Florisa de Clares Tagebuch gekommen war.

»Es ist natürlich irrsinnig«, sagte Dante schließlich, »aber wahrscheinlich die einzige Möglichkeit, ein Blutbad zu verhindern.«

»Sollte der Plan scheitern, gibt es eine Katastrophe.«

»Es gibt, habe ich von Saravyi erfahren, irgendwo im Nordosten eine Gruppe heller Mischlinge, deren Ahnen den Mönchen entlaufen sind. Ich werde in einigen Tagen dorthin fliegen und Mitarbeiter anwerben. Ich hoffe, ich kann dort auch die Hauptrolle besetzen.«

Lydia Hsiang atmete tief ein. »Die Hauptrolle ist besetzt.«

Dante starrte sie verstört an. »Das ... das ist nicht dein ... Ihr Ernst.«

Sie erhob sich und lächelte flüchtig. »Erwarten Sie, daß ich einem Plan zustimme, bei dem Sie und Hunderte anderer Menschen das Leben riskieren, und ich, nachdem ich alles ausgeheckt habe, soll mich hier in Ruhe hinsetzen und abwarten?«

»Aber ...«

»Kein Aber. Wir können in einigen Tagen noch einmal darüber sprechen. Ich schlage vor, unser Gespräch jetzt und an dieser Stelle zu beenden. Sie würden die nächsten Stunden doch nur damit verbringen, mich vom Gegenteil überzeugen zu wollen.«

Sie ging zur Tür und öffnete sie. Leiser setzte sie hinzu: »Nicht, daß ich Ihre Sorge nicht zu schätzen wüßte. Und ich gäbe vieles darum, wenn es mir erspart bliebe.«

Bedrückt ging Barakuda zurück nach Cadhras. In seiner Wohnung duschte er und zog sich um; danach warf er einen Blick ins *Meeresleuchten* und trank mit Mutter Schwabbel einen Kaffee, um auf andere Gedanken zu kommen. Die Rote Yolande war guter Dinge und füllte seine Ohren mit absurden Anekdoten und dem neuesten Klatsch des Hafens.

Gegen fünf Uhr erreichte er das *Vistamari.* Gerames und Zhízhora waren nirgends zu finden; Dante rief vom Empfang aus Gerames' Apartment an, dann, als sich dort niemand meldete, das von Zhízhora Ndanda Bunofre.

»Störenfried!« sagte Gerames, als sie zu Barakuda an die Bar kamen. »Wir sind doch viel später verabredet.«

Dante grinste. Gerames sah noch müder aus als am Mittag, die Aufsichtsrätin des großen Konzerns noch hinreißender.

Er wandte sich an Zhízhora. »Madame, Ihr Dossier enthält keinerlei Unflat. Deshalb wage ich, Sie um einen sehr wichtigen und sehr hilfreichen Gefallen zu bitten.«

Sie sah ihn aufmerksam an. »Soll ich für Sie Hersteller und Lieferanten dieser Karabiner ausfindig machen?«

Dante seufzte. »Sie sind mir wirklich weit voraus. Wollen Sie nicht meinen Job übernehmen?«

Sie schüttelte den Kopf. »Zu schlecht bezahlt, danke.«

Gerames gähnte und begann Kringel und Zopfansätze in Zhízhoras Platinhaar zu flechten.

»Wenn ich jetzt offiziell die Abwehr nachforschen lasse, bekommt am Ende jemand Wind von der Sache, und ein wichtiger Beweis, nämlich eine weitere Lieferung, die ich erwarte, findet nicht mehr statt. Ich nehme an, wenn ich

Ihnen eine Waffe mitgebe, können Sie ohne großes Aufsehen etwas herausfinden?«

»Kann ich. Aber dazu müssen Sie mich erst mit der Waffe im Gepäck durch Ihren famosen Zoll schleusen. Und ich will genau wissen, was hier eigentlich vorgeht.«

Gerames hüstelte. »Ah, übrigens – die Bank honoriert meinen Scheck. Sie haben sogar genug Bargeld. Und große Augen gemacht.«

Barakuda verbrachte eine stürmische Herbstnacht in Leontias Bungalow. Beim Frühstück sahen sie, daß der Dunst auf dem Binnenmeer zu Nebel wurde.

Danach begab er sich zur nächsten Konferenz ins Palais. Sie besprachen noch einmal die notwendigen Maßnahmen und sparten die Kernfrage höflich aus.

»Ich schätze«, sagte Barakuda schließlich, »wir werden Maqari allmählich einweihen müssen.«

»Ja. Das alles ist nicht über seinen Kopf hinweg durchzuführen. Natürlich könnte ich ihm schlicht unbegründete Befehle erteilen ...«

»Wissen Sie, Lydia, ich glaube nicht, daß Maqari der Finsterling ist, aber wir können nicht sicher sein. Immerhin, wir sollten es riskieren. Wenn ich, was ich natürlich nicht tun sollte, nach meinem Gefühl gehe, würde ich mich weit eher Maqari ausliefern als etwa dem Obmann oder Aguilar.«

Die Gouverneurin stand auf und ging unruhig hin und her. »Wenn wir nur wüßten ... Aber es gibt noch ein anderes Problem. Die Tote Zeit.«

»Darüber habe ich mir auch schon den Kopf zerbrochen.«

»Wir können natürlich nicht alles über den Haufen werfen. Aber mir ist unwohl bei dem Gedanken, daß möglicherweise gerade dann die entscheidenden Dinge passieren, und wir sitzen in Cadhras ohne die Korvette und mit höchstens einem Drittel der Garnison.«

Barakuda seufzte. »Die Korvette ist defekt und nur noch begrenzt einsatzfähig. Es hilft nichts: Das Boot muß ins Dock. Was wir machen könnten, wäre, einen Teil der ausgebildeten Leute aus erfundenen Gründen hierbehalten und über die beiden Einsatzkompanien Urlaubssperre verhängen. Aber dazu müssen wir Maqari einweihen.«

Schließlich kam Barakuda auf die Dinge zu sprechen, die er in den kommenden Tagen außerhalb von Cadhras zu erledigen hatte. »Ich kann ja keinen schicken, weil wir niemandem vertrauen können. Außerdem sind all diese Dinge nur auf höchster Ebene zu erledigen.«

Hsiang nickte. »Zu den Mulis könnte ich natürlich fliegen. Kontaktaufnahme und Vorbereitung; den Rest müßten Sie dann später erledigen, aber so gewinnen wir ein paar Tage. Sie können ja nicht überall zugleich sein.«

Barakuda spielte mit einer unangezündeten Zigarette. »Was wir hier machen, ist absolut illegal. Ich wollte Sie eigentlich heraushalten. Wenn es eine Katastrophe gibt, kostet es nur meinen Kopf.«

Die Gouverneurin lächelte. »Das ist reizend, aber ich lehne es ab. Wir sitzen im gleichen Boot, und da ich allem zustimme, kann ich ebensogut mitmachen.«

»Übrigens habe ich *dam* Bunofre gebeten, sich um die Herkunft der Waffen zu kümmern.«

Hsiang lachte laut. »O Dante, eines Tages, wenn das alles vorbei ist und wir noch leben, werde ich die von uns gebrochenen Gesetze heraussuchen, analysieren und dir mitteilen, wie viele Jahrhunderte Strafplanet für jeden von uns dabei herauskommen. – Soll ich Maqari übernehmen?«

Die bei Mirekhis Bande gefundenen Waffen gehörten zu drei Vierteln dem bekannten, zu einem Viertel dem neuen Karabinertyp an, aus dem das Geschoß abgefeuert worden war, das Barakuda längere Zeit in der Schulter getragen hatte.

Statt einer Waffe wollte der Zhízhora lieber Zeichnungen mitgeben. Die Industrielle war einverstanden. Barakuda sprach mit Gerames über Varianten des Plans, bei denen der Konstrukteur helfen konnte. Irgendwann sagte Zhízhora: »Mir ist das alles zu mystisch. Aber wenn es gutgeht, ist es sicher sinnvoll, und wenn nicht, ändert es wenig an der Gesamtzahl von Toten, die die Katastrophe sonst fordern würde.«

Später landete wie verabredet der Gleiter vor dem Hotel. Dante und Gerames trugen eine Metallkiste vom Hotelsafe zur Flugmaschine. Der Behälter wog schwer und enthielt zweitausend Goldmünzen zu je 5 Talenten.

Die Verhandlungen in Arameq nahmen nicht viel Zeit in Anspruch, das anschließende Feilschen jedoch um so mehr. Ubba-bul erinnerte noch einmal an seine Träume; einige Kiemen verwiesen auf Gerüchte aus dem Hinterland und die Tatsache, daß die Herbstkarawane aus dem Norden noch immer nicht in Biyang eingetroffen war. Ein alter Fischer sagte: »Die Oberfläche des großen Mutterleibes birgt Platz für alle und jeden. In letzter Zeit treiben sich jedoch allzu viele Schwellkörper aus Pasdan hier herum.« Barakuda nickte nur; die letzten Satellitenaufnahmen hatten eine auffällige Zunahme der Segler aus dem Matriarchat gezeigt.

Arameq war bereit, neunzig Schiffe samt Ausrüstung und Besatzung zu stellen. Barakuda bot dafür 500 Drachmen in Gold pro Schiff, als Entschädigung für die Shil, die für die Dauer des Unternehmens nicht ihrer gewohnten Arbeit nachgehen konnten. Die Kiemen verlangten 3000; man traf sich bei 1750.

»Gut«, sagte Dante schließlich. »Einige Kiemen sollten mich zur Residenz begleiten, um die Münzen entgegenzunehmen. Und ich habe eine Bitte. Die genauen Pläne darf ich euch leider nicht verraten; ich bin beeindruckt davon, daß ihr trotzdem bereit seid, mitzumachen. Aber selbst das, was ihr wißt, muß geheim bleiben. Die Schiffe fahren nach Golazin – fertig.«

Ubba-bul zog ihn beiseite. Leise sagte der Fischfisch: »Glaube nicht, o Wächterrochen von Cadhras, daß all dies so leicht wäre, wenn ... wenn wir nicht seit Jahrhunderten darauf vorbereitet wären und gewartet hätten.«

Dante lehnte sich an eine Säule der Ratsreuse und starrte den alten Mann fassungslos an. »Kannst du das bitte langsam wiederholen?«

Ubba-bul seufzte. »Du wirst später alles von Größeren erfahren, die mehr wissen. Ich weiß nur, was ich wissen muß, um tun zu können, was getan werden muß.« Dann grinste er. »Das Feilschen war ein Vergnügen. Ich will dir aber verraten, daß vor einigen Zehntagen ein Bote der Fürstin Tremughati uns angewiesen hat, dir jeden Wunsch zu erfüllen. Du hättest die Schiffe auch umsonst bekommen.«

Ein alter Kiemen flog mit ihnen, um die Vereinbarungen notfalls zu bestätigen, falls es in Golazin Probleme gäbe.

Sie flogen nach Westen. Barakuda wickelte sich in eine Decke und versuchte zu schlafen, es gelang ihm jedoch nicht; der Tanz der Gedanken war zu wild. Der Kiemen, der nie zuvor ein Luftfahrzeug benutzt hatte, zeigte keinerlei Angst oder Besorgnis; nach einer kurzen, neugierigen Inspektion des Gleiters legte er sich auf eine der hinteren Bänke und schnarchte bald.

Im Morgengrauen löste Barakuda den Sergeanten ab. Sie hatten die Bergkette zwischen Steppe und westlichem Flachland bereits hinter sich gelassen. Unter ihnen lag die endlose, gewellte, von Büschen, Bächen und Felsen durchbrochene Ebene. Das eigentliche Ziel der Etappe, die Blutgrafschaft Vagaván, lag noch weit im Norden.

Unter ihnen wurde die Ebene zu dichtem Wald, aus dem kleinere Berge ragten. Gegen Ende des Vormittags erreichten sie wieder eine Savanne. Sie befanden sich etwa 2000 Kilometer nördlich der Grenzberge von Pasdan und 500 Kilometer vor der Küste des Pangotischen Ozeans. Ping und Levon, die die verschiedenen Ortungsgeräte beobachteten, machten Dante auf dunkle Punkte aufmerksam.

Ping übernahm die Kontrollen und ließ den Gleiter sinken. Die Korporalin drehte an Knöpfen; der Bordrechner wertete die Bilder aus und projizierte »Zentauren, ca. 7000« auf einen Schirm.

Barakuda lachte. »Wer hat sich denn *das* ausgedacht?«

Bondak räusperte sich. »Es war uns zu langweilig, immer nur ›Reiter‹ oder ›Lasttiere‹ zu lesen.«

Es waren Banditen; mit Geheul eröffneten sie ein sinnloses Feuer auf den Gleiter. Ping beschleunigte; die von verwirrten Pferden unter wütenden Reitern aufgewühlte Staubwolke blieb hinter ihnen zurück.

Die Banditen folgten einer breiten, nicht zu übersehenden Spur, die nach Südwesten bog, dann nach Süden. René Nardini bereitete sanglos eine halbwegs eßbare Mahlzeit. Der Kiemen sagte nichts über den fehlenden vorgeschriebenen Fischgang, murmelte lediglich etwas über Illusionen. Dante zeigte ihm auf einer Karte, wo sie sich befanden.

»Die Wege der Vögel«, sagte der alte Shil, »sind geradliniger als die der Fische, aber in der Weite fallen Gerades und Ungerades zusammen.«

Die Korporalin meldete eine weitere Gruppe von Zentauren, diesmal etwa 10 000. Es waren Gortahorks Jäger; ihr Vorsprung vor den Banditen betrug etwa 50 Kilometer.

Sie flogen dicht über die Shil hinweg und landeten in der Savanne. Begleitet von einigen älteren Reitern näherte sich der Fürst dem Fahrzeug. »Bärenbruder«, sagte er laut und herzlich, als Dante ihm entgegenging. Er sprang vom Pferd, und die beiden Männer umarmten einander.

Der große, kraftvolle Shil steckte ganz in Leder. Aus einer

Tasche an seinem Sattel lugte ein Karabiner. Dante nahm den Fürsten beim Arm und zog ihn von den anderen fort. Das letzte, was die Leute im Gleiter hörten, war eine Frage. »Ich dachte, du wärst in der Steppe, aber mir scheint, du schleppst ein Kielwasser von Räubern Richtung Pasdan, oder?«

Die Gleiterbesatzung und die älteren Shil tranken gemeinsam Tee und redeten; zwischendurch blickten sie dorthin, wo der Fürst und der Sekretär im Gras saßen.

Schließlich kamen Barakuda und Gortahork zurück. Der Fürst der Banyashil wirkte unverändert; Barakuda sah ein wenig bleich drein.

»Auf«, rief Gortahork. »Wer der Eile nicht verfallen will, sollte sich in der Langsamkeit sputen.«

»Moment.« Dante winkte dem Kiemen. Der alte Mann kam näher und neigte den Kopf leicht vor Gortahork. Er murmelte etwas, was die Umstehenden nicht verstanden. Der Fürst runzelte die Stirn, lachte dann plötzlich und nickte.

»Es ist gut, mich daran zu erinnern. Nichts ist von Dauer, und meine Aufgabe ist es, überflüssig zu werden. Du weißt, was zu tun ist?«

Der alte Mann murmelte wiederum etwas. Dante ging zum Gleiter, ließ sich die Karte des Nordkontinents herunterreichen und hielt sie dem Fürsten hin.

Gortahork beendete sein mysteriöses Gespräch mit dem Kiemen, warf einen schnellen Blick auf die Karte und deutete dann auf einen Punkt in der Steppe. »Wir sind hier?«

Dante nickte. Der Fürst rümpfte die Nase und deutete auf eine hakenförmige Bucht weit oben im Norden.

Nach Sonnenuntergang erreichten sie die Blutgrafschaft Vagaván. Von der Stadt am Meer war nicht viel zu sehen. Als Barakuda und der Kiemen ausstiegen, drang die eisige Nachtluft des nördlichen Winters in den Gleiter.

Eine Stunde verging, bis die beiden Männer zurückkehrten. Dante erteilte Fahrtanweisungen und hüllte sich fröstelnd in Schweigen und eine Decke. Bondak brachte ihm Kaffee mit einem Schuß Obstschnaps; nachdem er daran gerochen hatte, bat auch der Kiemen um dieses Getränk.

In der eisigen Polarnacht landete der Gleiter neben einem halben Dutzend Hütten nahe einer Bucht. Barakuda stieg allein aus, nachdem er aus der schweren Kiste im Unterdeck viele Münzen genommen hatte. Man blickte hinter ihm her, und der Kiemen wandte das Gesicht ab, als die Tür einer der Hütten sich öffnete. Im unsicheren gelben Licht, das aus der Behausung fiel, wirkte der Schatten des Bewohners, der Barakuda entgegensah, riesig und ungeschlacht.

Sie tranken Kaffee und rätselten; der Kiemen, der als einziger etwas hätte sagen können, tat, als ob er schliefe. Nach einer halben Stunde öffnete sich die Hüttentür wieder, und Barakuda trat zusammen mit einem wahren Riesen heraus. Sie gingen zur nächsten Hütte.

Dann bildete sich über dem eisigen Meer Nebel, der in langen Schwaden landeinwärts zog und alles verhüllte. Bondak und Learoyd sahen einander an; der Sergeant murmelte etwas von »Hexerei« und schlug den Kragen seiner Jacke hoch; ihn fröstelte, obwohl die Luft heiß und stickig war.

Mindestens eine weitere Stunde verging. Durch den dichten Nebel stapften große, schwere Gestalten. Barakuda war bei ihnen und führte sie zum Heck des Gleiters; dann kam er nach vorn, blau von Kälte, und bedeutete Bondak durch Zeichen, die Ladeklappen zu öffnen.

Schwere Gegenstände wurden eingeladen. Niemand sah, um was es sich handelte. Nebel; Frost; das Wissen, an einem Ort zu sein, an den es vermutlich in dreihundert Jahren niemals einen Cadhrassi verschlagen hatte; die nur vom Rumpeln des Ladens unterbrochene Stille der Polarnacht; Barakudas Schweigsamkeit; all das trug nicht dazu bei, an Bord für eine frohe Stimmung zu sorgen.

Schließlich war der Ladevorgang beendet. Bondak betätigte die Schaltungen, um das Heck wieder zu verschließen; dabei murmelte er: »Komische Steine? Wie neulich in Biyang? Und warum mußte es unbedingt der schwerste Transportgleiter sein?«

Als Barakuda an Bord kam, sah er bleich, elend und durchfroren aus. Er konnte sich kaum auf den Beinen halten und sagte nur matt: »Golazin, so schnell wie möglich.« Dann rollte er sich in eine Decke.

Die alte Stadt an der Mündung des Golzain lag im sanften Licht Shalgas und war fast heimatlich.

Barakuda wies Bondak an, im Hof der Residenz zu landen, unweit der Zitadelle im Zentrum. Golazin lag auf einer Felseninsel, etwa einen halben Kilometer vom Ufer und einen Kilometer östlich der Flußmündung. Zyklopische Mauern schützten die Bewohner vor jeder noch so stürmischen Flut, und sie würden auch einer Belagerung standhalten. Wenn die Belagerer nicht überlegene Waffen einsetzten.

Anders als in Arameq hatte man in Golazin auf die Ausarbeitung einer spezifischen Mythologie verzichtet und befleißigte sich eines pragmatischen Materialismus. Zusammen mit dem Residenten und dem Kiemen begab Dante sich zum Kastell der Zünfte, einem besonders geschützten Gebäude in der Zitadelle.

Die Verhandlungen verliefen ähnlich wie in Arameq. Golazin war bereit, 100 Schiffe zu stellen und darauf zu warten, daß die Boote aus Arameq eintrafen. Und Banyashil unter Führung des alten Saravyi. Auch in Golazin waren Boten von Tremughati eingetroffen; dennoch zahlte Dante für die Schiffe. Wenn der Plan gelang, war das Geld gut angelegt; mißlang er, kam es darauf auch nicht mehr an.

Im kühlen Seewind tranken sie Tee auf der Terrasse des Palais. Major Maqari, inzwischen eingeweiht, war mürrisch und müde und machte kein Hehl aus seiner Ablehnung des »hirnrissigen« Unternehmens. Er hatte allerdings keine Alternative anzubieten, außer einer, die nicht gangbar war. »Ein paar Raumlandedivisionen«, knurrte er. »Aber das geht ja nicht. Das gibt genau das Blutbad, das wir verhindern wollen. Außerdem brauchen wir dann handfeste Beweise und müssen tausend Anfragen und Begründungen mit zweitausend Durchschlägen einreichen. Bis dahin ist die Welt untergegangen.«

Hsiang sah aus wie immer, obwohl auch sie müde sein mußte. Sie hatte die von Saravyi erwähnten Mischlingsdörfer besucht. »Zweitausend hellhäutige Jägerinnen warten auf die Korvette. Sie waren nicht schwer zu überzeugen. Tremughati hatte Boten geschickt.«

»Ich wüßte zu gern, was Tremughati und Gortahork planen, aber der Fürst hat nicht viel verraten. Er schleppt Großer-Töter hinter sich her und scheint die Nordgrenze von Pasdan erreichen zu wollen. Was er da will und wozu er sich von den Banditen verfolgen läßt . . . ich weiß es nicht. Ponce, wie regeln wir das Problem Korvette und Tote Zeit?«

Maqari starrte in seinen Tee. »Cebrian ist sauer. Er wird fliegen, statt bei Unternehmungen mitzumischen, von denen er nur Umrisse kennt. Die Korvette wird die Mischlingsjägerinnen und Sarelas Gruppe nach Golazin bringen, samt Ausrüstung und Proviant. Dann fliegt sie offiziell mit den beiden Ausbildungseinheiten und den Frauen der A-*centuria*, die angeblich Urlaub machen, zum Sektor-HQ. Tatsächlich wird sie die drei Kompanien auf Pinding absetzen und mit Minimalbesetzung weiterfliegen. Das muß aber sein; sie gehört dringend ins Dock.«

Nachmittags brütete Barakuda zusammen mit dem »freiwilligen technischen Berater« Gerames und einigen Technikern und Ballistikern von Garnison und Gouvernement über Plänen für Projektile, Fernsteuerungen, Attrappen und Fahrzeuge, deren Sinn den nur oberflächlich informierten Technikern nicht einleuchtete.

Abends fand sich die gesamte Gleiterbesatzung im *Meeresleuchten* ein; Barakuda hatte zu einem Umtrunk geladen, und Gerames, der einen Teil der Leute ja ebenfalls kannte, gab ein Essen aus. Aguilar und Irgul stießen dazu.

Gegen Mitternacht stiegen Leontia, Begheli, Barakuda und Gerames in Dantes Wohnung hinauf.

Leontia sah sich interessiert um und sagte »Aha«.

Gerames hockte sich auf einen der Stühle, die den schweren Eichentisch umstanden; seine Augen wanderten die Buchrücken in den Regalen entlang. Dante bat Begheli, aus ihren Räumen Gläser und Fruchtsaft zu holen. »Schnaps habe ich noch, aber keine Lust auf langwierige Spülmanöver.«

Natürlich wollte Leontia mehr über die letzten Tage wissen, und Gerames, der das bereits kannte, unterhielt sich währenddessen mit Begheli, die ihm haarsträubende Anekdoten aus der Vergangenheit des Lokals auftischte. Die Luft wurde schwerer von Rauch und Gesprächen, und Dantes Lider wurden schwerer von Müdigkeit und dem Bedürfnis, zwei Leute weniger um sich zu haben. Begheli erriet seine Gedanken und erhob sich lächelnd.

»Ich glaube, ich sollte allmählich gehen.«

Dante stand auf und drückte ihr einen Kuß auf die Stirn.

»Dann mache ich mich von hinnen«, sagte Gerames.

Begheli sah ihn aufmerksam an und legte ihm die Hand auf den Arm. »Wenn du nicht unbedingt willst, mußt du nicht einsam durch die Nacht laufen.«

»Das ist überaus freundlich von Euch«, sagte der Konstrukteur mit einer förmlichen Verbeugung. »Tatsächlich war mir bei diesem Gedanken auch unwohl. Es ist da so dunkel, draußen, meine ich, und die Alternative ist an Reiz nicht zu überbieten.«

Leontia sah hinter ihnen her, bis die Tür ins Schloß fiel, dann legte sie die Arme um Barakudas Hals. »Nett. Überhaupt ist in diesem Haus mehr Leben als in den Bungalows.«

Aus: Lydia Hsiang, Memoiren *(Gaia, 501)*
»Ein Seilmacher in Arameq«

»Schau, die Faser des Sampa-Baumes; leicht genießbar die Frucht, leicht zu flechten die Stränge. Gute Seile, geeignet zur pfleglichen Bindung junger Bäume an ihre Pfosten.

Ried aus dem Delta des Avrak. Man muß es der Länge nach schneiden, die Stücke danach in eine Harzlösung tauchen. Später flicht man ein gutes Stück Seil aus den Teilen, bestens geeignet für sanfte Zähmung ungebärdiger Fohlen.

Blauer Tang vom Westgestade von Huasiringa. Streich die Knoten und die Verwachsungen glatt. Ah, es fehlt dir die Hand der Erfahrung. Sieh, wie ich streiche – der Tang ist glatt, wird niemals verdorren und gibt, verflochten, ein prächtiges Seil für Harpunen. Man holt sie sicher zurück; niemals werden sie fehlen.

Langgras vom Nordhang der Berge Sintul. Ich spreche am Morgen über die Halme ein langes Gedicht, fünf fünfzeilige Strophen ohne Gereimtes, und flechte fünf Gräser. Bojen und Reusen hängen sicher daran.

Dieses? Oh, dieses ist anders. Die Haare eines Wahnsinnigen, der sich schäumend ertränkte. Ich habe sie unter Wasser geflochten, verknotet; aber du siehst keine Knoten. Ich habe sie im Nordwind getrocknet, verflucht; aber du hörst keinen Fluch. Ich habe sie nachts zum Seil verwandelt, gehaßt; aber du spürst keinen Haß. Du nicht – es ist nicht für dich, meine Freundin. Es ist für den Schlächter des Nordens. Ein Seil für den Hals von Großer-Töter.«

XVII

Yfon Batavy hatte Dienst im Tower; Felix Irgul machte irgendwo Ferien, und Ildo Aguilar stapfte keuchend neben Barakuda in Richtung Palais. Die *Nadir* war gelandet, die Fracht kontrolliert, die Mannschaft hatte »Landurlaub«, der Kapitän hockte im *Meeresleuchten* und wurde unauffällig beobachtet.

Eines der auf Shilgat verbliebenen Beiboote der Korvette kam angeblich von einem Übungsflug zurück. Leutnant Yakku flog zum Palais und überholte Dante und den Raumhafenchef. Vor dem Säulenportal wartete er auf sie; als er Barakuda zunickte, zwinkerte er. Dante atmete auf.

Der Krisenrat war versammelt; für den Obmann Ubang Thang, der auf Corilia in seinem alten Internat Ferien machte, nahm die Präsidentin der *asambli* an der Sitzung teil. Lydia Hsiang begrüßte die Anwesenden knapp, dann begaben sich alle in einen größeren Konferenzraum mit Bildschirm.

Barakuda räusperte sich. »Wir wollen uns einen Film anschauen. Leutnant Yakku von der B-*centuria* hat auf seinem Übungsflug interessante Aufnahmen gemacht.«

Er gab ein Zeichen; der Film lief ab, und Yakku stand auf, um die nötigen Kommentare zu geben.

»Anflug auf den Larena-Archipel.« In rasendem Tempo stürzten Inseln und Fragmente des Meeres auf die Betrachter zu. »Die Umgebung.« Das Beiboot war gelandet; die ausgewählte Insel, unbewohnt und von Dschungel bedeckt. Einige Männer bauten empfindliche Außenantennen zusammen und justierten sie. Barakuda erkannte Bondak, Learoyd, Ping und Nardini. Nardini öffnete den Mund, und

Yakku schaltete den Ton ab. »Nardini meinte, er müßte unbedingt singen.« Die winzigen Beobachtungskameras wurden ausgeschleust und stiegen blitzschnell in den Himmel; innerhalb von Sekunden waren sie verschwunden.

»So. Das sind jetzt Bilder von oben.«

Eine Weile war nichts zu sehen; eine der Kameras kippte plötzlich und zeigte nicht den leeren Himmel, sondern die Wasserstraße zwischen den drei größten Inseln des Archipels. Fünf Segler standen in beinahe gleichmäßigen Abständen in der Passage. »Mütter.« Kamerawechsel.

Ein Punkt tauchte am Himmel auf. »Die *Nadir.*« Das Schiff wurde schnell größer und flog exakt über die Passage zwischen den Inseln. Ein länglicher, kantiger Gegenstand löste sich aus dem Frachter. Die *Nadir* verschwand. Zwei der Pasdan-Segler näherten sich mit dem Westwind dem im Wasser treibenden Container, der mit Antigravprojektoren ausgerüstet sein mußte. Er war nicht gestürzt, sondern geschwebt; einige Frauen kletterten aus den Schiffen auf den Behälter, berührten bestimmte Partien der Oberfläche, der Container hob sich aus dem Wasser. Unsicher schwebend näherte er sich einem der beiden Schiffe und landete an Deck.

»Das wär's«, sagte Maqari grimmig. »Deutlichere Beweise brauchen wir nicht.«

»Das haben Sie gut gemacht, Leutnant«, sagte Hsiang.

Yakku deutete eine kleine Verneigung an und hob die Hand. »Ich habe aber noch ein paar Zugaben für Sie.«

Der Film lief weiter. Der Segler, der nahe dem östlichen Ende der Passage gestanden hatte, setzte Segel und rauschte vor dem Wind ostwärts. Nach einigen Minuten wurden Signalwimpel aufgezogen, dann ging der Segler auf Nordkurs. Die Kamera schwenkte; am östlichen Horizont tauchte ein weiterer Segler auf.

Schiff Nr. 2 war dem ersten gefolgt und ging am Ende der Passage über Stag; nach dem Manöver lief es nordwärts.

Nummer 3 und 4, die beiden Schiffe, die den Container aufgefischt hatten, taten das gleiche. Nummer 5 wendete noch in der Passage und kreuzte hart am Wind nach Westen.

Yakku hatte den Film schnell durchlaufen lassen und die Ereignisse von Stunden in Minuten gedrängt. Nun schaltete er auf einen zweiten Projektor. »Wir fliegen Richtung Corilia.«

Der Film zeigte nichts als Meer und in Abständen Segelschiffe. Alle zeigten Signalwimpel. »Die Abstände betragen jeweils etwa zwanzig Kilometer. Schnelle Nachrichtenübermittlung. – Ich lasse durchlaufen. Wir kommen zum gestrigen Abend und zum Ende der Signalstaffel. Die folgenden Aufnahmen sind mit Nachtkameras gemacht und nicht ganz so klar, aber ausreichend gut.«

Das letzte Schiff. Großaufnahme: der Bug mit dem Namen *Varli Soleyn*. Barakuda pfiff leise durch die Zähne.

»Das ist die Nordspitze unserer Akademikerinsel Corilia«, sagte Yakku, als Felsen ins Bild kamen.

»Kap Kogaly«, sagte jemand.

Barakuda grinste in die Dunkelheit. »Ich muß an dieser Stelle zwei Dinge sagen.« Er berichtete von der Rechnerlöschung und davon, daß er Listen mit den gesuchten Daten gerettet und zusammen mit der Gouverneurin ausgewertet hatte. Der Schirm zeigte noch immer das Schiff aus Pasdan; im Konferenzraum waren bei Barakudas Eröffnungen unterdrückte Laute des Erstaunens zu hören.

»Wir haben festgestellt«, sagte Dante, »daß immer dann, wenn die *Nadir* nach Shilgat kommt, die *Varli Soleyn* Cadhras anläuft. Ferner haben wir herausgekriegt, daß zwei Leute abwechselnd gerade zu diesem Zeitpunkt Ferien auf Corilia machen.«

Jemand murmelte »Ubang Thang«; ein anderes Geräusch war zu vernehmen, so als ob jemand aufstehen wollte, und Leutnant Yakkus Stimme erklang, ruhig, aber entschieden: »Sitzen bleiben. Das ist eine Pistole.«

»Die Frau, nach der das Schiff benannt ist, Varli Soleyn, war die Prophetin, die den Sieg der Frauen und die Ausrottung der Männer beschrieben hat. Passend, daß Pasdan gerade dieses Schiff zu diesem Zweck nach Cadhras schickt. – Ich habe Ihnen vom alten Saravyi erzählt? Gut. Bei unserer letzten Begegnung hat er mir gesagt, auf der Insel Kar'ayis im Pangotischen Ozean gebe es Diamanten. Außerdem gibt es dort Wälder. Wir haben uns alle gefragt, woher die Mütter aus Pasdan das Holz für ihren Flottenbau nehmen.«

Am unteren Bildrand erschien ein Ruderboot, in dem eine einzelne Person saß. Das Bild sprang ihnen entgegen; Yakku hatte hier auf Großaufnahme geschaltet. Die *Varli Soleyn* drehte bei; das Ruderboot ging längsseits. Die Person erhob sich taumelnd; von Bord des Pasdan-Seglers wurde ihr ein kleiner Gegenstand zugeworfen.

»Das Schiff fährt immer an Corilia vorbei.« Barakuda ging zum Projektor und hielt das Bild an.

Maqari stieß einen Fluch aus. »Der Obmann.«

Barakuda klickte mit der Zunge. »Ponce, gebrauchen Sie Ihren Kopf. Yakku richtete eben seine Pistole auf jemanden, und der Obmann ist nicht da. Außerdem war bei seinem Amtsantritt das Tandem *Nadir/Varli Soleyn* längst unterwegs. Nein, zwei Leute wechseln sich auf Corilia mit dem Urlaub ab. Einer ist hier und kann Alpha-Befehle erteilen, die den Rechner löschen. Der andere ...«

Er ließ den Film weiterlaufen. Der Ruderer vollendete die Bewegung, verstaute den aufgefangenen Gegenstand und richtete sich auf. Das Gesicht war deutlich zu sehen.

»... ist Felix Irgul.« Barakuda machte Licht.

Alle starrten dorthin, wo Ildo Aguilar saß. Hinter dem feisten Raumhafenleiter stand Leutnant Yakku mit Pistole.

»Wo ist Irgul?« sagte Ataratz. Seine Mundwinkel hingen herab; er sah aus, als wolle er sich erbrechen.

»In der Arrestzelle der Garnison.« Yakku reichte Barakuda

die Pistole und holte zwei Gegenstände aus seiner Mappe. Die Handschellen streifte er dem reglosen Aguilar über; die dunkle Kassette legte er auf den Tisch. »Irgul hat eine feine Ladung Diamanten von den Müttern bekommen.«

»Und beide, Irgul und Aguilar, können am Raumhafen jederzeit durch den für andere gesperrten Sonderzugang aufs Landefeld«, sagte Barakuda. »Zum Beispiel, um einem bestimmten Skipper ein Päckchen Diamanten mitzugeben. Yakku, Sie haben von mehreren Zugaben gesprochen.«

»Die zweite wird Ihnen nicht gefallen.« Er ging zum Projektor und ließ den Film ein Stück zurücklaufen. Dann wieder vor. Aus der Perspektive der östlich fliegenden Kamera sah man wieder den ersten Segler am Ende der Passage. Die Signalwimpel. Das Segelmanöver. Der neue Kurs. Yakku hielt das Bild an.

»Wir betrachten«, sagte er dozierend, »die Steuerbordseite. Sehen Sie den schwarzen Punkt mittschiffs?«

Yakku schaltete den Projektor aus und kam zu den Zuschauern. Er griff nach seiner Mappe und holte großformatige Abzüge heraus.

»Kopiert, vergrößert, abgezogen. Und hier, mehrere Minuten später.«

Die Bilder waren eindeutig. Unterhalb des Decks zog sich ein breiter Streifen mit abstrakten Ornamenten um den Segler. Ein Stück der verzierten Bordwand stand offen wie eine Luke. In der Vergrößerung sah man deutlich die Mündung einer Kanone. Die nächsten Bilder zeigten, vergrößert, wie die Kanone verschwand und die Luke verschlossen wurde.

»Mein Gott!« Maqari war blaß geworden.

Barakuda beugte sich noch einmal über die Bilder. »Das dürften zwölf sein. Auf jeder Seite. Macht vierundzwanzig.«

Lydia Hsiang griff nach ihrer Teetasse. Ihrem Gesicht war nichts anzumerken, aber die Tasse zitterte leicht, als sie sie zum Mund führte. »Wie ist das möglich?«

Barakuda tastete nach seinen Zigaretten. »Setzen Sie sich, Yakku. Und besonders herzlichen Dank. Das Commonwealth schuldet Ihnen einen Gedenkstein.«

»Ich werde ihn beantragen, sobald ich tot bin.«

Aguilar, der verbissen schwieg, wurde von vier Gendarmen abgeholt. Barakuda beendete die Stille und zählte an den Fingern auf. »Salpeter und was man sonst für Schießpulver braucht, ist auf Shilgat sicher zu finden; wir haben nur nie danach gesucht. Kohle und Eisen gibt es; einige Shil – Beispiel Biyang – gehen damit um. Keiner, auch nicht die Mütter, verfügt über die notwendige Technik, um brauchbare Hinterlader-Gewehre zu bauen, von Schnellfeuer-Karabinern gar nicht zu reden. Aber Feldschlangen und auch schwerere Kanonen können die Mütter sicherlich gießen.«

»Das«, sagte Maqari schwer, »ändert alles.«

Die Gouverneurin schüttelte den Kopf. »Es ändert nichts. Es macht alles nur schwerer. Und dringender.«

»Aber«, sagte Yakku, »schaffen denn nicht diese Kanonen eine neue Lage?«

»Nein. Sie verschlimmern nur die bekannte Situation. Wir können jetzt nicht mehr davon ausgehen, daß wir es mit etwa 30 000 disziplinierten Wehrhaften Jungfrauen zu tun haben, es kommen wahrscheinlich an die hundert oder mehr Schiffe mit kompletten Batterien hinzu. Das ändert aber nichts an der Alternative – Kampf um jedes Haus und jedes Schiff oder große Bomben. Wollen Sie das verantworten?«

»Und was bleibt uns dann?« sagte Maqari heiser.

»Unser wahnsinniger Plan.« Die Gouverneurin wirkte fast heiter. »List gegen Gewalt. Die Chancen, daß der Plan gelingt, sind nicht von den Kanonen abhängig.«

»Und wenn er mißlingt? Wenn Sie und Barakuda und alle anderen dabei sterben?«

»Dann müssen Sie die Flotte rufen.«

»Ich habe da noch eine Idee«, sagte Barakuda plötzlich.

»Ich wollte ja ohnehin in einigen Tagen nach Pasdan fliegen, um die präparierten Sprengladungen zu legen. Ich wollte nachts dort ankommen. Ich werde aber früher fliegen, sobald die letzten Vorbereitungen abgeschlossen sind, und ich werde nicht heimlich, sondern offen dort landen.«

»Und was versprechen Sie sich davon, Dante?«

»Zweierlei. Solange ich mit den Müttern verhandle, werden sie nicht viel Aufmerksamkeit auf den Gleiter verschwenden, der die Präsente ferngelenkt verteilt. Und außerdem werde ich den Müttern ins Gesicht sagen, daß wir alles wissen, und ihnen mit der Flotte drohen. Entweder verleitet es sie dazu, Fehler zu machen, zu früh loszuschlagen, oder – ich glaube es nicht, aber es wäre möglich – sie geben auf.«

Nach kurzem Schlaf und eiligem Frühstück verabschiedete Dante sich von Leontia, Begheli und Gerames. Die Augen des Konstrukteurs waren verquollen; er hatte bis zum frühen Morgen Sonderanfertigungen in den Gleiter gepackt und die Besatzung instruiert.

»Viel Spaß damit, Barakuda.« Er gähnte. »Und paßt auf, daß ihr nicht die falschen Knöpfe drückt.«

Leontia begleitete ihn dann doch bis zum Landefeld an der Garnison. »Und komm zurück.«

Er küßte ihre Nasenspitze. »Keine Sorge. Das ist erst die erste Runde, da kann noch nichts passieren.«

Bondaks Bande war vollzählig vertreten. Learoyd und Ping hoben die Köpfe knapp. »Hallo, Boß«, murmelte Terence Learoyd. »Die Ratten sind vollzählig an Bord.«

Barakuda nickte ihnen zu. »Weiterschlafen.« Zusammen mit Bondak und Korporal Timoara hatten sie die Nacht mit Gerames und seinen Höllenmaschinen zugebracht. Die vier schnarchten leise, als Vanzuid den Gleiter startete.

Nardini begann drei Minuten später mit dem obligatorischen Brauen von Kaffee. Er summte leise, rücksichtsvoll und arhythmisch vor sich hin; dabei schielte er mit dem rechten Auge auf die Kaffeemaschine, mit dem linken auf Barakuda, und dazu grinste er.

Bei Beginn der Abenddämmerung erreichten sie Pasdan. Barakuda stellte fest, daß diesmal, da man nicht mit seinem Kommen rechnete, der Galgenhügel neben den Sklavenpferchen nicht leer war. Bondak saß an den Kontrollen. Vanzuid betätigte die Kameras. Barakuda biß die Zähne zusammen. »Der Galgenberg, *kapral.*«

Vanzuid seufzte und filmte. Bondak ließ den Gleiter sinken. Die Galgen waren leer; neben ihnen standen vier Kreuze und drei Pfosten. Drei gepfählte Frauen und vier gekreuzigte Männer, denen man die Genitalien abgeschnitten hatte.

Bondak landete wie üblich auf dem Platz vor dem Ratsgebäude. Timoara, Learoyd, Elorza und Ping ergriffen die Karabiner und stiegen aus, Barakuda folgte. Im Nu war der Platz gesäumt von Wehrhaften Jungfrauen, gespannte Bogen in den Händen.

»Die gleiche Prozedur wie letztes Mal?« sagte Elorza.

»Die gleiche Prozedur wie jedesmal, Trottel«, sagte Learoyd.

Hinter ihnen hob der Gleiter ab und schwebte einige Meter über dem Platz. Sobald es ganz dunkel war, würden die Männer die vorbereiteten kleinen Sonden und Projektile ausschleusen und zu den von Sprengstoffexperten und Statikern berechneten Stellen lenken. Dort, wo der Gleiter nun schwebte, konnte niemand ihnen dabei zusehen.

Als er das Ratsgebäude erreichte, warf Barakuda einen Blick auf das Wappen über dem Portal. Seit seinem letzten Besuch war eine Veränderung vorgenommen worden. Die abstrakte Darstellung von Uterus und Ovarien war ergänzt. Zwischen den Ovarien sah er die Wiedergabe eines spiralförmig gebogenen Instruments, das, den gleichen Abstraktionsgrad vorausgesetzt, eine Injektionsspritze sein mochte.

Seine Eskorte nahm wie üblich Aufstellung, und im Portal erwarteten ihn die gleichen drei Mütter. Es schien wieder mit dem Verweis auf die Schlächter und Tiere zu beginnen, die die Heilige Stadt schändeten; Dante unterbrach brüsk. »Ich bin nicht gekommen, um zu plaudern. Ich bringe Ihnen ein Ultimatum.«

»Sie sagten Ultimatum?«

»Es gehen Gerüchte, die Mütter hätten die Waffen geliefert und sich mit einer Sorte niedriger Tiere verbündet, um andere Sorten niedriger Tiere auszurotten.«

»Unkraut und Tiere tuscheln miteinander«, sagte die Erzmutter regungslos. »Diese Märchen sind ohne jeden Bezug.«

»Dann wird es Ihnen sicher nichts ausmachen, wenn ich die *Ssenda** Ihrer Wehrhaften Jungfrauen inspiziere, um mich über den Zustand der Waffenkammern zu informieren.«

»Kein zwanghaft penetrantes Tier wird je die Reinheit der *Ssenda* beflecken«, sagte die Erzmutter heftig.

Barakuda hob die Brauen. »Ich bin kein Tier, sondern ein Botschafter des Commonwealth. Betrachten Sie mich für die Dauer meines Aufenthalts als geschlechtslos. Wie die gekreuzigten Sklaven und die gepfählten Frauen.«

Eine der Befehlenden Mütter sagte: »Läufige Hündinnen, die mindere Tiere in den Besitz von Schreibzeug gebracht haben. Tiere brauchen nicht zu schreiben.«

Barakuda nickte. Er genoß es, endlich zuschlagen zu dürfen, aber er bezähmte seine kalte Wut. »Ich bestehe auf einer Untersuchung der *Ssenda.* Andernfalls muß ich davon ausgehen, daß Sie Schußwaffen besitzen.«

»Undenkbar. Dieser Schändung können wir nicht zustimmen.«

Dante schloß einen Moment lang die Augen. Er dachte an

* *Ssenda* – unübersetzbar; etwa »Ort des Aufenthalts in Geborgenheit und natürlicher Wärme«; nach Meinung von Linguisten abgeleitet aus *placenta.*

die Lordkanzlerin des Commonwealth, die Gouverneurin des Protektorats, die Oberste Richterin des Territoriums; an die Chefin der Rechenanlage; an Begheli und Zhízhora, die Frauen der Flotte, die Fischerinnen, die Obfrauen und Heilerinnen der Shil, die Jäger bei der Säuglingspflege und die Jägerinnen beim Ausweiden erlegten Wilds; er bedauerte die Urmütter, die einem patriarchalischen Terrorregime entflohen waren, und verfluchte ihre Nachkommen, deren Regime von gräßlicher Perfektion war; er bedachte die Kunstwörter von Pasdan, mit denen Ableitungen ursprünglich männlicher Bezeichnungen ausgemerzt werden sollten, fragte sich, ob die *Scharlachprim* besser war als eine *Scharlach-Fürst-in*, dachte an Besitz- und Abhängigkeitsverhältnisse in Wörtern, daran, daß ein *Bürger* des Commonwealth diesen Status auch dann nicht verlor, wenn er auf einem Asteroiden oder unter Wasser lebte und nie eine Burg gesehen hatte, daß *calculus* ein zum Rechnen verwendetes Kalksteinchen war und man trotzdem mit einem Großrechner kalkulierte, daß beim Hyper*funk* nichts sprühte, daß ein Krieger Frieden halten und ein Jäger Obst essen konnte; daß Wörter nicht auf magische Weise mit dem Bezeichneten identisch waren, sondern dieses nur andeuteten; daß historische Gewalt in einem Wort keine gegenwärtige Gewalt in der Realität gewährte; daß der Priester für die Priesterin so grenzenlos unwichtig war wie die Burg für den Bewohner des Asteroiden und daß man wegen alter Wörter nicht das Universum umwerfen mußte; daß, wenn es sprachlicher Terrorismus war, die *Prim* »Fürstin« zu nennen, dann auch ein Bäcker, der nicht buk, sondern spazierenging, das Recht haben mußte, jeden zu erschlagen, der ihn »Bäcker« nannte, weil dies in der Freizeit eine Versklavung zu Zwangsarbeit war; er entwarf eine Sprache, in der jener Bäcker nicht mehr Bäcker, sondern Mensch-der-sein-Brot-mit-Brotbakken-verdient-aber-gerade-spazierengeht hieß und Dante Barakuda hybride-Mischung-aus-metaphysischem-Poeten-

und-falsch-buchstabiertem-Raubfisch-in-Form-eines-unfrohen-Botschafters-der-vor-sich-hinfantasiert . . .

Dann lachte er und stand auf. »Sie haben Waffen. Wir wissen es. Sie sind mit den Banditen ein Bündnis eingegangen, um in der Toten Zeit Cadhras auszuschalten. Wenn später wieder Schiffe kommen, wird eine neue Regierung in Cadhras sitzen, und ihr werden einige Shil-Renegaten angehören, und sie werden das Shilgat-Abkommen kündigen. Und Sie glauben, das Commonwealth sieht zu?«

Die Mütter hatten sich ebenfalls erhoben. Die Erzmutter sagte kalt: »Sie fantasieren, Emissär. Gehen Sie. Sofort.«

»Ich fantasiere nicht. Ich weiß, daß ein Frachter namens *Nadir* über dem Meer Waffen abwirft, daß ein Schiff namens *Varli Soleyn* dem Agenten Diamanten von der Insel Kar'ayis bringt, daß die Mütter von Pasdan über Kanonen verfügen.« Er sagte dies schnell und hart, als sie bereits unter dem Portal angekommen waren. Nur Pechfackeln erhellten den Platz; Bondak mußte genug Zeit gehabt haben.

Er wandte sich wieder an die drei Frauen. »Rufen Sie Ihre Flotten zurück. In ein paar Tagen komme ich wieder, und ich komme nicht allein. Pasdan wird unter die direkte Kontrolle des Gouvernements gestellt. Sie haben keine Bedenkzeit; ich erwarte Ihre Kapitulation.«

Die Erzmutter lächelte nur. »Nichts davon geschieht.«

Barakuda nickte knapp. In diesem Moment, da sie glaubte, die Oberhand zu haben, tat er ihr das Schlimmste an. Er streckte die Hand aus und berührte ihre Wange. »Daß Sie die Jungfernzeugung erreicht haben, wird Ihnen nicht helfen.«

Die Erzmutter fuhr zurück; Ekel und Panik standen in ihrem Gesicht. Die beiden anderen Mütter rissen die Augen auf. Da wußte er, daß er das neue Zeichen im Wappen richtig gelesen hatte. Er gab Vanzuid das Zeichen.

Der Korporal feuerte in die Luft. Der Gleiter sackte aus der Dunkelheit auf den Platz; Barakuda warf sich als letzter durch die enge Tür. Sie hoben ab. Auf dem Platz wimmelten Wehrhafte Jungfrauen und Mütter; Karabinerkugeln klatschten gegen die Panzerung.

»Sehr laute Kriegserklärung«, sagte Bondak ruhig.

Die Stimmung war gedrückt. Learoyd zwinkerte kurz. »Ich dachte schon, Sie wollten uns den Müttern zur Adoption anbieten, Chef, so lange hat das gedauert.«

Barakuda grinste. »Sie doch nicht, Terence, Sie nimmt doch keiner. Wer soll Sie denn stillen, bei Ihrem Durst?«

Das Gelächter war schwach. Ping seufzte. »Ich hab gedacht, wir kommen da nicht lebend raus.«

Nardini schielte Ping und Barakuda an; dann öffnete er den Mund zu einem seiner Gesänge. Ausnahmsweise protestierte keiner.

Ein Soldat hat niemals Angst,
außer, er ist bang.
Sterben ist ein kurzer Weg,
Totsein dauert lang;
trotzdem ist der lange Marsch
leichter als der kurze Gang.
Ein Soldat hat niemals Angst,
außer, er ist bang.

»Schlechtes Lied«, sagte Learoyd. Er schlürfte an einem mißglückten Kaffee, den jemand mit Schnaps zu retten versucht hatte. »Ganz mieses Lied. Hab ich vielleicht Angst?« Er grinste. »Ich hab mir nur aus Sorge um die Nasen der Gardistinnen da unten nicht in die Hose gemacht.«

»Trinken wir auf seine Hose, und möge sie noch lange aromaversiegelt bleiben.« Barakuda hob den Becher.

Bondak beschleunigte weiter; als sie über dem Meer waren und die Küste weiter hinter sich gelassen hatten, ging er auf Nordkurs und Höchstgeschwindigkeit.

Etwas mehr als eine Stunde später überflogen sie den wichtigsten Paß in den Pasdantiri-Bergen, die das fruchtbare Land der sieben Ströme von den Steppen, Sümpfen und Wüsten des Nordkontinents abriegelten.

Bondak setzte den Gleiter sanft auf einem Plateau westlich des Passes auf.

»Ihr wißt, was ihr zu tun habt.« Barakuda drückte ihnen die Hände. »In ein oder zwei Tagen ist Gortahork hier; seht zu, daß ihr bis dahin den Paß einigermaßen kontrolliert. Die Geräte müßten dazu ausreichen.« Er nickte zu den Kisten hinüber, die sie ausgeladen hatten. »Aber kein Risiko, wenn es nicht sein muß. Mit toten Helden kann ich das *Meeresleuchten* nicht leertrinken. Und bitte – alles aufzeichnen.«

Bondak nickte. »Ich paß schon auf die Kleinen auf. Aber unter uns, Chef, ich glaub, unsere Chancen stehen besser als Ihre.«

Barakuda ignorierte die Bemerkung. »Hat mit den Sonden und Sprengsätzen alles geklappt?«

»Ja. Und den Störsender haben wir an einer besonders schönen Stelle versteckt. Auf dem höchsten Punkt von Kap Herakles.«

Barakuda warf einen Blick auf das Funkgerät, das seit Pasdan nur noch ein Rauschen von sich gab. »Na, dann können sie ihre Schiffe und Vorposten nicht mehr anfunken, wenn sie Funk haben. Aber ihr könnt uns auch nicht erreichen.«

»Wir können Ihnen ja schreiben«, sagte Learoyd. Die Männer lachten.

Aus: Lydia Hsiang, Memoiren *(Gaia, 501)*

». . . Bei Durchsicht fand ich auch ein Band mit folgendem Gespräch zwischen Sarela McVitie und Saravyi.

›Ich hoffe, ihr gebt wirklich alle Waffen wieder ab.‹

›Natürlich. Was sollen wir damit? Kunstlos und mit viel Lärm jagen? Wie öde. Da wir keine neue Welt einrichten und andere nicht zum Mitwirken zwingen wollen, würden wir sie auch nur zur Wehr brauchen, und außer Pasdan bedroht uns niemand. Du siehst also, Tochter: Waffen sind nicht das Problem.‹

›Sondern? Waffen in Händen von Verbrechern?‹

›Von Kranken. Sieh: Das Große Chaos ist eine unendliche Kugel, deren Mittelpunkt überall und deren Umkreis nirgends ist. In dieser Kugel gibt es unzählige kleine Kreise, Hilfsordnungen vielleicht, die Umfang und Mittelpunkt haben und sehr verschieden, aber gleichwertig sind. So kannst du Steine nicht essen, aber mit ihnen Häuser bauen; oder in fischlosen Gewässern nicht angeln, wohl baden. Wenn du einen dieser kleinen Kreise im Großen Chaos verschiebst, wirst du krank. Iß zum Beispiel einen Stein. – Nun gibt es aber viele Kreise und viele Krankheiten, nicht nur des Leibes. Menschen sind von Trübsinn befallen oder zwei Wesen in einem Leib – eine Krankheit des Gemüts; da sind andere Kreise verschoben worden. Es gibt aber auch Krankheiten des Denkens – etwa, wenn man unter den unzähligen Kreisen des Chaos einen bestimmten heraussucht und sagt, dieser sei der Mittelpunkt von allem. Zum Beispiel eine bestimmte Form des Zusammenlebens, des Arbeitens, der Götterverehrung. Bestimmte Kreise vorzuziehen ist natürlich – jeder hat Vorlieben, manche essen lieber Fisch als Fleisch. Diese Vorlieben aber mit abstrakten Gründen versehen und anderen vorschreiben – das ist eine Krankheit des Denkens.‹

›In unsere Begriffe übertragen hieße das also, daß für dich all unsere Philosophen Geisteskranke sind, alle Vorkämpfer für irgendeine große Sache Paranoiker, jedes festgelegte Denken eine Neurose, jede Weltanschauung eine Zwangsvorstellung?‹

›Ja. Außer, wenn es als Spiel betrieben wird.‹

›Oha. Und was macht ihr, wenn jemand anfängt, eine eurer philosophischen Spekulationen ernst zu nehmen?‹

›Was man mit Kranken immer macht. Wir versuchen, ihn zu heilen.‹

›Und Unheilbare?‹

›Werden isoliert, damit sie niemanden anstecken. Oft kommen sie dann nach einer Weile wieder zu sich.‹

›Und wenn nicht?‹

›Nun, es gibt da einige kleine Inseln im Östlichen Ozean. Dorthin bringen alle Shil die schlimmen Fälle von Weltanschauung.‹

›Wenn aber einer kommt und sagt: Ich weiß, wie die Welt beschaffen ist und was man tun muß, um sie für alle heilsamer und heiliger zu machen?‹

›Märchenerzähler mit Funktionsstörungen? Wir lassen sie erzählen, solange sie nicht schädlich werden. Zuerst hatten wir auch die Mütter zu dieser Sorte gerechnet. Bis sie mit dem Morden angefangen haben.‹

›Hört niemand auf sie?‹

›Selten. Manchmal finden sich Zuhörer, die genauso krank sind, aber die meisten Krankheiten, wie gesagt, sind entweder durch Isolation oder durch heilende Eingriffe zu kontrollieren.‹

›Und was, wenn eine Krankheit wirklich gefährlich wird, vielleicht tödlich? Wenn zum Beispiel Propheten eine Weltvision verbreiten und viele Anhänger gewinnen, die bereit sind, Blut zu vergießen, um die Welt ihrer Vision anzupassen? Was macht ihr dann?‹

›Hängen.‹«

XVIII

Er stellte den Autopiloten ein, Kurs Cadhras, streckte sich auf einer der Sitzbänke aus und wickelte sich in eine Decke. Der 4. Tag der 4. Jahreszeit auf Shilgat hatte eben begonnen; Barakuda rechnete damit, am Morgen in Cadhras zu sein. Das Funkgerät, das im Einflußbereich des Störsenders nur Rauschen abgab, hatte er ausgeschaltet. Bevor er einschlief, hakte er im Geist die einzelnen Schritte ab, die getan waren oder noch zu tun blieben. Die Flotte aus gemieteten Schiffen mit den hellhäutigen Frauen aus den Mischlingsdörfern – vor langer Zeit von Saravyi vorbereitet. Was hatte der alte Mann, was hatten die Fürsten der Banyashil gewußt, geplant, ausgekocht, was bereiteten sie im Moment vor? Saravyi und die Heiler und Heilerinnen an Bord der Schiffe gaben keine Informationen; die Flottenkommandantin McVitie konnte mit antiken Flaggensignalen umgehen, aber nicht die Verschwiegenheit der Shil beenden. Im Eindämmern dachte er an die Schulungen; Philologen von der Akademikerinsel Corilia hatten die Mischlingsfrauen und die Freiwilligen der Garnison (nur zehn waren davon zurückgetreten; sie hatten wichtige Aufgaben in Cadhras und Umgebung durchzuführen, zusammen mit der Gendarmerie) im antiquierten Galaktein von Pasdan unterrichtet; ob jemand auf Corilia ein Zauberwort wüßte, die Shil zu erschließen? Im Traum vermischten sich Bilder von der Straßenkampfausbildung und von Gerames' komplizierten Maschinen mit Legenden aus dem Norden.

Als er kurz vor Cadhras erwachte, war der Funk wieder klar. Klar genug, um Katastrophenmeldungen vom Tower zu empfangen. Ein Projektil von Pasdan hatte den Relaissatelliten zerstört; fast gleichzeitig war die Hyperfunkstation in die Luft geflogen, und ein Sprengsatz hatte die Funkanlage des beschlagnahmten Frachters *Nadir* zerlegt.

»Und die Korvette ist im Sektor-HQ. Wir sind abgeschnitten.« Maqari hielt sich an seinem Kaffeebecher fest und starrte die anderen Konferenzteilnehmer hohläugig an.

»Was jetzt?« sagte Ataratz.

»Wir müssen die Bevölkerung informieren. So gut es geht die Gendarmerie bewaffnen. Und allergische Punkte schützen.« Hsiangs Stimme war beherrscht; bis auf Schatten unter den Augen war die Gouverneurin makellos wie immer.

Es ratterte leise; Leontia beugte sich vor, wartete das Ende ab und riß das bedruckte Papier aus dem Terminal. »Die Antworten. ›Weitere Aktionen sind zu erwarten. Ziel: Ausschaltung der Versorgung, der Institutionen und der Bevölkerung von Cadhras. Kritische Punkte: Energiestation, Wasserwerk.‹ Das wär's.«

»Wieso Wasserwerk?« sagte Maqari.

Barakuda hustete, trotzdem steckte er sich eine weitere der allzu vielen Zigaretten der letzten Stunden an. »Angenommen, Sie wollten möglichst viel Schaden anrichten, ohne dabei wählerisch zu sein – fällt Ihnen etwas ein, das effektiver wäre als eine Vergiftung des gesamten Trinkwassers?«

»Aber ... das ist Massenmord.« Der Major setzte seinen Kaffeebecher ab und starrte Barakuda an.

»Die Heiligen Mütter von Pasdan haben offensichtlich die Absicht, den ganzen Planeten zu entvölkern. Was ist da die Bevölkerung von Cadhras? Ein kleiner Anfang und das größte Hindernis für den Plan.«

Zwei Stunden später lieferten die Beobachtungssatelliten über dem Meer neue Bilder; der Tag war angebrochen.

Barakuda und Maqari brüteten über den Aufnahmen und verglichen sie mit älteren aus den vergangenen Tagen. Das

Meer war voll von Schiffen aller möglichen Herkunftsorte. Auch Pasdan beteiligte sich an der in diesen Tagen ertragreichen Hochseefischerei; die Fischschwärme zogen.

»Bis gestern ist nichts Auffälliges dabei«, knurrte Maqari. »Sie scheinen in Pasdan eine Lawine losgetreten zu haben.«

Zahlreiche Schiffe, die bis zum vergangenen Abend zusammenhanglos auf dem Binnenmeer, vor allem in den mittleren und östlichen Teilen, operiert hatten, schienen über Nacht Flotten geworden zu sein. Es gab deutliche Konzentrationen.

»Huasiringa. Natürlich Golazin und Arameq. Und die Hauptmacht hat offenbar Kurs auf Cadhras genommen.«

Maqari nickte. Mit einem Fettstift kreiste er die Schiffsformationen ein. »Wie viele von denen mögen Kanonen haben? Und vielleicht neben der normalen Besatzung Gardistinnen, und wenn, wie viele?«

Barakuda überflog die Wettermeldungen der letzten Stunden. »Ziemlich konstanter Westwind in den wichtigen Gebieten. Die Verbände, die Arameq und Golazin – ja, was? – blockieren, belagern, erobern sollen, sind sozusagen bereits da. Die Flotte mit Ziel Cadhras dürfte fünf bis sechs Tage brauchen.«

Maqari kaute auf seinem Stift. »Das sind an die zweihundert Segler oder mehr. Schlimmstenfalls verfügen alle über Kanonen, die schlimmstenfalls ausgebaut und an Land geschafft werden können.«

»Macht an die fünftausend«, sagte Barakuda. »Rechnen wir außerdem damit, daß die Schiffe neben der normalen Besatzung und den wahrscheinlichen Geschützbedienungen noch je fünfzig Gardistinnen an Bord haben, vielleicht auch mehr ...«

»Malen Sie den Teufel nicht an die Wand! Das wäre ja ...«

»... eine Invasion, die innerhalb von ein paar Stunden das Protektorat erledigen kann.«

Später tauchte Gerames auf. Seine Augen funkelten; er konnte sich »so richtig austoben«, wie er fröhlich sagte. Er wurde jedoch ernst, als Dante ihm die Lage schilderte.

»Verdammter Mist.« Er ließ sich in einen Sessel fallen, roch an seinem Kaffee und rümpfte die Nase.

»Wie sieht es in Sachen Hyperfunk aus?«

Gerames machte eine wegwerfende Handbewegung. »Wir haben alle Lager durchstöbert. Kein Problem. Nur eine Frage der Zeit ...«

»Was heißt das?«

»Mein Freund, mit den vorhandenen Materialien können wir dir keine schöne, aber eine funktionierende Anlage bauen. Innerhalb von fünfundzwanzig bis dreißig Tagen.«

Barakuda nickte. »Sehr nett. Bis dahin gibt es niemanden mehr, den das noch interessiert.«

Neben Bergen, Savannen und Sümpfen weist der Nordkontinent von Shilgat auch eine Anzahl Wüsten auf, größere und kleinere, mehr oder weniger leblos. Im Herzen einer der größeren Wüsten findet sich eine fast runde Fläche mit beinahe einhundertfünfzig Kilometern Durchmesser. Die Fläche ist tot und tödlich, sie ist Tod. Es gibt keine Wasserstelle, wohl aber von Salzsand überwehte Abgründe, wo vor kurzem noch eine begehbare Wegstrecke gewesen sein mag.

Im Zentrum der Wüste steht ein uralter Laubbaum. Sein Stamm ist bizarr, die Krone ausladend. Die Wurzeln umgeben den einzigen unterirdischen Quell in all dieser Leblosigkeit.

Das Leben, heißt es bei den Shil, ist absurd und ein Chaos. Ordnung läßt das Leben erstarren und tötet es. So ist dies der Heilige Ort. In der leblosen Ordnung Wüste erhebt sich absurd und bizarr das Chaos Leben, Der Baum Der Bäume, Der Baumbaum. Es gibt eine Steigerung des Lebens und des Todes: Ordnung und Chaos unauflöslich miteinander verbunden, einander durch Nähe noch ferner und gleich.

Es gibt keine Götter, nur das göttliche Chaos. Der Wärmetod des Alls ist das Erlöschen des göttlichen Chaos; Entropie ist ein Ordnungsprozeß.

Welcher Ort könnte heiliger sein?

Der Gleiter stand neben dem unglaublichen Laubbaum. Lydia Hsiang und Dante Barakuda gingen langsam zum Krater, den vielleicht ein Vulkan, vielleicht ein Meteor hinterlassen hatte. Ein steiler Pfad führte an der äußeren Kraterwand zu einem Einschnitt; sie durchkletterten die Enge und stiegen in den Kessel hinab. Dort schienen sich Luft und Zeit zu stauen.

In der gespenstischen Lautlosigkeit hörten sie weder den eigenen Atem noch die eigenen Schritte. Später fragten sie sich (und einander), ob Erschöpfung und Zweifel sie vielleicht nicht betäubt, sondern besonders aufnahmebereit gemacht hatten. Sie empfanden, daß sie ins Zentrum der konzentrischen Reihen versteinerter Gestalten gehen sollten.

Sie ließen sich auf dem glasierten Boden nieder. Um sie herum saßen die Heilerinnen und Heiler der Shil, die Häupter des Nordens. Barakuda überflog die Reihen; das, dachte er, können nicht alle sein.

Es sind Alle. Nicht nur aus dem Bereich, den ihr Nordkontinent nennt, auch die aus dem Süden und die von den Inseln.

Die Stimme sprach in ihren Köpfen. Etwas wie eine kraftvolle Aura hüllte sie ein, und sie waren für Momente Teil der Einheit. Tremughati war dabei und Gortahork und Saravyi, und doch waren sie weit fort.

Nur einmal sind Alle leiblich hier versammelt gewesen. Das war, als wir beschlossen, die Stadt, die ganz Shilgat war, und die Maschinen aufzugeben. Und die Gleichheit wieder in der Vielfalt zu leben. Und die Verwirrung des Regelwerks für Alle in das klare Chaos für Jeden heimkehren zu lassen.

(Tremughati:) *Die beiden letzten Treffen dienten der Vorbereitung des heutigen. Das erste beriet über die Bedrohung durch Pas-*

dan, Gashiri und Banyadir und erdachte einen Plan. Das zweite billigte das Abkommen mit dem Commonwealth.

(Dante:) *Welchen Plan?*

(Lydia:) *Einen Plan, der noch immer gilt?*

(Gortahork:) *Er gilt, und wir erfüllen ihn. Ihr, indem ihr am Heiligen Ort seid und bald tun werdet, wovor ihr euch fürchtet; andere auf andere Weise. Die Einheit spreche.*

So erfuhren sie, daß es keine Einheit, sondern eine Vielheit war, in der nichts verlorenging. Sie erfuhren die Pläne von Pasdan und die lange vorbereiteten Gegenmaßnahmen der Häupter, und daß ihr fantastischer Plan Billigung fand.

Wir werden helfen. Über Pasdan wird eine Aura dessen liegen, was ihr ›Gläubigkeit‹ nennt.

Lydia dachte eine schwierige Frage. *Ordnung ist die Versklavung aller Einzelheiten des Lebens durch einen beliebigen von ihnen. Philosophische Ordnung, staatliche Ordnung, die Ordnung von Pasdan. Ihr seid doch ebenfalls eine Ordnung?*

Wir schämen uns, des Chaos nicht würdig zu sein. Aber wir wissen, daß die vielen selbsterdachten Ordnungen nicht wahr sind, sondern Spiel, deshalb doch Chaos und ungeeignet, Spieler, die andere Spiele spielen, zu verachten oder zu bekämpfen.

(Dante:) *Was soll am Ende geschehen? Mit den Müttern? Mit Großer-Töter?*

Was eure Gerechtigkeit für Pasdan sagt, soll geschehen. Was wollt ihr, daß mit Großer-Töter geschehe?

(Lydia:) *Er ist ein Schwein. Was soll mit Schweinen geschehen?*

Was ist ein Schwein?

Lydia dachte ein Schwein.

(Dante:) *Er ist ein reißender Wolf.*

Was ist ein Wolf?

Dante dachte einen Wolf.

(Die Einheit kicherte; zahllose alte Shil kicherten in einem einhelligen Gedanken. Dann:) *Es soll geschehen, wie ihr meint.*

Als Dante morgens aus dem Fenster seines Wohnraums über den Hafen blickte, lag ein klammer Dunstschleier über Meer und Küste. Barakuda erschien dieses Winterwetter dem Tag und der Mission angemessen.

Sie frühstückten schweigend. Als er seine Morgenzigarette anzündete, seufzte Leontia leise.

»Wenn das alles vorbei ist, gehe ich zurück nach Gaia.«

Er nickte. »Ich habe es mir gedacht.«

»Und du? Hast du dich entschlossen?«

»Ja. Moment.« Er stand auf und ging zu seinem Schreibtisch. »Nachtarbeit«, sagte er, als wolle er sich entschuldigen.

»Du warst doch müde – hast du nicht schlafen können?«

»Nur in Streifen.«

Er reichte ihr ein mit wenigen Zeilen beschriebenes Papier. Sie las halblaut.

»›Dante Barakuda, Oberstleutnant im Sonderdienst, bittet bei Entlassung aus dem Dienstverhältnis um Abfindung. Wegen der gestörten Verbindungen nach Gaia richte ich das Gesuch an das Gouvernement zu Cadhras. Cadhras, Shilgat, 5. IV. 29484 Sa'orq/12. März 467.‹ Das Datum von gestern.«

Lydia Hsiang nahm sein Abfindungsgesuch entgegen. Sie schien ausgeschlafen und unbewegt.

»Soll ich es gleich billigen, Dante?«

»Es wäre mir sehr lieb.«

»Warum die Eile?«

Er grinste halb spöttisch, halb melancholisch. »Damit für alle Fälle die Abfindung ins Testament eingeht.«

Sie lächelte. »Haben Sie ein Testament gemacht?«

Nun grinste er sehr breit. »Ja. Ich habe ja nicht viel zu hinterlassen, aber ich wollte sichergehen, daß ein antikes silbernes Fischbesteck, terranisch, in die richtigen Hände gerät.«

»Wer soll es denn bekommen?«

»Lopes, der Koch vom *Meeresleuchten*. Er haßt Fisch.«

Aus: Tagebuch II *von Florisa de Clare, Gaia 118 (Manuskript)*

»... Die Hüterin-Prophezeiung findet sich kurz vor Ende des Heiligen Buchs; möglicherweise wurde sie später eingefügt.

In den letzten Abschnitten des Textes heißt es weiter, der Mann sei von Natur aus inwendig tot, wolle sterben und halte sich nur als Parasit des Wahren Lebens aufrecht. Da er keine ethische Daseinsberechtigung habe, sei es nicht nur förderlich, sondern ein Akt der Gnade, alle Männer auszurotten.

Sexualität, die Zuflucht der Bewußtlosen, sei unkreative Zeitvergeudung. Bis zum Erreichen des Großen Ziels solle weibliche Zärtlichkeit gehegt werden, um die Zusammengehörigkeit zu stärken ...

Später (sobald Jungfernzeugung möglich ist?) sei nur noch Wahres Leben zu zeugen. Es wäre unmoralisch, gezielt Krüppel oder Krebskranke zu zeugen – noch unmoralischer sei folglich die Produktion männlichen Nachwuchses.

Bis dahin sei die Erziehung von Sklaven für Arbeit und Befruchtung unerläßlich; sie seien jedoch so zu konditionieren, daß ihr höchstes Ziel die eigene Auslöschung bleibe. Die Ausrottung der finsteren Tiere sei kühl und umsichtig zu betreiben ...

Ich habe all diese Widersprüche nie auflösen können. Meine Beschützerin sah sie nicht als solche an. Sie sagte jedoch voraus, bald werde die Fraktion der Hermetikerinnen die gesamte Politik von Pasdan bestimmen und nicht nur alle Männer, sondern auch außerhalb der Gemeinschaft geborene Frauen als unrettbare, mindere Tiere ansehen. Dann würde eine schiffbrüchige Touristin wie ich genauso getötet, wie schon meine Begleiter ermordet wurden.

Sie war eine aufmerksame und großmütige Liebhaberin. Ohne ihre stillschweigende Duldung wäre mir sicher nicht die Flucht geglückt ...«

XIX

Es war eine Geisternacht. Die Geräte zeichneten alles auf. Irgendwo weit über ihnen hing René Nardini zwischen den Felsen und sang. Er sang mit voller Stimme, und sein Tenor füllte die Dunkelheit. Die Berge gaben mehrere Arten Hall und Echo dazu. Zum dritten Mal stimmte er nun *La donna è mobile* an, und die mobilen Gardistinnen der Paßgarnison schickten immer wieder kleine Spähtrupps aus. Aber Nardini wechselte die Bühne.

»Jetzt ist er weiter oben«, murmelte Ping. Er starrte durch das Nachtglas auf den Paß hinunter.

Learoyd, der neben ihm lag, grunzte leise. »So gut hat er noch nie gesungen. Das Publikum kann sich ja diesmal auch nicht wehren.«

Ping kicherte. »Vergiß nicht, Timoara ist bei ihm. Der tut mir leid.«

»Ach so. Ich habe mich schon gefragt, wie es kommt, daß René den Takt hält. Wahrscheinlich tritt der *kapral* ihn dauernd.«

Kurze Zeit später, lange vor Morgengrauen, kam Nebel auf. Ping und Learoyd, die nichts mehr beobachten konnten, zogen sich zurück. Nach halbstündigem Klettern und Kriechen erreichten sie das relativ sichere kleine Hochplateau.

Bald tauchten auch Nardini und Timoara auf. Der Sänger war heiser, aber sehr zufrieden. Der Korporal dagegen schien Schmerzen zu haben oder Nachwirkungen von Schmerzen. Er zündete sich einen Zigarillo an, starrte in seinen Kaffeebecher und warf Nardini noch einen verdrossenen Blick zu.

»Hat sich aber gelohnt.« Learoyd grinste.

Timoara seufzte. »Welch ein Preis.«

»Ungefähr zweihundert«, sagte Ping. »Und sie haben die ganze Nacht nicht geschlafen. Sicher glauben sie jetzt an Geister.«

»Zweihundert?« krächzte Nardini. »So viele? Wie sollen wir die denn ausschalten?«

Der Sonnenaufgang war statistisch wahrscheinlich, blieb aber unsichtbar und brachte nur graues Licht. Elorza und Ping wachten; Nardini, Timoara und Learoyd schliefen.

Plötzlich war doch die Sonne da. Der Dunst in der Höhe verging; der Nebel zog sich zu einer brodelnden Masse über den Sümpfen nördlich der Berge zusammen. Vom unsichtbaren Boden des riesigen Topfes kochten Goldschleier hoch. Als Shalga stieg und der Einfallswinkel des Lichts sich änderte, wurde die Märchenkulisse wieder zu gemeinem Nebel.

Der Infrarotorter, der auf kurze Distanz kaum vom fernen Störsender beeinflußt wurde, sprach an. Elorza weckte die Schläfer; die Männer nahmen ihre Posten ein.

Aus dem Nebel unterhalb tauchten Vanzuid und Oubou auf. Wenig später trafen Bondak und Kakoiannis ein, von weiter oberhalb, aus den Bergen.

»Oben ist alles ruhig«, sagte der Sergeant. »Kaffee! Der Nebel bleibt übrigens hier hängen; Pasdan ist ganz klar. Dafür haben die tolle Funksuppe.«

Vanzuid kaute auf einem kalten Zigarrenstummel. »Wir haben was gefunden. Ich kann mir aber noch keinen Reim darauf machen.«

»Was?«

»Sehr viele Spuren – Pferde und Menschen, Tausende. Sieht so aus, als ob vor ein paar Tagen eine Armee durch den Paß gezogen wäre. Nach Norden. Sieht aber auch so aus, als ob andere von Norden zum Paß gekommen wären. Und ein paar Hügel, die Gräber sein könnten.«

Der Nebel wurde dünner. Nachmittags sprach der Orter wieder an. Ping klopfte gegen den Schirm, als könne er es nicht glauben. »Da kommt was von Norden«, sagte er andächtig, »und zwar jede Menge.«

Bondak hängte sich den Karabiner über. »Terence, Narciso. Wie ich das sehe, kommt ihr freiwillig mit. Wir wollen mal näher ran.«

Learoyd trat seine Zigarette aus. »Im Handbuch steht was von schriftlichen Aufforderungen.«

»Das stimmt«, sagte Bondak. »Aber seit wann kannst du lesen?«

Die anderen beobachteten die Geräte und, soweit sie sichtbar war, die Umgebung. Nach etwa einer Stunde erschien Learoyd. Er grinste.

»Entwarnung. Wir haben lieben Besuch bekommen.«

Oubou wies auf den Schirm. Er machte ein skeptisches Gesicht. »Das müssen aber tausend liebe Besucher sein. Wer ist es denn?«

»Haben sie Blumen mitgebracht?« sagte Kakoiannis.

»Laßt euch überraschen.«

Wenig später erschien Bondak und die beiden anderen, aber sie kamen nicht allein. Bei ihnen waren einige Jägerinnen und Jäger der Banyashil und die Fürsten des Nordens, Tremughati und Gortahork.

Bondak beendete seinen kurzen Bericht über die Lage in Cadhras und Barakudas Anweisungen.

»Ein kluger Plan.« Die Fürstin sprach Galaktein und hatte eine helle, klare Stimme.

Gortahork nickte. »Der kluge Plan eines verzweifelten Mannes. Morgen wird er mehr wissen.«

»Wir haben viele Spuren gesehen, Fürst«, sagte Vanzuid.

Wieder sprach Tremughati als erste. »Die Hälfte davon sind unsere.«

»Gut, Sie alle hier zu sehen«, sagte Bondak. »Sie sind angenehmere Gesellschaft als die da im Paß. Darf ich was fragen?«

Gortahork und Tremughati lächelten amüsiert. »Barakudas Fragen?« sagte der Fürst.

Bondak schob den Helm zurück, kratzte sich den Kopf und starrte seinen Karabiner an. »Na ja, der Chef macht sich Sorgen. Wir wüßten aber auch gern ein bißchen mehr.«

»Die Dinge sind sehr einfach, nur die Hintergründe nicht.« Gortahork trank einen Schluck Kaffee.

»Die Dinge wären schon ganz hilfreich.« Bondak grinste. »Die Hintergründe überlassen wir gern dem Chef.«

»Gut. Dies sind die Dinge. Die Jäger weiter im Norden der Steppen, die Jägerinnen näher an der südlichen Küste, so haben wir viele Zehntage lang die Länder von einzelnen Banditen und von Trupps Wehrhafter Jungfrauen gesäubert. Es war vorgesehen, daß sich Jägerinnen und Jäger in der Nacht nicht weit von hier begegnen. In einem Sumpfgebiet, in das nur wenige Wege führen, und in dessen Mitte trockener Grund ist. Die Jäger von Norden, gefolgt von der Hauptmacht der Wegelagerer; die Jägerinnen von Süden, gefolgt von möglichst vielen Kriegerinnen aus Pasdan.«

»Also *ihr* habt die hier weggelockt?«

Tremughati lächelte nicht. »So ist es. Es war ein Plan, der schon alt ist, und er wurde über Tausende Meilen und zahllose Tage ausgeführt, genau und blutig. Die Jäger haben im Sumpf die Banditen bekämpft, die Jägerinnen die Jungfrauen. Dann kamen die Nacht und der Nebel, und die Shil sind aus dem Sumpf herausgesickert. Unbemerkt.«

Bondak holte tief Luft. »Und Pasdan und Nobregas Leute haben weiter geballert – aufeinander?«

»Vielleicht«, sagte Gortahork, »haben sie am Morgen bemerkt, daß sie jeweils gegen verhaßte Verbündete kämpften. Vielleicht sind genug Überlebende aus dem Sumpf zurückgekehrt und reiten nun hierher. Vielleicht kommen sie in ein oder zwei Tagen hier an. Bis dahin werden wir im Flachland von Pasdan sein. Und ihr Cadhrassi müßt mit den wenigen, die wir hierlassen, den Paß hüten.«

Tremughati erhob sich. »Wer ist der Sänger?«

Nardini stand auf. Mühelos sah er gleichzeitig die Fürstin und den Fürsten an.

Tremughati lächelte ihm zu. »Sänger, du wirst wieder in der Dunkelheit singen. Es wird die Wehrhaften Jungfrauen ablenken und unsicher machen. Und es darf kein Schuß fallen, den die Festung im Tal hören könnte. Es ist dies ein Werk für das Messer.«

Als sie in Nacht und Nebel verschwanden, sah Kakoiannis hinter der schlanken Fürstin her und rieb sich die unrasierte Wange. Dann wandte er sich René Nardini zu, der mit Kaffee und Schnaps gurgelte. »Los, geh grölen!«

Lydia Hsiang saß im Heck des Gleiters, wo jemand einen der nichtoffiziellen Slogans der Flotte angeklebt hatte. *Wir sind das Fernreiseunternehmen mit den exotischsten Bestattungen.*

Abends erreichten sie die kleine Gruppe felsiger Inseln, etwa 80 Kilometer südöstlich von Pasdan. Die anderen Gleiter und Beiboote waren bereits eingetroffen, und man hatte mit der Montage der Maschinen begonnen.

Aus dem letzten Gleiter stieg Gerames und kam zu Barakuda. »Sobald es ganz dunkel ist, werden wir mit den vorbereitenden Zeichen des Himmels beginnen. Im Volksmund auch als Barakudas Märchenstunde bekannt.«

Aus dem Halbdunkel trat Begheli zu ihnen. Dante war ein wenig entsetzt. Sie zuckte mit den Schultern.

»Du hättest mich doch nicht mitgenommen. Da mußte ich mich ja an Gerames halten.«

Kurz vor Mittag am 5. IV. erwachte Saravyi aus der angekündigten Trance. Sarela McVitie sah, daß auch die sechzig Heilerinnen und Heiler auf den drei ausgewählten Schiffen sich zu bewegen begannen.

Der alte Mann wirkte erschöpft. Sie kniete neben ihm auf den Planken des Achterdecks nieder und reichte ihm ein Gefäß mit heißer Brühe. »Trink, Vater.«

Saravyi nahm die Kalebasse, schlürfte laut und lächelte. »Wenn du schon in grober Mißachtung anderer Beziehungen zwischen Frau und Mann eine Verwandtschaft erfindest, dann respektiere gefälligst, daß ich dein Großvater sein könnte.«

Sie streichelte die Wange mit den tausend Runzeln. »Ich habe mich davor gefürchtet, für all dies verantwortlich zu sein.« Mit dem Arm beschrieb sie einen Halbkreis, der die beinahe zweihundert Schiffe einschloß. »Aber neben dem weisen Saravyi ist das Schwere leicht.«

Er richtete sich auf und stellte die Kalebasse ab. »Alles steht gut. Die Gouverneurin und Barakuda wissen nun fast alles, und Gortahork und Tremughati reiten bald durch den Norden von Pasdan.«

Sie erreichten die vorgesehene Warteposition. Sarela McVitie überprüfte die Funkgeräte, die nichts als Statik und die gelegentlichen schrillen Piepser des Störsenders von sich gaben, und die automatischen Kameras, die alles registrierten.

»Wenn der Störsender abgeschaltet wird, beginnt die Zeit der Entscheidung.«

»Sind die Geisterschiffe vorbereitet?«

Sie nickte. »Alles ist vorbereitet, Saravyi.«

»Dann können wir nur noch warten.«

Die Maschinen auf den Inseln wurden installiert und einsatzbereit gemacht. Am späten Vormittag des 7. IV. gab die Gouverneurin den Startbefehl. Die Gleiter mit den Sonderausrüstungen starteten und flogen knapp über der Wasseroberfläche ab, Richtung Pasdan. Hsiang, Barakuda und die beiden Frauenkompanien stiegen in die Beiboote der Korvette; neben dem Bedienungspersonal der Maschinen blieben achtzig Mann der D-Kompanie zurück, die später eine andere Aufgabe erfüllen sollten.

Kurz vor Erreichen der als optimal berechneten Punkte im Meer tauchten die Gleiter ein, wurden unter Wasser nebeneinandermanövriert und angekoppelt.

Gerames im mittleren Gleiter testete die Sprechverbindungen. »Gut.« Er sah auf die Uhr. »Elf Uhr dreiundvierzig Ortszeit Pasdan. Sieben Minuten vor Mittag. X minus siebenhundert Sekunden.«

Hsiang und Barakuda hatten ihn zum technischen Leiter des Unternehmens bestimmt. Er betrachtete die angespannten Gesichter der anderen Männer, die vor den Geräten saßen. Plötzlich lachte er. »Ihr seht aus, als ob ihr Angst hättet, daß die Knöpfe beißen. Sie sind ganz harmlos, und alles wird funktionieren.«

Punkt elf Uhr fünfzig Ortszeit Pasdan, Mittag, erschreckte aus dem Himmel ein Heulen die Stadt der Mütter. Es wurde lauter und lauter und endete mit einem furchtbaren Knall. Die Scheiben der Häuser in Pasdan barsten, und viele Frauen auf den Straßen, die in den Himmel gestarrt hatten, stürzten zu Boden. Gleichzeitig erlosch der Störsender; im Himmel über Pasdan zeichnete sich blaßrot auf Blau das Emblem des Matriarchats ab: der Ring mit den beiden Kreuzen. Dann stiegen um die Stadt plötzlich Nebelbänke auf, die sich nach und nach rot färbten, blutrot. Und über die wieder funktionierenden Funkverbindungen mit den Orten und Festungen des Hinterlandes erfuhren Scharlachprim und Erzmütter, daß Jägerinnen und Jäger der Shil die nördlichen Gebiete überrannt hatten und sich Pasdan näherten.

In Cadhras registrierte man hektische Funksprüche zwischen Pasdan und den Mütterflotten; Schiffe wurden zurückbeordert, um das Heilige Land zu schützen. Die Belagerung von Golazin und Arameq endete; die nach Huasiringa gesandten Schiffe drehten ab. Nur die größte Flotte blieb weiterhin auf Kurs. Ihr Ziel war Cadhras.

Am Nachmittag legte sich eine seltsame Stimmung über die Heilige Stadt der Mütter; auch die Leute in den Gleitern und den Beibooten spürten sie.

»Das sind die Heiler«, sagte Lydia Hsiang.

»Wie machen sie das nur?« murmelte Gerames. »Ich wäre im Moment bereit, an den Klapperstorch, den Froschkönig und das Gute im Menschen zu glauben. Dabei kriegen wir nur einen Randeffekt der Aura mit.«

Fast wütend wandte er sich wieder den Knöpfen zu. Über Pasdan erschien abermals der Ring mit den zwei Kreuzen, diesmal tiefrot. »Wo bleiben die Holos?«

»Kommt schon«, sagte jemand im dritten Gleiter.

Aus den blutroten Nebelbänken um Pasdan stiegen gräßliche Monster auf, starrten auf die Stadt, spien Blut und Feuer und lösten sich wieder auf. Die Techniker hatten ganze Arbeit geleistet bei der Vorbereitung der Hologramme; alles wirkte echt, und die von den Heilerinnen und Heilern der Shil ausgehende »Stimmung der Märchengläubigkeit« verbesserte die Wirkung noch.

Am Abend begann das Meer zu brennen; dafür löste sich der Nebel um Pasdan auf. Hoch im Norden des Landes der sieben Ströme registrierten Bondak und seine Männer die Annäherung einer großen Reiterschar und zündeten die vorbereiteten Sprengladungen. Der Paß stürzte ein, Felsen blokkierten den Weg; gleichzeitig jagte Bondak wie besprochen Signalraketen in den Nachthimmel, die höher und höher nach Süden stiegen und schließlich bei ihrer Detonation das ganze Land für Sekunden in fahlgelbes Licht tauchten. Dann gingen die Männer hinter den Felsen in Stellung.

Die Heilerinnen und Heiler »arbeiteten« abwechselnd in Gruppen zu je zwanzig. Saravyi stand mit gerunzelter Stirn auf dem Achterdeck; im Morgengrauen würden sie das Land sichten; bereits jetzt sahen sie am Himmel den Widerschein des Infernos, das Gerames mit seinen Maschinen erzeugte.

Sarela McVitie hatte sich umgezogen; nun erschien sie wieder an Deck und musterte besorgt die müden, angespannten Gesichter der konzentrierten Shil. »Wie lange können sie das durchhalten?«

Saravyi wehrte ab. »Je näher wir kommen, um so leichter wird es.«

Die winzigen fliegenden Kameras übertrugen Bilder aus der Stadt. Die Leute in den Gleitern und Beibooten sahen, was die Bewohnerinnen von Pasdan sahen, und obwohl die Märchenaura sie nun kaum noch berührte, waren sie beeindruckt von den Vorführungen. Die Kameras zeigten auch, daß in Pasdan und Umgebung hektische Betriebsamkeit herrschte, Verwirrung und offenkundige Unsicherheit.

Die ganze Nacht lang brannte das Meer.

Durch die Flammenvorhänge, die Hunderte von Metern aufflackerten, segelten immer wieder holographische Geisterschiffe auf die Küste und die Stadt zu, verfärbten sich und vergingen mit dumpfem Krachen und schrillem Kreischen.

»Ist das schön!« sagte einer der Männer, als ein besonders großes, giftgrünes Schiff sich aus dem Wasser erhob und in der Luft zu zerplatzen schien.

Die Gleiter und Beiboote, von Wasser und Flammenwänden zweifach verborgen, näherten sich langsam der Küste. Im Schleusenhangar des ersten Beiboots waren die letzten Vorbereitungen abgeschlossen. Noch war blutrote Nacht.

Barakuda trug nur einen Lendenschurz und ein kleines Antigravgerät. Langsam hob der Pilot, Yakku, das Boot aus dem Wasser, bis die Schleuse knapp über der Oberfläche lag.

Dante blickte die Reihen der unkenntlichen *suldás* der Garnison an, die bereits ihre Einsatzkleidung trugen. Er hob grüßend die Hand.

Wie im Fieber kniete er plötzlich vor der Gouverneurin nieder. Sie stand da in einem weißen, weiten Kaftan; der speziell angefertigte Überwurf lag noch auf einem Gerätestapel. Irgendwie war die Geste selbstverständlich nach all den Stunden des Schauspiels und der Märchenaura der Heiler und vor all den Stunden der Gefahr.

»Ich fahr dahin, Fürstin«, sagte er. »Wünscht mir Glück.«

Mit der gleichen Selbstverständlichkeit legte Lydia Hsiang ihm die rechte Hand auf den Kopf.

Das Schott fuhr zurück. Barakuda wandte sich ab, aktivierte sein Fluggerät und schoß in die wilde Nacht hinaus.

In einem weiten Bogen flog er an Pasdan vorbei. Er landete auf einer riesigen Müllhalde nördlich der Sklavenpferche und des Galgenbergs. Dort ließ er das Gerät zurück. Und während er den mächtigen Einfluß der Heilerinnen und Heiler spürte, die gespenstischen Erscheinungen sah und sich auf den Weg machte, fragte er sich immer wieder, ob es verrücktere Formen des kalkulierten Selbstmords geben mochte.

Im Morgengrauen wurde Pasdan von mehreren Kugelblitzen heimgesucht, die keinen Schaden anrichteten. Gleißend hell bildeten sich dann im Zenit über der Stadt drei Ringe mit Doppelkreuz, über dem Hafen drei weitere. Und noch einmal drei über dem Meer. Sie verblaßten, als wenige hundert Meter vor der Küste, dort, wo unter Flammen und Nebel die Gleiter und Beiboote lagen, eine blendende Kunstsonne aufging.

Sie hatten das Ruder festgebunden, die Segel halb gerefft und das Schiff verlassen. Getrieben von einer Schraube, die wiederum getrieben wurde von einer Serie rotierender Steinscheiben, die getrieben wurden von einer Sirene, durchbrach der hölzerne Segler die Flammen und fing Feuer. Das brennende Wrack trieb – Saravyi und die anderen sahen es nicht mehr, denn für sie war es jenseits des Flammenvorhangs – zum Hafen von Pasdan.

Die grelle Sonne, die im Süden erstanden war, schien auf eine silbern glänzende Wasserstraße. Aus den flammenden Nebeln kam die Reiterin hervor. Über der Stadt erschien erneut das Zeichen des Rings mit dem Doppelkreuz, dann ein weiteres über der Reiterin. Sie saß auf einer makellos weißen Schimmelstute und trug ein leuchtend weißes Gewand mit abstrakten Goldmustern. Hinter ihr gingen in Zweierreihen Wehrhafte Jungfrauen mit blitzenden Schwertern. Über ihnen erschienen plötzlich Millionenschwärme kreischender Vögel, und aus den Flammenwänden weiter im Osten segelten riesige Schiffe, auf denen Gras und Bäume wuchsen, Hügelkuppen ragten und Bäche rieselten. Das brennende Geisterschiff trieb gegen die glitzernde Bahn, auf der die Reiterin und die Wehrhaften Jungfrauen sich dem Ufer näherten. Es rammte die Straße auf dem Wasser, zitterte und zerbrach. Die Reiterin auf der Schimmelstute hielt an und hob die Hand. Zischend versanken die brennenden Trümmer des Wracks, und nahe am Ufer trieben klickend und kreiselnd große Mengen grüner Steine.

Erneut hob die Reiterin die Hand. Die kreischenden Vögel verschwanden. Dann loderte eine Flammenwand auf der Straße über dem Meer.

Die Reiterin ritt hindurch, ohne zu brennen; die Wehrhaften Jungfrauen schritten über das Wasser, ohne zu sinken.

Die Schimmelstute, vollgepumpt mit Beruhigungsmitteln, tänzelte über das Wasser. Noch wenige Meter bis zum Ufer – erreicht. Hsiang wandte sich nicht um; die beiden Kompanien mußten hinter ihr sein. Sie durfte sich nicht umwenden.

Mit Absicht hatten sie den Antigravprojektor nicht auf den Hafen, sondern auf das östlich davon gelegene Ufer gerichtet. Die Prophezeiung wollte, daß die Hüterin vor die Stadt reite und keinen Einlaß finde; der Hafen gehörte bereits zum Stadtbereich. So näherte sie sich dem Osttor von Pasdan. Auf den Mauern standen dichtgedrängt die Bewohnerinnen der Stadt, und Lydia Hsiang seufzte. Aber dann atmete sie auf; offenbar entsann man sich in Pasdan der Prophezeiungen und begann, überhastet die Mauern zu leeren.

Saravyi und Sarela McVitie warteten. Endlich gab das Funkgerät den vereinbarten Codespruch von sich.

»Die Küste ist bestimmt leer; alles ist in Pasdan und schaut zu«, sagte Saravyi.

Das Funksignal zeigte an, daß die übrigen Schiffe die Küste nordöstlich von Pasdan erreicht hatten und mit dem Ausschleusen der Besatzungen begannen. Nur die drei »Geisterschiffe« mit den Heilern blieben hinter dem Flammenvorhang zurück.

Lydia Hsiang zügelte die Schimmelstute und richtete sich in den Steigbügeln auf. Sie hatte den ausersehenen Platz kurz vor dem Osttor erreicht und betete, daß nicht ausgerechnet nun ein Gerät, eine Kamera oder ein Beobachter ausfallen möge. Dann hob sie die linke Hand.

»Aber mit Vergnügen, Madame«, sagte Gerames. »Der Zünder. Sehr wohl, sofort.«

Die zahlreichen Kapseln, die Bondak und Vanzuid an die entsprechenden Stellen gelenkt hatten, detonierten. Im Norden, Osten und Westen von Pasdan schien die Erde die Brust zu wölben und Luft zu holen; langsam bewegten sich die Massen der Wälle, Mauern und Tore, dann stürzte alles in einem gewaltigen Krachen zusammen.

Lydia Hsiang ritt in die Stadt Pasdan. Hinter ihr gingen zweihundert Wehrhafte Jungfrauen mit blitzenden Waffen.

Später entsann sie sich der folgenden Stunden nur undeutlich. Etwas war bei ihr und half. Dieses Etwas half ihr, die – vermutlich – erwarteten Worte zu sprechen und sich jener Untersuchung zu unterziehen, die beweisen sollte, daß sie Mutter und doch nicht Mutter, Jungfrau und doch nicht Jungfrau war. Sie entsann sich tiefster körperlicher und seelischer Erniedrigung und des Traumgefühls, als sie neben der Scharlachprim auf den großen Platz vor dem Tempel trat und diese ihr Knie beugte und rief: *»Die Hüterin!«*

Wieder und wieder hatte sie in Cadhras die Aufnahmen betrachtet, die die starren, maskenhaften Züge der disziplinierten Kriegerinnen und der befehlenden Mütter zeigten; nun sah sie auf ein Meer entspannter, lachender Frauen hinab. Sie traten zur Seite, bildeten eine Gasse und knieten nieder, als sie langsam zum Hafen ging. Dort hob sie wiederum die Hand.

Nach einem Moment der atemlosen Stille brandete Jubel auf. Die gespenstischen Schiffe, auf denen die Steppe wucherte, vergingen; die Flammenwände auf dem Meer fielen in sich zusammen, der Nebel verzog sich; dann waren auch die unheimlichen Steine verschwunden.

Gerames starrte mit angehaltenem Atem auf die Schirme. »Sie tragen sie im Triumph zum Tempel. Aber geglaubt hab ich das alles keine Sekunde lang.«

Lydia Hsiang hob wieder die Hand; die Menge vor dem Tempelhügel verstummte.

»Seht«, rief sie, »was ich euch bringe.«

Sie wies nach Osten, wo gleichsam aus der aufgehenden Sonne drei Schiffe das flache Ufer erreichten.

Sarela McVitie steckte das Fernglas weg und wandte sich Saravyi zu. Sie hatte Tränen in den Augen. »Es geht gut«, sagte sie, fast schluchzend. »Die Gouverneurin in Weiß steht vor dem Tempel, die Mauern sind zerstört.«

Über der Stadt erschien noch einmal der Ring mit den beiden Kreuzen. Saravyi nickte. »Dann gehöre ich jetzt unter Deck. Wir wollen das Fest nicht durch Anwesenheit von Männern stören.«

Sarela blickte hinter ihm her, nestelte an ihrer ungewohnten Tracht einer Wehrhaften Jungfrau und hielt sich an einem Tau fest.

Knirschend rollten die drei »Geisterschiffe« an Land. Die Kunstwerke der Techniker hielten. Riesige Holzräder an stählernen Achsen trugen die Seegefährte auf die Stadt zu. Die letzten grünen Steine trieben die komplizierten Systeme aus Zahnrädern und Transmissionsriemen an. In einem der Schiffe saß ein Gargava-Jäger bei den Steinen und deklamierte Jagdlegenden; im zweiten sang eine Jägerin Wiegenlieder; im dritten stieg Saravyi leise in den Kielraum und lauschte mit angehaltenem Atem der Korporalin Levon. Sie hielt ein Buch auf den Knien und las den Steinen daraus vor. Es war mit einer Mischung aus Spott und Staunen ausgesucht worden – die galakteinische Übersetzung von Dantes *Göttlicher Komödie*, und immer, wenn darin Beatrice genannt wurde, sagte Levon, ohne Rücksicht auf das Metrum, »Lydia«. Die grünen Steine drehten sich auch dann noch, als die Schiffe angehalten wurden, indem man die Übertragungsmechanismen auskuppelte.

Die Aura wurde immer dichter. Aus den drei Landeschiffen stiegen weitere Wehrhafte Jungfrauen und näherten sich der Stadt.

»Und seht meine Macht!« rief Lydia Hsiang mit heller, tragender Stimme. »Die Macht über das Tier!«

Zehn Frauen der A-*centuria*, angetan mit den Gewändern Wehrhafter Jungfrauen, kamen von den Sklavenpferchen. Sie führten einen Mann mit sich. Vor dem Tempel hielten sie an; eine der Frauen griff in die strähnigen Haare des Sklaven und riß seinen Kopf hoch. Prim und Erzmütter sahen in das Gesicht von Dante Barakuda.

Die Gouverneurin rang mit ihren Gefühlen. Zusammen hatten sie den Plan ausgeheckt, und Barakuda hatte ihn um diese Variante ergänzt. Welche überzeugendere Demonstration der Macht der Hüterin gäbe es denn als diese? Die unerklärliche Anwesenheit des einzigen ihnen bekannten Mannes aus Cadhras, den sie fürchteten und haßten, der sie verhöhnt hatte und nun gedemütigt vor ihnen stand?

Als das Stimmengewirr sich beruhigt hatte, sagte die Hüterin: »Bindet ihn hoch an einen Galgen auf dem Galgenberg. Aber schädigt ihn nicht; er soll langsam sterben.«

»Mit solchen Schiffen«, sagte Lydia, »die durch Feuer und über Land segeln können, werden wir alle Ziele erreichen. Tragt eure Waffen zu dem Hügel neben den Schiffen, meine Töchter.«

In dieser Nacht – es war die Nacht vom 8. auf den 9. IV. – schlief niemand in Pasdan. Aus dem ganzen Hinterland strömten Frauen herbei, um die Hüterin zu sehen und mit den Schwestern zu feiern. »Ruft alle Töchter zu mir, auch die fern von Pasdan sind«, sagte Lydia, und in Cadhras registrierte Major Maqari, daß die Invasionsflotte, die kurz vor Corilia stand, beidrehte und wendete und nach Westen zu kreuzen begann.

Niemand kannte alle Frauen, die nach Pasdan kamen, niemand konnte alle kennen. Es fiel auch nicht auf, daß einige Wehrhafte Jungfrauen wenig sprachen und manchmal, wenn sie redeten, Sprachfehler machten. Es bemerkte auch niemand, daß es vor allem diese wortkargen Wehrhaften Jungfrauen waren, die die Schiffe und den wachsenden Waffenberg bewachten.

»Hüterin«, sagte die Scharlachprim, eine stattliche Frau mittleren Alters, »das Böse greift von Norden nach uns.«

»Ich will es anhalten«, sagte Lydia. Sie trat wieder vor den Tempel und hob die Arme. Dann rief sie: »Ich befehle den Feinden im Norden, in ihrem bösen Tun innezuhalten.«

Yakku zog das Mikrofon zu sich, starrte auf den Schirm, der die Gouverneurin zeigte, und sagte deutlich: »Fürsten der Banyashil – es ist soweit. Legt die Waffen nieder.«

Wie ein Hurrikan waren die Banyashil durch das dünnbesiedelte, fruchtbare Flachland der Sieben Ströme gejagt. Fast alle Jägerinnen und Jäger besaßen inzwischen Feuerwaffen. Eineinhalb Tagesritte nördlich der Hauptstadt Pasdan stießen sie erstmals auf eine größere Einheit Gardistinnen.

Da kam das Signal. Tremughati und Gortahork gaben die vereinbarten Zeichen. Sichtbar warfen die Shil Pfeil und Bogen sowie einige Karabiner weg, stiegen von den Pferden und zogen an einer langen Stange die Flagge mit dem Wappen von Pasdan auf.

Die Befehlende Mutter der Garde meldete es nach Pasdan. Die Scharlachprim verkündete es den Frauen, und wieder wurde gejubelt.

Tremughati bat darum, waffenlos mit ihren Jägerinnen und Jägern zur Stadt reiten zu dürfen, um dort der Hüterin zu huldigen. Prim und Hüterin, über Funk befragt, gaben die Erlaubnis.

Fast zwanzigtausend Banyashil mit verborgenen Karabinern ritten weiter.

In dieser Nacht, als auf dem Galgenberg ein Feuer aufflammte und alle Galgen zerstörte, wurde Dante Barakuda losgeschnitten und zu einem der Geisterschiffe gebracht, wo Saravyi sich um ihn kümmerte. In dieser Nacht werteten die Männer in der Zentrale des zweiten Beiboots die aufgefangenen Funksprüche aus und markierten auf der Karte die Lage der Raketenbatterie.

Am Morgen des 9. IV. führte Barakuda ein verschlüsseltes Gespräch mit Maqari und erfuhr, daß die Gendarmerie eine Gruppe von Männern festgenommen hatte, die große Mengen einer wasserlöslichen, vermutlich hochgiftigen Substanz bei sich führten. Und daß die Invasionsflotte zurück nach Pasdan kreuzte, gegen den winterlichen Nordwest.

»Wie lange noch, Freund?« sagte er. Er blickte auf die Heilerinnen und Heiler. Einige von ihnen waren bereits zu schwach, um sich noch mit den anderen zusammenzuschließen.

»Zwei Tage«, sagte Saravyi bestimmt. »Höchstens.«

Barakuda bewegte den schmerzenden rechten Arm und zündete sich eine Zigarette an. »Gut«, murmelte er. Dann blickte er in die Augen des alten Shil. »Mein Freund, noch sind wir nicht am Ziel.«

Kurz nach Sonnenuntergang machte er sich auf den Weg. Er trug einen langen Umhang und ging gebeugt. Wer nicht genau hinsah und keine Männer zu sehen erwartete, mochte ihn für eine alte Frau halten.

Als er die Sklavenpferche erreichte, schlug ihm wieder der betäubende Gestank entgegen, den er fast vergessen hatte, und wieder war es nicht der Gestank, sondern der Ruch der Unterdrückung, der ihm Brechreiz einflößte.

Seit seinem ersten Aufenthalt in den Pferchen war ihm der Gedanke vergangen, eine Art Sklavenaufstand zur Unterstützung der anderen Aktionen entfesseln zu können. Die Männer in den Pferchen waren seit frühester Kindheit, wie Generationen vor ihnen, wie Tiere behandelt worden und zu Tieren geworden. Es würde sehr lange dauern, sie an ein menschliches Dasein zu gewöhnen. Jemand, dachte er, der sein Leben lang angekettet gelegen hat, wird nicht gleich laufen können, wenn man ihn befreit.

Er fand das kleine Fluggerät, wo er es zurückgelassen hatte. In einem großen Bogen, der ihn weit jenseits der drei

Landschiffe führte, steuerte er die Inseln an, auf denen Gerames und die anderen warteten.

Die Begrüßung war herzlich bis stürmisch. Begheli, inzwischen vollintegriertes Mitglied der Truppe, massierte seine schmerzende Schulter, nachdem er geduscht hatte. Unter ihren geschickten Fingern lockerten sich die wehen Muskeln und Sehnen ein wenig.

Später fand der nächste Kriegsrat statt. Dante hatte gegessen, trank Kaffee und fühlte sich fast wieder lebendig.

»Nun seid ihr an der Reihe«, sagte er schließlich. Da die Zentrale des Beiboots zu klein war, fand die Besprechung mit allen in der Hangarschleuse statt.

»Es hilft nichts. Nach den Bruchstücken an Informationen, die wir haben auffangen können, ist es möglich, daß die Mütter nicht nur über Raketen mit Zielautomatik verfügen; sie besitzen offenbar auch Kernsprengköpfe.«

Begheli sah ihn von der Seite an. »Ist die Batterie gut bewacht?«

»Ich nehme es an. Es wird hart und schwierig werden.«

Yakku hob die Brauen. »Wir kennen alle die Geschichte von den Fernreisen. Wer soll den Stoßtrupp in die Hölle anführen?«

Dante zündete sich eine neue Zigarette an. »Ich.«

Gerames klopfte ihm auf die Schulter. »So ist es richtig. Auch ein Abt kann von seinen Mönchen nicht mehr Gebete verlangen, als er selbst verrichtet.«

»Du wirst nicht mitbeten. Du wirst hierbleiben und die profane Technik bewachen.«

Gegen Mittag forderte die Hüterin die Scharlachprim und einige Erzmütter auf, sie zu den Schiffen zu begleiten. Langsam gingen die Frauen aus der Stadt, gefolgt von einigen hundert Wehrhaften Jungfrauen. Zwischen dem Waffenberg und den Schiffen blieben sie stehen und erörterten die Lage.

Plötzlich entstand hinter ihnen in der Stadt Unruhe. Dann hörten sie fern in den Hügeln südlich von Pasdan, im Vorland des Kaps Hera/Herakles, das dünne Knattern von Schüssen.

Eine Gruppe Wehrhafter Jungfrauen umringte sie. Sie hielten Karabiner in den Händen. Eine junge Frau trat vor, salutierte kurz vor der Gouverneurin und wandte sich an die erstarrte Scharlachprim.

»In dieser Sekunde erobert ein Trupp unter Führung von Dante Barakuda Ihre Raketenstellung.« McVitie sprach normales Galaktein, ohne die Altertümlichkeiten des Pasdan- Idioms. »Wir wären Ihnen dankbar, wenn Sie und die Erzmütter von sinnlosen Aktionen Abstand nähmen.«

Die Scharlachprim starrte die vermeintliche Wehrhafte Jungfrau an, sah sich um, stellte fest, daß die ganze Umgebung von bewaffneten Frauen abgeriegelt war, daß nur wenige, die aus Pasdan hinter ihnen hergegangen waren, nicht zu diesen fremden Frauen gehörten, daß diese wenigen überwältigt und gefesselt wurden, daß die gläubige Stimmung, die sie seit Tagen erfüllt hatte, verschwunden war, und sie starrte die weißgewandete Frau an, die sie für die Hüterin gehalten hatte. Die Hüterin der Prophezeiung.

»Wer . . . wer bist du?«

Lydia Hsiang runzelte die Stirn. Einen intensiven Moment lang wünschte sie, daß Dante und die anderen schnell und ohne Verluste die Stellung einnähmen. Dann blickte sie die Prim an.

»Ich bin Lydia Hsiang. Die Gouverneurin des Protektorats. Betrachten Sie sich als Gefangene.«

Mit zwei tieffliegenden Gleitern kamen sie über den Pangotischen Ozean – aus einer Richtung, die die Gardistinnen nicht beobachteten. Die Wehrhaften Jungfrauen waren dabei, die Raketen startklar zu machen – gegen wen?

Die Auseinandersetzung dauerte fünf Minuten, aber sie kostete elf Männer aus Cadhras und vierzehn Frauen aus Pasdan das Leben. Die Raketen wurden nicht abgefeuert.

Von Pasdan näherten sich einige hundert Gardistinnen. Barakuda versuchte seine Schmerzen zu ignorieren und die Verteidigung der Stellung zu sichern. Eine Kugel hatte ihm das linke Schultergelenk zertrümmert. Einer der Männer drückte ihm ein Injektionspflaster in den Nacken.

Jemand berührte ihn an der heilen Schulter. Er schaute wie durch einen rötlichen Schleier Leutnant Yakku an, der aus mehreren leichten Wunden blutete. Yakku strahlte; er wies in den Himmel. Barakuda blickte nach oben.

»Wir haben die meisten Waffen«, sagte McVitie. »Natürlich nicht alle, aber ich denke, wir können hier gut aushalten. Bis morgen. Bis die Banyashil kommen.«

Sie waren zwischen den Hügeln und hinter den Schiffen in Deckung gegangen; zuvor hatten sie die Heilerinnen und Heiler aus den »Geisterschiffen« geholt. Einige der Mischlingsfrauen bewachten die gefangenen Mütter. Die Jägerinnen und Jäger der Gargava lauschten Saravyi, aber der sagte nicht mehr als: »Gehorcht den Anweisungen, die euch jene dort gibt. Sie ist meine liebe Tochter.«

Hsiang lächelte. »Sie hören es. Ihr Kommando.«

In Pasdan herrschte, auch aus der Entfernung sichtbar, kurze Zeit Durcheinander. Dann begannen die verbliebenen Erzmütter und Gebieterinnen mit der mühseligen Arbeit, die aus den Fugen geratene Ordnung wiederherzustellen. Bald formierten sich übersichtliche Einheiten, und das Fernglas verriet Sarela, daß es noch immer mehr als genug nicht abgelieferte, vergessene oder versteckte Schußwaffen in der Stadt gab.

Weit auseinandergezogen rückten Gardistinnen vor; sie nutzten die Unebenheiten des Geländes zur Deckung.

Hsiang lag neben McVitie in einer Mulde. »Sie haben sich sehr schnell gefangen«, sagte sie.

Sarela nickte. »Sie sind gut, aber wir auch. Wir haben noch ein paar Überraschungen für sie.«

Die Gouverneurin sah sie fragend an.

»Ich habe knappe dreihundert Muli-Jägerinnen als Verstärkung zu Barakuda geschickt. Wir haben die Prim und die Erzmütter. Und wir haben in den letzten Nächten noch ein paar Sprengsätze in der Stadt gelegt. Und dies.«

Sie wandte sich um und gab einer neben dem ersten Schiff postierten Gruppe ein Handzeichen. Einige mitgeführte Werfer husteten Projektile aus, die zwischen den vorrückenden Gardistinnen aufschlugen und zerplatzten.

»Barakudas Idee. Nebel- und Tränengasbehälter. Und Gerames hat mit den Chemikern noch ein harmloses Narkosegas herstellen können. Zuwenig davon, aber immerhin.«

Der Vormarsch geriet ins Stocken. An einigen Stellen breiteten sich kleine Wolken aus und verdeckten die Sicht; an anderen sahen sie Gardistinnen aufspringen, sich an den Hals fassen und dann langsam in die Knie gehen. An anderen jedoch standen plötzlich Wehrhafte Jungfrauen auf, verließen die Deckungen, liefen durcheinander und wiesen in den Himmel.

Lydia Hsiang hob den Blick. Zwei Kugelschiffe schwebten über ihnen. Beiboote und Flugpanzer fielen wie Steine, bremsten jäh und landeten an verschiedenen Stellen um Pasdan. Kleine dunkle Punkte rieselten vom Himmel: Landetruppen.

Lydia Hsiang und Sarela McVitie standen auf. Einen Moment lang sahen sie einander an, dann umarmte die Gouverneurin stumm Sarela und ging zur Scharlachprim.

»Kommen Sie. Kommen Sie mit, und sorgen Sie dafür, daß Ihre Gardistinnen aufgeben. Es wäre ein sinnloses Blutbad. Sie haben keine Chance.«

Die Scharlachprim stand auf, blickte in den Himmel, senkte den Kopf und starrte Hsiang in die Augen. Die Gouverneurin las abgrundtiefen Haß und abgrundtiefe Verzweiflung. Die Prim breitete die Arme aus und sagte mit brüchiger Stimme: »Sie haben recht. Es soll ein Ende sein.«

Kabinetts-Memo

(gez. »Mac«, wahrscheinlich Fergus McPhellimey, Subadministrator des Amts für Randwelten und Protektorate; entnommen den Sitzungsprotokollen der Lordkanzlei Atenoa, Zeitraum 465–469)

». . . Da man auf Shilgat befürchtete, amtliche Nachforschungen könnten zum falschen Zeitpunkt Staub aufwirbeln, nahm die zufällig auf Shilgat anwesende Pandinga-Aufsichtsrätin Bunofre Zeichnungen der fraglichen Waffen mit und ließ über diskrete Mittelsleute im legalen und illegalen Waffenhandel Marktchancen eines ähnlichen Karabiners sondieren; so ließen sich die Hersteller und Vermarkter konkurrierender Erzeugnisse schneller und zuverlässiger ermitteln als auf amtlichen Umwegen. Als Bunofre Shilgat informieren wollte, kam kein Funkkontakt zustande, daher wandte sie sich mit der Bitte um Diskretion an uns. Ich instruierte das im fraglichen Sektor operierende Grenzgeschwader XI und den attachierten politischen Stab und bat um sofortige Entsendung zweier für Bodenoperationen ausgerüsteten Einheiten. Die Aktion konnte ohne Aufwand zufriedenstellend abgeschlossen werden . . .«

XX

An einem langen Tisch neben den »Geisterschiffen« saßen ein für politische Haarspaltereien dem Grenzgeschwader zugewiesener, mit allen Vollmachten und neuen Instruktionen ausgestatteter Beamter des Sekretariats für Randwelten und Protektorate, Tremughati, Gortahork, Saravyi, Hsiang und ein bleicher Barakuda, den linken Arm in einer Schlinge.

»Wie der Konteradmiral schon sagte, Barakuda – ohne Ihren Handstreich gegen diese Batterie wären wir nicht hier; die Flotte könnte zwei Schiffe und einige tausend Mann abschreiben. Das wird Ärger geben – nicht für Sie hier, natürlich. Automatische Fernortung, Kernsprengköpfe, Zielautomatik. Wer hat das geliefert?« Dann betrachtete der Subsekretär wieder nachdenklich die verschlossenen Gesichter der Shil. Vieles von dem, was er in den letzten Stunden gehört hatte, stellte ihn vor Probleme: des Begreifens, des Bewältigens, des Formulierens im notwendigen Bericht.

Er wandte sich an Hsiang und Barakuda. »Dieser Plan war fantastisch, einfallsreich, relativ unaufwendig und vor allem erfolgreich. Unsere Landung hat ein größeres Blutbad verhindert, aber mit der Hilfe Ihrer Leute, Fürstin und Fürst, wäre Pasdan auch ohne die Flotte bald ein gelöstes Problem gewesen.«

Barakuda versuchte ein Lächeln; es wurde eher ein Zähnefletschen. »Es war blutig genug, Exzellenz. All die toten, verstümmelten, gefolterten Shil der letzten Jahre; etliche meiner Kundschafter; Leute aus Cadhras; die Frauen und Männer der Garnison, nicht zuletzt auch die tapferen Gardistinnen, allesamt Opfer einer unmenschlichen Doktrin. Ich kann nicht behaupten, daß ich bedaure, daß wir durch die Landung der Flotte um einen vollständigen Sieg gebracht worden sind.«

Lydia Hsiang legte ihm eine Hand auf den heilen Arm. »Dante, machen Sie sich nicht unglücklich. Das klingt, als wären Sie verantwortlich für jeden einzelnen Tod.«

»Natürlich bin ich das. Ich war zuständig für die Sicherheit; ich hätte früher etwas bemerken müssen.«

»Wie denn, Freund?« sagte Tremughati.

Der Untersekretär nickte. »Das ehrt Sie, aber es ist Unsinn, Barakuda. Ohne Beweis hätten Sie nichts unternehmen können, und mit Beweisen? Mit Beweisen hätten Sie eine Flottenaktion beantragen können. Darüber haben wir aber doch schon geredet – Bombardierung oder verlustreiches Landemanöver. Nicht zu reden von den Raketen. Nein, Mann, eine bessere Möglichkeit als die von Ihnen allen hier gewählte gab es nicht. Schlagen Sie sich das aus dem Kopf.«

Er blickte die drei Shil an. »Und ohne Ihre Heilerinnen und Heiler ...«

Lydia Hsiang räusperte sich. »Da ist noch etwas – eure Wachsamkeit.«

Tremughati lächelte mild. »Was meinst du, Hüterin von Shilgat?«

»Du weißt, was ich meine, Tremughati – ihr habt uns ein Jahr und eine Katastrophe noch größerer Ordnung erspart.«

Der Untersekretär beugte sich vor. »Wie war das?«

Die Banyashil und Barakudas zweiter Flug nach Pasdan hatten aus einem Flottenmanöver zur Probe den Ernstfall gemacht. Alles war erst für das nächste Jahr, die nächste Tote Zeit, vorgesehen gewesen. Dafür gab es Aussagen, aber auch Annahmen, die der Sekretär nicht erfuhr und die in keinen Bericht eingingen. Ein Jahr später hätte der Organisationsstand der Mütter den Höhepunkt erreicht. Längst vorbereitete Sprengungen, Flotten mit Landetruppen und Feldschlangen, dazu die für die Aktion mit den Müttern verbündeten Banditen – am Ende der Toten Zeit hätte ein Gouverneur *ad interim* namens Eftalmi Nobrega in Cadhras gesessen, Shil-Renegaten aus Sa'orq, Arameq und anderen Städten präsentiert und das Shilgat-Abkommen gekündigt.

»Natürlich«, sagte Hsiang, »hätten Sie die Vorgänge durchschaut, Exzellenz – aber das Commonwealth hat den jeweiligen Status quo zu respektieren und, falls die Shil es wünschen, das Protektorat aufzulösen. Außer Nobrega und Konsorten gäbe es auf Shilgat keine Commonwealth-Bürger mehr, die geschützt oder abgezogen werden müßten. Also wird der Planet aufgegeben, weil das Abkommen es so vorsieht.«

»Und«, sagte Barakuda, »weil es auf dieser unwichtigen Randwelt keine Interessen mehr zu schützen gibt. Dann steht in Pasdan eine bis dahin vermutlich größere und stärkere Batterie von Raketen herum. Und die Wahrscheinlichkeit, daß das Commonwealth und die Öffentlichkeit auf Gaia der Meinung sind, ein unwichtiger, uninteressanter und von intelligenten Eingeborenen beherrschter Planet sei hundert Schiffe und eine Million Tote wert – die Wahrscheinlichkeit ist sehr gering.«

Der Untersekretär nickte langsam. »Teuflisch. Und dann?«

»Dann«, sagte Tremughati unerwartet hell, »haben die Mütter von Pasdan alles in der Hand – die beste Organisation, technische Kenntnisse, Waffen. Sie werden die niedrigen Manntiere, Nobregas Banditen, mit denen sie aus pragmatischen Gründen zusammengearbeitet haben, schlachten, danach alle Shil, und mit Hilfe künstlicher Befruchtung werden sie in den folgenden Jahrhunderten Shilgat mit Frauen besiedeln.«

Der Untersekretär breitete die Arme aus. »Und was schlagen Sie mit Ihren Kenntnissen des Planeten nun vor?«

Barakuda deutete auf eine Prozession, die von einem eben

gelandeten Beiboot zu ihnen kam: einige Shil, mehrere Gebieterinnen, Korporal Timoara, die Soldaten Oubou und Learoyd und ein großer Mann mit schwarzem Bart und Handschellen.

Barakuda stand mühsam auf. Er begrüßte die drei von Bondaks Bande mit Handschlag und wandte sich dem großen Gefangenen zu. »Willkommen in der Realität, Lubangi, Großer-Töter, Würger des Nordens oder wie auch immer.«

Nobrega spie auf den Boden. »Wir haben alle unsere schwachen Stunden. Immerhin, es war eine amüsante Zeit, über die ich in den komfortablen Gefängnissen des Commonwealth lange nachdenken kann.«

Barakuda starrte in die Augen des Verbrechers. Sie waren ruhig, kalt, beißend hellblau; das rechte schielte.

Nobrega blickte an ihm vorbei und neigte ironisch den Kopf. »Alle bezaubernden und wichtigen Damen des Planeten. Der Fürst dazu.« Dann blickte er Saravyi lange an. »Und du, alter Mann«, knurrte er, »mit deinen brillanten Vorschlägen ... Ich hätte wissen müssen, daß du auf der anderen Seite stehst.«

Saravyis Gesicht war ausdruckslos. Barakuda hustete und setzte sich wieder; Hsiang betrachtete den alten Shil nachdenklich. Plötzlich lächelte sie.

»Sie sind vermutlich ein wichtiger Mann von Gaia. Schade, Sie und Ihre Leute sind zu früh gekommen. Sie hätten sonst mehrere Überraschungen erlebt. Du auch, Barakuda.«

Dante sah ihn fragend an. Nobrega bewegte die gefesselten Hände. »Nächstes Jahr«, sagte er grinsend, »hätte ich einen kleinen Teil meiner Leute in den Isthmus geschickt. Mit dem größten wäre ich nach Pasdan gezogen, in dem Moment, in dem die Mütter Cadhras, Vagaván, Sa'orq und was weiß ich noch alles angreifen. Es wäre bestimmt sehr spannend geworden. Auch darüber werde ich in den netten, gemütlichen Zellen nachdenken.« Er lachte; Learoyd setzte seinen Karabiner ab und traf zufällig Nobregas Zehen.

Tremughati blickte Gortahork an; der Fürst runzelte die Stirn und nickte Dante zu. Saravyi kicherte.

»Darf ich fragen, welche Geheimbotschaften Sie austauschen?« sagte der Untersekretär.

Barakuda rieb sich die Augen. »Die Banditen stellen ein Problem dar. Shil und Mischlinge unterliegen sicherlich der Autorität der Fürsten. Die Cadhrassi unter den Räubern sind jedoch Commonwealth-Bürger.«

Nobrega grinste. »Gemütliche Zellen, sage ich doch.«

»Kommen Sie, Terence«, sagte Barakuda. Learoyd hatte die Hand gehoben.

Der erfahrene Soldat trat vor. Die erlauchte Versammlung beeindruckte ihn offenbar nicht. Tremughati sah ihn an und nickte; ihre Mundwinkel zuckten.

»Vergebung, Exzellenz«, sagte Learoyd, an den Untersekretär gewandt, »aber es sieht anders aus. Nobrega ist von Jägerinnen der Shil am Paß gefangengenommen worden. Er ist Gefangener der Banyashil; sie haben ihn uns übergeben, damit wir ihn Gortahork und Tremughati aushändigen.«

»Das ist nicht wahr«, schrie Nobrega. »Ich habe mich der Truppe ergeben.«

Vlad Oubou trat vor. »Er lügt.« Timoara nickte nur.

Der Untersekretär zwinkerte. »Na gut. Bei all dem Durcheinander kann niemand von mir verlangen, daß ich alle Augenzeugen befrage. Die Aussage bewährter *suldaus* soll mir genügen. Ich danke Ihnen, meine Herren. Der Mann ist als Gefangener der Banyashil zu betrachten.«

Der zeternde Nobrega wurde fortgeführt. Barakuda würde den Blick aus den beißenden blauen Augen, deren eines schielte, nicht so bald vergessen.

»Was geschieht mit den Müttern von Pasdan?« sagte der Untersekretär. »Ich habe *carte blanche* vom Kabinett bekommen, jeder vorgeschlagenen vernünftigen Regelung zuzustimmen.«

Tremughati und Lydia Hsiang tauschten einen langen Blick. Dann sagte die Gouverneurin: »Wir haben uns darüber unterhalten. Die Shil stimmen meinem Vorschlag zu.«

»Lassen Sie hören. Sie sind ohnehin zuständig, und wenn Ihr Spruch keine Rechtsprinzipien verletzt . . .«

»Ich glaube, es ist alles vereinbar mit den Commonwealth-Gesetzen. Seltsam, wie oft sich die gleichen Dinge wiederholen. Eine Gruppe glaubt sich im Besitz der absoluten Wahrheit und kapselt sich ab, um die Goldene Zukunft, das Tausendjährige Reich oder das Paradies auf Erden zu erwarten; mit fortschreitendem Realitätsverlust kommt sie zu der Annahme, daß die göttlichen Geschenke nur und allein für sie bestimmt seien – der alte Komplex, den die Wissenschaftler Chiliasmus und Nativismus nennen. Ich schlage, da ich keine Besserung sehen kann, Deportation vor. Alle höheren Ränge, alle Frauen über fünfundzwanzig werden auf eine zu bestimmende Ödwelt gebracht und nehmen nichts mit als ihr Leben – keine Bücher, keine Werkzeuge, nichts. Dort wird ihnen Saatgut zur Verfügung gestellt, und sie können unter sich, wie sie es immer gewollt haben, ihr Leben zu Ende leben. Ohne Männer und ohne künstliche Befruchtung. Die Jüngeren bleiben hier und werden in kleinen Gruppen unter Shil-Aufsicht angesiedelt – Heilerinnen werden sich um sie kümmern. Sie sollen versuchen, sich der Realität anzupassen; außerdem sollen sie diese zu Tieren versklavten Männer an ein menschenwürdiges Dasein gewöhnen helfen. Nach zwei Jahren können sie dann entscheiden, ob sie auf Shilgat bleiben oder zu den anderen gebracht werden wollen. Ich glaube nicht, daß die Älteren noch geändert werden können; die Jüngeren jetzt gleich zu fragen ist sinnlos, da sie nicht wissen, was die Alternative ist. Tremughati wird sich um die Durchführung der Umsiedlung kümmern.«

Da den Beamten im Stab des Untersekretärs ebenso wie den Flottenoffizieren oft die nötigen Detailkenntnisse fehlten, um für Shilgat sinnvolle Beschlüsse zu treffen, konnte niemand sich ausruhen. Die Fürsten der Banyashil, vom langen Ritt und den Strapazen ermüdet, teilten Jägerinnen und Jäger in Ruhe- und Wachtschichten ein; sie selbst mußten auf Schlaf verzichten. Gerames erteilte sich eine Ausnahmegenehmigung. »Es reicht, daß ich die Dinger erfunden und bedient habe. Wegräumen sollen die anderen.« Aber er schlief dann doch nicht; zusammen mit Begheli inspizierte er die »Geisterschiffe« und sprach mit Flottentechnikern, die versuchten, die »Rogilsteine« zu enträtseln.

Dante befaßte sich mit Problemen der Umsiedlung, Deportation und Neugestaltung von Pasdan; zusammen mit Gortahork, Hsiang und dem Untersekretär brütete er über Karten. Meist waren mindestens zwei Männer von Bondaks Gruppe in seiner Nähe, als Adjutanten oder als Leibgarde. Mit Bekümmerung sah Hsiang, wie Barakuda dem langen Oubou zunickte. Das Gesicht war fahl, die Lippen zusammengepreßt, und Oubou holte einen MedRob, der Barakuda eine Injektion gab. Die Abstände zwischen den schmerzstillenden Spritzen wurden kürzer.

Tremughati fing ihren Blick auf. Die Fürstin seufzte und fuhr sich mit der Hand durch ihr schwarzes Haar. Dann ging sie zum Kartentisch, trat hinter Dante und legte ihm die Hände sanft auf die Schultern. Barakuda entspannte sich und schloß für einen Moment die Augen. Es war, als flösse dunkles Feuer.

»Ich bedaure, daß Sie ausscheiden.« Der Untersekretär riß seine Augen von den Staubwolken los, die über dem gesprengten Tempel aufstiegen. »Und Sie wollen auf Shilgat bleiben, mit Abfindung?«

Barakuda nickte und schwankte ein wenig; Gortahork

und Tremughati legten jeweils einen Arm um ihn, und Saravyi kniff die Brauen zusammen.

»Wie Sie meinen. Bei den verwickelten Verhältnissen hier frage ich mich nur, ob es klug ist, einen Vertreter der Abwehr hierher zu versetzen. Man braucht wohl eher einen, der den Planeten gut kennt, wie?«

Dante nickte wieder. »Das stimmt«, sagte er mit schwerer Zunge.

Der Sekretär sah ihn besorgt an. »Sie gehören ins Hospital, Mann.« Er winkte einer Ordonnanz. »Sind Sie mit dem Lazarett des Flaggschiffs einverstanden? Gut. Letzte Frage: Haben Sie einen Vorschlag, wer Ihr Nachfolger werden könnte?«

Barakuda warf Saravyi einen flehenden Blick zu.

Der alte Shil nahm den Beamten am Arm und zog ihn mit sich. »Im Verlauf der Ereignisse«, sagte er fröhlich, »hat sich zufällig ergeben, daß ich über eine mir vorher unbekannte Tochter verfüge. Sie heißt Sarela ...«

Dante zwinkerte die Schlieren und Wolken fort, die vor seinen Augen trieben und dichter wurden. Undeutlich erkannte er Gerames und Begheli, die von einem der »Geisterschiffe« kamen.

Tremughati und Gortahork ließen Barakuda auf einen Stuhl sinken. Mit großer Zärtlichkeit legte die Fürstin ihre Arme von hinten um Dantes Hals und bettete seinen Kopf an ihrer Brust.

»Fürstin«, sagte Barakuda überraschend klar, »und Fürst, Freunde und Bärenjäger – seid ihr zufrieden?«

Gortahork kniete vor ihm nieder, damit Dante nicht aufschauen mußte. »Wir sind zufrieden. Aber wir sind keine Fürsten.« Er lächelte.

Barakuda zwinkerte wieder. Er nahm nur noch Umrisse wahr; sein Kopf war leicht. »Warum seid ihr keine Fürsten?«

»Wer die Illusion hat, er müsse fortschreiten und eine andere Welt schaffen, braucht dazu gegliederte Einrichtungen.

Wer fähig ist, die Welt so zu nehmen, wie sie ist, braucht sie nicht. Solcherlei Illusionen des einen bedrohen all jene, die keine andere Welt haben wollen. Der einzige Grund, Krieger und Fürsten zu haben, ist, daß man sich gegen eine Bedrohung wehren muß. Es war der lange Plan, und er ist heute aufgegangen. Der Fischfisch von Arameq, der Erbgott von Sa'orq, der Stadtsklave von Golgit – das sind Spiele, die helfen sollen, das göttliche Chaos erbaulicher zu gestalten. Sie werden bleiben. Die Königin von Kelgarla, die Obfrauen und Obmänner der Taggashil des Südens, die Fürsten der Banyashil – das war Ernst.«

»Ich hätte es wissen müssen. Potentiell-Notfalls-Haupt, so heißt der Fürst in eurer Sprache. Der Notfall war Pasdan, und er ist vorüber.«

»So ist es. Darum sind wir keine Fürsten mehr. Die Heiler werden heilen, die Weisen werden weisen; und Tremughati und ich? Wenn alles getan ist, was noch getan werden muß, werden wir jagen.«

»Und du«, sagte Tremughati sanft, »wirst du mit uns jagen?«

»Jagen«, murmelte Barakuda.

Dann hörte er Saravyis Stimme: »Lydia, die Hauptperson, läuft herum, und dieser dumme Mensch meint, er müsse umfallen, um Aufmerksamkeit zu erregen«; die von Gerames: »He, Barakuda, willst du dich abseilen?«; die von Begheli: »Dante, Lieber, was ist mit dir?«, und über ihm die von Tremughati: »Er wird lange schlafen, aber sorgt euch nicht.« Und weil sein Kopf an ihrer Brust lag, spürte er, während sie sprach, Schwingungen. Seine Gedanken befaßten sich, zähflüssig wie Brei, mit Stimmbändern, und dann lange Zeit mit nichts.

Aus: Erzählungen der Banyashil, *anonym, Cadhras 511 CT*

». . . Viele Zehntage nach diesen Ereignissen, heißt es, begaben sich Lydia und Dante, die Hüterin und der Wächter, an einen öden Ort; dort ragt inmitten der tödlichen Ebene der Baum des Lebens. An diesen Baum gefesselt fanden sie ein seltsames Geschöpf, das nicht leben und nicht sterben konnte; wie es dem Ort angemessen ist. Sein unterer oder hinterer Teil war hell und fast haarlos sowie fett – wenn auch inzwischen abgemagert –, wie es, sagt man, auf anderen Welten bei Tieren sein soll, die ›Schwein‹ genannt werden; sein oberer oder vorderer Teil aber war haarig und hager und trug einen spitzen Kopf mit spitzen Ohren und spitzen Zähnen, wie es, sagt man, auf anderen Welten bei Tieren sein soll, die ›Wolf‹ genannt werden. Dieses Geschöpf war über und über bedeckt mit Stellen der Räude, des Eiters und der Pein; mit seiner langen Zunge leckte es seltenes Tauwasser und seltenere Insekten vom Baum des Lebens – zuviel für einen kurzen Tod, zuwenig für ein langes Leben. Um den Hals trug es ein würgendes Band, mit dem es an den Baum gefesselt war; ein Band aus Haar, wie es manche Seilmacher in Arameq zu flechten verstehen. Lydia sagte: ›Ist er es?‹, und Dante sah in die Augen des Tiers, die waren beißend hellblau, und das rechte schielte um ein weniges, und er sagte: ›Er ist es.‹ Und da Lydia ihn anschaute, nahm Dante eines jener kleinen Feuerrohre, die lärmen und töten können, und richtete es gegen den Kopf des seltsamen Geschöpfs, daß aus dem langsamen Leben ein schneller Tod werde.«

XXI

Ein scharfer, kalter Westwind fegte über die Bucht von Cadhras. Er jagte Wolken über den Himmel, wühlte das Meer auf und trieb Gischt und Regen wie in Vorhängen über die Stadt. Tropfen prasselten auf die leere Esplanade; im Park bogen sich die kahlen Bäume. Die Antennen des Raumhafens waren vom Strand aus nicht mehr zu sehen, ebensowenig das Palais der Gouverneurin nördlich von Cadhras.

Lydia Hsiang und Dante Barakuda verließen das *Vistamari* und gingen über die Esplanade Richtung Hafen. Sie hatten zu Mittag gegessen und über die Berichte gesprochen. Vor allem über jene Dinge, die nicht zu berichten waren. Das Gespräch hatte sich hingezogen; nun war später Nachmittag. Irgendwo jenseits von Pasdan sank die Sonne; für Cadhras bedeutete es nur eine Verfinsterung des himmlischen Grau.

Teile der Berichte würden geheim bleiben; es sollte keinerlei Publicity über alte Shil-Artefakte wie die unheimlichen Kistchen und die Rogilsteine geben. Letztere waren kein Rätsel mehr. Es handelte sich um fossile organische Masse mit eingeschlossenen Luftkammern. In die Masse waren wiederum seltsame Schwingquarzkristalle eingelagert. Sie reagierten auf Wellen wie z. B. Stimmen oder das Quietschen von Transmissionsriemen. Die Quarzkristalle waren in Spiralen angeordnet, der Schliff der Steine unterstützte die Effekte. Die Wellen wurden von den Kristallen aufgenommen und verstärkt, spiralförmig nach außen übertragen und durch den Schliff wieder in den Kern zurückgeführt, so daß sie sich bei geringem Impulsschwund gewissermaßen ein zweites und tausendstes Mal selbst anstießen.

Keine Erwähnung würde die undurchsichtige Rolle des alten Saravyi in den Berichten finden. Lydia und Dante waren ziemlich sicher, welche Impulse der Shil gegeben hatte; da er sich aber ebenso ausschwieg wie die ehemaligen Banyashil-Fürsten, gab es keine Beweise. Und Eftalmi Nobrega, der mehr hätte sagen können, konnte nichts mehr sagen. Saravyi mußte frühzeitig die Pläne der Mütter erraten oder erfahren haben und auch, daß sie vorübergehend der Mitwirkung der Banditen bedurften. Natürlich hatte Pasdan den »räuberischen Manntieren« nur wenig Waffen zur Verfügung gestellt. Der Plan des Matriarchats war zu weit gediehen, um noch ohne großes Blutvergießen gestoppt werden zu können. Saravyi schien daraufhin Nobrega in die Lage versetzt zu haben, sich Waffen zu beschaffen, um von Pasdan unabhängig zu sein. Ob Saravyi selbst die Kistchen und die Räder konstruiert oder nur »ausgegraben« hatte, blieb ein Geheimnis. Durch die Manipulationen des alten Shil waren die Fürsten des Nordens von einem blutigen Feldzug abgehalten worden; außerdem hatten die Mütter zur Kontrolle ihrer zeitweiligen Verbündeten eine Konkurrenzbande aufstellen, ihre Kräfte und Aufmerksamkeit zersplittern müssen und durch unübersehbare Aktionen Cadhras alarmiert. Nobrega schließlich war es durch die Waffen möglich geworden, eigene Pläne gegen Pasdan auszuhecken.

Barakuda bewunderte die komplizierten Manöver des alten Mannes; gleichzeitig mißbilligte er sie. Das vielschichtige Spiel Saravyis hatte dafür gesorgt, daß die Aktionen der Räuber und der Mütter sich teilweise gegeneinander und nicht nur gegen Cadhras und die Shil richteten. Hätte Saravyi frühzeitig das Gouvernement informiert, so wäre viel Blut nicht geflossen, Cadhras hätte die Waffen beschlagnahmt, die Pläne vereitelt – und Pasdan hätte weiterhin existiert. Saravyi hatte offenbar das Problem definitiv lösen, nicht nur bis zum nächsten Anschlag aufschieben wollen.

»Wir sind alle nur Bauern auf seinem Brett gewesen«, sagte Hsiang. Sie trug keine Kopfbedeckung, Regenperlen rollten durch ihr aschblondes Haar. »Aber Pasdan wäre nie zu friedlicher Koexistenz bereit gewesen.«

Barakuda dachte an die Toten. Pinto und Fimfinella, die *suldaus* Henty und Skudder, die in den Höhlen am Golzain gestorben waren; den gutmütigen dicken Korporal Vanzuid und Aram Elorza und ihre Gräber in den Pasdantiri-Bergen, wo sie mit den anderen von Bondaks Bande und einigen Shil-Jägern den letzten Sturm der Räuber abgewehrt hatten. Er dachte an all die anderen, die nicht mehr mit von der Partie waren, an die Hunderttausende, die von Pasdan gefoltert, verstümmelt, ermordet worden waren, an den Plan, der den ganzen Planeten hatte entvölkern sollen, an all jene, die in den kommenden Jahrhunderten nach und nach getötet worden wären, falls Pasdan weiterexistiert hätte.

Die Gouverneurin warf ihm einen Seitenblick zu. Barakudas Haar war grau geworden, die Narbe auf der Wange schien nur eine von vielen eingekerbten Falten zu sein. »Was wirst du jetzt machen?«

»Schlafen, lesen, essen, vielleicht ein bißchen vergessen, analytische Meditation. Sentenzen der Noastoiker auswendig lernen. Die Übungen in präventivem Exaltismus haben wir ja in Pasdan durchgeführt.« Er lächelte flüchtig. »Und sobald das Wetter besser wird, beginnt die Arbeit der TraPaSoc.«

Sie hatten eine Transport- und Passage-Gesellschaft gegründet – Barakuda, die sieben Überlebenden von Bondaks Bande und fünf Frauen der alten A-*centuria*. Mit der wunderlichen Logik von Regierungen hatte das Commonwealth beschlossen, die Garnison zu verkleinern. In Zukunft würde dort ein normales Bataillon mit drei Kompanien stationiert sein – zwei wechselnde Ausbildungseinheiten und eine *centuria*, die aus überlebenden jüngeren Frauen und Männern der beiden alten Einsatzkompanien gebildet war. Begründung: Es habe sich gezeigt, daß derartige Konflikte auch von einem vierzügigen Bataillon nicht vermieden oder gelöst werden könnten. Eine Verminderung verringere also nicht die Leistungsfähigkeit der Garnison.

»Und du?«

Lydia Hsiang lächelte müde. »Drei Jahre bin ich nun hier; die Amtszeit der Gouverneure beträgt fünf Jahre. Danach? Ich weiß es nicht. Ich hoffe, wir werden zwei ruhige Jahre haben, um Trümmer beseitigen und Wunden verbinden zu können. – Weißt du, was Saravyi jetzt macht?«

»Er ist mit Sarela durch die Steppe gezogen, um ihr zu zeigen, worauf sie sich eingelassen hat. In einigen Zehntagen wird er nach Cadhras kommen und dann weiter nach Süden reiten. Ich weiß nicht, wohin – Kelgarla, Sa'orq, vielleicht sogar Golgit oder Bu'ndai.«

Lydia blieb stehen. »Du weißt, er reitet immer dahin, wo Katastrophen sich ereignen könnten.«

»Ich hoffe, daß er nur in seinen Lebensabend reitet.«

Das Hafenbecken war gefüllt mit vertäuten Schiffen, die auf dem unruhigen, aufgewühlten Brackwasser tanzten. Unter den Arkaden vor dem *Meeresleuchten* hockten auf Querstreben aufgeplusterte Möwen.

In der Taverne war nicht viel Betrieb. Mutter Schwabbel thronte feist hinter dem Tresen. Lopes übertraf sich an diesem Abend; der Fisch, den er bereitete, war köstlicher als jeder andere, an den Dante sich erinnern konnte. Vielleicht, dachte er, weil die Gouverneurin ein hohes Tier ist und ich ein schräger Vogel. Dann grinste er, als aus der Küche Flüche des Kochs zu hören waren, der jeden Fisch aller Meere und Flüsse des Planeten einzeln sowie alle samt und sonders mit üblen Ausdrücken bedachte. Lopes würde nie erfahren, daß ihm ein antikes Fischbesteck entgangen war.

»Na, ich wünsche Ihnen und den anderen alles erdenklich Gute«, sagte die Gouverneurin. Sie waren wieder zum Sie zurückgekehrt und hatten über die Pläne der TraPaSoc gesprochen. Die Halbinsel Shontar, nördlich von Cadhras, ein ehemaliges Trainingscamp der Gendarmerie, eignete sich gut für das Unterfangen. Sie lag an der Küstenstraße, nicht zu weit von den Häfen und dem Serai entfernt. Wie Barakuda hatten auch die ehemaligen *suldás* und *suldaus* der Garnison eine Abfindung anstelle des Halbsolds gewählt; bis auf weiteres war die neue Gesellschaft finanziert.

Begheli räumte das Geschirr ab und brachte Kaffee. Sie zwinkerte Dante zu, bevor sie zurück zum Tresen ging. Es waren ihre letzten Tage im *Meeresleuchten*; sie hatte ihre Ersparnisse ebenfalls in die TraPaSoc gesteckt. Mit ihr würde auch Pa'aira das Lokal verlassen und nach Shontar ziehen.

»Ach, Dante«, sagte die Gouverneurin plötzlich, »fast hätte ich's vergessen. Heute früh kam aus Atenoa die Meldung, daß der Prozeß beendet ist.«

»Ich hätte die beiden lieber den Banyashil ausgeliefert.«

»Sie kommen nie wieder von einem der unangenehmeren Strafplaneten herunter. Und die beschlagnahmten Gelder sind für Wiedergutmachung an den Shil freigegeben.«

Dante nickte mürrisch. »Na ja, das letzte Kapitel.« Aguilar und Irgul hatten ausgepackt. Sie waren über Einzelheiten des Plans informiert gewesen, auch über Konsequenzen und Zeitpunkt. Zu Beginn des Frühjahrs hätten beide ihre Versetzung beantragt und das sinkende Schiff Cadhras verlassen.

Barakuda begleitete die Gouverneurin durch die Nacht. Sie verließen den Kai und wanderten schweigend bis zum Sogga, überquerten den Fluß auf der alten Steinbrücke und stiegen den Nordhügel hinauf. In einigen Fenstern der Territorialen Administration war noch Licht. Plötzlich sagte die Gouverneurin: »Haben Sie eigentlich zwiespältige Gefühle, was Cadhras angeht? Nach allem, was Pasdan dargestellt hat?«

Die windungsreiche Straße, die vom Hügel hinab zum Ufer des Ylagas und zur Küstenstraße führte, war leer. Dante versuchte, in der Dunkelheit etwas aus Hsiangs Profil zu lesen. »Ich verstehe die Frage nicht, Lydia. Was meinst du?«

»Das Frauenregime. Leontias Nachfolge geht an eine Frau aus dem Commonwealth. Yfon Batavy übernimmt die Leitung des Raumhafens. Der Obmann ist zurückgetreten; die *asambli* hat eine Obfrau. Du gehst; deine Nachfolge übernimmt Sarela McVitie. Dazu die Richterin und ich. Nur Maqari und Ataratz – sechs zu zwei im Krisenrat, wenn er noch einmal tagen sollte. Territorium und Gouvernement sind in Händen der Frauen.«

Sie erreichten die Ylagasbrücke; Lydia blieb stehen und lehnte sich an das steinerne Geländer. Ferne Lichter glitzerten matt im Wasser des Flusses; vor dem erleuchteten Portal des Palais hing ein Dunstschleier. Aus der feuchten Ebene stieg Nebel auf.

»In Händen der Frauen«, sagte Barakuda lächelnd, »wie das *Meeresleuchten* und die Herzen der meisten Männer. Du hast die Lordkanzlerin in Atenoa vergessen. Es zählt doch nur, daß die besten Leute auf den wichtigsten Posten sind. Menschen, nicht Monster. Alles andere ist unwichtig. Oder hast du nach allem, was Nobregas mordende Männer angestellt haben, zwiespältige Gefühle, wenn du mit mir durch die Nacht gehst?«

Sie legte ihm kurz die flache Hand auf die Brust. »Noch eines zu zwiespältigen Neigungen.«

Er seufzte. »Ich weiß. Das Handbuch.« Er legte seine Hand auf ihre.

»Danke für die Begleitung.« Sie ließ es zu, daß er flüchtig ihre Fingerspitzen mit den Lippen berührte. »Ich würde den Rest gern allein gehen, Dante. Sie sollten mich nicht zu bald besuchen.«

Er nickte und gab ihre Hand frei; sie war kühl und glatt wie immer.

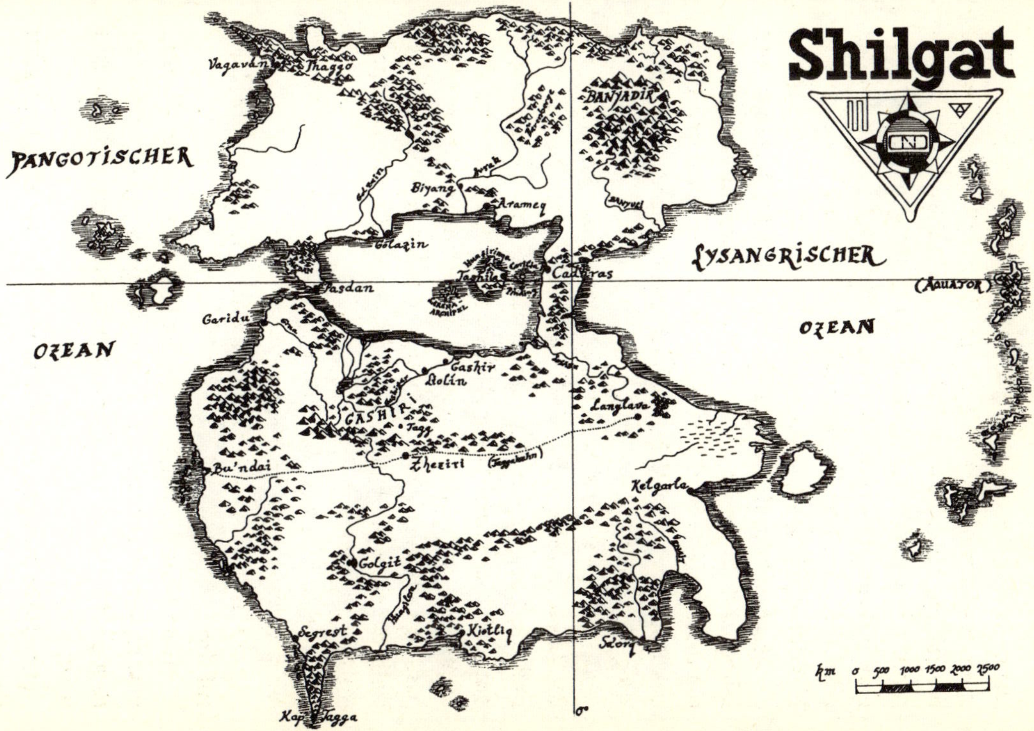
Shilgat
PANGOTISCHER
OZEAN
LYSANGRISCHER
(ÄQUATOR)
OZEAN
Vagavan
Thaggo
BANJADIR
Biyang
Arameq
Golazin
Cadbras
Tashilo
Pasdan
Garidu
Gashir
Lolin
GASHIRI
Tagg
Langlava
Bu'ndai
Zheziri
Kelgarla
Golgit
Segrest
Kistliq
Sdorq
Kap Tagga
0°
km 0 500 1000 1500 2000 2500

HEYNE BÜCHER

Gisbert Haefs

"Erzählwerke... die einem beim Lesen wirklich die Zeit vergessen lassen, die eigene und die, von der die Rede ist."
SÜDDEUTSCHE ZEITUNG

01/8881

Außerdem erschienen:

Hannibal
Roman
01/8628

Pasdan
Roman
01/9146

Wilhelm Heyne Verlag
München